고시원古詩源

【三】

고시원[三] 古詩源 三

1판 1쇄 인쇄 2023년 7월 13일
1판 1쇄 발행 2023년 7월 28일

—

편저자 | 심덕잠
역주자 | 조동영
발행인 | 이방원

—

발행처 | 세창출판사
신고번호 · 제1990-000013호 | 주소 · 서울 서대문구 경기대로 58 경기빌딩 602호
전화 · 02-723-8660 | 팩스 · 02-720-4579
http://www.sechangpub.co.kr | e-mail: edit@sechangpub.co.kr

—

ISBN 979-11-6684-216-0 94820
979-11-6684-049-4 (세트)

—

· 이 책은 한국연구재단의 지원으로 세창출판사가 출판, 유통합니다.
· 잘못된 책은 구입하신 서점에서 바꾸어 드립니다.

—

이 번역서는 2011년 대한민국 교육부와 한국연구재단의 지원을 받아 수행된 연구임 (NRF: 421-2011-1-A00053).

고시원古詩源

권12~권14(齊詩~隋詩)

The Translation and Annotation of

"The Source of Old Poems"

【三】

심덕잠沈德潛 편저

조동영 역주

세창출판사

이 책 《고시원》을 번역하면서 심덕잠과의 만남은 여느 연인과의 만남처럼 늘 〈상주〉를 먼저 이해하려고 노력하였으며, 번역 또한 그 이론에 충실코자 하였다. 〈상주〉와 중복되지 않는 선에서 최대한 객관적인 사실만을 위주로 인명, 지명, 책명, 명사에 각주를 달아 독자의 이해를 돕고자 하였으며, 철저하게 개인적인 사견은 배제하였다. 매 순간 시작품을 접할 때마다 늘 그의 해박한 지식에 감탄하면서 경외감을 떨칠 수 없었던 것은, 시의 이해를 넘어서 다양한 견해로 시를 분석하고 품평할 때마다 상상을 초월하는 이론을 줄곧 제시해 주었기 때문이다.

그는 작품마다에 담겨 있는 희로애락과 겹겹이 점철되어 있는 무수한 사연들을 실마리 풀 듯이 풀어 주고자 하였고, 애끓는 이별의 눈물과, 알뜰한 상사(相思)의 연정(戀情)을 외면하지 않았다. 가슴에 사무치는 원한(怨恨)과 떠도는 나그네의 향사(鄕思)도 간과하지 않았다. 천고에 맺혀 있는 인생 고뇌(苦惱)와 인생무상과 시공(時空)을 달리한 고금인(古今人)의 화운(和韻)들을 낱낱이 소개함으로써 자신의 견해를 덧붙여 후세에 전하고자 하였다. 이 번역과정은 마치 그러한 그의 안내를 받아 한동안 여행을 떠난 기분이었다.

그러나 번역이란 마치 옷을 갈아입는 과정과도 같은 것이어서 옷의 제도와 형식은 물론 옷감의 재질과 색상과 그 매무새며 품격 등이 천차만별로 달라지는 것을 경험할 수 있었다. 이는 곧 언어의 시적 운용에 따라서 의미가 달라지기 때문에 시어의 적절한 선택과 조사의 간결한 배려는 하나의 기본이기도 하지만 조사 하나와 어미 하나를 어찌 바꾸느냐에 따라

의미 맥락이 확연히 달라진다는 경이로운 사실에 조심성이 더해질 수밖에 없었던 것이 이 지난한 번역과정이었다.

아무쪼록 어렵게 나온 이 책이 국내외의 시를 공부하는 분들에게 조금이나마 도움이 있기를 바라는 마음이 있지만, 그보다 먼저 혹여 오류나 잘못 전달한 내용은 없는지 걱정이 앞선다. 넓은 아량으로 살펴봐 주시기를 바라는 마음이 간절하다. 그리고 마음 한편에는 심덕잠의 후대인들을 위한 시교(詩敎)의 정신을 이어받아 이 책을 읽는 독자들에게 그의 정신이 오롯이 전해졌으면 하는 바람이 있다.

아울러 고전번역 사업의 일환으로 한국연구재단의 '명저번역' 지원사업 덕분에 이 책이 세상에 나올 수 있게 된 것을 감사하게 여기며, 익명의 심사자들께서 자상하고 꼼꼼하게 지적해 준 덕분에 많은 오류를 최소화하고 향상된 면모를 갖추게 된 것을 보람으로 여긴다.

그리고 강산이 한 번 변했을 세월을 지내오는 동안 백수(白壽)에 가까운 고령의 노모(老母)께서 불현듯 별세하는 슬픔을 겪어야 했고, 오랜 세월 동안 몸담아 오던 직장에서도 은퇴를 하게 되었다. 게다가 지금은 또 언제 끝날지도 모르는 코로나 시대를 직면하고 있다. 그런 와중에 감사할 일은 별 탈 없이 지내오면서 묵묵히 지켜봐 준 아내가 고맙고, 착실히 제 앞길을 밟아 가고 있는 3남매 자녀가 고맙다.

끝으로 이 책이 나오기까지 일일이 다 거명할 수는 없지만 격려와 도움을 주신 여러 동학들과 세창출판사 이방원 사장님 이하 관계자 여러분께 감사드린다. 특히 책을 출판하는 과정에서 수시로 소통하면서 나의 의견을 끝까지 들어주시고 기다려 주시고 조언해 주신 손경화 차장님과 그 주변 분들의 노고에 깊이 감사하는 마음을 전한다.

2022년 10월
정헌서재에서 조동영

고시원 3권

고시원(古詩源) 권12

– 제시(齊詩) –

사조(謝朓)

— 양시(梁詩) —

고시원(古詩源) 권13

— 양시(梁詩) —

고시원(古詩源) 권14

— 진시(陳詩) —

– 북위시(北魏詩) – 부(附) –

– 북제시(北齊詩) – 부(附) –

– 북주시(北周詩) – 부(附) –

— 수시(隋詩) —

고시원 1권

고시원(古詩源) 권1

– 고일(古逸) –

고시원(古詩源) 권2

— 한시(漢詩) —

고시원(古詩源) 권3

— 한시(漢詩) —

고시원(古詩源) 권4

— 한시(漢詩) —

고시원(古詩源) 권5

— 위시(魏詩) —

고시원(古詩源) 권6

— 위시(魏詩) —

고시원 2권

고시원(古詩源) 권7

— 진시(晉詩) —

고시원(古詩源) 권8

— 진시(晉詩) —

고시원(古詩源) 권9

– 진시(晉詩) –

고시원(古詩源) 권10

— 송시(宋詩) —

고시원(古詩源) 권11

— 송시(宋詩) —

일러두기

이 책은 다음과 같은 요령으로 번역하였다.

1. 이 책의 번역 대본은 中華書局에서 2006년에 간행한 中國古典文學基本叢書인 《古詩源》으로 하였다.
2. 번역서는 총 3책으로 나누어 완역하고, 열람의 편의를 위하여 '인명', '지명', '책명', '명사' 등의 찾아보기를 별책 1책으로 하였다.
3. 대본에 수록된 原文과 詳註를 모두 번역 대상으로 하였으며, 번역문 말미에 해당 원문을 幷記하였고, 詳註는 그 위치와 성격을 고려하여 번역문에서도 똑같이 그 체제를 따라 편집하였다.
4. 매 작품마다 제목 앞에 고유번호를 일괄 부가하여 독자의 편의를 제공하였다.
5. 원문을 병기한 번역문은 음영 바탕에 두고, 각각의 작품마다 별면으로 하되, 말미에 남는 여백에는 적당한 삽화를 두어 시각적인 효과를 주었다.
6. 각주의 경우 원문의 창작 연대를 기준으로 앞선 시대의 典據를 인용코자 하였으나 부득이한 경우에는 후대의 것을 인용하였으며, 객관적인 사실에 근거하고 역자 개인적인 사견은 배제하였다.
7. 각주의 전거에 인용된 책명은 완칭을 위주로 하되, 널리 통용되는 약칭일 경우 그대로 썼다.
8. 맞춤법과 띄어쓰기는 한글 맞춤법과 표준어 규정을 따르는 것을 원칙으로 하였다.
9. 이 책에 사용되는 부호는 다음과 같다.

   ( ): 번역문과 음이 같은 한자를 묶는다.

   [ ]: 번역문과 뜻은 같으나 음이 다른 한자를 묶는다.

   " ": 대화 등의 인용문을 묶는다.

   ' ': " " 안의 재인용, 또는 강조 부분을 묶는다.

   「 」: ' ' 안의 재인용을 묶는다.

   《 》: 책명 및 각주의 典據를 묶는다.

   〈 〉: 시제 또는 중요 사항을 묶는다.

고시(古詩)의 원류(源流)와 시교(詩敎)를 위한 선시(選詩)의 결정(結晶)

1. 머리말

이 책은, 청대(淸代)의 심덕잠(沈德潛)이 선진(先秦)시기 이전인 고대(古代)로부터 위진남북조(魏晉南北朝)시대를 거쳐 수대(隋代)에 이르기까지 유명한 시(詩)작품을 뽑아 엮은 책을 대본으로 삼아 번역하였다.

14권으로 분권(分卷)한 이 책에는 960여 수의 시작품이 수록되어 있으며, 《고시원(古詩源)》이라는 책 이름과 책을 편찬하게 된 동기가 책머리에 실려 있는 심덕잠의 〈서문(序文)〉에 자세히 기록되어 있다. 그리고 19항목에 달하는 〈예언(例言)〉에는 그가 이 책을 편찬하면서 특별히 주목했거나 의도했던 사항들이 낱낱이 기재되어 있다. 따라서 이 책의 편찬 의도를 정확히 이해하기 위해서는 미리 이 〈예언〉을 읽어 둘 필요가 있다.

또한 이 대본의 전반에 걸쳐 필요하다 싶은 부분에다 달아 놓은 〈상주(詳註)〉에는, 때로는 작가에 관한 것, 때로는 시대에 관한 것, 때로는 작품이 지니고 있는 함의(含意)와 성조(聲調)와 음률(音律) 등등에 대한 심덕잠의 예리한 비평이 담겨 있다. 그러므로 이 부분을 주의 깊게 살핀다면 작품을 잘못 이해하는 데서 오는 혼란을 막고 시작품을 좀 더 정확하게 이해하는 지침이 될 수 있을 것이다.

이 번역서에서는 〈상주〉의 내용을 먼저 이해하려고 노력하였으며, 번역과정에서 〈상주〉를 통한 심덕잠의 견해가 십분 반영되도록 하였다. 따라서 이 〈상주〉를 번역서 원문의 범주에다 두어 대본의 편집 형태를 그대로 유지하고 활자의 크기를 달리하여 시각적인 효과를 주었으며, 해석한 용어에 설명이 필요한 경우에 각주(脚註)를 달아 보충하였다.

이어서 심덕잠의 생애와 그가 살았던 시대 전반을 살펴보고, 《고시원》이란 책 이름이 지닌 의미와 이 책의 체재와 이 책에 담긴 시작품 내용을 시기별로 간략히 정리해 보기로 할 것이다. 이는 그렇게 함으로써 시교(詩敎)를 위한 심덕잠의 편찬 의도를 좀 더 정확하게 이해하려는 노력의 일환이라 하겠다.

2. 심덕잠의 생애와 시대 배경

심덕잠(沈德潛, 1673~1769)의 자는 확사(確士)이고, 호는 귀우(歸愚)이며, 강소성(江蘇省) 오현(吳縣) 사람이다. 일찍부터 총명하여 시명(詩名)이 높았으나 67세의 나이에 처음 진사(進士)에 등제(登第)하였고, 그 뒤에 건륭제(乾隆帝)로부터 시재(詩才)를 인정받아 진군(陳群)과 함께 '동남의 이로(二老)'로 불리었으며, 관직은 내각학사(內閣學士)와 예부시랑(禮部侍郎)을 역임하였다. 시호(諡號)는 문의(文懿)이다.

그의 인품은 담박하고 교만하지 않았으며, 사람을 편하게 대함으로써 계급에 따라 차별을 두지 않았다. 그가 벼슬길에 그다지 연연하지 않았다는 사실은, 팔대가(八大家)의 문장을 편찬하면서 한퇴지(韓退之)가 자신을 추천한 글은 한 편도 수록하지 않은 사실과 무관해 보이지 않는다. 그리고 그는 당시의 시종(詩宗)으로서 널리 세상 사람들의 존경을 받아 왔으며, 그의 문하(門下)에서 이른바 '오중칠자(吳中七子)'라 하여 왕명성(王鳴盛)·전대흔(錢大昕)과 같은 걸출한 인물이 배출되기도 하였다.

그의 저서는, 《귀우시문초(歸愚詩文鈔)》·《죽소헌시초(竹嘯軒詩鈔)》·《시여(詩餘)》 등이 있으며, 편찬한 책에는, 이 책의 대본인 《고시원(古詩源)》과 《당송팔대가독본(唐宋八大家讀本)》·《당시별재집(唐詩別裁集)》·《명시별재집(明詩別裁集)》 등과 시론집(詩論集)인 《설시수어(說詩晬語)》가 있다. 그리고 그는, 왕사정(王士禎)의 '신운설(神韻說)'에 대하여 도덕적인 문학관에 기반을 두고 바른 골격 위에 음률의 조화를 중시하는 '격조설(格調說)'을 주창하였다. 그의 이 '시론(詩論)'은 한(漢)·위(魏), 성당(盛唐)의 시를 모범으로 하여 격식과 격률을 중시하고 송대(宋代) 이후의 시풍(詩風)에 반대하는 것으로, 동시대의 시인이었던 원매(袁枚)의 '성령설(性靈說)'과 첨예하게 대립하는 학설이다. 이는 명대(明代) 전후칠자(前後七子)의 주장인 '양당억송(揚唐抑宋)'의 정신을 계승하였다고 보는 것이 학계의 일반적인 시각이다.

심덕잠이 살았던 17세기 '명말청초(明末淸初)' 시대의 시문단(詩文壇)은, 명(明)나라 중엽(中葉)의 이몽양(李夢陽)과 하경명(何景明) 등 전칠자(前七子)가 "문(文)은 진(秦)·한(漢)을 따르고, 시(詩)는 성당(盛唐)을 추구한다."를 표방했던 정신이, 후칠자(後七子)인 이반룡(李攀龍)과 왕세정(王世貞) 등의 그룹으로 이어지면서 이 주장은 당대(當代)를 풍미하기에 이르렀다. 이것이 '고문사파(古文辭派)'[1]이다. 이때 모곤(茅坤)과 귀유광(歸有光) 등의 이른바 '고문파(古文派)'[2]가 적극 대항하여 송대(宋代)의 문과 초당(初唐)의 시를 주장했지만 그 대세에는 필적할 수가 없었다.

만력(萬曆) 연간 이후에 또다시 원종도(袁宗道)·원굉도(袁宏道)·원중도(袁中道) 3형제의 '공안파(公安派)'가 문(文)은 소동파(蘇東坡), 시(詩)는 백낙천(白樂天)을 종(宗)으로 하여 이에 반발하였으나, 결국 이속(俚俗)의 폐단으로부터 자

---

1 고문사파(古文辭派): 명나라 중기에 문학의 복고 운동을 일으킨 일파로, 문학을 창작함에 있어 고문사(古文辭)를 전형(典型)으로 삼아 모방할 것을 주장했던 학파이다.

2 고문파(古文派): 명나라 때 문장의 복고에 치중하여 진한(秦漢) 이전의 유가 경전에서 볼 수 있는 순정한 문체를 재확립하고자 시도했던 학파이다.

유롭지 못하였다. 그 뒤 '경능파(竟陵派)'의 종성(鍾惺)과 담원춘(譚元春) 등이 시(詩)의 유심(幽深)을 표방하여 일어났는데, 역시 식견이 미치지 못한 탓에 명대(明代)의 시는 쇠퇴의 길로 접어들었다. 명말(明末)의 전겸익(錢謙益)이 문(文)은 당송팔가(唐宋八家), 시(詩)는 당시(唐詩)에다 새로이 송(宋)·원(元)의 시를 창도하여 이반룡·왕세정의 폐해를 바로잡기 위하여 안간힘을 썼다. 이와 같이 당시의 시문단은 파벌의 논쟁으로 얼룩져 있었다. 따라서 이러한 풍조 속에서 위대한 창작을 기대하기란 어려운 일이었다.

그 뒤 청대(淸代)로 접어들면서 왕사정과 전씨(錢氏)가 이끌던 송(宋)·원(元)시기의 시작품에 대한 부흥의 기운을 이어받아 '신운설(神韻說)'을 주창하며 시의 풍미와 홍취를 중요시한 결과 한(漢)·위(魏)에서 송(宋)·원(元)에 이르기까지 모두 이를 취하였다. 특히 '고담한원(枯淡閒遠)'[3]한 정취를 추구해 온 왕유(王維)의 일파는 어느 정도 존중을 받았다고 하겠으나 이(李)·두(杜)의 시는 그리 환대를 받지 못하였다. 그리하여 성당(盛唐)을 존숭하던 풍조는 깨어지고 당(唐)의 중기(中期)·만기(晩期) 혹은 송(宋)·원(元)을 주창하기에 이르렀다.

이때 전 시대의 이몽양(李夢陽)과 하경명(何景明) 이하 일파에서 시작된 '격조설(格調說)'을 지지하는 한편, 고체(古體)는 위(魏)를 종(宗)으로 하고, 근체(近體)는 반드시 성당(盛唐)을 받들어야 한다고 주장한 사람이 있었다. 그는 또 중당(中唐) 원화(元和) 이후의 시는 별파(別派)로 간주하고, 송시(宋詩)를 적극 배척하였다. 그가 바로 심덕잠이다. 위에서도 언급하였거니와 이와 비슷한 시기에 살았던 원매(袁枚)는 공안파(公安派)의 '성령설(性靈說)'을 가지고 이 학설에 대하여 첨예한 대립을 시도하였다. 그는 고인의 격률을 배척하고 성령의 발로를 제일의(第一義)로 삼았다. 이 학설은 일찍이 주창된 바 있는 '개성존중설'의 일환이기도 하다. 그리하여 '격조설'과 '성령설'은 급기

3 고담한원(枯淡閒遠): 소박하면서 담박하고, 여유롭고 원대한 시풍을 일컫는다.

야 두 파의 대립양상으로 발전하여 '건륭시단(乾隆詩壇)'의 한 특징을 형성함으로써 결국은 명대(明代)의 시문논쟁(詩文論爭)의 풍조가 청대(淸代)에 와서도 여전히 수그러들지 않고 지속되었다.

심덕잠은 이러한 풍토 속에서 한평생을 살아왔으니, 시인의 한 사람으로서 시대를 바라보는 시각이 남달랐을 법하다. 그러한 시각이 그의 고민을 불러일으켰던 것이며, 그 결과가 바로 후대인을 위한 시작품의 선별 작업과 시교(詩教)를 위한 주석작업을 통하여 자신의 시에 대한 이해와 식견을 대대적으로 표방하기에 이르렀다. 《당송팔대가독본》·《당시별재집》·《명시별재집》 등과 같은 그의 편찬서는 이러한 배경을 지니고 있다. 물론 이 《고시원》의 편찬도 그러한 시대적인 배경과 깊은 관련이 있었음은 의심할 여지가 없다. 이러한 측면에서 보면 그는 당대의 한 시인으로서의 역할보다 후대에 지대한 영향을 끼친 위대한 시비평가(詩批評家)로 일정한 자리매김을 하였다고 볼 수 있겠다.

3. 심덕잠과 《고시원》

심덕잠은 그의 나이 47세 되던 1719년(강희 58)에 이 《고시원(古詩源)》을 편찬하였다. 지금으로부터 300여 년 전의 일이다. 중국에서 일반적으로 한시(漢詩) 작품을 '고시(古詩)'라고 부를 경우, 이를 시대에 따른 고대(古代)의 시라는 뜻과 체재에 따른 고체(古體)의 시라는 뜻으로 구분하여 보아야 한다. '고시'라는 명칭은 원래 당대(唐代)에 성립된 근체시(近體詩)와 구별하기 위하여 붙여진 것이지만, 당대 이후의 작품일지라도 고체에 의한 작품인 경우에 고시라고 불렀다. 이 경우는 체제에 따른 것이다. 이와는 달리 당나라 이전의 작품만을 총칭하는 경우도 있다. 이 경우는 시대를 가지고 말하는 것이며, 이 《고시원》이 여기에 속한다. 물론 이 개념을 세분화하면 협의(狹義)와 광의(廣義)로도 나누어 볼 수 있겠으나, 여기에서는 우선 이 책이 당대(唐代) 이전의 작품까지만 수록하고 있다는 점을 주목하여 심덕잠의 견해를 직접 살펴보기로 한다. 그는 본서의 〈서문〉에서 다음과 같이 서술하였다.

"시(詩)는 당대(唐代)에 이르러 극도로 성행하였다. 그러나 시의 성행이 곧 시의 원류[源]는 아니다.[詩至有唐爲極盛, 然詩之盛非詩之源也.]"

"명(明)나라 초기에는 송(宋)·원(元)의 유습을 계승하였다. 그 후 이헌길(李獻吉)이 당시를 가지고 진작시키면서부터 천하가 바람에 쏠리듯 그를 추종하였고, 전후칠자(前後七子)가 서로 우익이 되어, 이를 매우 성대한 일로 칭송하였다. 그러나 그들의 폐단은 주수(株守)하기를 너무 지나치게 하는 데에 있다 보니, 의관을 갖춘 허수아비 같다 하여 시를 배우는 사람들이 이를 문제로 삼았다. 당(唐)만을 따라 지킬 뿐 그 원류를 연구하지 않았기 때문에 문파를 따로 세운 자들이 이를 추종하며 구실로 삼았던 것이다. 이로 볼 때 당시(唐詩)는 송·원의 상류인 것이며, 고시(古詩)는 또 당인의 발원지인 셈이다.[有明之初, 承宋元遺習, 自李獻吉以唐詩振, 天下靡然從風. 前後七子, 互相羽翼, 彬彬稱盛. 然其敝也, 株守太過, 冠裳土偶, 學者咎之. 由守乎唐而不能上窮其源, 故分門立戶者, 得從而爲之辭, 則唐詩者, 宋元之上流, 而古詩又唐人之發源也.]"

"나는 예전에 진수자(陳樹滋)와 함께 당시(唐詩)를 수집하여 책으로 만들면서 그 성대함을 엿볼 수 있었다. 이제 다시 수(隋)·진(陳) 이상으로 거슬러 올라가서 황제헌원씨(黃帝軒轅氏)까지 망라하였다. 《시경(詩經)》 삼백 편과 《초사(楚辭)》·《이소경(離騷經)》을 제외한 〈교묘악장(郊廟樂章)〉에서부터 〈동요(童謠)〉·〈이언(里諺)〉까지 다채로움을 갖추어 책을 완성하고 보니 14권이 되었다. 감히 고시(古詩)를 총망라했다고는 말할 수는 없겠지만 고시 중에 전아한 작품은 대략 여기에 수집되어 있으니, 무릇 시(詩)를 배우는 자들을 원류

(原流)로 이끌 수 있을 듯하다.[予前與樹滋陳子輯唐詩成帙, 窺其盛矣. 茲復溯隋陳而上, 極乎黃軒. 凡三百篇·楚騷而外, 自郊廟樂章·訖童謠·里諺 無不備采, 書成, 得一十四卷. 不敢謂已盡古詩, 而古詩之雅者, 略盡於此. 凡爲學詩者導之源也.]"

위의 인용문에서 확인할 수 있는 바와 같이 심덕잠은 자신이 이 글을 편찬하게 된 동기와 그 목적한 바와 책 이름을 정하게 된 이유를 정확히 밝혀 놓았다. 다시 말하면 그는 시대의 어려움을 극복하고 자신의 투철한 정신과 안목을 바탕으로 하여 그가 의도했던 바를 성공적으로 이룩한 결과의 산물을 제시한 것이다. 이는 곧 그가 이 작업을 통하여 시교(詩敎)에 의한 후생을 위한 노력의 일환이었음을 명확하게 밝혀 준 셈이다. 이어서 이 책의 체재(體裁) 및 구성(構成)에는 어떤 특징을 지니고 있는지 살펴보기로 한다. 이 역시 심덕잠의 시각과 의도한 바를 엿볼 수 있는 또 다른 한 단면이기도 하다.

4. 《고시원》의 체재와 구성

이 책의 체재는 대본을 기준으로 하여 먼저 각 시대를 구분하고, 해당 시기의 인물을 배치하였으며, 그 인물에 해당하는 작품을 순서에 따라 14권으로 나누어 배열하였다. 시대는 대략 고대로부터 한(漢)·위(魏)·진(晉)·송(宋)·제(齊)·양(梁)·진(陳)·북위(北魏)·북제(北齊)·북주(北周)·수대(隋代)까지 12시대이다. 여기에 수록된 인물은 대략 171명이며, 작가의 이름을 정확히 알 수 없어 무명씨(無名氏)로 표기한 경우가 또한 267명이나 된다. 그리하여 전체 선정한 작품 수가 무려 680제(題) 965수(首)에 달한다. 14권에 수록된 시작품의 편수와 작가의 인원수를 표로 정리하면 〈표 1〉과 같다. 그리고 분책의 형태를 임의로 1권(1~6), 2권(7~11), 3권(12~14), 4권(인물사전, 색인)으로 나눈 것은 시대의 구분과 분량 때문이며, 출간 책자를 전제

표 1. 작가 및 작품 현황

책수	권별	시대 구분	작가 수	작품 편수	무명 편수	소계	합계
一卷	권1	고일(古逸)	0	0	130	130	130
	권2	한(漢)	25	57	0	57	164
	권3	한(漢)	10	14	35	49	
	권4	한(漢)	1	0	58	58	
	권5	위(魏)	6	51	0	51	102
	권6	위(魏)	11	49	2	51	
二卷	권7	진(晉)	17	68	0	68	197
	권8	진(晉)	7	66	0	66	
	권9	진(晉)	9(-1)	45	18	63	
	권10	송(宋)	5	56	0	56	122
	권11	송(宋)	13	62	4	66	
三卷	권12	제(齊)	7	44	0	44	44
		양(梁)	4	24	0	24	101
	권13	양(梁)	17	61	16	77	
	권14	진(陳)	9	22	0	22	22
		북위(北魏)	6	9	2	11	11
		북제(北齊)	7	11	0	11	11
		북주(北周)	2	25	0	25	25
		수(隋)	16	34	2	36	36
四卷	인물사전 및 색인						
합 계			171	698	267	965	965

로 한 것이다.

〈표1〉에서 고일(古逸)에 수록한 130수의 시작품을 모두 무명 작가로 표기한 것은, 이 시기의 작품들에 대하여 간혹 작가를 주기(註記)해 놓은 것이 있기는 하지만, 대부분 후대(後代)에 가탁(假託)해 놓은 것들이어서 작자를 정확히 밝힐 수 없기 때문이다. 이는 상대(上代)의 시작품은 대개 주(周)나라 시기에 지어진 《시경(詩經)》을 제외하고는 그 작자와 시대를 정확히 알 수 없는 데에서 기인한 것이다. 또한 시기에 따라 직접 무명씨로 밝혀 놓은 것은 물론이고, 〈악부가사(樂府歌辭)〉나 〈잡가요사(雜歌謠辭)〉의 항목에 들

어 있는 작품들도 모두 무명작가의 항목에 포함시켜 표로 작성하였다.

그리고 수록한 편수의 많고 적음에 따라 편찬자의 관심도를 온전히 판단할 수 있는 것은 아니지만, 진대(晉代)의 32명(도잠의 경우 8권, 9권에 걸쳐 있음) 197수의 시작품 중에 도잠(陶潛)의 시를 무려 81수나 선정해 놓은 것은 특이한 점이다. 이는 심덕잠의 취향 내지는 관심도를 측정할 수 있는 한 사례이기도 하다. 이어서 포조(鮑照) 39수, 조식(曹植) 34수, 사조(謝朓) 33수, 사영운(謝靈運) 25수, 유신(庾信) 23수를 수록한 데에서도 심덕잠의 의중을 어렵지 않게 읽어 낼 수 있겠다. 이들 작품에 직접 달아 놓은 〈상주〉를 통해 그러한 정황을 어느 정도 파악할 수 있다. 아래 인용문은 도잠과 포조의 작품세계를 심덕잠이 직접 해당 항목 아래에다 붙여 놓은 사례이다. (1), (2)는 도잠에 관한 것이며 (3), (4)는 포조에 관한 것이다.

(1) 연명(淵明)은 명신(名臣)의 후예(後裔)로 시대가 바뀔 즈음에 살았기 때문에 말하고 싶어도 말하기 어려운 점이 있었다. 때때로 기탁(寄託)한 글이 있으니 유독 〈형가를 읊다[詠荊軻]〉라는 1장(章)만이 그런 것이 아니다. 육조(六朝)시대의 제일가는 인물이니 그의 시 중에 천고(千古)에 독보적이 아닌 것이 있겠는가? 종영(鍾嶸)이 이르기를 "그 시체(詩體)의 원류(源流)는 응거(應璩)로부터 나왔다."라고 하였는데, 이 말에 대하여 어떤 의론(議論)이 성립할 수 있겠는가?[淵明以名臣之後, 際易代之時, 欲言難言. 時時寄託, 不獨詠荊軻一章也. 六朝第一流人物, 其詩有不獨步千古者耶? 鍾嶸謂其原出於應璩, 成何議論?]

(2) 청아하고 원대하며[淸遠] 한가롭고 자유분방함[閒放]이 그 시작품의 본래 모습이다. 그 가운데 내재한 매우 깊고[淵深], 소박하고 정이 도타운[朴茂] 부분은 거의 미칠 수 없는 경지이다. 당인(唐人)으로 왕유(王維), 저광희(儲光羲), 위응물(韋應物), 유종원(柳宗元) 등이 그를 배워서 그 본성의 가까운 곳까지 터득하였다.[淸遠閒放, 是其本色, 而其中自有一段淵深朴茂 不可幾及處. 唐人王·儲·韋·柳諸公, 學焉而

得其性之所近.]

(3) 거침없는 소리[抗音]로 회포를 토로[吐懷]할 때마다 매번 고상한 절조(節操)를 이룬다. 그 높은 경지는 멀리 육기(陸機)와 육운(陸雲)에 이르고, 위로는 조조(曹操)와 조식(曹植)의 경지를 추급하였다.[抗音吐懷, 每成亮節. 其高處遠軼機雲, 上追操植.]

(4) 송인(宋人)의 시(詩)가 날로 유약(柔弱)한 데로 흘러 고시(古詩)가 끝나고 율시(律詩)가 시작되었다. 포조(鮑照)와 사영운(謝靈運) 두 사람이 없었다면 아마도 풍아(風雅)가 빛을 발하지 못하였을 것이다.[宋人詩, 日流於弱, 古之終而律之始也, 無鮑謝二公, 恐風雅無色.]

이상에서 본 바와 같이 심덕잠은 도잠을 육조(六朝)시대의 제일가는 인물이며, 그의 시는 천고(千古)에 독보적이라고 평가하였다. 이와 같이 작가에 대한 평가는 물론, 그들의 특징적인 면을 잘 드러내어 소개했을 뿐만 아니라 역사적인 안목을 겸비하여 예리하게 지적함으로써 독자로 하여금 시교(詩敎)에 의한 학습의 효과를 극대화시키고자 한 면을 엿볼 수 있겠다.

뿐만 아니라 그는 이 시선집을 편찬하면서 교정에 참여했던 사람들까지 명단과 출신지를 일일이 작성하여 〈예언〉 뒤에다 수록해 두는 꼼꼼함을 보여 주었다. 물론 그가 겸손한 말로 "나는 학식이 얕고 보잘것없으니 시(詩)를 판단하고 송(頌)을 편집하는 데에 있어서 조금도 터득한 바가 없다. 이 글은 전적(典籍)의 사실(事實)을 근거로 하여 깊은 뜻을 통달하기까지는 삼익(三益)의 공으로 얻은 것이 대부분이다. 교정에 참여한 사람들을 자세히 열거하여 책에다 기록해 둔다.[德潛學識淺尠, 於剬詩輯頌, 略無所得. 此書援據典實, 通達奧義, 得三益之功居多. 參訂姓氏, 詳列於簡.]"라고 〈예언〉에서 밝히고 있다.

그러나 이 자료를 단순히 교정에 참여한 사람들의 명단을 나열해 놓은 것으로만 간주할 일은 아닌 듯하다. 여기에 참여한 사람이 무려 50여 명이나 동원이 되었다는 것은, 이 시선집의 편찬과정이 상상외로 방대한 작업이었다는 것을 단적으로 보여 주는 또 하나의 사례인 것이다. 그들의 명단을 순서대로 표로 옮겨 보면 다음과 같다.

표 2. 참여한 사람들[參訂姓氏]

No.	1	2	3	4	5	6	7	8	9	10
성명	尤珍	施何牧	王材任	楊賓	計默	沈用濟	顧嗣立	杜詔	李崧	魏荔彤
자	謹庸	贊虞	子重	可師	希深	方舟	俠君	紫綸	靜山	念庭
지역	長洲	崇明	黃岡	山陰	吳江	錢唐	長洲	無錫	無錫	柏鄉
No.	11	12	13	14	15	16	17	18	19	20
성명	王汝驤	方還	侯銓	陳祖范	陳培脈	顧紹敏	許廷鑅	孫謨	朱奔恂	劉震
자	雲衢	蓂朔	秉衡	亦韓	樹滋	嗣宗	子遜	丕文	恭季	東郊
지역	金壇	番禹	嘉定	常熟	長洲	長洲	長洲	江寧	長洲	吳縣
No.	21	22	23	24	25	26	27	28	29	30
성명	謝方連	張畹	張鉽	方朝	周永銓	李果	汪琇	尤怡	周遠	毛樹杞
자	皆人	遜九	少弋	東華	昇逸	客山	西京	在京	少逸	遇汲
지역	宜興	吳縣	吳縣	番禺	長洲	長洲	常熟	吳縣	吳縣	吳縣
No.	31	32	33	34	35	36	37	38	39	40
성명	周準	鄭思用	王之醇	翁玉行	汪銓	彭啓豐	朱玉蛟	顧詒祿	江向爝	陸世楙
자	欽萊	元穉	鶴書	靜子	上衡	翰文	雲友	祿百	青麓	向直
지역	長洲	吳縣	崑山	江陰	新安	長洲	長洲	長洲	長洲	太倉
No.	41	42	門人	43	44	45	46	47	48	
성명	沈振	朱受新		洪鈞	尤秉元	滑士麟	蔣敦	陳魁	盧駿聲	
자	超亭	念祖		鳴佩	昭嗣	苑祥	仁安	經邦	景程	
지역	長洲	吳縣		寧國	長洲	太倉	長洲	長洲	吳縣	
No.	方外	49	50	51						
성명		震濟湘林	岑霽樾亭	德亮雪淋						
자										
지역										

5. 《고시원》 작품의 시대별 특징

서두에서 이미 언급하였거니와 심덕잠은 이 책을 편찬하면서 책머리에 〈예언(例言)〉을 두어 시대별, 작가별로 각각의 비평을 가하고 시작품을 채택한 기준까지를 명시해 놓았다. 이 점을 주목하여 시기에 따라 작품이 지니는 특징을 정리해 보기로 한다.

1) 고일(古逸)

상대(上代)인 요(堯)임금 시대로부터 아래로 진대(秦代)에 이르기까지 채록할 만한 운어(韻語)가 있으면 때로는 정사(正史)에서 혹은 제자(諸子)에서 취하여 왔다. 그리하여 이 시대의 작품을 '고일'이라는 항목 아래에 둔 것은, 고시(古詩)의 발원지가 어디에서부터 시작되었는지를 밝혀 주기 위한 때문이라고 〈예언〉에 명시하였다.

2) 한시(漢詩)

이 시기의 특징은 오언시(五言詩)를 표준으로 삼되, 그 가운데 두 시체(詩體)가 있다고 심덕잠은 보았다. 그중 하나는 소무(蘇武)와 이능(李陵)의 〈증답시(贈答詩)〉와 〈고시(古詩)〉 19수에 해당하는 고체(古體)이고, 또 다른 하나는 〈고시체로 지은 초중경의 아내를 위한 시[古詩爲焦仲卿妻作]〉와 〈맥상상(陌上桑)〉과 같은 악부체(樂府體)라는 것이다. 그는 또 소명(昭明)의 《문선(文選)》은 아정(雅正)한 음(音)만을 숭상하고 악부시(樂府詩)를 소략하게 수록하였다고 지적하고, 조사(措詞)나 서사(敍事)를 전제로 할 경우에 악부시만한 것이 없다고 강조하였다. 이 책에서는 특히 《문선》에 빠진 부분을 보충하여 후세 사람들이 구별할 줄 알게 하였다고 〈예언〉에서 밝혔다.

그리고 악부시에도 《시경(詩經)》의 풍(風)·아(雅)·송(頌)과 같은 세 가지 문체가 있어서, 〈안세방중가(安世房中歌)〉는 '아'에 가깝고, 무제(武帝)의 〈교사가(郊祀歌)〉와 같은 유는 '송'에 해당하며, 〈우림랑(羽林郎)〉·〈맥상상(陌上桑)〉 등의 편은 '국풍(國風)'에 해당한다고 주장하였다. 다만 한대(漢代)의 악부에는 섞여 있는 와언(訛言)을 구분해 낼 수 없다는 조자건(曹子建)의 말을 인용하여, 구두(句讀)를 붙이기 어렵고, 압운(押韻)이 없어 낭송하기 곤란한 것은 모두 취하지 않았다고 그는 말하였다.

3) 위시(魏詩)

이 시기의 인물로는 소무(蘇武)와 이능(李陵)의 뒤를 이은 조식(曹植)을 단연 제일인자로 꼽았다. 아버지 조조(曹操)와 형 조비(曹丕)도 재능이 많다고 평가하였지만 조식을 독보적인 시인으로 보는 데는 단호하였다. 또 이 시기 완적(阮籍)의 작품 세계에 대해서는 사물을 접하여 감정을 발산하고 슬픔과 즐거움을 마음껏 노래한 특징이 있다는 이유를 들어 그를 '별조(別調)'를 완성시킨 유일한 인물로 보았다.

4) 진시(晉詩)

이 시기의 작가들에 대한 고하(高下)와 우열(優劣)에 대하여 심덕잠은 세심한 평가를 하였다. 장화(張華)와 부현(傅玄)은 고하를 따지기 어렵고, 육기(陸機), 육운(陸雲), 반악(潘岳), 장한(張翰)도 우열을 정하기 어렵지만, 이들 중에 좌사(左思)만은 시의 풍격(風格)이 월등하여 당시의 여러 작가들을 모두 압도하였다고 보았다. 그래서 심덕잠은 종영(鍾嶸)의 《시품(詩品)》에 좌사가 반악과 육기의 중간쯤에 위치한다고 평가한 것은 적합한 평가가 아니라고 지적하였다. 다시 그 뒤를 이은 사람은 유곤(劉琨)과 곽경순(郭景純)이었음을 언급하였다.

이어서 동진(東晉) 시기를 지나면서 도잠(陶潛)의 탄생에 대하여 극찬을 아끼지 않았다. 그는 의도한 바가 없이 자연스럽게 시를 지어 지극한 경지에 도달하였으니, 그야말로 진대(晉代)의 최상일 뿐만이 아니라 다른 시대로 옮겨 놓는다 해도 충분히 과시할 만한 작가라고 평가하였다. 실제로 도잠의 작품 〈귀조(歸鳥)〉의 제4장(章)을 품평하면서, "다른 사람의 시는 '삼백편(三百篇)'을 배우고도 어리석고 무거워서[痴而重] '풍(風)'과 '아(雅)'와 더불어 날로 멀어지는데, 이 시는 삼백편을 배우지 않았음에도 맑고 유연하여서[淸而腴] '풍'과 '아'와 더불어 날로 가까워졌다.[他人學三百篇, 痴而重, 與風雅日遠, 此不學三百篇, 淸而腴, 與風雅日近.]"라고 한 것은 극찬이 아닐 수 없다.

5) 송시(宋詩)

송대(宋代)에 이르자 시의 체제가 점점 변하고 성색(聲色)이 크게 열렸다고 심덕잠은 보았다. 그리하여 이 시기의 작가로 사영운(謝靈運)과 포조(鮑照)를 이묘(二妙)라 하여 최고로 꼽았다. 그러나 안연지(顔延之)는 성가(聲價)가 높다고는 하나 인위적으로 다듬고 조각한 것이 심하여 위 두 사람과 어깨를 나란히 할 정도는 아니라고 보았다. 심덕잠이 그렇게 보는 이유는, 사영운은 산수시인(山水詩人)의 대표격이라 하여 전원시인(田園詩人)의 대표격인 도잠(陶潛)과 더불어 도(陶)·사(謝)로 병칭하는 한편, 포조는 악부문학(樂府文學)에 있어 고금을 통틀어 독보(獨步)의 경지를 개척한 일인자로 여기는 데에 있다.

안연지의 시구(詩句)가 비록 수식이 지나쳐서 포(鮑)·사(謝)의 경지에는 미치지는 못하지만 더러는 사영운과 함께 안(顔)·사(謝)로 병칭하기도 하였으니, 그 역시 송대의 수많은 시인들 중에 걸출한 인물로 보는 데는 무리가 없을 듯하다. 이 책에 그의 작품이 7제(題) 27수(首)가 수록되어 있다.

6) 제시(齊詩)

이 시기의 작가로 선정된 인물은 7인이며, 그중에 사조(謝脁)의 시가 무려 33편이나 된다. 전체 44편 중에 33편은 적은 비중이 아닌 만큼, 그를 당대(當代)를 대표하는 시인으로 인식하였다는 것을 의미한다. 〈예언〉에 "사조 혼자서 한 시대를 풍미하였다."라는 평가는 그러한 근거가 되기에 충분하다. 그리고 심덕잠은 왕융(王融) 이하는 딱히 내세울 만한 사람이 없다고 보았다.

7) 양시(梁詩)

심덕잠은 이 시기의 작품 경향에 대하여, 풍격(風格)이 날로 떨어져 가는 중에도 심약(沈約)의 단장(短章)만큼은 여전히 고체(古體)를 보존하였다고 보았고, 강엄(江淹)과 하손(何遜)의 작품 경향이 무리에서 뛰어날 정도의 풍격은 아니지만 그래도 한 시대를 풍미한 그런 작가임에는 틀림이 없다고 보았다. 그리고 간문제(簡文帝)의 시작품을 논하면서, "이 시기의 작품 경향은 임금과 신하, 위와 아래가 오로지 염정(豔情)으로 오락을 삼았기 때문에 '온유돈후(溫柔敦厚)'한 정취를 잃게 되어 한(漢)·위(魏)시대의 유풍이 완전히 사라져 버렸다. 그래서 선정한 작품이 비교적 소략하다."라고 하였다.

그는 또 〈예언〉에서 "양대의 〈횡취곡〉은 무인의 가사(歌詞)가 대부분이다. 북방의 음악은 우렁차서 징과 자바라를 번갈아 연주하는 듯하다. 〈기유가〉와 〈절양유가사〉와 〈목란시〉 등의 편(篇)은 외려 한(漢)·위(魏)시대 사람들의 유향이 있고, 북제의 〈칙륵가〉도 역시 서로 유사하다.[梁時橫吹曲, 武人之詞居多, 北音鏗鏘, 鉦鐃競奏, 企喻歌·折楊柳歌詞·木蘭詩等篇, 猶漢魏人遺響也. 北齊敕勒歌, 亦複相似.]"라고 말하였다. 그리하여 이 시기의 악부시에 칠언시(七言詩)가 많이 사용되고, 또 오언사구(五言四句)의 단시(短詩)와 팔구(八句)의 대우시(對偶詩) 등이 성행한 결과, 당(唐)의 칠언시와 오언절구, 율시(律詩) 등의 신체시(新體詩)가 형성되기까지의 선구(先驅)가 되었다고 보는 것이 그의 견해이다.

8) 진시(陳詩)

이 시기의 작가로 선정된 인물이 9명인데, 그중 첫번째 등장하는 인물이 음갱(陰鏗)이다. 그가 지은 〈개선사에서[開善寺]〉라는 시의 아래에다 심덕잠은 다음과 같이 〈상주〉를 달아 이 시기의 작품 경향에 대하여 지적하고, 또 구체적인 사례를 들어 음갱의 작품이 지니고 있는 문제점을 지적하였다. 아래 인용문은 그 실제 사례이다.

"시가 진(陳)나라에 이르러서 자구(字句)를 조탁(彫琢)하는 데 오로지 공을 들였기 때문에 고시(古詩)의 일맥(一脈)이 끊어졌다. 두소능(杜少陵)의 절구(絶句)에 '음갱(陰鏗)과 하손(何遜)이 고심하여 글짓기를 배워 보았네.[頗學陰何苦用心]'라고 하였고, 또 이태백(李太白)에게 지어 준 시에 '이후(李侯)가 좋은 시구(詩句) 지어낼 때면, 이따금씩 음갱(陰鏗)과 흡사하다.[李侯有佳句 往往似陰鏗]'라고 하였는데, 이는 다만 그 구절만 감상한 것이요, 그 풍격을 취한 것은 아니다.[詩至於陳, 專工琢句, 古詩一綫絶矣. 少陵絶句云, 頗學陰何苦用心, 又贈太白云, 李侯有佳句, 往往似陰鏗. 此特賞其句, 非取其格也.]"

이와 같이 음갱의 작품세계가 겉으로 드러나 있는 외형만 미려할 뿐이고, 그 내면에 담겨 있는 풍격은 취할 것이 없다고 지적하면서 고시(古詩)가 지니고 있는 내면의 아름다움이 단절되었다고 말하였다. 이와 반대로 주홍양(周弘讓)의 작품 세계에 대하여 품평하기를, "맑고도 진실하여[淸眞] 마치 도연명(陶淵明) 시의 한 갈래와 같으니, 진(陳)·수(隋) 시기에는 이런 시를 얻기가 대단히 어렵다.[淸眞似陶詩一派, 陳隋時得之大難.]"라고 극찬을 아끼지 않았다. 서로 상반된 이와 같은 평가는 작가와 작품이 지닌 경향에 기인한 것이므로 이 시기의 전반적인 작품 경향이 혼재되어 있음을 단적으로 말해 준 것이라 하겠다.

9) 북조시(北朝詩)

북조의 경우, 북위(北魏)의 온자승(溫子昇)과 북제(北齊)의 안지추(顔之推)의 시작품이 우수하다. 또 〈칙륵가(勅勒歌)〉는 북제의 무명씨(無名氏)의 작품이

지만, 몽골의 원야(原野)를 조망한 작품으로 애수(哀愁)와 웅경(雄勁)한 기개를 엿볼 수 있는 좋은 작품이다. 심덕잠은 이 작품에 대하여 "망망(莽莽)하게 와서 자연스럽고 고고(高古)하니, 한(漢)나라 사람이 남긴 음향이라 하겠다.[莽莽而來, 自然高古, 漢人遺響也.]"라고 품평하였다. 그리고 북주(北周)에서는 유신(庾信)의 작품이 가장 뛰어나다고 하였다. 심덕잠은 그에 대하여 "뛰어난 재능이 풍부하여 비감이 서려 있는 시편에서 항상 풍골(風骨)을 보여 주었으니, 그의 장점은 오로지 글귀를 구사하는 데에만 있는 것이 아니다."라고 평가하였다.

그러나 유신은 서위(西魏)에 사신으로 가서 억류되었다가, 양(梁)이 멸망한 뒤에 결국 서위(西魏)와 북주(北周)에 출사하여 자신의 신절(臣節)을 끝까지 지키지 못한 인물이다. 그가 이를 자책하고 고향으로 돌아가고픈 심정을 담아 읊은 〈애강남부(哀江南賦)〉와 〈영회시를 본따서 짓다[擬詠懷]〉 등의 작품에서 심덕잠이 언급한 그의 고뇌에 찬 풍골(風骨)의 실제를 엿볼 수 있다. 이 책에는 〈영회시를 본따서 짓다〉라는 연작시 8수의 전문이 수록되어 있다.

10) 수시(隋詩)

특히 이 시기의 작품 중에 수 양제(隋煬帝)의 시는 북방적인 웅대호방(雄大豪放)한 기상이 가득한 〈음마장성굴행(飮馬長城窟行)〉과 같은 시와, 남조풍(南朝風)의 염려(艶麗)한 정시(情詩)로 〈채련화(采蓮花)〉와 〈춘강화월야(春江花月夜)〉 등과 같은 작품이 있어 겨우 20여 편에 불과하지만 모두 우수한 작품들이다. 그래서 심덕잠은 이들에 대하여 평가하기를, "양제의 시는 단아하고 바른말을 만드는 데 능하여, 진 후주(陳後主)에 비하여 이 점이 월등하다."고 하고, 그의 시에 대해서는 "육조시(六朝詩)의 풍기(風氣)가 바야흐로 변화하려는 징조가 보인다."고 하였다. 또한 양소(楊素)에 대하여 "무인(武人)이면서 간웅(奸雄)인 그가, 시의 풍격만은 청아하고 심원하여 마치 세상을 벗어난 고인(高人)의 글과 같으니, 참으로 납득할 수 없는 일이다."고 하였다. 2제(題) 11편의 시작품이 이 책에 수록되어 있다.

11) 가요(歌謠)

심덕잠은 〈예언〉에서 〈악부시〉와 〈잡요가사〉를 본서에 수록한 동기를 다음과 같이 서술하였다.

> "한 무제(漢武帝)는 악부(樂府)를 설립하여 가요(歌謠)를 채록하였고, 곽무천(郭茂倩)은 《악부시집(樂府詩集)》을 편찬하면서 잡요가사(雜謠歌詞)도 갖추어 수록하였으니, 이것을 보면 치란(治亂)을 알고 성쇠(盛衰)를 징험할 수 있다. 내가 각 시대마다의 시인들 뒤에다 가요(歌謠)를 붙여 놓은 것도 역시 앞서간 사람들의 뜻과 같다.[漢武立樂府采歌謠, 郭茂倩編樂府詩集, 雜謠歌詞, 亦具收錄, 謂觀此可以知治忽驗盛衰也. 愚於各代詩人後嗣以歌謠, 猶前人志云.]"

이 말은 심덕잠이 시를 채록한 기준점이기도 하다. 다음에 인용한 글도 같은 맥락에서 이해할 수 있겠다.

> "한(漢)나라 이전의 가사(歌詞) 중에는 후인들의 의작(擬作)이 꽤 많다. 예를 들면 하우(夏禹)의 〈옥첩사(玉牒詞)〉와 한 무제(漢武帝)의 〈낙엽애선곡(落葉哀蟬曲)〉과 같은 부류들이 바로 그것이다. 그 사지(詞旨)가 취할 만하므로 함께 올려도 무방하며, 진위(眞僞) 여부는 스스로 있기 마련이니, 더는 논하지 않기로 한다. 그러나 〈항아가(姮娥歌)〉와 〈백제가(白帝歌)〉는 일이 무(誣)에 가깝고, 〈우희답가(虞姬答歌)〉와 〈소무처답시(蘇武妻答詩)〉는 사어(詞語)가 시류(時流)에 가까워서 이런 종류의 작품들은 감히 시속(時俗)에 따라 채택하여 넣지 않았다.[漢以前歌詞, 後人擬作甚夥. 如夏禹玉牒詞, 漢武帝落葉哀蟬曲類是也. 詞旨可取, 不妨並登, 眞僞自可存而不論. 然如皇娥·白帝歌, 事近於誣. 虞姬答歌·蘇武妻答詩, 詞近於時, 類此者不敢從俗采入.]

지금까지는 각 시기에 따라 작품이 지닌 특징을 〈예언(例言)〉을 중심으로 살펴보았다. 다음에서는 〈상주〉를 토대로 하여 심덕잠의 시각을 정리해보기로 한다.

6. 〈상주(詳註)〉에 담긴 심덕잠의 시각

〈상주〉라는 명칭은, 상해신민서국(上海新民書局)에서 간행한 책 표지에 쓴 용어를 편의상 활용한 것으로, 작품의 이해를 돕기 위하여 심덕잠이 책을 편찬하면서 붙여 놓은 주석을 말한다. 지금까지 인용해 온 〈예언(例言)〉은 책 전체에 대한 개괄적인 제언인 데 반하여 이 〈상주〉는 작품 각각에 대한 평가와 이해가 잘 드러나 있다. 따라서 이 책의 전체 작품에 대한 심덕잠의 시각을 알아보기 위해서는 필연적으로 이 〈상주〉의 내용을 정리해 둘 필요가 있다. 이 장에서 전체를 다 아우르지는 못하지만 대략이나마 정리해 보고자 한다.

일련번호 113. 〈백량시(柏梁詩)〉에 대하여 심덕잠은 "한 무제(漢武帝) 원봉 3년(元封三年)에 백량대를 짓고 이천석(二千石)에 해당하는 신하들에게 조서를 내려, 칠언시(七言詩)를 제대로 짓는 신하는 상좌(上坐)에 앉게 하였다." 라고 소개하면서 26명의 명단을 작품 아래에 표기하였다. 그리고 이 작품을 칠언고시(七言古詩)의 시초라고 명명하였으며, 후세 사람들이 연구시(聯句詩)를 짓게 된 것이 이후부터라고 그는 말하였다. 말미에는 "한 무제의 시에는 제왕(帝王)의 기상이 엿보이나 그 이하는 수준이 못 미친다. 그러나 26명의 작품을 그대로 수록하여 하나의 시체(詩體)를 갖추어 놓았다."라고 하였으니, 심덕잠의 말대로라면 고문헌에 자주 등장하는 연구시(聯句詩)의 발원지가 이 〈백량시〉라는 말이 된다.

또 소무(蘇武)와 이능(李陵)의 시작품에 대하여 "한번 읊고 세 번 감탄하게 하는 감성과 이성이 공존하는 그런 작품이다."라고 말하고, 소무의 시작품은 4수의 한 묶음인 시작품을 싣고 각각 말미에 시평을 붙여 놓았다. 이능의 시는 122. 〈소무에게 준 시[與蘇武詩]〉라는 3수의 시와 흉노 땅에서 소무와 작별하면서 지은 123. 〈별가(別歌)〉 1수를 수록하였다.

이능에 대한 일부 부정적인 시각들과는 달리 심덕잠은 이 시 작품을 통해 그의 안타까운 처지에 대하여 애틋한 연민의 정을 가지고 시작품을 바라보았다. 그는 〈소무에게 준 시〉라는 작품에 대하여 "조물주의 베틀에서 짜낸 한 조각 비단과 같아서 인간의 능력과는 무관하다"라고 극찬하였고, 이 작품을 오언시(五言詩)의 원조(元祖)라고 말하였다. 심지어 "음(音)은 극히 온화하고, 조(調)는 극히 어울리며, 자(字)는 극히 온당하다. 이것이 한(漢)나라 사람의 고시체(古詩體)이며 후세 사람들이 흉내 낼 수 없는 경지이다." 라고 말함으로써, 직접적으로 우열을 가려 말하지는 않았지만 소무의 작품보다 이능의 시작품이 더 핍진한 감정을 함의하고 있다고 보았다. 소무와 이능의 서로 다른 처지를 놓고 보면 충분히 이해할 수 있는 부분이기도 하다.

심덕잠은 한 소제(漢昭帝)의 127. 〈임지가(淋池歌)〉에 대하여 "육조(六朝)시대의 풍기(風氣)를 열어 준 작품이다."라고 소개하였고, "양홍(梁鴻)의 132. 〈오희가(五噫歌)〉와 장형(張衡)의 135. 〈사수시(四愁詩)〉는 어찌 그 경지를 모방할 수 있겠는가. 후인(後人)이 모방한 것은 그저 서시(西施)의 겉모습만을 그린 것과 같을 뿐이다."라고 평가하여 두 작품의 우수성을 나타내 주었다. 유일하게 두소능(杜少陵)의 〈칠가(七歌)〉는 이 〈사수시〉를 모방한 것이지만 가장 환골탈태(換骨奪胎)를 잘하였다는 말로 상호 연관성이 있음을 시사했다. 이러한 그의 시각이 궁극적으로는 후대의 시를 공부하는 사람의 지침이 된다는 점에서 유의미한 평가라 할 수 있겠다.

채염(蔡琰)이 지은 147. 〈비분시(悲憤詩)〉는 108구 540자나 되는 오언장편(五言長篇)의 서사시(敍事詩)이다. 기구한 운명을 지닌 한 여인의 자서전에 가까운 사실적 묘사가 뛰어난 이 작품에 대하여 심덕잠은 "단락이 분명하면서도 이어 간 흔적을 말끔히 제거하여 끊어질 듯 이어지며 잗달지도 않고 난잡하지도 않다."라고 평하였고, "두소능의 〈봉선영회(奉先詠懷)〉와 〈북정(北征)〉 등의 시와 이따금씩 유사한 면이 있다."라고 하였다. 그리고 이어서 "마음이 격앙되고 쓰라려서 읽다 보면 마치 흩날리는 쑥[驚蓬]이 자리를 어지럽히고 모래와 자갈[沙礫]이 저절로 날리는 듯한 분위기를 느낄 수 있다. 동한(東漢)시대의 사람으로 최대의 역량을 지녔다."라고 극찬하였다.

사실 채염은 후한 말기의 여류시인이면서 채옹(蔡邕)의 딸인데 처음에는 위도개(衛道玠)에게 시집갔다가 얼마 후 남편과 사별하고 친정으로 돌아왔다. 그 뒤 동탁(董卓)의 난 때 흉노족에게 납치되어 남흉노 좌현왕(左賢王)에게 시집가서 두 아들을 낳았다. 조조가 채옹의 후손이 끊기는 것을 애석하게 여겨 좌현왕에게 천금을 주고 채염을 데려와서 동관 근처 남전 땅에 장원을 세우고 그곳에서 살게 하였다. 그 뒤에 그는 다시 동사(董祀)에게 재가(再嫁)한 인물이다.

이러한 인물의 과거를 의식한 탓인지 심덕잠은 말미에 "사람들로 하여금 그의 실절(失節)을 잊고 단지 가련함만 깨닫게 하니, 이는 그의 정이 진실한[情眞] 때문이며 또한 그 정이 깊은[情深] 때문이다."라고 평가한 것을 보면, 이는 곧 작품 속에 담긴 채염의 생애와 관련한 진정성을 심덕잠은 더 높게 평가하였다는 사실을 알 수 있다.

그리고 심덕잠은 악부시에 대하여 다음과 같이 평하였다. 165. 〈맥상상(陌上桑)〉에 대하여 "진술하는 기법이 매우 농염하여 신연년(辛延年)의 〈우림랑(羽林郎)〉과 한 솜씨의 글처럼 보인다."라고 하였고, 또 이어서 "이 악부체(樂府體)가 고시(古詩)와 구별되는 점이 여기에 있다."라고 하여 악부시와 고시를 구분하였으며, 171. 〈동문행(東門行)〉에 대하여는 "위 문제(魏文帝)의 〈염가하상행(豔歌何嘗行)〉에 "위로는 푸른 하늘에 부끄럽고, 아래로 나이 어린아이들을 돌아본다"는 이 글을 본뜬 것인데, 이 글이 더 이해하기 쉽다." 라고 하였다. 172. 〈고아행(孤兒行)〉에 대하여는 "매우 잗달[瑣碎]기도 하고 매우 고상[古奧]하기도 하다. 단절과 연속이 끝이 없고 단락의 흔적이 없으며 눈물자국과 피맺힌 한으로 점철되어 한편을 이루고 있다. 이는 악부시 중에 한 종류의 작품이라 하겠다."라고 하였다. 173. 〈염가행(豔歌行)〉에 대해서는 "〈맥상상(陌上桑)〉, 〈우림랑(羽林郞)〉과 함께 성정(性情)의 올바름을 보여 주고 있으니 국풍(國風)의 영향이라 하겠다."라고 하였다. 176. 〈상가행(傷歌行)〉에 대해서는 "애써 조탁(彫琢)하지도 않았고, 대우(對偶)를 맞추지도 않았다. 그러나 화평한 가운데 웅건(雄健)한 풍격(風格)이 느껴진다."라고 하였다. 이렇듯이 심덕잠은 〈예언〉에서도 이미 언급한 것처럼 악부시에 대하여 깊은 이해와 남다른 관심을 피력하였다.

다음은 고시(古詩)에 대하여 심덕잠은 어떤 시각으로 바라보았는지 살펴보기로 한다. 먼저 184. 〈고시(古詩)〉는 모두 19수(首)로 되어 있다. 그는 이 19수의 작품을 한 사람이 한 시기에 지은 것이 아니라고 보았다. 《옥대신영(玉臺新詠)》의 경우 중간에 몇 장을 매승(枚乘)이 지었다는 것과, 《문심조룡(文心雕龍)》의 경우 〈고죽(孤竹)〉 1편을 부의(傅毅)의 사(詞)라고 주장한 것을 일례로 들고, 소명(昭明)의 "성씨를 모르기 때문에 통칭해서, 고시(古詩)라고 한다"라는 말을 인용하여, "소명의 설(說)을 따르는 것이 타당하다."라고 그의 견해를 밝혔다. 심덕잠은 이 작품을 "독자로 하여금 슬픈 감정이 끊임없이 일게 하면서 자연스럽게 선한 마음을 갖게 하니, 이는 국풍(國風)의 영향을 받은 작품이다."라고 하여, 극찬을 아끼지 않았다. 또한 "청화(淸和)하고 평원(平遠)함이 있어서 굳이 기발한 생각이나 놀랍게 하는 문구를 쓰지 않았으나 한경(漢京)의 여러 고시(古詩)는 모두 그 수준이 이 시의 아래에 놓일 수밖에 없다. 따라서 이 시는 오언시(五言詩) 중에서 그 기준이 되는 극치이다."라고 한 것을 보면, 심덕잠이 이 19수의 〈고시〉에 대하여 높이 평가하고 있음을 알 수 있다.

그리고 심덕잠은 211. 〈성 위의 까마귀 동요[城上烏童謠]〉에 대하여 "가요(歌謠)는 그 대의(大意)만을 보도록 하고, 글자마다 따져 볼 필요는 없다. 따라서 천착하여 오류를 범하는 것보다는 차라리 의문점을 남겨 두는 편이 낫다."라고 하여 작품을 바라볼 때 합리적인 방안을 강구하고 너무 천착하여 억지가 되지 말게 하였으며, 214. 〈소탐가(蘇耽歌)〉에 대해서는 "213. 〈정령위가(丁令威歌)〉와 같이 응당 후세 사람들의 의작(擬作)으로 봐야 할 것이지만, 가사(歌詞)가 취할 만한 점이 있다."라고 하여 그가 시를 선정한 기준이 후대의 시교(詩敎)로서 가치가 있는 것이면 채록하였다는 것을 보여 주었다.

위 무제(魏武帝)에 대한 심덕잠의 시각도 예사롭지 않다. "맹덕(孟德)의 시는 오히려 한나라 가락에 가깝고, 위 문제(魏文帝) 자환(子桓) 이하는 순전히 위나라 가락이다."라고 하였으며, 또 "의미가 심장하고 웅건하며 맑고 청아한 시풍이 있으며 가끔씩 패자(覇者)의 기상이 드러나기도 한다."라고 하였다. 그리고 "조공(曹公)의 사언시(四言詩)는 《시경》 삼백편(三百篇)의 시 외에 자연스럽게 기발한 음향을 개척하였다."라고 하여, 조조의 시작품 경향에 대하여 한 분야를 개척한 것으로 보았다. 또한 진림(陳琳)의 257. 〈음마장성굴행(飮馬長城窟行)〉에 대하여 "묻고 답한 흔적이 없지만 신리(神理)가 정연하니, 한(漢)나라의 악부시로 더불어 상큼함을 견줄 만하다."라고 평하였다.

육기(陸機)에 대한 평은 다음과 같다. "뜻은 해박한 지식을 드러내고자 하였으나 가슴속의 지혜가 부족하고, 필력도 거론하기에는 충분치 않아서 마침내 배우(排偶)만 따지는 일파(一派)를 열어 놓았다. 그리하여 서경(西京) 이래의 참신하고 웅건한 기상은 더 이상 존속시키지 못하였다."라고 하고, 그의 작품 경향에 대하여 "사형(士衡)은 명장(名將)의 후예로 나라가 망하고 가문이 망한 터라 정서에 맞게 말하려다 보니, 필시 애원(哀怨)이 많았을 것이다. 그러나 작품의 취지가 얕고 다만 외형만 수식하는 데에 공을 들였을 뿐이니, 다시 무엇을 귀하다 하겠는가."라고 하여 혹평을 가하였다. 또 "소무(蘇武)·이능(李陵)의 시와 〈고시〉 19수는 매양 시격이 국풍(風)에 근접하지만, 사형의 무리는 부(賦)를 짓는 것으로 행세하였다. 그런 연유로 사람을 감동시키지 못하였다."라고 하고, 끝부분에서 다시 《문부(文賦)》에 "시는 감정에 따라 짓되 아름답게 묘사한다."라는 글을 인용하면서 "이는 자못 시인(詩人)의 본지(本旨)가 아니다."라는 말로 반박하였는데, 이는 그의 '격조설'에 근거한 것으로, 시는 먼저 품격을 갖추어야 하는 것이지만 결국은 감동을 줄 수 있는지의 여부가 관건이라는 것이다.

심덕잠은 반악(潘岳)에 대해서도 그다지 긍정적이지 않았다. "안인(安仁)을 《시품(詩品)》에서는 그 순서를 사형(士衡)의 아래에다 두었다. 여기에서는 특히 〈도망시(悼亡詩)〉 2수를 취하였는데, 격조는 비록 높지 않으나 그 정만큼은 자연히 깊기 때문이다."라고 하였고, "안인이 가후(賈后)의 당여(黨與)가 되어 태자(太子)인 휼(遹)과 유력(有力)한 사람들을 모의하여 죽였다. 인품이 이러한데, 시(詩)가 어찌 아름다울 수가 있겠는가?"라고 하였으며, "반악과 육기의 시는 마치 비단을 잘라 꽃을 만들어 놓은 듯하니 살아 있는 운치[生韻]가 극히 적다. 그래서 작품을 적게 수록하였다."라고 하여 그의 시 선별에 대한 분명한 시각을 제시해 주었다.

그러나 좌사(左思)에 대해서는 다음과 같이 평하였다. "종영(鍾嶸)이 좌사의 시(詩)에 대하여 품평하기를, '육기(陸機)보다는 거칠지만 반악(潘岳)보다는 깊이가 있다.'라고 하였는데, 이는 좌태충(左太沖)을 모르는 자이다. 태충은 가슴속이 툭 트였고 필력 또한 호탕하며 한(漢)·위(魏)시대를 연마하여 스스로 우수한 작품을 지었다. 그러므로 이는 한 시대를 풍미한 솜씨라고 할 수 있다. 어찌 반악과 육기 정도로 비교할 수 있겠는가."라고 하였고, 306. 〈영사(咏史)〉 8수(首)에 대하여 "태충의 〈영사시〉는 오로지 한 사람만을 읊은 것도 아니며 또한 오로지 한 가지 일만을 읊은 것도 아니다. 고인(古人)을 읊었음에도 자신의 성정(性情)이 모두 드러나 있으니, 이는 천추(千秋)에 절창(絶唱)이라고 하겠다. 뒤에는 오직 포명원(鮑明遠)과 이태백(李太白)만이 그것이 가능했다."라고 하여 극찬을 아끼지 않았다.

이어서 왕희지(王羲之)의 324. 〈《난정집》의 시[蘭亭集詩]〉에 대한 평을 보기로 한다. "서문(序文)만 유독 아름다운 것이 아니라 시(詩)도 청초(淸超)하고 탈속(脫俗)하였다."라고 하고, 그 작품의 일부를 들어 "도를 배워서 터득한 자가 아니면 이런 말을 하지 못한다."라고 하면서 서문은 사람마다 외워서 기억하고 있기 때문에 여기에는 싣지 않고 시작품만 실었다고 자신의 견해를 밝혔다. 왕희지의 문장뿐만이 아니라 시작품의 경지에 대해서도 '도를 배워서 터득한 자'라고 평가할 정도이다. 그러나 《창려선생문집(昌黎先生文集)》에 보면 그의 시작품만 해도 줄잡아 360여 수나 되는데 여기에 수록한 것은 1수에 불과하다. 81수나 되는 도연명의 시작품을 수록한 데에 비교하면 상당한 차이가 있다. 이는 문장가와 시인에 대한 구분을 엄격히 한 것으로 보여진다.

그렇다면 도연명의 시작품을 바라보는 심덕잠의 시각은 또 어떠했는지 다시 살펴보기로 한다. 우선 〈음주시〉 10수 중의 끝부분에 남긴 평을 보기로 하자, "진인(晉人)의 시(詩) 중에 광달(曠達)한 자는 노자(老子)와 장자(莊子)를 주로 인용하고, 번루(繁縟)한 자는 반고(班固)와 양웅(揚雄)을 주로 인용하는데, 도공(陶公)은 전적으로 《논어(論語)》를 인용하였다. 한인(漢人) 이하로부터 송유(宋儒) 이전까지 성문(聖門)의 제자(弟子)로 추대할 수 있는 자는 연명(淵明)뿐이다. 강락(康樂)도 경전(經傳)의 말을 잘 인용하기는 하였으나 흔적을 없게 하는 데에서는 연명에게 자리를 양보해야 한다."라고 하였으니, 심덕잠의 견해는 역시 유학의 경전을 존숭하는 데에 비중을 두고 있었음을 짐작할 수 있겠다.

그리고 안연지(顔延之)에 대한 평을 보면 "육사형(陸士衡)은 늘어놓으며 서술하는 데[敷陳] 장점을 지녔고, 안연지(顔延之)는 새기고 다듬는 데[鏤刻] 장점을 지녔다. 그러나 이런 것 때문에 흠이 된다. 《시경(詩經)》에 '조화롭기가 맑은 바람과 같다.[穆如淸風]'라고 하였는데, 이러한 시가 '아음(雅音)'인 것이다."라고 하여, 심덕잠의 시를 바라보는 기준점은 '아음'이 되느냐 못되느냐를 가지고 판단했다는 것을 알 수 있다.

그런가 하면 사혜련(謝惠連)은 남조(南朝) 송(宋)나라 사람으로, 그의 종형(從兄)인 사영운(謝靈運)과 사조(謝朓)와 함께 삼사(三謝)로 불릴 만큼 명성을 떨쳤다. 그런데 그에 대한 심덕잠의 평가는 냉혹할 정도이다. "사선원(謝宣遠)의 시는 한결같이 고치고 다듬어서 자연스런 운치를 잃었다. 〈장자방을 읊다[詠張子房]〉라는 작품은 더욱더 생경한 것이어서 비록 당시에는 존중받았을지라도 여기에서는 산삭하였다."라고 하여 그의 선시(選詩)의 기준을 명확히 하였다.

원제(元帝)는 양 무제(梁武帝)의 일곱째 아들이다. 그가 지은 518. 〈절양류(折楊柳)〉의 아래에다 주석을 달면서 "이와 같은 종류의 음절(音節)은 결국 오언근체(五言近體)로 보아야 한다. 고시(古詩)는 제(齊)나라와 양(梁)나라 사이에서 없어졌다가 당(唐)나라의 진사홍(陳射洪)이 나타나 넓히고 맑게 하였다. 문(文)에서는 한창려(韓昌黎)를 얻었고 시(詩)에서는 진사홍을 얻었으니, 만회(挽回)한 공로가 적지 않다."라고 하여, 당나라 근체시의 시발점이 양 원제의 〈절양류〉에서 기인한다고 보았다.

이어서 불교에 능하였고, 음운에도 밝아 사성(四聲)을 정확히 구별해 놓았으며 시의 팔병설(八病說)을 제창한 바 있는 심약(沈約)에 대해서는 "가령(家令)의 시(詩)는 포조(鮑照)나 사조(謝朓)의 시에 비하면 성정(性情)과 성색(聲色) 면에서 모두 1격(一格)을 양보해야만 할 것이다. 그러나 소량(蕭梁)의 시대에는 역시 대가로 추대되었으니, 변폭(邊幅)은 외려 매끄럽고 사기(詞氣)가 외려 중후하여서 능히 고시(古詩)의 한 맥을 보존하였다. 그 시기에 강둔기(江屯騎)와 하수조(何水曹)가 각각 일가를 이루었으니, 서로 정족(鼎足)의 형세를 취할 만하다."라고 하여 이 시기의 삼인방을 제시해 주었다. 그의 작품 524. 〈범안성과 작별하다[別范安成]〉에 대해서는 "한 가닥의 진정한 기운이 흘러나와 구절마다 구르고 글자마다 두터워지니, 〈고시〉 19수의 경지와 거리가 멀지 않다."라고 하여 극찬하기도 하였다.

남조(南朝)시대 양(梁)나라의 문학가였던 유견오(庾肩吾)의 작품 556. 〈진사왕의 무덤을 지나다[經陳思王墓]〉에 대해서는 "유견오와 장정견은 그 시에 성색과 취미를 모두 갖추었다. 시의 아름다움은 성색과 취미를 모두 갖춘 데 있으니, 유견오와 장정견과 같은 사람이 여기에 해당하고, 시의 고상한 경우는 성색과 취미가 전혀 없는 데에 있으니, 도연명과 같은 이가 여기에 해당한다."라고 하였다.

남조시대 진(陳)나라의 시인이었던 강총(江總)의 작품 608. 〈규원편(閨怨篇)〉에 대해서는 "당률과 비슷하다. 조금 내려가면 전사(塡詞)가 되니, 배우는 자들은 그 조짐을 막아야 한다."라고 하여 경계하는 말을 남겼으며, 청하(淸河) 동무성(東武城) 사람인 장정견(張正見)의 작품 609. 〈가을날에 유정원과 작별하다[秋日別庾正員]〉라는 시에 대해서는 "좋은 시구(詩句)를 만났을 때 그 격조가 아주 낮거나 약하지만 않으면 또한 곧 거둬들여야 한다. 시를 선정하는 자가 여기에 이르면 안목을 어느 정도 낮출 수밖에 없다."라고 하여, 조금은 부족하여도 격조가 아주 형편없지만 않으면 선정하였다는 심덕잠의 아량을 보여 주는 부분도 있다.

그리고 상경(常景)의 618. 〈양웅을 노래하다[揚雄]〉에 대하여 "이 작품은 기상과 체제가 크고 방정하여서 수록하였다."라고 하여 또 다른 시작품 선별기준을 제시하였고, 북주(北周)의 유신(庾信)이 지은 642. 〈'영회'를 본따서 짓다[擬詠懷]〉라는 8수에 대하여 "끝없는 외로움과 울분을 다 토해 냄으로써 교졸(巧拙)함을 모두 잊었으니, 전적으로 완적(阮籍)을 본떴다고 할 수 없다."라는 그의 견해를 과감하게 피력한 부분도 있다.

그리고 특히 눈에 띄는 시평은 유신의 작품 647. 〈매화(梅花)〉라는 오언 8구 율시 형태의 시에 대하여 "옛사람은 매화를 읊을 적에 맑고 고상하여 세속을 초탈하였는데, 후세 사람은 더욱 각획(刻畫)을 하고 끈끈하게 막히는[粘滯] 경향이 있다는 것을 느끼게 한다. 이것을 보면 옛사람은 정신을 취하였는데 후세 사람은 외형만을 취하는 경향이 있다는 것을 알 수 있다."라고 하였다. 수많은 매화를 읊은 시가 있는데 그 시작품들에 대하여 옛사람과 요즘 사람의 성향을 예리한 안목으로 지적하고 있는 점이 돋보인다.

또한 수 양제(隋煬帝)에 대해서는 "양제의 시는 단아하고 바른말을 구사할 줄 알아서 진 후주(陳后主)보다 훌륭하다."라고 평하였지만, 그의 작품 653. 〈'음마장성굴행'을 지어 출정에 수행하는 신하들에게 보이다[飮馬長城窟行示從征羣臣]〉와 654. 〈백마편(白馬篇)〉에 대하여 "두 작품은 기상과 체격이 자연 활달하다. 그러나 골격은 진작시키기에 충분하지 않다."라고 평하였다.

수나라 정치가인 양소(楊素)에 대한 평도 예외가 아니다. "무인이면서 간웅인데, 시의 풍격만은 맑고 심원하여 마치 세상을 벗어난 고인(高人)의 글과 같으니, 참으로 이해할 수 없다."라고 하였고, 그의 작품 656. 〈설파주에게 주다[贈薛播州]〉라는 9수의 오언 고풍체의 시작품 말미에는 다음과 같은 평이 있다. "천하가 혼란한 시기에 살며 처음 정정(定鼎)을 말하였고, 다음은 구재(求材)를 말하고, 다음은 입조(立朝)를 말하고, 그다음은 설도형이 출수(出守)하여 그 정무(政務)를 완성한 것을 칭송하고, 그다음은 자신이 한가롭게 돌아온 걸 말하였고, 맨 끝에는 서로 그리워하는 뜻을 묘사하였다. 한 제목 아래에서는 몇 개의 장이 되더라도 모두 이런 장법(章法)을 구사해야 한다."라고 하여 시작품의 한 형식에 대하여 언급하였다.

7. 맺음말

심덕잠은 이 《고시원(古詩源)》을 편찬하면서 여러 의미를 부여하였다. 그중에 하나를 꼽는다면 단연 시교(詩敎)를 전제로 한 결과의 산물로 보아야 할 것이다. 그가 〈예언〉을 통하여 또는 〈상주(詳註)〉를 통하여 전달하고자 했던 다양한 비평들이 결국은 후대의 시를 공부하는 사람들을 위한 교육의 지침이 되기를 간절히 바랐다고 할 수 있다. 다음 〈예언〉의 말미에 적어 놓은 내용을 통하여 다시 그 의미를 상기해 보고자 한다.

“시(詩)는 이치를 말하는 것이 아니다. 그러나 어찌 사리(事理)에 어긋난 시가 있겠는가? 중장통(仲長統)의 《술지(述志)》에 이르기를, ‘오경을 어기거나 어지럽히고[畔散五經], 풍(風)과 아(雅)를 뭉개거나 폐기한다[滅棄風雅]’라고 하였는데, 이 말은 방자함을 따져 물을 것도 없으니, 이런 유의 글들은 대개 다 채택하지 않았다.[詩非談理, 亦烏可悖理也? 仲長統述志云, 畔散五經, 滅滅風雅, 放恣不可問矣, 類此者概所屏卻.]”

이상에서 살펴본 바와 같이 심덕잠은 이 책을 편찬하면서 여러 측면에서 자신의 견해와 목적한 바를 자세히 밝혀 놓았다. 후세의 시를 공부하는 사람들에게 지침이 되기 위한 목적에서 이루어진 결과의 산물로 보고자 하는 이유가 바로 여기에 있다.

심덕잠은 청나라 시인 왕사정(王士禎)이 예전에 편찬한 《고시선(古詩選)》에 대하여 문제점을 보완하는 계기로 삼아 이 《고시원(古詩源)》을 편찬하였다고 밝혔다. 그는 《고시선》이 오언(五言)과 칠언(七言)으로 이루어진 작품만을 수록한 문제점을 《고시원》에서는 삼언(三言)과 사언(四言) 및 장단(長短)에 의한 잡구(雜句)까지 모두 수록하면서 특별히 각체(各體)에 해당하는 것을 채록하여 미비점을 보충하였다.

또 왕상서가 선정한 오언(五言)의 경우 당인(唐人)의 시까지만 취하였고, 칠언(七言)의 경우는 아래로 원대(元代)까지의 시를 취한 데 반하여 《고시원》은 도당씨(陶唐氏)로부터 시작하여 남북조(南北朝)까지로 범위를 잡았다. 그리고 그는, “이는 발원지를 탐색하기 위한 것이며 아래로 지류(支流)는 살펴볼 겨를이 없었기 때문이다.[探其源, 不暇沿其流也.]”라고 밝히고 있다. 이것이야말로 심덕잠이 후세의 사람들에게 시교(詩敎)를 통한 하나의 지침이 되기를 간절히 희망했던 시도였다고 보여진다.

시(詩)는 당대(唐代)에 이르러 극도로 성행하였다. 그러나 시의 성행이 곧 시의 근원[源]은 아니다. 오늘날 강물을 관찰하는 자는 바다만 보고 그것을 전부라고 여긴다. 그러나 바다를 통해서 거슬러 올라가면 바다와 가까운 데가 구하(九河)[1]이고, 그 상류는 강수(洚水)[2]이며 맹진(孟津)[3]이다. 또 그 위로 가면 적석(積石)[4]을 통해서 곤륜(崑崙)[5]의 발원지에 이르게 된다.[詩至有唐爲極盛, 然詩之盛非詩之源也. 今夫觀水者, 至觀海止矣. 然由海而溯之, 近於海爲九河, 其上爲洚水, 爲孟津, 又其上由積石, 以至崑崙之源.]

《예기(禮記)》에 "대천(大川)에 제사를 지내는 자가 하수(河水)에 먼저 하고 바다에 뒤에 한다."[6] 하였는데, 이는 그 발원지를 중요시하기 때문이다.

---

1 구하(九河): 함곡관(函谷關) 주변에 위치한 감숙성(甘肅省) 중부 지역을 흐르는 강을 이르는 말로, 영정하(永定河)라고도 한다.

2 강수(洚水): 춘추전국시대 장하(漳河)의 한 지류. 후대에는 분리되어 고강하(枯洚河)를 강수(洚水)라고 하였다. 하북성(河北省) 광종현(廣宗縣)에서 발원하여 남궁현(南宮縣)·기현(冀縣)·형수현(衡水縣)을 지나 장하와 합류하였으나 지금은 없어졌다. 강수(絳水) 또는 강수(降水)로도 쓴다.

3 맹진(孟津): 동한(東漢)시대 때 낙양(洛陽) 동북쪽 황하(黃河) 주변의 한 나루터였는데, 예로부터 군사상의 요충지로 활용되었던 곳이다. 현재 하남성(河南省) 맹현(孟縣) 남쪽이 그 지점이다.

4 적석(積石): 《한서(漢書)》〈지리지(地理志)〉에 "금성군(金城郡) 하관현(河關縣) 서남쪽 강중(羌中)에 있다." 하였는데, 하관현은 지금 감숙성(甘肅省) 임하(臨河) 부근으로, 황하(黃河)가 이 산에서 발원한다고 한다.

5 곤륜(崑崙): 중국 전설에 나오는 신성한 산. 중국 서쪽에 있으며 황하강(黃河江)의 발원지로 알려져 있다. 하늘에 이르는 높은 산, 또는 아름다운 옥이 나는 산으로 서왕모(西王母)가 살았으며 불사(不死)의 물이 흐르는 곳이라고 전해 온다.

6 《예기(禮記)》〈학기(學記)〉에 "삼대의 왕들이 대천에 제사를 지낼 때면 모두 하수에 먼저 하

당나라 이전의 시(詩)는 곤륜산 아래에서 내려오는 물에 해당한다. 한경(漢京)[7]과 위씨(魏氏)[8]의 경우는 《시경(詩經)》의 풍(風)·아(雅)와 거리가 멀지 않기 때문에 달리 말할 것이 없다. 다만 제(齊)·양(梁)의 화려함과 진(陳)·수(隋)의 경쾌하고 요염한 시의 경우는 풍표(風標)와 품격(品格)이 당나라에 견주어 손색이 없다고 단정할 수 없다. 그렇다 하여 당시(唐詩)가 거기로부터 영향을 받지 않았다고 말한다면, 이는 사해(四海)의 물이 맹진 이하에서 흘러온 물이 아니라고 하는 것이 될 것이니, 이런 이치가 있겠는가.[記曰; "祭川者先河後海." 重其源也. 唐以前之詩, 崑崙以降之水也. 漢京魏氏, 去風雅未遠, 無異辭矣. 即齊梁之綺縟, 陳隋之輕豔, 風標品格, 未必不遜於唐. 然緣此遂謂非唐詩所由出, 將四海之水非孟津以下所由注, 有是理哉.]

명(明)나라 초기에는 송(宋)·원(元)의 유습을 계승하였다. 그 후 이헌길(李獻吉)[9]이 당시를 가지고 진작시키면서부터 천하가 바람에 쏠리듯 그를 추종하였고, 전후칠자(前後七子)[10]가 서로 우익이 되어, 이를 매우 성대한 일로

고 바다에 뒤에 하였다. 이는 혹은 근원이 되고 혹은 말류가 되기 때문이다. 이것을 일러 근본에 힘쓴다고 하였다.[三王之祭川也, 皆先河而後海. 或源也, 或委也, 此之謂務本.]" 하였다.

7 한경(漢京): 한(漢)나라의 도성이었던 장안(長安) 혹은 낙양(洛陽)을 지칭한다. 또는 기타 고대(古代) 한족(漢族)의 정권적 도성(都城)을 지칭하기도 한다. 한(漢)나라 반고(班固)의 《서도부(西都賦)》에 "우리의 황도를 넓히고[博我以皇道.] 우리의 한경을 넓힌다.[弘我以漢京.]" 하였다.

8 위씨(魏氏): 조위(曹魏)를 일컫는 말로, 곧 조조(曹操)를 시조로 한다는 의미에서 중국 삼국시대의 위(魏)나라를 통칭하는 말로 쓰인다.

9 이헌길(李獻吉, 1475~1529): 헌길(獻吉)은 이몽양(李夢陽)의 자(字)이고, 호는 공동자(空同子)이다. 효종(孝宗)과 무종(武宗)을 섬겨 강직한 신하로 평가받았다. 7재자(七才子)의 한 사람으로 시문의 복고(復古)를 주창하여 '문필진한(文必秦漢), 시필성당(詩必盛唐)'을 주장, 진한(秦漢)의 고문과 이두(李杜: 이백·두보)의 시를 이상으로 하고 시의 격조를 중시하였기 때문에, '격조설(格調說)'이라고 하여 문단을 주도하기도 하였다. 저서에는 《이공동전집(李空同全集)》 66권과 부록 2권이 있다.

10 전후칠자(前後七子): 전칠자(前七子)는 주로 1488년에서 1521년 사이에 활동했던 이몽양(李夢陽, 1472~1529), 하경명(何景明, 1483~1521), 왕구사(王九思, 1468~1551), 왕정상(王廷相, 1474~1544), 강해(康海, 1475~1541), 변공(邊貢, 1476~1532), 서정경(徐禎卿, 1479~1511) 등을 말하며, 후칠자(後七子)는 1520년대 후반부터 1560년대 전반기에 활동했던 이반룡(李攀龍, 1475~1570), 왕세정(王

칭송하였다. 그러나 그들의 폐단은 주수(株守)[11]하기를 너무 지나치게 하는 데에 있다 보니, 의관을 갖춘 허수아비 같다 하여 시를 배우는 사람들이 이를 문제로 여겼다. 당(唐)만을 따라 지킬 뿐 그 원류를 궁구하지 않았기 때문에 문파(門派)를 따로 세운 자들이 이를 추종하며 구실로 삼게 되었다. 이로 볼 때 당시(唐詩)는 송·원의 상류인 것이며, 고시(古詩)는 또 당인의 발원지인 셈이다.[有明之初, 承宋元遺習, 自李獻吉以唐詩振, 天下靡然從風. 前後七子, 互相羽翼, 彬彬稱盛. 然其敝也, 株守太過, 冠裳土偶, 學者咎之. 由守乎唐而不能上窮其源, 故分門立戶者, 得從而爲之辭, 則唐詩者, 宋元之上流, 而古詩又唐人之發源也.]

나는 예전에 진수자(陳樹滋)[12]와 함께 당시(唐詩)를 수집하여 책으로 만들면서 그 성대함을 엿볼 수 있었다. 이제 또다시 수(隋)·진(陳)을 거슬러 올라가서 황제헌원씨(黃帝軒轅氏)[13]까지 망라하였다. 《시경(詩經)》 3백 편과 《초사(楚辭)》·《이소경(離騷經)》을 제외하고, 〈교묘악장(郊廟樂章)〉에서부터 〈동요(童謠)〉·〈이언(里諺)〉까지 다채로움을 갖추어 책을 완성하고 보니 14권이 되었다. 감히 고시(古詩)를 총망라했다고는 말할 수는 없겠지만 고시 중에 전아한 작품은 대략 여기에 수집하였으니, 무릇 시(詩)를 배우는 자를 원류(原

世貞, 1526~1590), 종신(宗臣, 1525~1560), 사진(謝榛), 서중행(徐中行), 양유예(梁有譽), 오국륜(吳國倫) 등을 말한다.

11 주수(株守): 요행만 믿고 그루터기를 지킨다는 뜻으로, 주변이 없이 한 가지 일에만 얽매여 있는 어리석음을 비유적으로 이르는 말이다.

12 진수자(陳樹滋): 이름은 배맥(培脈)이며, 수자(樹滋)는 그의 자(字)이다. 청대(淸代) 강남(江南) 장주(長州) 사람으로, 심덕잠과 함께 《당시별재집(唐詩別裁集)》20권을 공동 편찬하였다.

13 황제헌원씨(黃帝軒轅氏): 서진(西晉)의 황보밀(皇甫謐)이 지은 《제왕세기(帝王世紀)》에 "황제헌원씨는 수구(壽丘)에서 태어나 희수(姬水)에서 자란 까닭에 '희(姬)'가 성이 되었고, 헌원이란 언덕에서 살았기 때문에 헌원이 이름이 되었다."라고 하였다. 전설상의 인물인 그는 태어난 직후에 곧 말을 할 수 있었고 자라면서 더욱 성실하고 영민하였으며, 어른이 되어서는 널리 보고 들으면서 사물에 대한 분별력이 분명해졌다. 이후에 그는 탁월한 지도력을 인정받아 부족의 수령으로 추대되었고 원래 서북쪽에 있던 부족의 근거지를 지금의 하북성 동남쪽인 탁록으로 옮겼다고 전한다.

流)로 이끌 수 있을 듯하다.[予前與樹滋陳子輯唐詩成帙, 窺其盛矣. 茲複溯隋陳而上, 極乎黃軒. 凡三百篇·楚騷而外, 自郊廟樂章·訖童謠·裏諺 無不備采, 書成, 得一十四卷. 不敢謂已盡古詩, 而古詩之雅者, 略盡於此. 凡爲學詩者導之源也.]

예전에 하분(河汾)의 왕씨(王氏)[14]가 한(漢)·위(魏) 이하의 시를 산삭하여 공자(孔子)가 산삭한 《시경》 3백 편의 뒤를 이었다 하여 《속경(續經)》이라고 하였더니, 천하 후세의 사람들이 들고 일어나 참람하다고 공박하였다. 대체로 왕씨가 참람하다는 것은 성인(聖人)의 경전(經傳)을 흉내 낸 것을 지적한 것이지, 그가 후대의 시를 산삭한 것을 지적한 것은 아니었다. 가령 그가 용어를 잘못 적용하였다 하여 한·위 이하의 시를 학자들이 수집하지 말아야 한다고 한다면, 이는 뜨거운 국에 혼이 나서 냉채(冷菜)도 불어서 먹는 것과 같고, 남이 음식을 먹다 목이 메는 것을 보고서 다시는 먹지 않으려는 것과 같으니, 이는 구구한 견해일 뿐이다.[昔河汾王氏, 刪漢·魏以下詩, 繼孔子三百篇後, 謂之續經, 天下後世羣起攻之曰僭. 夫王氏之僭, 以其擬聖人之經, 非謂其錄刪後詩也. 使誤用其說, 謂漢·魏以下學者不當蒐輯, 是懲熱羹而吹虀, 見人噎而廢食, 其亦翦翦拘拘之見爾矣.]

내가 이 책을 완성하면서 '고일(古逸)'은 그 개괄적인 데에 역점을 두었고, '한경(漢京)'에는 비교적 상세하게 하였으며, '위(魏)·진(晉)'은 그 화려함을 펼쳤다. 그리고 '송(宋)·제(齊)' 이후의 작품까지도 폐기하지 않았다. 이는 시를 편찬한 것이기도 하지만 또한 이로써 세상을 논한 것이기도 하다. 그리하여 보는 사람으로 하여금 그 근본을 연구하여 그 변화를 알게 함으로써 풍아(風雅)의 유의(遺意)를 점차 엿볼 수 있게 하였다. 이는 마치 바다를 관찰하는 자가 하수를 거슬러 올라감으로써 곤륜산의 원류까지 거슬러 오를 수 있게 하는 것과 같다 하겠다. 따라서 시교(詩敎)에 반드시 적게나마 보탬이 없지는 않을 것이다.[予之成是編也, 於古逸存其概, 於漢京得其詳, 於魏·晉獵

14 하분(河汾)의 왕씨(王氏): 수(隋)나라 하분의 대유학자 왕통(王通, 584~617)을 이른다. 자는 중엄(仲淹)이다. 자신의 책략이 쓰이지 않자, 하분으로 은퇴하여 후생의 교육에 몰두하였다.

其華, 而亦不廢夫宋齊後之作者. 旣以編詩, 亦以論世. 使覽者窮本知變, 以漸窺風雅之遺意. 猶觀海者由逆河上之以溯崑崙之源, 於詩教未必無少助也夫.]

강희(康熙) 기해년(1719) 여름 5월에 장주(長洲) 심덕잠(沈德潛)이
남서(南徐)[15]의 견산루(見山樓)에서 쓰다.
[康熙己亥夏五, 長洲沈德潛, 書於南徐之見山樓.]

15 남서(南徐): 강소성(江蘇省)에 있는 진강(鎭江)을 이른다.

○ 〈강구(康衢)〉와 〈격양(擊壤)〉으로 비로소 성시(聲詩)를 열었다. 위로 도당(陶唐)으로부터 아래로 진대(秦代)에 이르기까지 운어(韻語)로 채택할 만한 것이면, 혹은 정사(正史)에서 취하기도 하고 혹은 제자서(諸子書)에서 발췌해 오기도 하여 고일편(古逸篇)에 섞어 수록하였다. 그리하여 이것을 한경(漢京)[1] 작품의 위에다 둔 것은 시의 근원을 찾기 위함이다. 《시기(詩紀)》[2]에 상세히 갖추어져 있거니와 여기에서는 그중에 더욱 고아(古雅)한 것만 가려 뽑았다.[康衢擊壤, 肇開聲詩. 上自陶唐, 下暨秦代, 韻語可采者, 或取正史, 或裁諸子, 雜錄古逸. 冠於漢京, 窮詩之源也. 詩紀備詳, 茲擇其尤雅者.]

○ 국풍(國風)[3]과 이소(離騷)[4]가 이미 단절되고 한인(漢人)이 대신 흥기(興起)하자, 오언시(五言詩)가 표준이 되었다. 오언시 중에는 2개의 시체(詩體)가 뚜렷하게 나타나는데, 소무(蘇武)[5]와 이능(李陵)[6]의 증답시(贈答詩)와 무명

---

1 한경(漢京): 한(漢)나라의 도성이었던 장안(長安) 혹은 낙양(洛陽)을 지칭한다. 서문(序文) 주 7) 참조.

2 《시기(詩紀)》: 명대(明代)의 풍유눌(馮惟訥)이 편찬한 156권에 달하는 한시(漢詩) 모음집. 《고시기(古詩紀)》라고도 한다.

3 국풍(國風): 《시경(詩經)》의 내용을 풍(風), 아(雅), 송(頌)으로 분류하는데, 풍(風)에 해당하는 15개 제후국에서 채집한 민간가요(民間歌謠) 성격의 시작품 160수를 통틀어 일컫는 말이다.

4 이소(離騷): 《초사(楚辭)》의 편명(篇名). 전국(戰國)시대 초 회왕(楚懷王) 당시에 굴원(屈原)이 근상의 참소로 쫓겨난 뒤 연군(戀君)의 정을 읊은 글. 이소경(離騷經)으로도 일컫는다.

5 소무(蘇武): 전한 때의 명신. 자는 자경(子卿)이다. 무제(武帝)의 명으로 흉노지역에 사신으로 갔다가 선우에게 붙잡혀 북해(北海: 바이칼호) 부근에서 19년 동안 유폐되었다가 귀국한 뒤에 선제(宣帝)의 옹립에 가담하여 그 공으로 관내후(關內侯)가 되었다.

씨(無名氏)의 19수(首)는 고시체(古詩體)이고, 〈고시체로 지은 초중경의 아내를 위한 시〉와 〈우림랑(羽林郞)〉과 〈맥상상(陌上桑)〉 [6]유(類)의 시는 악부체(樂府體)이다. 소명(昭明)[7]은 유독 아음(雅音)을 숭상하여 악부(樂府)에는 소략하였다. 그러나 조사(措詞)나 서사(敍事)는 악부에 장점이 있다. 여기에서는 특히 소명의 선정에서 빠진 것을 보충하여 후세에 저술하는 자들이 구별할 바를 알게 하였다.[風騷即息, 漢人代興, 五言爲標准矣. 就五言中, 較然兩體, 蘇李贈答·無名氏十九首, 古詩體也. 廬江小吏妻·羽林郞·陌上桑之類, 樂府體也. 昭明獨尙雅音, 略於樂府, 然措詞敍事, 樂府爲長. 玆特補昭明選未及, 後之作者, 知所區別焉.]

○ 〈안세방중가(安世房中歌)〉는 《시경》의 아(雅)에 해당하고, 한 무제(漢武帝)의 〈교사가(郊祀歌)〉 등의 노래는 《시경》의 송(頌)에 해당하며, 〈고시체로 지은 초중경의 아내를 위한 시〉와 〈우림랑(羽林郞)〉과 〈맥상상(陌上桑)〉 등의 편(篇)은 《시경》의 국풍(國風)에 해당한다. 악부시 중에도 역시 이 세 가지 시체(詩體)를 갖추고 있으니, 마땅히 구분해서 보아야 한다.[安世房中歌, 詩中之雅也. 漢武郊祀等歌, 詩中之頌也. 廬江小吏妻·羽林郞·陌上桑等篇, 詩中之國風也. 樂府中亦具三體, 當分別觀之.]

○ 조자건(曹子建)[8]이 이르기를, "한대(漢代) 가곡(歌曲) 중에 와전된 것은 판별할 수 없다." 하였다. 위인(魏人)도 이렇게 말하였는데, 더구나 오늘날 와

6 이능(李陵, ?~기원전 74): 자는 소경(少卿)이며 농서(隴西) 출신이다. 한나라 때의 명장 이광(李廣)의 손자로, 흉노와의 싸움에서 많은 공을 세웠으나, 흉노에게 포위되어 8일 동안 싸우다가, 무기와 화살이 떨어지고 구원병이 오지 않자 남은 병사들의 목숨을 살리기 위하여 결국은 항복하여 고국으로 돌아오지 못하고 병사하였다.

7 소명(昭明): 중국 남조(南朝) 양(梁)나라 때 《문선(文選)》을 편찬한 소명태자(昭明太子) 소통(蕭統)을 이른다.

8 조자건(曹子建, 192~232): 삼국시대 위 무제(魏武帝)의 셋째 아들 조식(曹植)을 이른다. 자건은 그의 자(字)이고, 시호는 사(思)이다. 그의 재주와 인품을 싫어한 문제(文帝)는 거의 해마다 새 봉지(封地)에 옮겨 살도록 강요하였고, 그는 엄격한 감시 아래 신변의 위협을 느끼며 불우한 나날을 보내다가, 마지막 봉지인 진(陳)에서 죽었다. 80여 수의 시가 현전하며, 사부(辭賦)나 산문(散文)도 40여 편이 남아 있다.

서는 어떻겠는가. 대체로 구두(句讀)가 불가능하거나 운(韻)이 없어서 성송(成誦)할 수 없는 것들은 아울러 채록하지 않았다.[曹子建云, 漢曲訛不可辨, 魏人且然, 況今日耶. 凡不能句讀及無韻不成誦者均不錄.]

○ 소무(蘇武)와 이능(李陵) 이후에 진사(陳思)[9]가 이어서 일어났다. 그의 부형(父兄)이 모두 재능이 많았지만 그가 더욱 독보적이다. 그러므로 응당 한 대종(大宗)[10]이 되어야 한다. 업하(鄴下)[11]의 제자들이 각각 스스로 일가(一家)를 이루었으나 수준이 같지는 않았다. 사종(嗣宗)[12]의 일에 부딪혀 일어나는 회포와 까닭 없는 슬픔과 즐거움을 노래한 작품들은 당시 사회에서 또 하나의 별조(別調)를 완성시켰다고 할 수 있다.[蘇李以後, 陳思繼起, 父兄多才, 渠尤獨步, 故應爲一大宗. 鄴下諸子, 各自成家, 未能方埒也. 嗣宗觸緖興懷, 無端哀樂, 當塗之世, 又成別調矣.]

○ 장무(壯武)[13]의 시대를 풍미했던 무선(茂先)[14]과 휴혁(休奕)[15]은 서로 우열을 가릴 수 없으며, 두 육씨(陸氏)[16]와 반씨(潘氏)[17]와 장씨(張氏)[18]도 노위(魯衛)[19]

---

9 진사(陳思): 진사왕(陳思王)으로 일컫는 조식(曹植)을 이른다.

10 대종(大宗): 종법사회(宗法社會)에서 적계(嫡系)의 장방(長房)을 일컫는 말로 쓰인다.

11 업하(鄴下): 조조(曹操)가 권력을 잡은 업(鄴: 하남성) 일대를 이른다. 후한 말기 헌제(獻帝)의 건안(建安) 연간에 조조의 부자(父子)를 중심으로 문학 동호인들이 이곳에 모여 활동하였다. 이들을 건안칠자(建安七子)로 통칭한다.

12 사종(嗣宗): 삼국시대 위(魏)나라 사상가, 문학가, 시인인 완적(阮籍)의 자(字)이다.

13 장무(壯武): 진 무제(晉武帝) 사마염(司馬炎)을 일컫는다.

14 무선(茂先): 서진(西晉)의 문학가이자, 정치가인 장화(張華)의 자(字)이다. 북경 부근 범양(范陽) 방성(方城) 출신으로, 완적(阮籍)에게 재능을 인정받아 위(魏)나라 때 중서랑(中書郞)에 올랐고, 진 무제(晉武帝) 때 오(吳)나라 토벌에 공을 세워 무후(武侯)에 봉해졌다. 화려한 시문(詩文)으로 알려져 장재(張載)·장협(張協)과 함께 삼장(三張)으로 불리었다.

15 휴혁(休奕): 서진(西晉)의 문신이자 학자인 부현(傅玄)의 자(字)이다. 북지(北地) 이양(泥陽) 출신으로, 어려서 고아가 되어 가난했으나 학문을 좋아하였고, 조위(曹魏) 때 고을의 수재(秀才)로 낭중(郞中)에 임명되어 《위서(魏書)》 편찬에 참가했다. 사마씨(司馬氏)가 위나라를 이은 뒤에도 부마도위(駙馬都尉) 등 여러 관직을 지냈다. 시호는 강(剛)이다. 그는 일생동안 저술에 힘써 《부자(傅子)》를 편찬하였다.

16 두 육씨(陸氏): 육기(陸機)와 육운(陸雲)을 이른다.

로 칭할 만하다.[17][18][19] 그러나 태충(太冲)[20]은 중류(衆流)의 가운데에서 특출하여 시의 풍격(風格)이 월등함으로써 제가(諸家)를 모두 능가하였다. 그러기에 종기실(鍾記室)[21]이 반악과 육기의 사이에다 그를 두어 계맹(季孟)[22]을 가리게 한 것은 적절한 논의가 아니다. 그 뒤로 월석(越石)[23]과 경순(景純)[24]이 재갈을 연결하고 수레를 맞대듯이 나란히 하였다. 동진(東晉)을 지나자 도공(陶公)[25]이 특출하여 의도한 바가 없이 시를 지어 이로써 지극한 경지에 도달하였으니, 단지 전오(典午)[26]에서만 첫째로 손꼽을 정도가 아니었다고 하겠다.[壯武之世, 茂先休奕, 莫能軒輊, 二陸潘張, 亦稱魯衛, 太冲拔出於衆流之中, 豐骨峻上, 盡掩諸家. 鍾記室季孟於潘陸之間, 非篤論也. 後此越石景純, 聯鑣接軫. 過江末季, 挺

17 반씨(潘氏, 247~300): 서진(西晉) 때 문인이었던 반악(潘岳)을 이른다. 자는 안인(安仁)이고, 하남성 형양(滎陽) 출신이다. 어릴 때부터 신동이라 불리었다. 가충(賈充)의 서기관이 되었다가, 그 후 여러 관직을 역임했지만, 조왕(趙王) 사마륜(司馬倫)이 정권을 장악했을 때 아버지의 옛 부하 손수(孫秀)에게 모함당하여 일족과 함께 주살되었다. 문학적 재능이 뛰어나 당시의 권세가 가밀(賈謐)의 문객들 24우(友) 가운데의 1인자였으며, 육기(陸機)와 함께 서진문학(西晉文學)의 대표작가로 전해온다.

18 장씨(張氏): 범양(范陽) 방성(方城) 사람 장화(張華)를 이른다.

19 노위(魯衛): 《논어집주(論語集註)》 〈자로(子路)〉에 "공자가 이르기를, '노나라와 위나라의 정사는 형제와 같다.[子曰魯衛之政兄弟也.]'"라고 하였다.

20 태충(太沖): 산동성(山東省) 치박(緇博) 사람 좌사(左思)의 호이다.

21 종기실(鍾記室): 남북조시대의 문학가 종영(鍾嶸)을 이른다. 자는 중위(仲偉)이고, 영천(潁川) 장사(長社) 사람이다. 제(齊)나라와 양(梁)나라에서 낮은 벼슬을 하였는데, 양나라에서 진안왕(晉安王)의 기실(記室) 벼슬을 하여 종기실(鍾記室)이라고도 부른다.

22 계맹(季孟): 노(魯)나라의 권신(權臣)인 대부(大夫) 계손씨(季孫氏)와 맹손씨(孟孫氏)를 지칭하는 말이나, 여기서는 시의 품격에 대하여 서열을 가리는 말로 쓰였다.

23 월석(越石): 진(晉)나라의 시인 유곤(劉琨)의 자(字)이다.

24 경순(景純): 동진(東晉) 때 경학자인 곽박(郭璞)의 자이다. 산서성(山西省) 문희(聞喜) 사람으로, 벼슬이 상서랑(尙書郞)에 이르렀다. 박학하여 천문, 고문기자(古文奇字), 복서술(卜筮術)에 밝았고, 특히 시부(詩賦)에 뛰어났다.

25 도공(陶公): 도연명(陶淵明)을 이른다.

26 전오(典午): 전은 사(司), 오는 마(馬)를 달리 표기한 것으로, 사마씨(司馬氏)의 진(晉)을 지칭하는 말이다.

生陶公, 無意爲詩, 斯臻至詣, 不第於典午中屈一指云.]

○ 시가 송대(宋代)에 이르자, 체제가 점점 변화하고 성률과 수식이 크게 전개되었다. 강락(康樂)[27]은 신의 경지에 이르는 솜씨를 잠자코 운영하였고, 명원(明遠)[28]은 바르고 준수함이 전례가 없었으니, 진실로 두 사람의 묘수로 일컬을 만하다. 연년(延年)[29]의 경우는 당시의 평판이 비록 높기는 하나 아로새기듯이 꾸미는 것이 너무 심하여 정족(鼎足)[30]으로 보기에는 적합하지 않다. 제(齊)나라 시인은 그 수효가 적은데다 현휘(玄暉)[31]만이 한 시대를 풍미하였고, 원장(元長)[32] 이하로는 제대로 내세울 만한 사람이 없다.[詩至於宋, 體制漸變, 聲色大開, 康樂神工默運, 明遠廉儁無前, 允稱二妙. 延年聲價雖高, 雕鏤太甚, 未宜鼎足矣. 齊人寥寥, 玄暉獨有一代, 元長以下, 無能爲役.]

○ 소량(蕭梁)[33]의 시대는 풍격(風格)이 날로 낮아졌으나 은후(隱侯)[34]의 단장(短章)은 외려 고체(古體)를 보존하였고, 문통(文通)[35]과 중언(仲言)[36]은 사조(辭

27 강락(康樂): 사영운(謝靈運)을 이른다. 남북조시대의 산수시인으로, 본래는 진군(陳郡) 양하(陽夏)에서 태어났는데 후에 회계(會稽)로 이주하여 살았다. 동진(東晉) 때 강락공(康樂公)의 봉작을 계승하여 사강락(謝康樂)으로도 불렸다. 어려서부터 학문을 좋아하여 문장의 아름다움은 안연지(顔延之)와 더불어 제일이었다.

28 명원(明遠): 포조(鮑照)의 자(字)이다. 육조(六朝)시대 송(宋)나라의 시인으로, 동해(東海) 출신이다. 참군직을 역임하여 포참군(鮑參軍)으로도 불리운다.

29 연년(延年): 안연지(顔延之)의 자(字)이다. 육조시대 송(宋)나라의 문인으로, 시호는 헌자(憲子)이며, 산동성(山東省) 임기현(臨沂縣) 출신이다.

30 정족(鼎足): 솥발이 세 개인 데에서 유래하여 삼각구도를 뜻하는 말로 쓰인다.

31 현휘(玄暉): 사조(謝朓)의 자(字)이다. 육조(六朝)시대 제(齊)나라의 시인으로, 하남성(河南省) 진군 양하 사람이다. 선성태수(宣城太守)를 역임하여 사선성(謝宣城)으로도 불리운다. 송나라의 사영운(謝靈運)을 대사(大謝), 그를 소사(小謝)라 하고, 사영운과 그의 동생 사혜련(謝惠連)과 함께 삼사(三謝)로 일컫는다.

32 원장(元長): 산동성(山東省) 임기현(臨沂縣) 사람 왕융(王融)의 자(字)이다.

33 소량(蕭梁): 소명태자(昭明太子) 소통(蕭統)이 생존했던 남조(南朝) 양(梁)을 일컫는다.

34 은후(隱侯): 심약(沈約)을 이른다. 남조(南朝)시대의 문인으로, 자는 휴문(休文)이고, 시호는 은(隱)이며, 절강성 무강(武康) 출신이다. 어려서부터 빈곤 속에서도 학문에 힘써 시문으로 당대에 이름을 떨쳤다.

藻)가 화려하다. 비록 무리에서 [35][36]뛰어난 그런 영웅은 아니지만, 역시 한 시대의 작자로 일컬을 만하다. 진대(陳代)는 양대(梁代)에 비추어 보면 더욱 수준이 떨어진다. 자견(子堅)[37]과 효목(孝穆)[38]은 총지(總持)[39]와 병칭되기는 하여도 그 체제를 소홀히 하고 전적으로 명구(名句)만을 추구하였으니, 이른바 겨우 사람의 마음에 드는 자들이 아니겠는가? [蕭梁之代, 風格日卑, 隱侯短章, 猶存古體. 文通仲言, 辭藻斐然, 雖非出群之雄, 亦稱一時作者. 陳之視梁, 抑又降焉. 子堅孝穆, 並以總持, 略其體裁, 專求名句, 所云差强人意者耶?]

○ 양대(梁代)의 〈횡취곡(橫吹曲)〉은 무인(武人)의 가사(歌詞)가 대부분이다. 북방의 음악은 우렁차서 징과 자바라를 번갈아 연주하는 듯하다. 〈기유가(企喩歌)〉와 〈절양유가사(折楊柳歌詞)〉와 〈목란시(木蘭詩)〉 등의 편(篇)은 외려 한(漢)·위(魏)시대 사람들의 유향(遺響)이 있고, 북제(北齊)의 〈칙륵가(勅勒歌)〉도 역시 서로 유사하다. [梁時橫吹曲, 武人之詞居多, 北音鏗鏘, 鉦鐃競奏, 企喩歌·

35 문통(文通): 남조(南朝)시대의 문인 강엄(江淹)의 자(字)이다. 하남성(河南省) 고성(考城) 출신으로, 송과 남제(南齊), 양(梁) 세 왕조를 섬기는 동안 양나라에서는 금자광록대부(金紫光祿大夫)가 되어 예릉후(醴陵侯)에 책봉되었다. 문학을 즐기고 유불도(儒佛道)에 통달했지만, 문학 활동은 송제(宋齊)시대에 주로 했고 만년에는 부진했다. 대표작에는 한(漢)나라에서 송나라에 이르는 시인 30명의 작품을 모방한 잡체시(雜體詩) 30수가 전한다.

36 중언(仲言): 남조(南朝) 양(梁)나라의 시인 하손(何遜)의 자(字)이다. 송나라의 문인 하승천(何承天)의 증손이며, 동해(東海) 출신이다. 8세 때 시부(詩賦)를 지었다는 조숙한 천재였다. 20세 무렵 범운(范雲)에게 인정받아, 나이 차에도 불구하고 망년지교(忘年之交)가 있었다고 한다. 청신한 시풍의 작품을 남겼다.

37 자견(子堅): 남북조시대 양(梁)·진(陳)에서 주로 활동하였던 시인이자 문학가인 음갱(陰鏗)의 자(字)이다.

38 효목(孝穆): 육조시대 양(梁)·진(陳)의 문학가이자 정치가인 서능(徐陵)의 자(字)이다. 시호는 장(章)이며, 동해(東海) 출신이다. 문집으로 《서효목집(徐孝穆集)》이 전하고, 《옥대신영(玉臺新詠)》을 편찬하였다. 문장이 화려하고 아름다워 유신(庾信)과 함께 서유시(徐庾詩)로 칭송받는다.

39 총지(總持): 남조시대 진(陳)나라의 시인. 강총(江總)의 자(字)이다. 고성(考城) 출신으로, 양(梁)나라에서 태자사인(太子舍人) 겸 태상경(太上卿)을 지내다가 진나라로 들어가 상서령에 임명되었다. 그래서 강령(江令)으로도 불리운다.

折楊柳歌詞·木蘭詩等篇, 猶漢魏人遺響也. 北齊敕勒歌, 亦復相似.]

○ 북조(北朝)의 사인(詞人)들에게는 때로 맑은 음량이 흐른다. 유자산(庾子山)[40]은 뛰어난 재능이 풍부하여, 비감(悲感)이 서려 있는 시편에서 항상 풍골(風骨)을 볼 수가 있으니, 그의 장점은 전적으로 글귀를 구사하는 데에만 있지 않았다. 서능(徐陵)과 유신(庾信)은 명성이 동등하였다. 그러나 효목(孝穆)[41]의 화사한 시어[詞]로도 유신의 뒤에서 눈이 휘둥그레졌을 듯하다.[北朝詞人, 時流清響. 庾子山才華富有, 悲感之篇, 常見風骨, 所長不專在造句也. 徐庾並名, 恐孝穆華詞, 瞠乎其後.]

○ 수 양제(隋煬帝)의 염정(艶情)을 읊은 편십(篇什)은 후주(后主)[42]의 시와 잘 부합한다. 그러나 변새(邊塞)를 읊은 여러 작품들은 굳세고 힘이 있어 유난히 특색을 지님으로써 풍기(風氣)가 장차 전환될 징후(徵候)를 보여 주었다. 양처도(楊處道)[43]의 맑은 생각과 건장한 필치는 사기(詞氣)가 저절로 드러나 보인다. 이보다 뒤인 사홍(射洪)[44]과 곡강(曲江)[45]은 쇠퇴한 시풍(詩風)

40 유자산(庾子山): 자산은 남북조시대의 시인 유신(庾信)의 자이다. 남양(南陽) 신야(新野) 출신으로 총명하고 다재다능하여 여러 가지 서적을 열독(閱讀)했는데, 특히 《춘추좌씨전(春秋左氏傳)》에 통달했다. 양(梁)나라의 간문제(簡文帝)가 태자로 있을 때 그의 아버지 유견오(庾肩吾)와 함께 두터운 신임을 받았으며, 그의 문풍(文風)은 서유체(徐庾體)로 일컬어져 후진들이 다투어 학습하였다고 한다. 48세 때 원제(元帝)의 명으로 서위(西魏)에 사신으로 파견되었다가 억류당했는데, 두터운 예우를 받았지만 양나라에 대한 연모의 정을 잊지 못해 그 비통한 심정을 청신한 형식의 시문으로 표현했다. 문집에 《유자산문집(庾子山文集)》 20권이 전한다.

41 효목(孝穆): 서능의 자(字)이다.

42 후주(后主): 진 후주(陳后主) 숙보(叔寶)를 이른다.

43 양처도(楊處道, ?~606): 처도는 수(隋)나라 사람 양소(楊素)의 자(字)이다. 섬서성(陝西省) 위남(渭南) 출신으로, 기상이 장대하고 문장에도 남달리 뛰어났다. 북주(北周)에 출사하였다가 양견(楊堅)과 결탁하여 수나라를 세우는 데 크게 공헌했다. 진왕(晉王) 광(廣)과 함께 진(陳)을 토벌하는 데 활약하였고, 납언(納言)과 내사령(內史令), 상서우복야(尙書右僕射) 등 대관을 역임하였다. 정권을 장악한 뒤 태자 용(勇)을 폐하고 동생 광(廣)을 태자로 봉하게 하였다.

44 사홍(射洪): 사천성(四川省)에 속한 현(縣) 이름으로, 진자앙(陳子昂)이 살던 곳이다.

45 곡강(曲江): 산동성(山東省)에 속한 현(縣) 이름으로, 장구령(張九齡)이 살던 곳이다.

을 일으켜 중립시킨 공로가 있으니, 이는 진승(陳勝)[46]과 오광(吳廣)[47]의 거사(擧事)로 삼을 만하다.[隋煬帝豔情篇什, 同符後主. 而邊塞諸作, 矯然獨異, 風氣將轉之候也. 楊處道清思健筆, 詞氣蒼然, 後此射洪曲江, 起衰中立, 此爲之勝廣矣.]

○ 한 무제(漢武帝)는 악부(樂府)를 설치하여 가요(歌謠)를 채록하였고, 곽무천(郭茂倩)[48]은 《악부시집(樂府詩集)》을 편찬하면서 잡요가사(雜謠歌詞)도 갖추어 수록하였으니, 이것을 보면 치란(治亂)을 알고 성쇠(盛衰)를 징험할 수 있다. 내가 각 시대마다의 시인들 뒤에다 가요(歌謠)를 붙여 놓은 것도 역시 앞서간 사람들의 뜻과 같다고 하겠다.[漢武立樂府采歌謠, 郭茂倩編樂府詩集, 雜謠歌詞, 亦具收錄, 謂觀此可以知治忽驗盛衰也. 愚於各代詩人後嗣以歌謠, 猶前人志云.]

○ 한(漢)나라 이전의 가사(歌詞) 중에는 후인들의 의작(擬作)이 꽤 많다. 예를 들면 하우(夏禹)의 〈옥첩사(玉牒詞)〉와 한 무제(漢武帝)의 〈낙엽애선곡(落葉哀蟬曲)〉과 같은 유가 바로 그것이다. 다만 사지(詞旨)가 취할 만한 것이면 함께 올리기를 꺼려 하지 않았으며, 진위(眞僞)여부는 스스로 있기 마련이어서 더는 논하지 않았다. 그러나 〈황아(皇娥)〉와 〈백제가(白帝歌)〉는 일이 무(誣)에 가깝고, 〈우희답가(虞姬答歌)〉와 〈소무처답시(蘇武妻答詩)〉는 사어(詞語)가 시류(時流)에 가까워서 이런 종류의 작품들은 감히 시속(時俗)에 따라 채택하여 넣지 않았다.[漢以前歌詞, 後人擬作甚夥. 如夏禹玉牒詞, 漢武帝落葉

---

46 진승(陳勝, ?~208): 진(秦)나라 말기에 최초의 농민봉기(農民蜂起)를 주도한 자. 하남성 등봉현(登封縣) 출신이다. 원래 신분이 비천하여 남에게 고용되어 경작에 종사하였다. 진시황이 죽은 뒤 3세 황제가 사람을 징발 북방의 방비를 위해 파견했을 때, 둔장(屯長)으로 끼게 되었다. 지금의 강소성 풍현(豊縣)까지 갔을 때 폭우를 만나 정해진 기한까지 도착할 수 없을 것이 분명해지자, 동료 둔장 오광(吳廣)과 함께 지휘자를 살해하고 반란을 일으켰다.

47 오광(吳廣, ?~208): 진(秦)나라 말기의 양하(陽夏) 사람. 자는 숙(叔)이다. 진승(陳勝)과 함께 농민의 난을 주도하여 진승은 왕이 되고, 자신은 가왕(假王)이 되었다.

48 곽무천(郭茂倩): 송(宋)나라의 문인(文人). 《악부시집(樂府詩集)》의 저자이다. 생몰년을 알 수 없고, 생애나 사적도 전해지지 않는다. 《악부시집》은 악부가사(樂府歌辭)를 수록한 책 가운데 가장 정리가 잘 된 총집인데, 해설이 정확해서 악부의 총집(總集)으로서 평가받는다.

哀蟬曲類是也. 詞旨可取, 不妨並登, 眞僞自可存而不論. 然如皇娥·白帝歌, 事近於誣. 虞姬答歌·蘇武妻答詩, 詞近於時, 類此者不敢從俗采入.]

○ 시(詩)는 사리(事理)를 말하는 것이 아니다. 그러나 어찌 사리(事理)에 어긋난 시가 있겠는가? 중장통(仲長統)[49]의 《술지(述志)》에 이르기를, "오경을 어기거나 어지럽히고[畔散五經], 풍(風)과 아(雅)를 뭉개거나 폐기한다.[滅棄風雅.]"라고 하였는데, 이 말은 방자함을 따져 물을 것도 없으니, 이런 유의 글들은 대개 다 수록하지 않았다.[詩非談理, 亦烏可悖理也? 仲長統述志云, 畔散五經, 滅棄風雅, 放恣不可問矣, 類此者概所屛卻.]

○ 진(秦)나라 사람의 〈자야가(子夜歌)〉와 제(齊)나라와 양(梁)나라 사람의 〈독곡가(讀曲歌)〉 등은, 통속적인 언어가 모두 정감이 있고, 졸박한 언어라 할지라도 공교함이 있으니, 이는 당연히 시(詩) 중의 별조(別調)로 보아야 한다. 그러나 아음(雅音)과 이미 거리가 멀어지면 정(鄭)과 위(衛)의 음란한 음악이 뒤섞여 일어나기 때문에 군자는 이를 추구하지 않는다. 내가 당시(唐詩)의 선본(選本) 중에서 서곤(西崑)[50]이나 향렴(香奩)[51]과 같은 여러 시체(詩體)를 수록하지 않은 것도 이와 같은 의도가 담겨 있다.[晉人子夜歌, 齊梁人讀曲等歌, 俚語俱趣, 拙語俱巧, 自是詩中別調, 然雅音既遠, 鄭衛雜興, 君子弗尙也. 愚於唐詩選本中, 不收西崑香奩諸體, 亦是此意.]

---

49 중장통(仲長統, 179~220): 후한시대의 학자. 자는 공리(公理)이며, 고평(高平) 출생이다. 어려서부터 학문을 좋아하고 문사(文辭)에 능하였으며, 직언을 즐겨하여 당시 사람들이 광생(狂生)이라 부를 정도로 비판정신이 투철하였다. 그의 저서로 《창언(昌言)》 34편을 남겼다고 하나 현전하지 않고, 《후한서(後漢書)》에 〈이란(理亂)〉, 〈손익(損益)〉, 〈법계(法誡)〉 등 3편만이 전한다.

50 서곤(西崑): 북송 초기에 화려하고 아름다운 사조(辭藻)와 공교롭고 정연한 대구법이 실현된 형식을 추구한 시풍의 하나. 양억(楊億)이 편찬한 《서곤수창집(西崑酬唱集)》에서 명칭이 유래하였다.

51 향렴(香奩): 여성들의 신변잡사(身邊雜事)를 소재로 읊은 시체의 하나. 당(唐)나라의 시인 한악(韓偓)의 시집 《향렴집(香奩集)》에서 명칭이 유래하였다.

○ 신성(新城) 왕상서(王尙書)[52]가 예전에 편찬한 《고시선(古詩選)》[53]이 있는데 문체별로 충실한 내용을 실었고, 취사선택(取捨選擇)하는 데에 많은 공력을 쏟았다. 그리하여 오언(五言)과 칠언(七言)으로만 한계를 설정해 놓았기 때문에 삼언(三言)과 사언(四言) 및 장단(長短)에 의한 잡구(雜句)는 모두 수록하지 않았다. 여기에서는 특별히 각체(各體)에 해당하는 것을 채록하여 그의 미비한 것을 보충하였다. 또 왕상서가 선정한 오언(五言)에는 겸하여 당인(唐人)의 시를 취하였고 칠언(七言)에는 아래로 원대(元代)까지의 시를 취하였는데, 여기에서는 도당씨(陶唐氏)[54]로부터 시작하여 남북조(南北朝)[55]에 와서 그쳤다. 이는 그 근원을 탐색하려다 보니 그 아래로 지류(支流)는 살펴볼 겨를이 없었기 때문이다.[新城王尚書向有古詩選本, 抒文載實,

52 왕상서(王尙書, 1634~1711): 청나라 시인 왕사정(王士禎)을 이른다. 자는 이상(貽上)이고, 호는 완정(阮亭) 또는 어양산인(漁洋山人)이다. 시호는 문간(文簡)이고, 본명은 사진(士禛)으로, 산동성 제남부(濟南府) 신성(新城) 출신이다. 이름이 옹정제의 이름과 같아 사정(士正)이라 고쳤는데, 건륭제가 사정(士禎)이라는 이름을 하사하였다. 청나라 시풍의 확립한 대표적인 시인으로, '신운설(神韻說)'을 주창하였다.

53 《고시선(古詩選)》: 왕사정(王士禎)이 엮은 시선집. 한(漢)·위(魏)·육조(六朝)의 시(詩)를 주로 하여 당(唐)·송(宋)·금(金)·원(元)의 것까지 다루고 있다. 5언시(五言詩) 17권, 7언시가행초 15권으로 되어 있다. 5언시에서는 한·위·육조를 주로 하고, 당나라의 진자앙(陳子昂), 장구령(張九齡), 이백(李白), 위응물(韋應物), 유종원(柳宗元) 등 5명의 시를 다루었다. 7언시에서는 고일(古逸) 1권, 한·위·육조 1권 이하, 당나라의 이교(李嶠), 송지문(宋之問), 장설(張說), 왕한(王翰), 왕유(王維), 이기, 고적(高適), 잠참(岑參), 이백, 두보(杜甫), 한유(韓愈), 송나라의 구양수(歐陽脩), 왕안석(王安石), 소식(蘇軾), 황정견(黃庭堅), 육유(陸游), 금나라의 원호문(元好問), 원나라의 우집(虞集), 오래(吳萊) 등의 시가 수록되어 있으며, 32권이다.

54 도당씨(陶唐氏): 요(堯)임금을 일컫는 말로, 처음에 도(陶)라는 땅에 살다가 당(唐)으로 옮겨 살았기 때문에 붙여진 이름이다.

55 남북조(南北朝): 420년부터 589년까지 170년간 지속되면서 남북의 대치 국면을 형성했던 시기를 일컫는 말이다. 남조(南朝)는 420년 유유(劉裕)가 진(晉)을 이어 송을 건국한 이후 제(齊), 양(梁), 후량(後粱)을 거쳐 589년 진(陳)이 멸망하기까지이며, 북조(北朝)는 439년 북위(北魏)가 북방을 통일한 이후 동위(東魏)와 서위(西魏) 간 대치 국면을 지나 북제(北齊)가 동위를 대신하고 북주(北周)가 서위를 대신하며, 다시 북주가 북제를 멸하고 581년 수가 북주를 멸하기까지를 말한다.

極工裁擇, 因五言七言分立界限, 故三四言及長短雜句均在屏卻. 玆特采錄各體, 補所未備, 又王選五言兼取唐人, 七言下及元代, 玆從陶唐氏起, 南北朝止. 探其源不暇沿其流也.]

○ 시(詩)의 활용은 매우 광범위하다. 범선자(范宣子)[56]는 토이(討貳)[57] 때문에 〈표매(摽梅)〉[58]를 읊었고, 종국(宗國)[59]은 무구(無鳩)[60]함으로 인해 〈기보(圻父)〉[61]를 노래하였으니, 단장취의(斷章取義)[62]에는 원래 달고(達詁)[63]가 없는

56 범선자(范宣子): 중국 진(晉)나라 때 활동한 사람으로, 법령을 맡아서 《형서(刑書)》를 지었다.

57 토이(討貳): 두 마음을 품은 반역자를 성토한다는 뜻이다. 초(楚)나라 자낭(子囊)이 영윤(令尹)이 되자, 진(晉)나라 범선자(范宣子)가 이르기를, "우리는 진(陳)나라를 잃게 될 것이다. 초인(楚人)이 진나라가 배반한 까닭을 따져 묻고 자양을 영윤으로 세웠으니, 필시 지난날의 잘못을 고치고 급히 진나라를 칠 것이다." 하였다.《春秋左傳 魯襄公五年》

58 표매(摽梅): 《시경(詩經)》〈국풍(國風)〉의 편명(篇名)인 표유매(摽有梅)의 줄임말이다. 원래는 시집가야 할 여인이 제때에 미치지 못하여 강폭(强暴)한 자에게 능욕(陵辱)을 당할까 두려워하면서 매실(梅實)이 떨어지고, 나무에 달려 있는 것이 적음을 말하여, 시기가 너무 늦었음을 나타낸 것인데, 범선자가 노(魯)나라 양공(襄公)이 베푼 연향(宴享)자리에서 노나라가 제때에 맞춰 출병하여 진(晉)나라와 함께 정(鄭)나라를 토벌해 주기를 바란다는 뜻으로 이 시를 읊었다.《春秋左傳 魯襄公八年》

59 종국(宗國): 종주국(宗主國) 또는 자신의 조국(祖國)이란 말로 쓰였다.

60 무구(無鳩): 구(鳩)는 안집(安集)을 뜻하는 말로, 국가가 위란(危亂)에 놓여 안정할 수 없음을 말한다.

61 기보(圻父): 《시경(詩經)》〈소아(小雅)〉의 편명(篇名)이다. 주(周)나라 사마(司馬)는 왕기(王畿)의 갑병(甲兵)을 관장하기 때문에 그를 기보라 부른다. 원래는 기보가 왕의 조아(爪牙)이면서 그 직무를 수행하지 않아 백성으로 하여금 곤란과 노고의 우환을 당하여 머물러 살 곳이 없게 한 것을 시인(詩人)이 꾸짖는 내용이다. 노(魯)나라 목숙(穆叔)은 중항헌자(中行獻子)를 만나 국가의 위란(危亂)을 구제해 달라는 뜻으로 이 시를 읊었다고 한다.《春秋左傳 魯襄公十六年》

62 단장취의(斷章取義): 자신의 의견을 증명하거나 의향을 대변하기 위해 남의 글에서 한두 구절을 따와 전체 글의 의미와는 관계없이 풀이하는 방식을 말한다. 춘추시대(春秋時代) 경대부(卿大夫)들은 회의나 연회석상 같은 교제 장소에서 자신의 의사를 표시하거나 태도를 암시하기 위해서 《시경(詩經)》 중의 시구(詩句)를 따다가 읊곤 하였다. 그때 인용되는 시 구절은 완전한 한 편의 작품이 아니고 시 가운데 일부이기 때문에 단장(斷章)이라 하고, 그들이 인용한 구절은 모두 자신의 심경을 나타내기 위한 것이기 때문에 이를 가리켜 취의(取義)라고 하였다.

63 달고(達詁): 긍정적이면서 확고한 해석을 일컫는다.

것이고, 전석(箋釋)[64]이나 평점(評點)[65]도 모두 쓰지 않아도 된다. 그러나 배우는 자들을 위하여 길을 열어 준다는 측면에서 보면 저속함을 면할 수가 없다.[詩之爲用甚廣, 範宣討貳, 爰賦摽梅, 宗國無鳩, 乃歌圻父, 斷章取義, 原無達詁也. 箋釋評點, 俱可無庸, 爲學人啟途徑, 未能免俗耳.]

○ 글 내용 중에 인용문은 마땅히 전문(全文)을 수록하여야 하나, 대의(大義)가 소통되는 정도를 기록하고자 하였으므로 일반적인 전주(箋註)와 같이 하지 않았다. 대체로 경(經)·사(史)·자(子)·집(集)의 내용을 때에 따라 산삭하고 절취함으로써 '비루한 것으로 인하여 간략한 데로 나아간다[因陋就簡]'에 가깝게 되었으니, 식자들의 양해를 바란다.[書中徵引, 宜錄全文. 錄疏通大義, 匪同箋注. 凡經史子集, 時從刪節, 近於因陋就簡, 識者諒諸.]

○ 덕잠(德潛)인 나는 학식이 얕고 보잘것없어 시(詩)를 판단하고 송(頌)을 편집하는 데에 있어서 조금도 터득한 바가 없다. 이 책에서 전적(典籍)의 사실(事實)을 끌어오고 심오한 뜻을 통달하기까지는 삼익(三益)[66]의 공으로 얻어진 것이 대부분이다. 교정에 참여한 사람들의 성씨(姓氏)를 책머리에다 자세히 열거해 놓았다.[德潛學識淺尠, 於歮詩輯頌, 略無所得. 此書援據典實, 通達奧義, 得三益之功居多. 參訂姓氏, 詳列於簡.]

귀우(歸愚) 심덕잠(沈德潛)은 기록하다.[歸愚沈德潛識]

---

64 전석(箋釋): 전주(箋注)와 같은 말로, 어떤 글의 이해를 돕기 위해 추가로 붙여 둔 해석 따위를 말한다.

65 평점(評點): 어떤 글에 대하여 평론 또는 비평을 나타내기 위하여 표시하는 권점(圈點) 등을 말한다.

66 삼익(三益): 삼익우(三益友)를 일컫는 말로, 《논어집주(論語集註)》〈계씨(季氏)〉에 "사귀어서 도움이 되는 세 벗이 있으니, 곧 정직한 사람, 성실한 사람, 견문이 넓은 사람을 말한다.[益者有三友, 友直, 友諒, 友多聞, 益矣.]" 하였다.

고시원 古詩源

권12

제시 齊詩

新治北窗和何從事
遊東田
直中書省
江上曲
齋視事
入朝曲
落日悵望
臨溪送別
王孫遊

사조(謝朓)[1]

현휘(玄暉)는 마음이 신령하고 말솜씨가 빼어나 매번 명구(名句)를 외울 때마다 깊이가[淵然] 있고 시원한 느낌이[泠然] 든다. 그리하여 필묵(筆墨)의 가운데서나 필묵의 바깥에서 별도로 일단의 깊은 정과 오묘한 이치가 있다는 것을 깨닫게 한다.[玄暉靈心秀口, 每誦名句, 淵然泠然. 覺筆墨之中, 筆墨之外, 別有一段深情妙理.]

강락(康樂)은 매번 진부함이[板拙] 있고, 현휘(玄暉)는 청준(淸俊)함이 많다. 그러나 종영(鍾嶸)의 《시품(詩品)》에는 결국 강락의 아래에 두었으니, 이는 청준함에는 능하나 중후함에는 능하지 못해서이다.[康樂每板拙, 玄暉多淸俊. 然詩品終在康樂下, 能淸不能厚也.]

---

1 사조(謝朓, 464~499): 남조(南朝)시대 제(齊)나라의 시인으로, 자는 현휘(玄暉)이며 양하(陽夏) 사람이다. 진(晉)나라의 명재상인 사안(謝安)의 아우로 사영운(謝靈運)과 상대하여 '소사(小謝)'라 부르고, 사혜련(謝惠連)과 함께 칭할 때는 '삼사(三謝)'라 부른다. 명제(明帝) 때 선성태수(宣城太守)를 지냈으므로 사선성(謝宣城)이라 칭하며, '경릉팔우(竟陵八友)'의 한 사람으로, 영명체(永明體) 시(詩)의 대표적인 인물이다. 오언(五言)의 경물시(景物詩)를 즐겨 지었으며 청신(淸新)한 풍격(風格)을 지녔다. 당(唐)나라 이백(李白)이 그의 시를 매우 흠모하였다고 한다. 《사선성집(謝宣城集)》이 있다.

464

강상곡(江上曲)[2]

계절이 바뀌어 봄풀이 돋아나니	易陽春草出
주저하다가 날이 벌써 저물었네	踟躕日已暮
연잎은 외려 두렷하건만	蓮葉尚田田
기수[3]는 건널 수가 없네	淇水不可渡
원하노니 그대 계주[4]를 멈춰 준다면	願子淹桂舟
천 리 길을 함께 가기로 하겠어요	時同千里路
천 리에 길동무로 이미 허락하였으니	千里既相許
계주도 다시 허락하겠지요	桂舟復容與
강 위에선 마름도 캘 수 있거니와[5]	江上可採菱
맑은 노래는 모두 남초(南楚)[6]의 곡이랍니다	清歌共南楚

---

2 강상곡(江上曲): 《악부시집(樂府詩集)》 권77 〈잡곡가사(雜曲歌辭)〉 제17에 수록되어 있다.

3 기수(淇水): 하남성(河南省)에 위치한 강물 이름이다.

4 계주(桂舟): 향목(香木)인 계수나무로 만든 배를 이르는 말이다.

5 마름도 … 있거니와: 원문의 채릉(采菱)은 마름을 따는 노래로, 청상곡사(淸商曲辭)인 강남롱(江南弄) 중 채련곡(採蓮曲)과 채릉곡(采菱曲)이 있다.

6 남초(南楚): 강남을 일컫는 말로 쓰였다.

465

사자의[7]와 함께 동작대[8]를 노래하다[9]

[同謝諮議詠銅雀臺]

얇은 비단 우물 난간에 펄럭이고	繐帷飄井榦
술두루미는 평소와 같은데	罇酒若平生
서릉[10]의 수목이 울창하다마는	鬱鬱西陵樹
어찌 악기 연주 소릴 들을 수 있으랴	詎聞鼓吹聲
고운 옷깃은 눈물자국으로 얼룩지고	芳襟染淚迹
어여쁜 모습에 속절없이 마음 상하네	嬋娟空復情
제왕의 옥좌도 외려 적막한데	玉座猶寂寞
나같이 보잘것없는 몸 말해 무엇하리	況乃妾身輕

○ 위 무제(魏武帝)를 비웃는 말인데 나무에 가탁하였으니, 이 얼마나 함축적인가? 입언(立言)의 절묘함을 깨달을 수 있겠다.[笑魏武也, 而托之於樹, 何等含蘊? 可悟立言之妙.]

---

7 사자의(謝諮議): 이름은 경(璟)이며, 자의는 관직 이름이다. 정부의 자문으로 시비와 이해를 상담하는 역할을 하였다.

8 동작대(銅雀臺): 한(漢)나라 말기인 건안(建安) 15년(210)에 위(魏)나라 조조(曹操)가 옛 업성(鄴城)의 서북쪽에 있는 하북성(河北省) 임장현(臨漳縣)의 서북쪽에 세웠는데, 구리로 큰 공작을 주조하여 누대 위에 두었으므로 이름을 '동작대'라고 하였다.

9 사자의와 … 노래하다: 《악부시집(樂府詩集)》 〈상화가사(相和歌辭)〉에 수록되어 있다.

10 서릉(西陵): 업도(鄴都)의 서쪽에 있는 구릉(丘陵)을 이른다.

466

옥계원(玉階怨)[11]

밤이 되어 전각 주렴 내리고 나니	夕殿下珠簾
반딧불이가 날고 쉬길 반복하는데	流螢飛復息
긴 밤 새워 비단옷을 꿰매었건만	長夜縫羅衣
그리운 임 생각 어찌 끝이 있으랴	思君此何極

○ 마침내 당인의 절구(絶句)라 하겠는데, 당인 중에서도 최상의 시가 되었다.[竟是唐人絶句, 在唐人中爲最上者.]

11 옥계원(玉階怨): 《악부시집(樂府詩集)》 〈상화가사(相和歌辭)〉에 수록되어 있다.

467

금곡취(金谷聚)[12]

거완[13]으로 떠나는 임을 보내고	渠碗送佳人
옥배로는 상객을 맞이하였네만	玉杯邀上客
거마가 한번 동서로 나뉘어 가면	車馬一東西
작별한 뒤 오늘밤이 그리웁겠네	別後思今夕

○ 이별을 아쉬워하는 정을 담담한 말로 표출하였지만 그 정은 저절로 깊다. 소무(蘇武)와 이능(李陵)의 시(詩)도 역시 촉급하여 부자연스런 소리[蹙蹶聲]로 짓지 않았다.[別離情事, 以澹澹語出之, 其情自深, 蘇李詩亦不作蹙蹶聲也.]

12 금곡취(金谷聚): 《악부시집(樂府詩集)》 〈잡곡가사(雜曲歌辭)〉에 수록되어 있다.

13 거완(渠碗): 조개껍데기로 만든 아름다운 그릇을 이른다.

468
입조곡(入朝曲)[14]

수왕(隋王)의 고취곡(鼓吹曲) 10수(首) 중에 하나이다.[隋王鼓吹曲十首之一.]

강남은 아름다운 땅이요	江南佳麗地
금릉[15]은 제왕의 고장이라	金陵帝王州
구불구불 푸른 강물 띠로 둘렀으며	逶迤帶綠水
높다랗게 붉은 누각 솟았으니	迢遞起朱樓
높이 솟은 기와집들 큰길을 끼었고	飛甍夾馳道
늘어진 수양버들 어구[16]에 그늘졌네	垂楊蔭御溝
가녀린 피리소리[17] 일산 위에 날개처럼 펴지고	凝笳翼高蓋
잔잔한 북소리[18]는 화려한 배를 전송하네	疊鼓送華輈

14 입조곡(入朝曲): 이 곡은 사조가 수왕(隋王)의 명을 받아 지은 고취곡(鼓吹曲) 총10수 가운데 4번째 곡이다. 전체 10수의 곡은 원회곡(元會曲), 교사곡(郊祀曲), 조천곡(鈞天曲), 입조곡(入朝曲), 출번곡(出藩曲), 교렵곡(校獵曲), 종융곡(從戎曲), 송원곡(送遠曲), 등산곡(登山曲), 범수곡(泛水曲) 등이다.

15 금릉(金陵): 양주(揚州)에 있다.

16 어구(御溝): 궁전을 거쳐 흐르는 도랑을 이르는 말로, 진(晉)나라 최표(崔豹)의 《고금주(古今注)》〈도읍(都邑)〉에 "장안(長安)의 어구를 양구(楊溝)라 이르며, 그 위에다 수양버들을 심었다 한다.[長安御溝, 謂之楊溝, 謂植高楊於其上也.]"라고 하였다.

17 가녀린 피리소리: 원문의 응(凝)은 느리다는 뜻이며 가(笳)는 피리의 일종이니, 응가(凝笳)는 가녀린 피리연주를 일컫는 말로 쓰였다.

18 잔잔한 북소리: 원문의 첩고(疊鼓)는 가볍게 반복하여 두드리는 북소리를 뜻한다.

공훈 바쳐 운대[19] 위에 표창될 수 있다면 獻納雲臺表

공명은 진실로 거둘 만한 것이어라 功名良可收

19 운대(雲臺): 한(漢)나라 남궁(南宮)에 있으며, 한 명제(漢明帝)가 28명의 공신(功臣)의 초상(肖像)을 그려서 이곳에 모셔 두고 그들의 공훈을 기렸다 한다.

469

왕주부[20]의 〈유소사〉를 함께하다

[同王主簿有所思]

약속했던 그날에도 오질 않아서	佳期期未歸
행여 오나 베틀에서 내려왔다가	望望下鳴機
동쪽 언덕길을 나서 서성였건만	徘徊東陌上
달만 뜨고 행인마저 뜸할 뿐이네	月出行人稀

○ 경치를 읊은 속에 정을 함축하고 있으며 원망이 언외(言外)에 담겨져 있다.[即景含情, 怨在言外.]

20 왕주부(王主簿): 왕융(王融)을 일컫는 말이다. 《고시원》 권12 〈제시(齊詩)〉 왕융(王融) 주 131) 참조.

470

서울로 가는 길을 밤에 나서다

[京路夜發]

단양[21]에서 선성군[22]으로 가다.[自丹陽之宣城郡.]

분주하게 밤길 떠날 채비를 하여	擾擾整夜裝
타고 갈 수레를 꼼꼼히 살피고나니	肅肅戒徂兩
새벽별은 때마침 듬성하고	曉星正寥落
새벽빛도 다시 갓밝이가 되었네	晨光復泱漭
함초롬히 젖은 이슬 외려 둥글고	猶霑餘露團
아침노을 피어난 걸 조금 보겠네	稍見朝霞上
고향은 벌써 아득히 멀어졌는데	故鄕邈已敻
산천은 길고도 넓기만 하여라	山川修且廣
관청 서류가 눈앞에 가득한데다	文奏方盈前
친구가 그리워 구경할 맘조차 버렸네	懷人去心賞
이내 몸을 신칙하여 매번 조심하고[23]	敕躬每跼蹐

21 단양(丹陽): 강소성(江蘇省)에 있는 금릉(金陵)을 이른다.

22 선성군(宣城郡): 안휘성(安徽省)에 있다.

23 조심하고: 원문의 국척(跼蹐)은 국천척지(跼天蹐地)의 준말로 매우 황공하고 두려워하는 모습을 뜻한다. 《시경(詩經)》〈소아(小雅) 정월(正月)〉에 "하늘이 대체로 높다고 이르나 감히 몸을 구부리지 않을 수 없으며, 땅이 대체로 두텁다고 이르나 감히 주춤거리지 않을 수 없다.[謂

군주 은혜 우러르며 마음 동요 염려하니	瞻恩惟震蕩
가야할 저 먼 길이 지치긴 해도	行矣倦路長
돌아갈 말안장을 풀어놓을 수 없네	無由稅歸鞅

天蓋高, 不敢不局. 謂地蓋厚, 不敢不蹐.]"라고 한 데서 유래하였다. 국(局)은 국(跼)과 같다.

471

서도조[24]의 〈신정[25]의 물가를 떠나며〉에 화답하다[和徐都曹出新亭渚]

서면(徐勉)이 지은 〈이른 아침에 신정의 물가에서 출발하다〉라는 시가 있다.[徐勉有昧旦出新亭渚詩.]

완[26] 땅과 낙양은 놀기에 좋은 곳	宛洛佳遨遊
봄볕이 황주[27]에도 가득한 터라	春色滿皇州
푸른 교외길 수레 채 묶어 놓고	結軫青郊路
푸른 강 흐르는 물을 굽어보네	迴矙蒼江流
햇볕은 냇물 위에서 일렁이고	日華川上動
풍광은 풀잎 끝에서 넘실대며	風光草際浮
복숭아꽃 오얏꽃 따라 길이 열리고[28]	桃李成蹊徑
뽕나무 느릅나무는 길 어귀[29]를 덮었는데	桑榆蔭道周

24 서도조(徐都曹): 남조(南朝) 때 양(梁)나라의 문학가이며 중도조(中都曹)를 지낸 서면(徐勉, 466~535)으로, 자는 수인(修仁), 시호는 간숙(簡肅)이다.

25 신정(新亭): 강소성(江蘇省) 강녕현(江寧縣) 남쪽에 있던 정자의 이름이다.

26 완(宛): 건업(建業)인 남경(南京)을 일컫는다.

27 황주(皇州): 제도(帝都)를 일컫는다.

28 복숭아꽃 … 열리고: 《사기(史記)》 권109 〈이장군열전찬(李將軍列傳贊)〉에 사마천(司馬遷)이 이광(李廣)의 인품을 흠모하여 "복사꽃과 오얏꽃은 말이 없지만 사람들이 알고서 찾아오기 때문에 그 아래로 자연히 길이 난다.[桃李不言, 下自成蹊.]"라고 평한 글을 인용하였다.

동도에 이미 농사일이 시작되었으니[30]	東都已俶載
고향갈 생각에 푸른 들만 바라보네	言歸望綠疇

29 길 어귀: 원문의 도주(道周)는 《시경(詩經)》 〈당풍(唐風) 유체지두(有杕之杜)〉에 "우뚝 선 아가위 나무가 길 어귀에 자랐는데.[有杕之杜, 生于道周.]"라는 구문에서 인용하였다.

30 시작되었으니: 원문의 숙재(俶載)는 《시경(詩經)》 〈소아(小雅) 대전(大田)〉에 "남쪽 밭에 농사일이 시작되었으니, 온갖 곡식의 씨앗을 뿌리네.[俶載南畝, 播厥百穀.]"라는 구문에서 인용하였다.

472

경정산[31]을 유람하다[遊敬亭山]

이 산은 백 리에 이어져 있고　茲山亙百里
드높은 봉우리가 구름과 나란하니　合沓與雲齊
은자들은 진작부터 의탁하였고　隱淪既已託
영이한 자들도 선뜻 와서 서식하도다　靈異居然棲
위로 솟은 꼭대기는 밝은 해를 가리우고　上干蔽白日
아래 기슭은 시냇물이 둘렀으며　下屬帶迴谿
다래덩굴 우거져 이리저리 뻗어 가고　交藤荒且蔓
굽은 가지는 솟기도 하고 늘어지기도 했네　樛枝聳復低
홀로 나는 학이 아침을 맞아 울더니　獨鶴方朝唳
굶주린 날다람쥐는 이 밤에도 우네　饑鼯此夜啼
피어오르는 구름 끝없이 이어지고　渫雲已漫漫
저녁 비 또한 처량하게 뿌리는데　夕雨亦淒淒
나의 행차가 비록 일에 얽매였지만　我行雖紆組
그윽한 시내를 찾는 기회 얻었네　兼得尋幽蹊
연원은 끝까지 찾아보지 못한 채로　緣源殊未極

31 경정산(敬亭山): 일명 소정산(昭亭山)이라고도 한다. 안휘성(安徽省) 선성현(宣城縣) 북쪽에 있으며, 높이가 수백 장(丈)이나 되고 천암(千巖)과 만학(萬壑)이 있는 명승지로서 사조가 자주 올랐다 하여, 뒤에 이백(李白)이 이곳에다 암자를 짓고 사조의 풍류를 흠모하였다 한다.

돌아오는 길이 아득하여 잊을 뻔했네	歸徑窅如迷
기이한 정취를 추구하고 싶다면	要欲追奇趣
여기에 나아가 단제[32]로 오르면 되리	即此凌丹梯
황은도 결국엔 지속할 수 없으리니	皇恩竟已矣
이러한 이치는 거의 어긋남이 없으리라	茲理庶無睽

32 단제(丹梯): 구름 위로 높이 치솟은 산봉을 뜻하는 말로, 《문선(文選)》 이선(李善)의 주(注)에 "단제(丹梯)는 산을 이른다.[丹梯, 謂山也.]"라고 하였다.

473

동전[33]을 유람하다[遊東田]

시름 깊어 즐거울 게 전혀 없어서 戚戚苦無悰
손에 손 잡고 즐겁게 노닐어 보려고 攜手共行樂
구름 찾아 산속 누대 올라도 보고 尋雲陟累榭
산을 따라 화려한 누각 바라다보니 隨山望菌閣
먼 숲은 무성하게 우거진 채로 遠樹曖阡阡
아지랑이 어지럽게 피어 오르네 生煙紛漠漠
물고기 노닐자 새 연잎이 흔들리고 魚戲新荷動
새 날아가자 남은 꽃잎 떨어지건만 鳥散餘花落
향기로운 봄 술을 마주하지 아니하고 不對芳春酒
되려 청산의 성곽만 바라보노라 還望青山郭

33 동전(東田): 남조 제 무제(齊武帝)의 문혜태자(文惠太子)가 종산(鍾山)에다 세운 누각으로, 지금의 남경(南京) 동쪽에 위치해 있다.

474

잠시 하도에 사신으로 갔다가 밤에 신림을 출발하여 경읍에 도착한 뒤 서부의 동료에게 지어 주다

[暫使下都 夜發新林至京邑 贈西府同僚]

큰 강물이 밤낮으로 흘러가듯이	大江流日夜
나그네의 마음속 서글픔을 가눌 길 없네	客心悲未央
그저 관산[34]이 가깝다고만 여겼더니	徒念關山近
결국은 돌아올 길만 멀다는 걸 알았네	終知返路長
가을 은하수는 새벽까지 반짝이고	秋河曙耿耿
차가운 모래톱 밤들어 짙푸른데	寒渚夜蒼蒼
고개 들어 서울 궁성을 바라보니	引領見京室
궁전과 성곽이 서로 마주하고 있네	宮雉正相望
달빛 아래 지작궁[35]이 아름답고	金波麗鳷鵲
옥승[36]은 건장궁[37]에 낮게 떴네	玉繩低建章
수레를 정문[38] 밖으로 몰아가니	驅車鼎門外

34 관산(關山): 중국 북방 변경에 있는 산. 그곳으로 많은 사람들이 수자리를 살러 갔다.

35 지작궁(鳷鵲宮): 지작은 원래 새 이름인데, 한(漢)나라 궁관(宮觀) 이름으로 쓰였으며, 감천궁(甘泉宮) 밖에 있다.

36 옥승(玉繩): 별의 명칭이다.

37 건장궁(建章宮): 한(漢)나라 궁관(宮觀) 이름이다.

소구[39]의 남쪽을 보고 그리워지네	思見昭丘陽
치닫는 해 그림자는 접할 수 없다 해도	馳暉不可接
어찌 금릉과 형주가 가로막혀 있는가	何況隔兩鄉
풍운 사이에도 새가 다니는 길은 있는데	風雲有鳥道
강한에는 한스럽게도 다리가 없네	江漢限無梁
항상 두려운 건 응준[40]이 기습을 하듯	常恐鷹隼擊
때맞춰 핀 국화가 된서리에 시드는 거라오	時菊委嚴霜
그물 쳐서 새 잡으려는 이에게 이르는 말이	寄言罻羅者
나는 벌써 드넓은 하늘 위로 높이 날아갔노라	寥廓已高翔

○ 성왕(成王)이 겹욕(郟鄏)으로 수도를 정하였는데, 그 남문을 정문(鼎門)이라 하였다.[成王定鼎於郟鄏, 其南門曰鼎門.]

○ 일기(一起)한 시가 도도하고 망망하게 흐르는 물과 같아서 그 유래가 끝이 없다. '서울 궁성을 바라본다'는 내용의 한 단락은 연모하는 마음이 멈추지 않는다.[一起滔滔莽莽, 其來無端. 望京一段, 眷戀不已.]

○ '가을 은하수' 이하 6자[語]는 '관산이 가깝다[關山近]'와 호응하고, '수레를 몰다' 이하 6자는 '돌아올 길이 멀다[返路長]'와 호응한다. 이때에 사조가 참소를 당하여 가는 길이어서 끝부분 2구를 말하였다. 이미 넓은 하늘에서 날고 있으니 그물을 친 사람이 어찌하지 못한다는 것을 말한 것인데, 이는 사마장경이 지은 〈난부로편(難父老篇)〉의 말뜻을 인용한 것이다.[秋河六語, 應關山近, 驅車六語, 應返路長. 時朓被讒而去, 故有末二語. 言已翔乎寥廓, 羅者無如何也, 用長卿難父老篇語意.]

38 정문(鼎門): 옛 낙양성(洛陽城) 동남쪽에 있는 성문 이름이다.

39 소구(昭丘): 초(楚)나라 소왕(昭王)의 무덤을 이르는 말로, 형주(荊州) 당양(當陽)의 동쪽에 있다.

40 응준(鷹隼): 송골매와 수리를 이른다.

475

왕진안[41]의 시에 화답하다[酬王晉安]

잎이 지고 난 가지는 일찍부터 강해지고	梢梢枝早勁
흠뻑 내린 이슬은 뒤늦게 마르나니	塗塗露晚晞
남쪽 진안에는 귤과 유자꽃이 피었겠지만	南中榮橘柚
기러기 날아올 줄 어찌 알리요	寧知鴻雁飛
안개 걷히자 청각[42]에 조회하고	拂霧朝青閣
해 기울자 동위[43]에 앉아 보네	日旰坐彤闈
슬픈 눈으로 바라보니 한 길이 막혀 있고	悵望一途阻
들쑥날쑥 백 가지 생각이 모여드네	參差百慮依
봄풀도 가을 들어 다시 푸르건만	春草秋更綠
공자는 아직도 돌아오지 않네	公子未西歸
누가 능히 서울에 오래 머물면서	誰能久京洛
티끌 먼지로 흰옷을 물들이고자 할까	緇塵染素衣

○ 《초사》에 이르기를, "하얀 이슬이 흠뻑 내려 쌓였네.[白露紛以塗.]" 하였는데, 도(塗)는 두껍다[厚]는 것을 이르는 말이다.[楚辭曰, 白露紛以塗, 塗, 謂厚也.]

○ 큰 기러기가 남쪽으로 날아가 형양에 깃들고, 진안군에는 들어가지 않기 때문에 '어찌 알리오'라고 한 것이다. 진안(晉安)은 곧 오늘날의 천주(泉州)이다.[鴻雁南棲衡陽, 不入晉安之郡, 故曰寗知. 晉安, 即今之泉州.]

---

41 왕진안(王晉安): 진안군 태수 왕덕원(王德元)을 이르며, 진안군은 복건성(福建省) 천주(泉州)를 이른다.

42 청각(青閣): 조당(朝堂), 곧 조정의 넓은 공간을 이른다.

43 동위(彤闈): 붉게 색칠한 궁문(宮門). 위(闈)는 궁실(宮室)의 작은 문을 뜻하는데, 상서성(尚書省)을 이르기도 한다.

476

군내의 높은 서재에서 한가롭게 바라보며 여법조의 시에 화답하다

[郡內高齋閑望答呂法曹]

군은 선성군이다.[郡爲宣城郡.]

집은 어찌 그리 덩그렇게 지었는지	結構何迢遞
전망하기 높다랗고 깊숙하여라	曠望極高深
창문 너머 산봉우리 늘어서 있고	窗中列遠岫
뜰에는 고목 숲이 우거져 있네	庭際俯喬林
해가 뜨자 새들은 흩어져 날아가고	日出衆鳥散
산 어두워지니 고단한 원숭이 신음소리라	山暝孤猿吟
이미 못 위에서 술잔을 나누었는데	已有池上酌
또 다시 이 바람결에 금(琴)의 소릴 듣네	復此風中琴
그대 아름다움을 못 헤아리는 건 아니나	非君美無度
누가 나의 마음을 위로해 주겠는가	孰爲勞寸心
고맙게도 나를 좋아하는 이가 있어서	惠而能好我
요화꽃[44] 같은 음운의 시를 내게 주시니	問以瑤華音

44 요화꽃[瑤華]: 백옥색(白玉色) 꽃으로 선화(仙花)를 가리키는데, 다른 사람의 아름다운 시문을 일컬을 때 비유적으로 쓰는 말이다. 《초사(楚辭)》 〈구가(九歌) 대사명(大司命)〉에 "구슬처럼 새

만약 금마문[45]의 발걸음을 잊으신다면　若遺金門步
군옥산[46] 봉우리에서 만나기로 하리라　見就玉山岑

하얀 꽃이 핀 향초 꺾어, 장차 은자에게 주련다.[折疏麻兮瑤華, 將以遺兮離居.]"라는 글이 보인다.

45 금마문(金馬門): 궁성문의 이름이다.

46 군옥산(群玉山): 서왕모(西王母)가 살았다는 선계(仙界)의 산을 이른다.

477

신정의 물가에서 영릉군(零陵郡) 내사(內史)인 범운(范雲)[47]과 작별하다[新亭渚別范零陵雲]

동정산[48]은 음악을 연주하던 곳이요	洞庭張樂地
소상강[49]은 요제의 딸이 놀던 곳인데	瀟湘帝子遊
구름은 멀리 창오[50]의 들을 지나가고	雲去蒼梧野
물은 강한[51] 멀리 빙 둘러 흐르네	水還江漢流
수레 멈추고 내가 슬프게 바라보니	停驂我悵望

47 범운(范雲, 451~503): 사조의 친구이며, 이 당시에 호남(湖南) 영릉군(零陵郡) 내사(內史)가 되었다. 《고시원》 권13 범운(范雲) 주 43) 참조.

48 동정산(洞庭山): 태고(太古)시대에 황제(黃帝)가 악기(樂器)를 성대하게 벌여 놓고 〈함지(咸池)〉라는 악곡을 연주하던 곳이라 한다.

49 소상강(瀟湘江): 중국 호남성(湖南省) 소수(瀟水)와 상수(湘水)가 합류하는 곳으로, 순(舜)임금이 창오산(蒼梧山)을 순행하던 중에 승하하자, 순임금의 두 부인 아황(娥皇)과 여영(女英)이 뒤쫓아 가고자 하였으나 이 강을 건너지 못하여 서로 붙잡고 울다가 이곳에 투신하였다고 한다. 이 부근에 두 부인의 묘소가 있다.

50 창오(蒼梧): 호남성(湖南省) 영원현(寧遠縣) 경계에 있는 산 이름. 일명 구의산(九疑山)이라고도 한다. 천하를 순행하던 순임금이 남쪽을 순행하다가 이곳에서 승하하자, 산 기슭에다 장사 지냈다고 한다.

51 강한(江漢): 장강과 한수를 합한 명칭이다. 《시경(詩經)》 〈소아(小雅) 사월(四月)〉에 "도도히 흐르는 장강과 한수는 남쪽 나라의 젖줄이라네.[滔滔江漢, 南國之紀.]"라 하였고, 《시경(詩經)》 〈대아(大雅) 강한(江漢)〉에 "장강과 한수가 넘실거리니 병사들 도도히 내려갔네.[江漢浮浮, 武夫滔滔.]"라고 하였다.

배를 멈춘 그대는 주저주저하네[52]	輟棹子夷猶
광평[53]에선 바야흐로 명성을 들을 테고	廣平聽方籍
무릉[54]에서도 만나 볼 수 있게 되련마는	茂陵將見求
맘먹은 일 죄다 모두 어쩌지 못해	心事俱已矣
강가에서 그저 시름겨울 뿐이네	江上徒離憂

○ 범운(范雲)은 광평태수(廣平太守)와 같이 그 명성이 바야흐로 널리 퍼질 것이며, 자신도 응당 무릉의 아래에 거주하면서 장차 범운으로 인하여 만나 보게 될 것임을 말하였다. 곽무(郭袤)는 광평태수를 지냈다.[言范同廣平, 而聲聽方籍, 己當居茂陵之下 將因彼而求見也. 郭袤爲廣平太守.]

52 주저주저하네: 원문의 이유(夷猶)는 머뭇거리며 배회함을 이른다. 《초사(楚辭)》〈구가(九歌) 상군(湘君)〉에 "그대 떠나지 못하고 머뭇거리네.[君不行兮夷猶.]"라고 하였는데, 왕일(王逸)의 주에 "이유는 망설이는 모양[猶豫]이다."라고 하였다.

53 광평(廣平): 한(漢)나라 때의 군(郡) 이름으로 지금의 하북성(河北省) 영년현(永年縣) 동남쪽에 있다. 조위(曹魏) 때에 곽무(郭袤)가 사마의(司馬懿)의 명으로 광평태수(廣平太守)가 되어 선정을 폈는데, 그가 시중(侍中)이 되어 떠날 때에 군민(郡民)들이 눈물을 흘렸다 한다.

54 무릉(茂陵): 섬서성(陝西省) 홍평현(興平縣) 동북쪽에 있다.

478

선성군으로 가는 길에 신림포를 나와 판교로 향하다[之宣城郡出新林浦向板橋]

강가 길은 서남으로 길게 뻗었고	江路西南永
돌아오는 물길 동북으로 치달으니	歸流東北騖
하늘 저 끝 귀향선 있음을 알겠고	天際識歸舟
구름 속이지만 강가나무 또렷하여라	雲中辨江樹
나그네의 마음은 지쳐 있어도	旅思倦搖搖
고단한 여행 예전엔 빈번했었네	孤遊昔已屢
녹봉을 받는 기분 이미 기뻤으니	旣歡懷祿情
창주[55]의 흥취를 더할 수 있게 됐네	復協滄洲趣
시끄러운 속세는 이제부터 막혔으니	囂塵自茲隔
마음 즐겁게 해 줄 이 예서 만난다면	賞心於此遇
비록 검은 표범[56]의 자태는 없을지라도	雖無玄豹姿
마침내 남산 안개 속에 은거하리라	終隱南山霧

55 창주(滄州): 경치 좋은 은자의 거처를 이른다. 위(魏)나라 완적(阮籍)이 지은 〈위정충권진왕전(爲鄭沖勸晉王箋)〉에 "창주를 굽어보며 지백에게 사례하고, 기산에 올라가 허유에게 읍을 한다.[臨滄洲而謝支伯, 登箕山而揖許由.]"라는 글이 보인다.

56 검은 표범: 남산현표(南山玄豹)의 준말로, 숨어 살며 문덕(文德)을 닦는다는 뜻으로 쓰인다. 남산(南山)의 검은 표범이 안개비가 내리는 7일 동안 사냥하러 나가지 않는 것은 아름다운 털을 상하지 않게 보전하여 문채를 이루려 하기 때문이다.[南山有玄豹, 霧雨七日而不下食者, 欲以澤其毛而成文章也.]라는 말에서 유래하였다.《列女傳 卷2, 陶答子妻》

479

군에 있으며 와병 중에 심상서에게 드리다[在郡臥病呈沈尙書]

상서는 심약[57]이다.[尙書 約也.]

임금의 수족인 회양태수일지라도	淮陽股肱守
한가로움이 외려 여기에 있거늘	高臥猶在茲
더구나 남산은 작은 고을이니	況復南山曲
은거할 때와 무엇이 다르리오	何異幽棲時
연이은 비로 농사철이 한창이라	連陰盛農節
우비 갖춘 농부들이 동쪽 밭에 모이니	籉笠聚東菑
높은 집은 낮에도 늘 닫혀 있어	高閣常晝掩
황량한 계단에 쟁송하는 일이 적네요	荒階少諍辭
대발을 드리워 여름 방을 서늘케 하고	珍簟淸夏室
가벼운 부채로 시원한 바람을 일으키며	輕扇動涼颸
맛있는 방어요리 추천할 만하니	嘉魴聊可薦
녹의주[58]를 혼자서도 마시곤 한답니다	淥蟻方獨持
여름철 오얏은 붉은 열매를 담그고	夏李沈朱實

57 심약(沈約, 441~513): 《고시원》 권12 〈양시(梁詩)〉 심약(沈約) 주 22) 참조.

58 녹의주(綠蟻酒): 미주(美酒)의 다른 이름이다.

가을철 연뿌리는 가벼운 실처럼 저미니	秋藕折輕絲
좋은 때란 마침내 얼마나 될까요	良辰竟何許
예전부터 아름다운 기약 꿈꾸었거늘	夙昔夢佳期
좌소[59]만 그저 쌓아 갈 뿐이오	坐嘯徒可積
국가를 위한 일이 벌써 한 해가 되었는데	爲邦歲已期
현가[60]를 끝내 취할 수 없으니	絃歌終莫取
의궤를 어루만지며 나의 어리석음 탄식합니다	撫几令自嗤

○ 남양태수(南陽太守)인 홍농(弘農)의 성진(成縉)이 공조(功曹)를 잠질(岑晊)에게 맡겼는데, 당시 사람들이 말하기를, "남양태수는 잠공효(岑公孝)가 대신하고 홍농의 성진은 그저 앉아서 휘파람만 부네." 하였다.[南陽太守弘農成縉, 任功曹岑晊, 時人語曰, "南陽太守岑公孝, 弘農成縉但坐嘯."]

---

59 좌소(坐嘯): 관청에 송사(訟事)할 일이 없어 한가롭게 앉아서 휘파람을 부는 일. 와치(臥治)와 같은 말로 쓰인다.

60 현가(絃歌): 금슬(琴瑟)의 음악에 맞춰 노래를 부르는 일. 곧 선비의 일상을 일컫는 말로 쓰인다.

480

저물녘에 삼산[61]에 올라 경읍을 되돌아보다[晩登三山還望京邑]

파수[62] 가에서 장안을 바라보고　灞涘望長安
하양[63]에서 도성을 바라보니　河陽視京縣
햇볕이 나는 듯한 용마루를 비추어　白日麗飛甍
들쑥날쑥한 모습들이 아름답구나　參差皆可見
남은 노을은 흩어져 오색 비단을 이루고　餘霞散成綺
맑은 강물은 고요하기가 명주와 같은데　澄江靜如練
지저귀는 새소리 봄 모래섬을 뒤덮고　喧鳥覆春洲
온갖 꽃들 향기로운 교외에 가득하네　雜英滿芳甸
떠나려다 아직도 머물고 있는 것은[64]　去矣方滯淫
방금 끝난 환송연이 그리워선데　懷哉罷歡宴
슬프다 다시 만날 날이 언제일 건지　佳期悵何許
눈물만 싸라기눈같이 흘러내리네　淚下如流霰
정이 있어 고향 그리운 줄 안다면　有情知望鄉
어느 누가 검은 머리 하얗게 쇠지 않으랴　誰能鬒不變

61 삼산(三山): 산 이름. 강녕현(江寧縣) 북쪽 12리에 있다.

62 파수(灞水): 섬서성(陝西省) 남전현(藍田縣)에서 발원하여 위수(渭水)로 흘러드는 강 이름이다.

63 하양(河陽): 하남성(河南省)의 현 이름이다.

64 머물고 … 것은: 원문의 체음(滯淫)은 오래 머무는 것을 이른다. 《국어(國語)》〈진어(晉語)〉에 진 문왕(晉文王)이 적(翟)나라에 머문 지 12년이 되자, 호언(狐偃)이 이르기를 "정체되어 고착되고 폐기되어 오래되면 누가 그것을 일으킬 수 있겠습니까? 어찌 속히 떠나지 않습니까?[底著滯淫, 誰能興之, 盍速行乎?]"라고 하였다.

481

중서성에서 숙직하며[直中書省]

자주색 궁전은 엄숙하고 조용하며	紫殿肅陰陰
붉은 빛 뜨락은 밝고도 넓게 트여 있어	彤庭赫弘敞
바람이 일어 감탕나무[65]를 흔들고	風動萬年枝
햇볕은 화사하여 승로장[66]을 비추네	日華承露掌
영롱한 빛은 동전 모양의 비단창문에 맺히고	玲瓏結綺錢
그윽한 빛은 그물 모양의 붉은 창을 비추며	深沈映朱網
작약은 섬돌에 놓여 나부끼고	紅藥當階翻
푸른 이끼는 돌층계 따라 뻗어 가네	蒼苔依砌上
이곳을 봉황지[67]라 말들하니	玆言翔鳳池
울리는 패옥마다 맑은 소리 들려오네	鳴珮多清響
참으로 아름다우나 나의 집은 아니니	信美非吾室
고향 정원에서 지낼 것을[68] 생각하네	中園思偃仰

---

65 감탕나무: 원문의 만년지(萬年枝)는 감탕나무과의 동청수(冬青樹)를 이르며 사철나무라고도 한다. 흔히 제왕의 만수무강이나 나라의 태평성대를 기원하는 의미로 쓰인다.

66 승로장(承露掌): 한 무제가 건장궁(建章宮)에다 20장(丈) 높이의 승로반(承露盤)을 설치하고, 그 위에 천상(天上)의 이슬을 받기 위하여 둔 선인장(仙人掌)을 일컫는다. 여기에서 받은 이슬을 옥가루와 섞어 먹고서 장생불사(長生不死)하기를 꿈꾸었다고 한다.

67 봉황지(鳳凰池): 대궐 안에 있는 연못. 곁에 중서성(中書省)이 있었던 데서 중서성 또는 재상(宰相)의 직위를 뜻하기도 한다.

68 지낼 것을: 원문의 언앙(偃仰)은 편안하게 지낸다는 말로, 《시경(詩經)》〈소아(小雅) 북산(北

친구 생각에 마음이 울적했는데[69] 朋情以鬱陶
봄날 풍광은 이제 화창하구나[70] 春物方駘蕩
어찌하면 바람 타는 날개를 얻어 安得淩風翰
산천 감상을 실컷 할 수 있을까 聊恣山泉賞

○ 《동궁구사(東宮舊事)》에 이르기를, “창에는 사면이 있는데, 비단을 맺어 동전 모양 장식을 이었네.”하였다.[東宮舊事曰, “窗有四面, 結綺連錢.”]

山)〉에 “누구는 부르는 것도 알지 못하는데, 누구는 참혹하게 애쓰고 고생하며, 누구는 집에서 누었다 일어났다 하는데, 누구는 나랏일로 정신없이 분주하구나.[或不知叫號, 或慘慘劬勞, 或棲遲偃仰, 或王事鞅掌.]”라고 하였다.

69 울적했는데: 원문의 울도(鬱陶)는 생각하는 마음이 깊어서 기분이 울적하다는 말로, 《맹자집주(孟子集註)》〈만장장구 상(萬章章句上)〉에 “순이 자리에서 금을 타고 있었는데, 상이 와서 ‘마음이 울적하여 도군을 생각하였다.’라고 하고, 부끄러워했다.[舜在床琴, 象曰鬱陶思君爾, 忸怩.]”라고 하였다.

70 화창하구나: 원문의 태탕(駘蕩)은 화창한 모양을 일컫는다.

482

선성군 안에 올라가 조망하다

[宣城郡內登望]

수레에서 내리던 날 언제였는지 물어보자	借問下車日
다만 망서[71]가 둥근 보름날은 아니었네	匪直望舒圓
차가운 성은 한결같아 보인다마는	寒城一以眺
평초[72]는 정작 아스라할 뿐이네	平楚正蒼然
산이 쌓여서 능양[73]인 양 험하고	山積陵陽阻
시냇물은 흘러서 춘곡[74]의 샘이 되니	溪流春穀泉
구불구불하여 먼데 전지를 막았으며	威紆距遙甸
높은 바위는 먼 하늘을 둘렀네	巉巖帶遠天
절절한 음풍에 날은 저물어 가는데	切切陰風暮
산뽕나무엔 찬 안개가 피어나네	桑柘起寒煙
슬픈 눈으로 바라보니 마음은 그지없고	悵望心已極
황홀하여 넋이 자주 옮겨 가네	惝怳魂屢遷

71 망서(望舒): 달을 운행한다는 선인(仙人)의 이름인데, 주로 달을 지칭한다. 《초사(楚辭)》〈이소(離騷)〉에 "먼저 망서(望舒)로 하여금 앞에서 달려가도록 하고, 뒤에 비렴(飛廉)으로 하여금 쫓아가게 하였다.[前望舒使先驅兮, 後飛廉使分屬.]"라고 하였다.

72 평초(平楚): 초(楚)는 총림(叢林)을 뜻하므로, 평림(平林)과 같은 말로 쓰인다.

73 능양(陵陽): 험준한 산을 이른다.

74 춘곡(春穀): 하천(河川)의 이름이다.

머리 묶고 나그네 되는 게 귀찮아서	結髮倦爲旅
평소에 일찍부터 변방 수비만 하였네	平生早事邊
누가 성대하게 차린 밥상을 바라겠으며	誰規鼎食盛
어찌 호백구[75]의 진귀함을 요구하리오	寗要狐白鮮
여남태수의 허락을 버려 두고서	方棄汝南諾
요동 전가에서 수레를 풀리라	言稅遼東田

○ 차가운 성[寒城]이란 일련(一聯)은 격조가 높아서 주자(朱子)도 칭상(稱賞)하였다.[寒城一聯格高, 朱子亦賞之.]

○ 《속한서(續漢書)》에 이르기를, "여남태수(汝南太守) 종자(宗資)가 범방(范滂)을 임용하자, 당시 사람들이 노래를 지어 부르기를 '여남태수는 범맹박(范孟博)이요, 남양의 종자는 계획하고 승락하는 일만을 주관한다네.'라고" 하였다.[續漢書曰, 汝南太守宗資, 任用范滂, 時人謠曰, '汝南太守范孟博, 南陽宗資主畫諾']

○ 《위지(魏志)》에 이르기를, "관녕이 공손탁의 명령이 해외에서도 행해진다는 소식을 듣고 드디어 요동으로 갔다." 하였다.[魏志曰, "管寧聞公孫度令行海外", 遂至遼東.]

75 호백구(狐白裘): 여우의 겨드랑이 흰털이 있는 부분으로 만든 가죽옷으로, 천금의 값이 나가는데, 맹상군(孟嘗君)이 이것을 보배로 여겼다 한다.

483

고재에서 일을 보다[高齋視事]

남은 눈은 푸른 산을 비추고	餘雪映靑山
차가운 안개를 밝은 해가 열어 주니	寒霧開白日
아스라이 강가 마을이 보이고	曖曖江村見
수북이[76] 바닷가 나무가 드러났네	離離海樹出
옷을 걸어 대야에 손을 씻고	披衣就淸盥
헌함에 의지하여 붓을 잡는다	憑軒方秉筆
고기그릇 늘어놔도 맛보는 데 불과하고	列俎歸單味
수레를 이어 놔도 무릎 운신하면 되는데	連駕止容膝
속절없이 대국을 위해 시름타가	空爲大國憂
분란에 휩싸인 게 한두 번이 아니네	紛詭諒非一
어찌하면 봉경[77]을 청소해 놓고서	安得掃蓬徑
나의 시름과 질병을 녹여 볼 수 있을까	鎖吾愁與疾

○ 기(起)의 네 구절은 눈[雪]내린 뒤를 묘사한 것인데 신묘(神妙)의 경지에 들었다.[起四句寫雪後入神.]

76 수북이: 원문의 리리(離離)는 무성하게 자란 것을 이르는 말로, 《시경(詩經)》 〈왕풍(王風) 서리(黍離)〉에 "저 기장이 수북이 자랐거늘 저 피도 싹이 돋았네.[彼黍離離, 彼稷之苗.]"라고 하였다.

77 봉경(蓬徑): 쑥대가 우거진 길이라는 뜻으로, 작은 오솔길을 말한다.

484

지는 해를 서글피 바라보다

[落日悵望]

동틀 무렵[78]부터 분주한 일이 하도 많아	昧旦多紛喧
날이 저물도록 청사에서 쉴 틈이 없더니[79]	日晏未遑舍
해가 지자 맑은 그늘이 남아 있어서	落日餘淸陰
동창 아래 베개 높이 베고 누워 보네	高枕東窗下
차가운 괴나무[80]는 잎이 져서 가지런하고	寒槐漸如束
가을철 국화는 꽃이 피어 볼 만한데	秋菊行當把
말 물어보자 지금이 어느 때인지	借問此何時
바람결에 북방을 그리는 말의 심정이라[81]	涼風懷朔馬
저물녘 돌아가는 손 이미 상심인데	已傷暮歸客
고향 떠난 이 또 다시 그립게 하네	復思離居者

78 동틀 무렵: 원문의 매단(昧旦)은 새벽이 되어 날이 막 밝으려 할 때를 이르는 말로, 《시경(詩經)》〈정풍(鄭風) 여왈계명(女曰鷄鳴)〉에 "여자가 닭이 울었다고 하거늘, 남자는 날이 아직 새지 않았다고 말하네.[女曰鷄鳴, 士曰昧旦.]"라고 하였다.

79 청사에서 … 없더니: 원문의 미황사(未遑舍)는 머물러 쉴 겨를이 없다는 것을 이르는 말로, 《시경(詩經)》〈소아(小雅) 하인사(何人斯)〉에 "너가 천천히 걸어갈 때에도, 또한 쉬어 갈 겨를이 없다고 한다.[爾之安行, 亦不遑舍.]"라고 하였다.

80 괴나무: 회화나무를 이른다.

81 바람결에 … 심정이라: 북쪽에서 온 호마(胡馬)가 고향을 그리워한다는 말로, 《고시원》 1권 184.고시(古詩) 19수(首) 중 제1수 참조.

욕심은 다행히 많지 않은데다	情嗜幸非多
사무 문건도 꽤나 적어서 좋다	案牘偏爲寡
이미 낭야의 정치[82]가 줄었으니	旣乏瑯琊政
이제 막 낙양사[83]에서 쉬려 하노라	方憩洛陽社

82 낭야(琅琊)의 정치: 《후한서(後漢書)》 〈장종전(張宗傳)〉에, "장종의 자는 제군(諸君)이며 남양(南陽) 노양(魯陽) 사람이다. 그가 낭야의 정승으로 가서 살벌하고 엄혹한 정치를 폈다." 하였다.

83 낙양사(洛陽社): 《진서(晉書)》 〈동경전(董京傳)〉에, "경의 자는 위련(威輦)이다. 처음에 농서(隴西)의 계리(計吏)가 되었다가 낙양(洛陽)에 온 뒤로 자유분방한 생활을 하였다." 하였다. 뒤에 은퇴한 자가 머무는 곳을 지칭하는 말로 쓰였다.

485

질병 때문에 사직하고 고향으로 돌아와 친속에게 보여 주다[移病還園示親屬]

독책받기 피곤하고 세상일이 권태로워	疲策倦人世
본성을 거두어서 소담한 집으로 물러왔네	斂性就幽蓬
금(琴)을 타다 밀쳐 두고 달뜨기를 기다리며	停琴佇涼月
촛불을 끄고서 돌아가는 기러기 소릴 듣네	滅燭聽歸鴻
서늘한 갈대는 어둠을 틈타 갈라지고	涼蒹乘暮析
가을꽃은 밤이 되면 공허하지만	秋華臨夜空
잎이 낮게 드리워 이슬이 진한 줄 알겠고	葉低知露密
벼랑 끝이 잘려서 구름이 겹겹인 줄 알겠네	崖斷識雲重
연잎을 꺾어다가 차가운 옷을 짓고	折荷葺寒袂
거울을 열어 쇠락한 얼굴을 매만지네	開鏡盼衰容
바다가 저물어 청량한 기운이 오르니	海暮騰清氣
황하의 관소에 서충[84]으로 은거할 만하네	河關秘棲沖
안개 속 두형[85]이 아직 시들지 않았으니	煙衡時未歇
지란[86]을 가서 서로 따를 수는 있겠네	芝蘭去相從

84 서충(棲沖): 세속의 명리(名利)에 대한 욕심을 버리고 허무중정(虛無中正)한 마음을 간직한 채 은거함을 뜻하는 말이다.

85 두형(杜衡): 원문의 연형(煙衡)은 안개 속 두형을 뜻하는 말로, 두형은 향초 이름이며, 시인 자신을 지칭하는 말로 쓰였다.

86 지란(芝蘭): 지란옥수(芝蘭玉樹)의 준말로 훌륭한 자제(子弟)를 비유하는 말로 쓰인다.

486

상국[87]으로 돌아가는 강병조, 단주부, 주효렴을 전송하다

[送江兵曹檀主簿朱孝廉還上國]

봄이 온 강물 위에 작은 배를 띄우고서	方舟泛春渚
손 마주 잡고 수도 금릉으로 가는구려	攜手趨上京
돌아가는 이 부러워하는 줄 어찌 알며	安知慕歸客
산중에 머무는 이의 심정을 어찌 알랴	詎意山中情
향기로운 바람이 꽃술 위에서 발하고	香風蕊上發
어여쁜 새는 나뭇잎 사이에서 우는데	好鳥葉間鳴
옷소매 흔들어 그대들 보내고 나면	揮袂送君已
홀로 지샐 이 밤은 금(琴)의 소리뿐이리	獨此夜琴聲

87 상국(上國): 서울인 금릉(金陵)을 지칭하는 말로 쓰였다.

487

추야(秋夜)

가을밤이라 귀뚜라미[88] 울어대니	秋夜促織鳴
남쪽 이웃집엔 다듬이소리 급해지고	南鄰擣衣急
구구만리 떨어져 있는 임 생각에	思君隔九重
밤이면 밤마다 그저 우두커니 서 있네	夜夜空佇立
북쪽 창가엔 가벼운 장막 드리웠어도	北牕輕幔垂
서쪽 문으로 달빛이 스며드니	西戶月光入
흰 이슬이 내리는 줄 어찌 알랴	何知白露下
앉은 채 섬돌이 젖는 것만 바라보네	坐視階前濕
누군들 오래 헤어져 살 수 있을까	誰能長分居
가을이 가고 나면 또 다시 겨울이 올 터인데	秋盡冬復及

88 귀뚜라미: 원문의 촉직(促織)은 귀뚜라미의 별칭으로, 그 우는 소리가 마치 가을밤에 길쌈을 재촉하는 듯하다 하여 붙여진 이름이다.

488

의조(議曹)[89] 하동지(何佟之)[90]의 〈교외에서 노닐다〉에 화답하다

[和何議曹郊遊]

봄을 그리는 마음이 느긋하여서[91] 春心澹容與
주살 들고 숲속으로 들어갔더니 挾弋步中林
아침 햇살 붉은 꽃잎에 비쳐 주고 朝光映紅萼
산들바람 좋은 소릴 보내오는데 微風吹好音
강 어귀엔 청량한 볼거리가 있고 江陲得淸賞
산자락엔 좋은 경치가 볼 만하네 山際果幽尋
일찍이 멀리 떠나 본 적 없었으니 未嘗遠離別
돌아가고 싶은 마음 때문인 줄 알면서 知此惬歸心
오르내리는 물길 따라 끝내 그만두지 못하고 流泝終靡已
아 나의 발걸음이 여기에 이르렀네 嗟行方至今

89 의조(議曹): 자의관(諮議官)을 이르는 말이다.

90 하동지(何佟之, 449~503): 남조(南朝) 여강(廬江) 사람. 자는 사위(士威)이다. 제 명제(齊明帝) 건무(建武) 중에 진북기실참군(鎭北記室參軍)이 되고, 국자박사(國子博士)와 효기장군(驍騎將軍)을 역임하였으며, 양(梁)나라에서는 상서좌승(尙書左丞)을 역임하였다.

91 느긋하여서: 원문의 담용여(澹容與)는 《초사(楚辭)》 권6, 송옥(宋玉, 기원전 298~기원전 222)의 〈구변(九辯)〉에 "어수선하고 혼란스러운 세상을 만났으니, 느긋하게 노닐다가 홀로 서 있도다.[逢此世之俇攘, 澹容與而獨倚兮.]"라고 하였다.

489

저작랑 왕융[92]의 〈팔공산[93]〉에 화답하다

[和王著作融八公山]

사현이 부견을 패퇴시킨 곳이다.[謝玄敗苻堅處.]

이별산[94]이 한수의 중간을 가로막았고	二別阻漢坻
쌍효[95]가 황하의 모퉁이를 바라보는데	雙崤望河澳
팔공산 준령은 높기도 하고 뾰족하기도 하니	茲嶺復巑岏
분구하여 회복[96]을 안정시키는 진산이어라	分區奠淮服
동쪽으로 낭야대[97]를 한계로 하고	東限瑯琊臺
서쪽으로 맹저육[98]에 걸쳤으며	西距孟諸陸

92 왕융(王融, 468~494): 《고시원》 권12 〈제시(齊詩)〉 왕융(王融) 주 131) 참조.

93 팔공산(八公山): 안휘성(安徽省) 봉대현(鳳臺縣) 서북쪽에 있다.

94 이별산(二別山): 대별산(大別山)과 소별산(小別山)을 이르는데, 대별산은 호북성(湖北省) 한양현(漢陽縣) 동북쪽에 있고, 소별산은 호북성 한천현(漢川縣) 동북쪽에 있다.

95 쌍효(雙崤): 동서로 나뉘어져 있는 두 효산(崤山)을 이르는 말로, 하남성(河南省) 낙녕현(洛寧縣) 북쪽에 있다.

96 회복(淮服): 오늘날의 안휘성(安徽省)에 있는 회남 지역을 이르는 말이다.

97 낭야대(琅琊臺): 진시황(秦始皇)이 낭야산 위에다 축조한 누대로, 산동성(山東省) 제성(諸城)에 있다.

98 맹저육(孟諸陸): 맹저택(孟諸澤)을 이르며, 옛터는 오늘날의 하남성(河南城) 상구(商丘) 동북쪽에 있다.

무성하게 나무숲이 우거져 있고	阡眠起雜樹
단란하게 대나무 숲이 그늘져 있네	檀欒蔭修竹
해가 보이지 않아 빈 시내인가 의심하고	日隱澗疑空
구름이 모여드니 산봉우리가 겹겹인 듯	雲聚岫如複
출몰함에 따라 누치[99]를 바라보고	出沒眺樓雉
원근에 따라 봄날의 경치에 눈길을 보내네	遠近送春目
융주[100]가 예전에 중국을 어지럽히자	戎州昔亂華
하얀 빛을 띠었던 이수와 곡수[101]가 침윤하고	素景淪伊穀
왕조가 위태로울 땐 종곤의 힘을 빌렸으며	阽危賴宗袞
관중이 없으므로 명목에게 기탁하였네	微管寄明牧
장사라 할 부견(苻堅)은 전제가 가능하였고	長蛇固能翦
분경 같은 부융(苻融)은 이때부터 노출되었으니	奔鯨自此曝
도덕이 높아 아름다운 이름 백세토록 전하고	道峻芳塵流
공업은 원대한데 연운이 빠르게 지나갔네	業遙年運倏
평생토록 훌륭한 계획 우러렀건만	平生仰令圖
아 타고난 운명이 아름답지 못하여서	吁嗟命不淑
호탕하게 친지들과 작별을 하고	浩蕩別親知
연이어서 멀리 출정하는 수레를 경계하며	連翩戒征軸

99 누치(樓雉): 성루(城樓)나 성장(城牆)을 이른다.

100 융주(戎州): 춘추시대에 융인(戎人)이 거주하던 주읍(州邑)을 이르는 말로, 여기서는 전진(前秦)의 부견(苻堅)을 이른다.

101 이수(伊水)와 곡수(穀水): 하남(河南)과 낙양(洛陽) 근처를 흐르는 두 강물을 이른다.

재차 관왜궁[102]을 멀리하고	再遠館娃宮
두 번이나 하양곡[103]을 떠나왔네	兩去河陽谷
바람 연기가 사계절 침범한 탓에	風煙四時犯
서리와 비에 아침저녁으로 머릴 감았네	霜雨朝夜沐
봄에 핀 꽃은 벌써 이미 시들었으니	春秀良已彫
가을 화전은 어쩌면 일굴 수 있으려나	秋場庶能築

○ '융주가 중국을 어지럽혔다[戎州亂華]'는 부견(苻堅)을 이르는 말이며, '하얀 빛[素景]'은 진(晉)이 금덕(金德)으로 왕이 되었다는 것을 이르는 말이다.[戎州亂華, 謂苻堅, 素景, 謂晉以金德王也.]

○ '종곤(宗袞)'은 사안(謝安)을 이르는 말이며, '명목(明牧)'은 사현(謝玄)을 이르는 말이다. '미관(微管)'은 곧 "관중이 아니었다면 우리는 머리카락을 늘어뜨리고 옷깃을 왼쪽으로 여몄을 것이다."라는 뜻이다. 고인을 인용할 경우에 주로 끊고 잘라내는 경향이 많다.[宗袞, 謂謝安, 明牧, 謂謝玄, 微管, 即微管仲吾其被髮左衽意. 古人引用, 多割截者.]

○ '장사(長蛇)'와 '분경(奔鯨)'은 부견(苻堅)과 부융(苻融)을 이른다. '평생토록 훌륭한 계획 우러렀다[平生仰令圖]' 이하는 모두 사조가 자신을 이른 말이다.[長蛇奔鯨, 喻苻堅·苻融也. 平生仰令圖以下, 皆朓自謂.]

○ 소사(小謝)의 시가 모두 매우 유려함을 갖추었는데, 이 글과 〈복무창에게 화답하다〉라는 시는 전중하고 진지하니, 모두 강락을 표본으로 삼아 본받은 것이다.[小謝詩俱極流利, 而此篇及和伏武昌作, 典重質實, 俱宗仰康樂.]

---

102 관왜궁(館娃宮): 춘추시대 오(吳)나라 임금 부차(夫差)가 소주(蘇州)에다 축조하여 서시(西施)를 거처하게 하였던 궁전이다.

103 하양곡(河陽谷): 진(晉)나라 석숭(石崇)의 별장이 있던 곳으로 하남(河南)의 금곡(金谷)을 이른다.

490

무창태수(武昌太守) 복만용(伏曼容)의 〈손권(孫權)의 옛 성에 오르다〉에 화답하다[和伏武昌登孫權故城]

복만용이 무창태수가 되었다.[伏曼容爲武昌犬守.]

염령[104]이 검과 옥새를 놓쳐 버린 탓에	炎靈遺劍璽
당도[105]한 이가 군웅들과 싸움을 벌였고	當塗駭龍戰
중국에 성인이 출현할 때가 아니다 보니	聖期缺中壤
패공[106]을 다투는 이가 각지에서 일어났네	霸功興寓縣
때까치처럼 떨쳐 일어나 오산[107]을 오르고	鵲起登吳山
봉황새 날듯 초전[108]을 휩쓸었으며	鳳翔凌楚甸
옷깃과 띠처럼 이어진 험한 지형에다	衿帶窮巖險
장막 속엔 모두 선발된 모신들이었네	帷帟(1)盡謀選

104 염령(炎靈): 한(漢)나라가 화덕(火德)으로 왕업(王業)을 이루었다 하여 한나라 황제(皇帝)를 지칭하는 말로 쓰였다.

105 당도(當塗): 당시의 실권을 획득한 조위(曹魏)를 이른다.

106 패공(霸功): 군웅들이 패왕(霸王)의 공업을 서로 다투는 것을 이른다.

107 오산(吳山): 손권(孫權)이 맨 처음 기반으로 삼았던 곳. 곧 무창(武昌)을 이른다.

108 초전(楚甸): 건업(建業)을 지칭하는 말로, 손권이 초나라를 병합하여 이곳에 수도를 세웠던 곳이다.

북쪽을 막아 참표[109]를 물에 빠뜨리고 北拒溺驂鑣
서쪽을 정벌하여 조련[110]을 거두어 오니 西龕收組練
강과 바다는 이미 물결이 일지 않았으며 江海旣無波
천하를 굽어볼 때 영분[111]이 유려했네 俯仰流英盼
예복차림으로 교외에서 제사를 지내고 衮冕類禋郊
점을 치고 해를 헤아려 궁궐을 높이 지었으며 卜揆崇離殿
조대[112]에선 강무와 열병에 임하고 釣臺臨講閱
번산[113]에선 대규모 연회를 열었으니 樊山開廣讌
문물이 다함께 치성하고 文物共葳蕤
성명이 또한 아름다웠네 聲明且葱蒨
삼광[114]은 빛이 나뉘는 것을 싫어하여 三光厭分景
문자와 제도를 함께하기를 천거하였으나 書軌欲同薦
들쭉날쭉하던 세사[115]가 갑자기 끊어지고 參差世祀忽
적막했던 시장과 조정에 변화가 왔으니 寂寞市朝變
춤추던 관사는 터만 남은 줄 알겠고 舞館識餘基
노래 부르던 무대는 소리만 상상할 뿐 歌梁想遺囀

109 참표(驂鑣): 군사를 일컫는 말로, 주유(周瑜)가 적벽(赤壁)에서 몰살시켜 남하(南下)하지 못하게 한 조조(曹操)의 군사를 이른다.

110 조련(組練): 장병들의 전투복을 일컫는 말로, 정예화된 군사를 이르는 말로도 쓰인다.

111 영분(英盼): 신성한 눈빛을 이르는 말로, 혜안(慧眼)과 같다.

112 조대(釣臺): 손권(孫權)이 무창(武昌)에 있을 때 이곳에서 연회를 베풀었다 한다.

113 번산(樊山): 무창에 있는 산 이름이다.

114 삼광(三光): 해와 달과 별의 빛을 이른다.

115 세사(世祀): 오나라가 종묘사직에 지내는 제사를 이른다.

옛 숲에는 생기 잃은 나무들만 늘어서 있고	故林衰木平
아름다운 못에는 가을 풀만 뒤덮혀 있네	芳池秋草徧
웅대한 계획[116]도 애처롭기가 이러한데	雄圖悵若茲
복태수는 먼데까지 권고함이 깊구려	茂宰深遐睠
숨어 사는 손이 강 언덕에 체류하고 보니	幽客滯江皋
그대 따라 완상하려 해도 현직을 떠난 몸이라	從賞乖纓弁
맑은 술로 헌수할 길이 막혔고	清巵阻獻酬
좋은 글은 함께 보고 듣지 못해 한이로세	良書限聞見
다행히 훌륭한 소리에 많은 도움을 받게 되니	幸藉芳音多
그대의 기풍을 이어 넉넉한 문채를 읊게 됐네	承風采餘絢
행역 도중에 혹여 만날 기회가 있게 되면	于役倘有期
무창의 연안 물가에서 함께 유람해 보세	鄂渚同遊衍

(1) 역(帟)의 음은 역(亦)이다.[音亦.]

○ '염령'은 한(漢)을 이르며, '당도'는 위(魏)를 이른다. 이는 높고 큰 실권(實權)을 가진 자가 위(魏)임을 말한 것이다.[炎靈, 謂漢, 當塗, 謂魏. 言當道而高大者, 魏也.]

○ '장막 속엔 모두 선발된 모신들이었네[帷帟盡謀選]'는 장막 안에서 함께 일하던 자들이 모두 모의를 잘하여 제후에 선발된 자들임을 말한 것이다.[帷帟盡謀選, 言帷帳共事者皆善謀, 而諸侯之選也.]

○ '북쪽을 막다[北拒]'는 조조(曹操)를 방어함을 이른 말이며, '서쪽을 정벌하다[西龕]'는 서촉(西蜀)을 패퇴시킨 것을 이르는 말이다. 감(龕)은 감(戡)과 같다.[北拒, 謂禦曹操, 西龕, 謂敗西蜀, 龕與戡同.]

○ 《주례(周禮)》에, "왕이 호천(昊天)의 상제(上帝)에게 제사를 지낼 때에는 대구(大裘)를 갖추어

116 웅대한 계획: 손권이 천하를 통일시키고자 했던 계획을 이른다.

입고 면류관을 쓴다. 오제(五帝)에게 제사 지낼 때에도 이와 같이 한다." 하였다. '복규(卜揆)'는 곧 점괘에 길하다고 이른 것이며, '해로써 헤아린다[揆之以日]'는 집을 지었다는 것을 말한 것이다.[周禮曰, 王祀昊天上帝, 則服大裘而冕, 祀五帝亦如之. 卜揆, 即卜云其吉. 揆之以日, 言作室也.]

○ 〈삼국명신송(三國名臣頌)〉에 이르기를, "삼광이 셋으로 나뉘자 우주가 잠시 가로막혔다.[三光參分 宇宙暫隔.]" 하였는데, 여기에서 '분영(分景)'을 싫어한다고 말한 것은 천하를 하나로 혼합하고자 한 것이다. '들쭉날쭉하던 세사가 갑자기 끊어지고[參差世祀忽]'의 이하는 나라가 망한 이후를 가리켜 말한 것이다.[三國名臣頌曰, 三光參分, 宇宙暫隔, 此言厭分景者, 幾欲混一天下也. 參差世祀忽以下, 指亡國後說.]

○ '무재(茂宰)'는 복무창(伏武昌)을 이르며, '숨어 사는 손[幽客]'은 자신을 이른다.[茂宰, 謂伏武昌, 幽客, 自謂.]

○ 《묵자(墨子)》에 이르기를, "묵자가 혜왕(惠王)에게 글을 올리자, 혜왕이 받아서 읽어 보고 이르기를, '이는 훌륭한 글이다.'" 하였는데, 여기에서의 양서(良書)는 무창(武昌)의 원작(原作)을 지칭하는 말이다.[墨子曰, 墨子獻書於惠王, 王受而讀之曰, 此良書也, 此指武昌原作.]

○ 선성(宣城)이 이어서 먼 곳에서 화답한 것이요, 함께 성에 올라간 것은 아니다. 끝에 2구를 완미해 보면 자연스럽게 드러난다.[宣城係遙和, 非共登城者. 玩末二句自見.]

491

북쪽 창을 새로 내고 하종사[117]의 시에 화답하다[新治北窗和何從事]

곳이 작아 한가로운 날이 많으니 國小暇日多
민정도 순박하여 번잡한 정무를 가리네 民淳紛務屛
창을 내어 맑고 훤함 기약을 하고 闢牖期清曠
발을 걷어 아름다운 풍경을 엿보네 開簾候風景
넓게 퍼진[118] 햇볕은 계곡을 비추고 泱泱日照溪
뭉게 구름은 산 고개를 넘어가니 團團雲去嶺
높다란 목란 서까래[119]가 드높기만 한데 岧嶢蘭橑峻
연속해서 이어진 돌길이 가지런하네 駢闐石路整
북쪽 못가의 나무는 물에 떠 있는 듯하고 池北樹如浮
대숲 밖의 산은 숲 그림자 같으며 竹外山猶影
상현달은 절로 망월이 되곤 하는데 自來彌弦望

117 하종사(何從事): 신원이 명확하지 않다.

118 넓게 퍼진: 원문의 앙앙(泱泱)은 질펀하게 흐르는 물이 넓게 퍼지는 모양을 뜻하는 말로, 《시경(詩經)》 〈소아(小雅) 첨피낙의(瞻彼洛矣)〉에 "저기 저 낙수를 바라보니, 물은 깊고도 넓게 흐르네.[瞻彼洛矣, 維水泱泱.]"라고 하였다.

119 목란 서까래: 원문의 난료(蘭橑)는 목란(木蘭)으로 만든 서까래를 이르는 말로, 《초사(楚辭)》 〈구가(九歌) 상부인(湘夫人)〉에 "계수나무 마룻대에 목란의 서까래요, 신이의 문지방에 백지의 방이로다.[桂棟兮蘭橑, 辛夷楣兮藥房.]"라고 하였다.

그대는 기영[120]에 임하고 말았구려　及君臨箕穎
하종사의 맑은 시 아름답고 심오하며　清文蔚且詠
은미한 말은 고상한 줄 알겠거니와　微言超已領
성채의 해자를 보지 못한 탓에　不見城壕側
그대를 그리는 마음 조석 두고 쏠리는데　思君朝夕頃
돌아오는 배가 곧 때맞추어 있다 한들　迴舟方在辰
무엇으로 기다리는 마음[121] 달래 주리오　何以慰延頸

120 기영(箕穎): 기산(箕山)과 영수(穎水)를 이르는 말로, 기산은 하남(河南) 개봉(開封)의 서쪽에 있으며, 영수는 숭산(嵩山)의 소실산(小室山)에서 발원하는 강물이다. 요(堯)임금 당시에 허유(許由)가 기산에 은거하고 있었는데 요임금이 정사를 맡아 달라고 하자 못 들을 말을 들었다 하여 영수에 귀를 씻었다는 데서, 은사(隱士) 또는 그가 사는 곳을 비유하는 말로 쓰인다.

121 기다리는 마음: 원문의 연경(延頸)은 목을 길게 빼고 바라보는 것으로, 간절히 사모함을 이르는 말로 쓰인다.

492

강승[122]의 〈북쪽으로 가서 낭야성[123]에 수자리 살다〉에 화답하다[和江丞北戍琅琊城]

봄날 성벽에 밝은 해가 비춰 오니 春城麗白日
높은 누각[124]이 층루에 걸터앉은 듯 阿閣跨層樓
푸른 강물은 문득 가물가물하고 蒼江忽渺渺
달리는 말은 또다시 멀어져 가네 驅馬復悠悠
서울에는 티끌 먼지 많아서인지 京洛多塵霧
회수와 제수[125]도 제대로 흐르지 않네 淮濟未安流
검 뽑아들 생각을 어찌 안 했으랴만 豈不思撫劍
애석한 건 타고 갈 가벼운 배가 없네 惜哉無輕舟
그대여 진정 스스로 노력하여 夫君良自勉
세밑에는 객지에서 머물지 마오[126] 歲暮勿淹留

---

122 강승(江丞): 이름은 효사(孝嗣)이며, 승은 각성(各省)의 보좌관(補佐官)을 이른다.

123 낭야성(瑯琊城): 산동성(山東省) 교남현(膠南縣) 서북쪽에 있다.

124 높은 누각: 원문의 아각(阿閣)은 사면에 차양이 있는 누각이다.

125 회수(淮水)와 제수(濟水): 산동(山東) 지역에 있는 회하(淮河)와 제수(濟水)를 이른다.

126 머물지 마오: 원문의 엄류(淹留)는《초사(楚辭)》〈이소(離騷)〉에 "시절이 어지럽게 변하는데 또 어찌 오래도록 머물수 있으랴.[時繽紛以變易兮, 又何可以淹留.]"라고 하였다.

493

왕중승[127]의 〈금곡(琴曲)을 듣고〉에 화답하다

[和王中丞聞琴]

서늘한 바람이 달빛 어린 이슬에 불어오니	涼風吹月露
둥근 달 그림자 맑은 그늘에 일렁이네	圓景動淸陰
혜초에 부는 바람 품안으로 스며드는데	蕙風入懷抱
그대가 타는 이 밤의 금곡을 듣노라니	聞君此夜琴
소슬한 바람 소리 숲속 가득 들리는 듯	蕭瑟滿林聽
경쾌한 음향은 시냇물 흐르는 소리인 듯	輕鳴響澗音
일도 없이 한가롭게 세월 보내니	無爲澹容與
강호에 둔 이내 마음 차질을 빚게 됐네	蹉跎江海心

127 왕중승(王中丞): 이름은 사원(思遠)이며, 남제(南齊)의 임기(臨沂) 사람으로, 어사중승(御史中丞)을 역임하였다.

494

이별하는 밤에[離夜]

옥승[128]은 높은 나무숲으로 숨고	玉繩隱高樹
사한[129]은 층층 누대에 반짝이는데	斜漢耿層臺
이별하는 집엔 밝은 촛불 다 사위고	離堂華燭盡
작별하는 자리 맑은 금곡이 애처로워	別幌淸琴哀
철썩이는 조수도 외려 한할 줄 아는데	翻潮尙知恨
나그네의 그리움은 아득 헤아리기 어렵네	客思渺難裁
높은 산 긴 강물도 다할 수 없거늘	山川不可盡
하물며 친구와 나누는 술잔이겠는가	況乃故人杯

128 옥승(玉繩): 별 이름으로, 옥형(玉衡)의 북쪽에 있다.

129 사한(斜漢): 가을에 서남쪽으로 기울어진 은하수를 이른다.

495

유람 중인 왕손[130]에게[王孫遊]

풀은 자라 길게 뻗은 실오리 같고 綠草蔓如絲
잡목에도 붉은 꽃이 피었답니다 雜樹紅英發
임이 아니 오신다 따지진 않겠지만 無論君不歸
임 오실 때쯤 꽃은 벌써 졌을 거에요 君歸芳已歇

130 왕손(王孫): 《초사(楚辭)》 〈초은사(招隱士)〉에 "왕손은 유람가서 아직 돌아오지 않았는데, 봄풀은 싹이 돋아 무성해졌네.[王孫遊兮不歸, 春草生兮萋萋.]"라고 하였다.

496

시내에 임하여 떠나는 이를 전송하다

[臨溪送別]

슬픈 눈으로 남포를 바라보다가	悵望南浦時
북쪽 다리에 의지하여 거닐어 보네	徙倚北梁步
나뭇잎에는 서늘한 바람이 처음 일고	葉上涼風初
해가 져서 가벼운 노을이 저물어 가니	日隱輕霞暮
황량한 성 저 멀리엔 그늘 되기 쉽겠고	荒城迥易陰
가을 시내 넓어서 건너기 어려우리다	秋溪廣難渡
하염없는 눈물이 어찌 우연이겠어요	沫泣豈徒然
임 가시는 길에 이슬이 많기 때문이지요	君子行多露

왕융(王融)[131]

497

녹수곡(淥水曲)[132]

흠뻑 젖은 이슬[133] 겨울 맡은 수신[134]을 바꾸고	湛露改寒司
펄펄 나는 꾀꼬리 봄볕을 가름하는데	交鶯變春旭
아름다운 나무에선 새벽 꽃이 떨어지고	瓊樹落晨紅

131 왕융(王融, 468~494): 자는 원장(元長)이며, 왕주부(王主簿)라고도 불린다. 산동성(山東省) 임기현(臨沂縣) 사람으로, 시문(詩文)에 능하였고 중서랑(中書郎) 벼슬을 역임하였다. 남조(南朝)시대 제 무제(齊武帝) 영명(永明, 483~493) 연간에 형성된 일종의 시가 풍격인 영명체(永明體)의 대표 작가 중 한 사람으로 심약(沈約), 사조(謝朓) 등과 활동하였다. 무제(武帝)의 아들 경릉왕(竟陵王) 문하에서 활동했던 '경릉팔우(竟陵八友)' 중 한 사람이기도 하다.

132 녹수곡(淥水曲): 《악부시집(樂府詩集)》 권56 〈무곡가사(舞曲歌辭)〉의 제명왕가사(齊明王歌辭) 7수(首) 중 3번째 곡(曲)이다.

133 젖은 이슬: 원문의 담로(湛露)는 《시경(詩經)》 〈소아(小雅)〉의 편명이며, 담(湛)은 이슬이 성한 모양을 이른다.

134 겨울 맡은 수신: 원문의 한사(寒司)는 오행 중에 수(水)의 운을 맡은 신으로, 겨울을 관장하는 현명(玄冥)을 이른다. 《예기(禮記)》 〈월령(月令)〉에 "초겨울 달에 … 겨울 상제(上帝)는 전욱(顓頊)이요, 그 수신은 현명(玄冥)이다.[孟冬之月 … 冬帝顓頊, 其神玄冥.]"라고 하였다.

요당[135]에 담긴 물이 때마침 맑아졌네	瑤塘水初淥
날이 개이자 모래 언덕이 밝게 비치고	日霽沙漵明
바람소리 물소리에 밝은 촛불 일렁이듯	風泉動華燭
연안을 따라 난초 향 술잔을 띄워 보고	遵渚泛蘭觴
배를 타고 가며 맑은 노래 불러도 보네	乘漪弄清曲
말술 값으로 천금도 가볍게 여겼건만	斗酒千金輕
짧은 시간은 백년을 재촉하니	寸陰百年促
무엇으로 기쁨과 즐거움을 다하리오	何用盡歡娛
왕의 법도란 마치 옥과 같은 것인데	王度式如玉

135 요당(瑤塘): 아름다운 옥 같은 연못을 일컫는 말로, 연못의 미칭으로 쓰인다.

498

무산고(巫山高)[136]

상상속의 무산[137]은 높기도 하여	想像巫山高
해 저물녘 양대[138]의 구비에는	薄暮陽臺曲
아침 안개 저녁 노을 펼쳤다 걷히고	煙霞乍舒卷
원숭이와 새소리도 때로 들리리	猿鳥時斷續
저 미인[139]과 만약 기약할 수 있다면	彼美如可期
서로 만나 정담도 주고 받으련만	寤言紛在矚
우두커니 앉아서 서로 생각만 하다가	憮然坐相思
가을바람 이는 뜰로 내려가보네	秋風下庭綠

136 무산고(巫山高): 《악부시집(樂府詩集)》 권16 〈고취곡사(鼓吹曲辭)〉 편에, 《고금악록(古今樂錄)》에 소개된 〈한요가(漢鐃歌)〉 18곡의 명칭을 차례대로 열거하여 수록하였는데, 〈무산고〉는 그중 7번째 곡이다. 이 글은 왕융이 그 곡 이름을 인용하여 다시 지은 것으로, 초 회왕(楚懷王)이 꿈속에 무산(巫山)의 선녀를 만나 사랑을 나눈 이야기를 소재로 하고 있다.

137 무산(巫山): 사천성(泗川省) 동쪽에 12개의 봉우리로 이루어진 산이다. 장강(長江)이 그 사이를 가로질러 흐르면서 삼협(三峽)을 이룬다.

138 양대(陽臺): 남녀가 사랑을 나누는 곳을 일컫는 말로, 《문선(文選)》 〈고당부(高唐賦)〉에 보인다.

139 저 미인: 원문의 피미(彼美)는 미인을 지칭하는 말로, 《시경(詩經)》 〈패풍(邶風) 간혜(簡兮)〉에 "산에는 개암나무, 진펄에는 감초로다. 누구를 그리 생각하는가, 서방의 고운 임이로다. 저 고운 우리 임은, 서방의 사람이로다.[山有榛, 隰有苓. 云誰之思, 西方美人. 彼美人兮, 西方之人兮.]"라고 하였다.

499

자의(諮議) 소연(蕭衍)[140]과 서상(西上)[141]에서 밤에 모이다[蕭諮議西上夜集]

아끼는 사람들을 데리고 배회하다가	徘徊將所愛
작별이 아쉬워 하량 위에 서 있네	惜別在河梁
옷소매엔 삼춘이 가로막혔고	衿袖三春隔
강과 산은 천리보다 긴 듯하오만	江山千里長
내 맘속엔 거리의 차이가 없는데	寸心無遠近
변방에는 풍상만이 있을 뿐이네	邊地有風霜
힘쓸지어다 세밑을 맞이하거든	勉哉勤歲暮
삼가 용모 상하지 않게 하옵기를	敬矣事容光
산중이라 싫어할 건 딱히 없지만	山中殊未懌
두약[142]만이 속절없이 어여쁘구려	杜若空自芳

140 소연(蕭衍): 남조(南朝) 양(梁)나라의 초대 황제인 무제(武帝)의 이름이다. 《고시원》 권12 〈양시(梁詩)〉 무제(武帝) 주 1) 참조.

141 서상(西上): 경릉(竟陵)을 이른다.

142 두약(杜若): 물가에 자라는 향초로, 잎은 능하(菱荷)와 같고 줄기 끝에 꽃이 핀다. 《초사(楚辭)》의 〈구가(九歌)〉·〈상군(湘君)〉·〈상부인(湘夫人)〉에 "방주에서 두약을 뜯는도다.[採芳洲兮杜若.]"라고 하였다.

500

왕우(王友) 덕원(德元)[143]의 〈고의(古意)〉에 화답하다 2수

[和王友德元古意二首]

【1수】

새들도 날 저물면 돌아올 줄 아는데 遊禽暮知返
길 떠난 이만 유독 돌아오질 않으니 行人獨未歸
자리에는 꽃다운 봄풀 기운 잦아들고 坐銷芳草氣
공중에는 밝은 가을 달빛만 지나가네 空度明月輝
찡그린 얼굴 모습 거울에나 비쳐 볼 뿐 嚬容入朝鏡
임그리는 눈물에는 옷소매가 얼룩지네 思淚點春衣
무산[144]의 채색 구름 사라져 버리고 巫山彩雲沒
기수가[145]의 푸른 버들잎 드물 터인데 淇上綠楊稀
기다리는 임은 끝내 아니 오시고 待君竟不至
가을 기러기만 쌍쌍이 날아오누나 秋雁雙雙飛

143 덕원(德元): 왕안(王晏)의 아들인 왕우(王友)의 자(字)이다.

144 무산(巫山): 498.무산고(巫山高) 주 136) 참조.

145 기수가[淇上]: 기수는 하남성(河南城) 북부에 있는 강 이름으로, 후한(後漢) 말에 조조(曹操)가 둑을 막아 위하(衛河)로 흘러들게 하였다 한다. 주로 연인이 서로 배웅하는 곳으로 인용하곤 하는데, 《시경(詩經)》 〈용풍(鄘風) 상중(桑中)〉에 "나와 상중에서 만나기로 약속하였으며, 나를 상궁에서 맞이하였고, 나를 기수 가에서 전송하였네.[期我乎桑中, 要我乎上宮, 送我乎淇之上矣.]"라고 하였다.

【2수】

맹진[146]에는 서리가 내리고	霜氣下孟津
가을바람이 함곡관[147]을 건너오니	秋風度函谷
군께서 추위에 떨까 봐 염려가 되어	念君凄以寒
사랑채에 올라 얇은 비단을 손질하네	當軒卷羅縠
가녀린 손으로 겨울옷 짓다 밀쳐 두고	纖手廢裁縫
쑥대머리 되도록 손질도 하지 않은 채	曲鬢罷膏沐
천리를 사이에 두고 서로 듣지 못하니	千里不相聞
이내 마음 심란하여 울적함만 쌓이네	寸心鬱紛蘊(1)
게다가 또다시 반딧불이만 날아다니고	況復飛螢夜
나뭇잎 떨어져 어지러이 흩어질 뿐이네	木葉亂紛紛

(1) 온(蘊)은 평성(平聲)이다.

146 맹진(孟津): 서문(序文) 주 3) 참조.

147 함곡관(函谷關): 섬서성(陝西省) 홍농현(弘農縣)에 있다.

장융(張融)[148]

501

별시(別詩)

흰 구름은 저 산 위로 흩어져 가고	白雲山上盡
맑은 바람 소나무 아래서 그치니	淸風松下歇
이별하는 이의 설움을 알고 싶거든	欲識離人悲
고적한 누대 위서 밝은 달을 보시라	孤臺見明月

148 장융(張融, 444~497): 자(字)는 사광(思光)이며, 오군(吳郡) 사람이다. 송(宋)나라에서 벼슬하여 의조랑(儀曹郎)이 되고, 제 고제(齊高帝) 때에는 사도(司徒) 겸 우장사(兼右長史)를 역임하였다.

유회(劉繪)[149]

502

그리운 이가 있다[有所思]

이별 어찌 두 번 다시 할 일인가요	別離安可再
그런데 난 또다시 하고 말았네요	而我更重之
고운임은 서로 볼 수조차 없는데	佳人不相見
밝은 달만 하릴없이 휘장을 비추네	明月空在帷
당에 가득한 이들과 함께 술을 마셔도	共御滿堂酌
나만 홀로 한쪽 향해 미간이 좁아지네	獨斂向隅眉
내 마음 어지럽기가 눈발 같은데	中心亂如雪
그리운 이는 어찌 알 턱이 있으랴	甯知有所思

149 유회(劉繪): 자(字)는 사장(士章)이며, 팽성(彭城) 사람이다. 처음에 제 고제(齊高帝)의 행군참군(行軍參軍)이 되었다가 중서랑(中書郎)을 역임하였으며, 양 무제(梁武帝)가 군대를 일으키자, 조정에서 그에게 사주(四州)의 군사(軍事)를 감독하게 하였다.

공치규(孔稚圭)[150]

503

태평산[151]을 유람하다[遊太平山]

돌들이 험준하니 하늘이 나뉘어진 듯	石險天貌分
나무숲이 교차하니 태양이 흠집난 듯	林交日容缺
그늘진 시내엔 봄꽃이 떨어지고	陰(1)澗落春榮
차가운 바위엔 여름눈이 남아 있네[152]	寒巖留夏雪

(1) 음(陰) 자는 곧 삼엄하다[森]와 같다.[陰森.]

150 공치규(孔稚圭, 447~501): 남북조시대 남제(南齊)의 문인. 자(字)는 덕장(德璋)이며, 회계(會稽) 산음현(山陰縣) 사람이다. 문장이 탁월하여 고제(高帝)의 기실(記室)이 되었으며 강엄(江淹)과 함께 사필(辭筆)을 관장하였다. 영명(永明) 초에는 정위(廷尉)가 되어 어사중승(御史中丞)을 역임하고, 건무(建武) 초에는 남강군태수(南康郡太守)로 나갔다가 영원(永元) 초에 태자첨사(太子詹事)를 역임하였다. 개구리의 울음소리는 자연의 음악이라 하여 뜰의 풀도 베지 않을 정도로 시와 음영(吟詠)을 즐겼다. 저서에 〈북산이문(北山移文)〉과 《문집》 10권이 전한다.

151 태평산(太平山): 회계(會稽) 여요(余姚), 즉 지금의 절강성(浙江省) 지역에 있다. 진(晉)나라 사부(謝敷)가 이곳에서 10여 년 동안 은거하였다고 한다.

152 여름눈이 남아 있네: 실제로는 겨울에 내린 눈인데, 산세가 높고 험하여 봄이 지나도록 녹지 않고, 여름까지 남아 있기 때문에 이렇게 표현한 것이다.

육궐(陸厥)[153]

504

임강왕의 절사가[臨江王節士歌]

나뭇잎은 떨어지고	木葉下
강물결이 이어지니	江波連
가을 달빛 포구에 비치고 산에는 구름이 걷혔네	秋月照浦雲歇山
가을 생각을 재단할 수 없는데	秋思不可裁
또다시 가을 잎을 띠고 와서	復帶秋葉來
가을바람 불어와 공기 벌써 차가워지고	秋風來已寒
하얀 이슬이 얇은 비단을 놀라게 하네	白露驚羅紈
절사의 강개함으로 머리털이 관을 찌르니	節士慷慨髮衝冠

153 육궐(陸厥, 472~499): 자(字)는 한경(韓卿)이며, 오군(吳郡) 사람이다. 제 무제(齊武帝) 때 수재(秀才)로 천거되어 후군행참군(後軍行參軍)을 역임하였다. 제나라 동혼후(東昏侯) 때 부친 육한(陸閑)이 시안왕(始安王) 소요광(蕭遙光)의 반란에 연루되어 처형당하고 사면을 받지 못하자, 이를 슬퍼하다가 28세 나이로 세상을 떠났다.

활을 당겨 약목[154]의 가지에 걸어 두고	彎弓挂若木
긴 칼은 구름 끝에다 세웠노라	長劍竦雲端

154 약목(若木): 중국 전설상의 나무. 곤륜산 서쪽 끝에 있다. 줄기는 붉은색이고 잎은 푸른색이며 꽃은 붉은색인데 꽃의 붉은빛이 땅을 비춘다고 한다. 《초사(楚辭)》의 〈천문(天問)〉에는 "대황(大荒) 가운데에 형석산(衡石山), 구음산(九陰山), 동야지산(洞野之山)이 있고 그 위에 붉은 나무에 푸른 잎이 달리고 붉은 꽃이 피는 나무를 약목이라 한다." 하였고, 《산해경(山海經)》 회야산(灰野山)에는 "청엽적화(青葉赤華)의 나무가 있어 이름을 약목이라 하는데 해가 들어가는 곳이다." 하였다.

강효사(江孝嗣)[155]

505

북쪽 낭야성[156]에서 수자리 살며 지은 시

[北戍琅琊城詩]

말을 몰아 단숨에 달려오고 보니	驅馬一連翩
도성을 생각하는 정 멈출 수 없네	日下情不息
어여쁜 나무는 고운 임과 같아도	芳樹似佳人
슬픈 마음을 내 어쩌지 못하네	惆悵余何極
날 저물면 나그네 시름으로 괴롭고	薄暮苦羈愁
아침이 되면[157] 객지 밥이 설움인데	終朝傷旅食

155 강효사(江孝嗣): 남조 제나라 시인으로 사조의 시우(詩友)이다.

156 낭야성(瑯琊城): 492. 강승의 〈북쪽으로 가서 낭야성에 수자리 살다〉에 화답하다[和江丞北戍瑯琊城] 주 123) 참조.

157 아침이 되면: 원문의 종조(終朝)는 날이 샐 때부터 아침밥을 먹을 때까지의 시간을 뜻하는 말로, 《시경(詩經)》〈용풍(鄘風) 체동(蝃蝀)〉에 "아침에 무지개가 서쪽에서 떠오르니, 아침 내내 비가 내리네.[朝隮于西, 崇朝其雨]"라고 하였는데, 그 주(注)에 "숭(崇)은 마침[終]이니, 날이 샐

대장부가 한번 세상에 몸을 맡겼으니	丈夫許人世
어찌 자기 마음을 돌아보겠는가마는	安得顧心憶
칼 잡고 일어서겠다 다신 말하지 말자	按劍勿復言
밭 갈고 베 짜는 일은 누가 한단 말이냐	誰能耕與織

때부터 아침밥을 먹을 때까지를 종조(終朝)라고 한다."라고 하였다.

506

동혼후 당시에 백성이 부른 노래

[東昏時百姓歌]

《금릉지(金陵志)》에, "동혼후(東昏侯)[158]가 대성(臺城)에 나아가서는 열무당(閱武堂)을 방락원(芳樂苑)으로 만들었다. 또 방락원 안에다 점사(店肆)를 세우고 반비(潘妃)[159]를 시령(市令)으로 삼았다." 하였다.[金陵志, 東昏侯, 即臺城閱武堂爲芳樂苑. 又於苑中立店肆, 以潘妃爲市令.]

열무당에다	閱武堂
버들을 심더니만	種楊柳
지존은 육고기를 자르고	至尊屠肉
반비는 술을 파는도다	潘妃沽酒

158 동혼후(東昏侯): 중국 남북조시대 제(齊)나라 황제로, 본명은 소보권(蕭寶卷)이다. 소인배를 임용하여 학살 정치를 자행하였으며, 대규모 토목공사를 벌이고 총희(寵姬) 반비(潘妃)에게 미혹되어 국정을 문란케 하였다. 재위기간은 498~501년이다.

159 반비(潘妃): 중국 남북조시대 제(齊)나라 동혼후(東昏侯)의 비(妃)로, 용모는 아름다웠으나 사치스럽고 무절제하여 나라를 망하게 하였다. 전족(纏足)으로 황금의 연꽃 위를 걸었다는 일화가 전해지며, 이로써 전족을 금련(金蓮)이라 부르게 되었다 한다.

양시
梁詩

擬青青河畔草
折楊柳
臨高臺
石塘瀨聽猿
范安成
折楊柳
直學省愁臥
早發定山
西洲曲

무제(武帝)[1]

507

일민(逸民)

언덕에 자란 나무들은 如壟生木
나무마다 속성이 다르듯이 木有異心
숲에서 지저귀는 새들은 如林鳴鳥
새들마다 소리가 다르듯이 鳥有殊音
강물 속에 노는 물고기들은 如江游魚
물고기마다 부침을 하듯이 魚有浮沈
높은 이상은 산과 같고 巖巖山高

1 무제(武帝, 464~549): 남조(南朝) 양(梁)나라의 초대 황제. 이름은 소연(蕭衍)이고, 묘호는 고조(高祖)이다. 박학하고 문무에 자질이 있어, 남제(南齊)의 경릉왕(竟陵王) 소자량(蕭子良)에게 사사하여 자의의 관직에 있었으며, 심약(沈約)·왕융(王融)·사조(謝眺)·임방(任仿)·육수(陸倕)·망운(芒雲)·소심(蕭琛) 등 문인 귀족과 교유하여 '경릉팔우(竟陵八友)'로 활약하였다. 옹주(雍州)의 군단장이던 그는 동혼후(東昏侯)에 대한 타도군을 일으켜, 도읍인 건강(建康: 南京)을 함락시켜 남제를 멸망시키고 제위에 올라 국호를 '양(梁)'이라 불렀다. 548년에 일어난 후경(侯景)의 반란으로 병사(病死)하자, 수도 건강은 폐허가 되었다.

깊은 생각은 물과 같아서	湛湛水深
그들의 사적은 쉬이 보이나	事跡易見
그들의 이상은 찾기 어렵네	理相難尋

○ 깊고 잠잠함[淵淵]과 넓고 큰 모양[渾渾]은 제(齊)나라나 양(梁)나라의 풍격과는 그 유가 다르다.[淵淵渾渾, 不類齊梁風格.]

508

서주곡(西洲曲)[2]

진나라 작품으로 되어 있기도 하다.[一作晉辭.]

매화를 생각하며 서주[3]로 내려와서	憶梅下西洲
매화를 꺾어 강북으로 부치오니	折梅寄江北
홑적삼은 살구열매같이 붉고	單衫杏子紅
양쪽 귀밑털은 아추빛[4]이랍니다	雙鬢鴉雛色
서주는 어디에 있는 건가요	西洲在何處
양장[5]으로 다리 저편을 건너가니	兩槳橋頭渡
날은 저물어 때까치[6]가 날고	日暮伯勞飛
바람이 오구나무에 불어옵니다	風吹烏桕樹
나무 아래가 곧 문 앞이련만	樹下即門前
문안에는 비취 비녀가 보일 뿐	門中露翠鈿
문을 열어 봐도 낭군은 오지를 않아	開門郎不至

2 서주곡(西洲曲): 《악부시집(樂府詩集)》 권72 〈잡곡가사(雜曲歌辭)〉에는 지은이가 명확하지 않아 고사(古辭)로 표기되어 있다.

3 서주(西洲): 무창(武昌) 부근 지역에 있다.

4 아추빛[鴉雛色]: 아기까마귀 같은 빛깔로, 여자의 머리가 새까맣고 윤이 나는 것을 형용한다.

5 양장(兩槳): 좌우 양쪽에 노가 있는 배를 이른다.

6 때까치: 원문의 백로(伯勞)는 때까치를 이른다.

문밖을 나서 붉은 연을 땁니다　出門采紅蓮
연을 따는 남당에 가을이 와서　采蓮南塘秋
연꽃 높이가 사람 키를 넘고요　蓮花過人頭
고개 숙여 연밥을 만지면　低頭弄蓮子
연밥은 맑기가 물과 같네요　蓮子青如水
연을 따서 소매 속에 품으니　置蓮懷袖中
연심은 밑동까지 붉건마는　蓮心徹底紅
낭군을 그려 봐도 낭군은 오지 않고　憶郎郎不至
머리 들어 날아가는 기러기만 바라봅니다　仰首望飛鴻
날아가는 기러기 서주에 가득한데　飛鴻滿西洲
낭군이 그리워 청루에 올랐건만　望郎上青樓
누대는 높아도 바라보면 보이지 않아　樓高望不見
하루 종일 난간머리에 서 있네　盡日闌干頭
난간은 열두 구비인데　闌干十二曲
드리운 손 밝기가 옥과 같네　垂手明如玉
발을 걷자 하늘은 절로 높고　卷簾天自高
바닷물은 일렁일렁 속절없이 푸르네　海水搖空綠
바닷물인 양 꿈결도 아득할 뿐　海水夢悠悠
그대의 시름은 내게도 시름이니　君愁我亦愁
남풍이 내 마음을 알아준다면　南風知我意
이 꿈을 실어다 서주에 이르게 하련마는　吹夢到西洲

○ 연속하여 서로 생성시키며 꽃송이가 이어져서 하늘하늘 나부낌이 무궁하니, 정미(情味)가

더욱 드러난다.[續續相生, 連跗接萼, 搖曳無窮, 情味愈出.]

○ 마치 절구 몇 수가 모여서 이루어진 듯하다. 악부 가운데서 또 하나의 시체가 생겨난 것이니, 초당 세기의 장약허와 유희이의 칠언고시가 여기에서 발원하였다.[似絶句數首, 攢簇而成. 樂府中又生一體, 初唐張若虛·劉希夷, 七言古, 發源於此.]

509

〈청청하반초〉를 본따서 짓다

[擬青青河畔草]

비단 창에 거미줄만 겹겹 쌓여도	幕幕繡戶絲
예전 약속 하염없이 생각나는데	悠悠懷昔期
예전 약속 오래되어 오지 않으니	昔期久不歸
임 계신 곳 소식조차 들을 길 없네	鄉國曠音徽
소식이야 그저 연결 더디다 여기며	音徽空結遲
설풋 잠에 임 오신가 여겼더니만	半寢覺如至
깨어 보니 아무 데도 흔적은 없고	旣寤了無形
당신과는 평생동안 만나지 못할 건지	與君隔平生
달이라면 구름 되어 빛을 가리듯	月似雲掩光
잎이라면 서리 되어 시들게 하듯	葉似霜催老
벼슬은 결국 자신을 위할 뿐이니	當途竟自容
소첩 위해 말해 줄 이 아무도 없네	莫肯爲妾道

510
하중지수가(河中之水歌)

진나라 작품으로 되어 있기도 하다.[一作晉辭.]

황하의 물은 동으로 흘러가는데	河中之水向東流
낙양의 여자아이 이름이 막수[7]라네	洛陽女兒名莫愁
막수는 열세 살에 비단을 짜고	莫愁十三能織綺
열네 살에 남쪽 밭의 뽕잎을 따다	十四采桑南陌頭
열다섯에 시집을 가 노가네 부인이 되어	十五嫁爲盧家婦
열여섯에 아후라는 아들을 낳았네	十六生兒字阿侯
노가의 난실[8]은 계수나무 들보를 하고	盧家蘭室桂爲梁
방에는 울금향과 소합향을 두었으며	中有鬱金蘇合香
머리에 꽂은 금비녀는 열두 줄이요	頭上金釵十二行
발에는 오색무늬 비단신을 신으니	足下絲履五文章
산호에 건 거울은 환히 빛나며	珊瑚挂鏡爛生光
언제나 하인들이 달려와 신발을 신겨 주네	平頭奴子擎履箱
인생부귀 여기에다 무얼 더 바라리오만	人生富貴何所望
동쪽 집 왕씨에게 일찍 시집 못 간 걸 한스러워하네	恨不早嫁東家王

7 막수(莫愁): 옛 중국 여인의 이름. 《악부시집(樂府詩集)》에 수록되어 있다.

8 난실(蘭室): 지란지실(芝蘭之室)의 준말로, 지초와 난초가 있는 방이라는 뜻이다. 《공자가어(孔子家語)》에 "선한 사람과 함께 지내면 마치 지란의 방에 들어간 것과 같아 그 향기는 못 맡더라도 오래 지나면 동화된다.[與善人居, 如入芝蘭之室, 久而不聞其香, 卽與之化矣.]"라고 한 데서 유래하였다.

511

동으로 나는 때까치 노래[東飛伯勞歌]

고사로 되어 있기도 하다.[一作古辭.]

때까치[9] 동으로 날고 제비는 서쪽으로 날아도	東飛伯勞西飛燕
황고성[10]과 직녀성은 이따금씩 서로 만나는데	黃姑織女時相見
뉘집 여자 아이가 문밖에 서 있는가	誰家兒女對門居
얼굴 들자 고운 광채가 마을을 비추네	開顏發豔照里閭
남쪽창문 북쪽창문 밝은 빛이 걸려 있고	南窗北牖挂明光
비단 장막 비단 휘장 연지분이 향기롭다	羅幃綺帳脂粉香
여아의 나이는 열대여섯 살인데	女兒年紀十五六
비할 데 없이 고운 얼굴 백옥 같다만	窈窕無雙顏如玉
삼춘은 이미 저물고 바람결에 꽃마저 지고 나면	三春已暮花從風
빈 곳에서 가엾게도 누구와 함께 머물려나	空留可憐誰與同

○ 이 얼마나 태탕한가.[何許駘宕.]

9 때까치[伯勞]: 508. 서주곡(西洲曲) 주 6) 참조.

10 황고성: 원문의 황고(黃姑)는 견우성(牽牛星)을 이른다.

512

천안사의 소포당에서[天安寺疏圃堂]

일렁이는 봄기운 따라 머뭇거리며	乘和蕩猶豫
여기에서 잠시 쉬고 보니	此焉聊止息
이어진 산은 끝 간 데 없고	連山去無限
길다란 모래톱은 바라보기 까마득한데	長洲望不極
들쑥날쑥 번뜩이는 빛이 비쳐 주니	參差照光彩
좌우 모두가 다 봄빛인 것을	左右皆春色
어슴푸레 피어오르는 아지랑이를 보다가	晻曖矚遊絲
출몰하며 날아가는 새들을 보네	出沒看飛翼
그 즐거움 참으로 잊기 어려운데	其樂信難忘
훌쩍[11] 떠나 어디인들 갈 곳 있으랴	翛然甯有適

11 훌쩍: 원문의 소연(翛然)은 아무 데에도 얽매이지 않는 초탈한 경지를 말한다. 《장자(莊子)》 〈대종사(大宗師)〉에 "훌쩍 떠나가고, 훌쩍 다가오는 것일 뿐이다.[翛然而往, 翛然而來而已矣.]"라고 하였다.

513

적전(藉田)[12]

막 떠오르는 해를 공손히 맞이하니[13]	寅賓始出日
계절은 바야흐로 주작 칠성이 남중일 때[14]	律中方星鳥
일천 이랑 기름진 옥토는 자색을 띠고	千畝土膏紫
일만 구비 연못물은 담청색이어라	萬頃陂色縹
장비를 갖춘 수레는 아침햇살에 서 있고	嚴駕佇霞昕
이슬에 젖은 두광은 새벽을 맞네	浥露逗光曉
출발할 때 하늘은 외려 어둑하더니	啓行天猶暗
북을 쳐도 대지는 안정되어 동요가 없네	伐鼓地未悄
천자의 깃발에는 그려진 청룡이 움직이는 듯	蒼龍發蟠蜿
청룡기가 아름답게 펄럭이네	青旂引窈窕
인애한 덕화는 어린 벌레까지도 흡족하고	仁化洽孩蟲
덕망 있는 위령은 태내의 요절을 방지하셨네[15]	德令禁胎夭

12 적전(藉田): 임금이 직접 농사를 짓고 풍년을 기원하는 의식을 거행하던 토지로, '자전(藉田)'으로도 표기한다.

13 막 … 맞이하니: 원문의 인빈(寅賓)은 《서경(書經)》〈우서(虞書) 요전(堯典)〉에 "막 떠오르는 해를 공경히 손님같이 맞이한다.[寅賓出日.]"라고 하였는데, 그 주에 "인(寅)은 공경(恭敬)이요, 빈(賓)은 예로 대하기를 손님같이 하는 것이요, … 출일(出日)은 막 떠오르는 해이다.[寅, 敬也. 賓, 禮接之如賓客也. … 出日, 方出之日.]"라고 하였다.

14 계절은 … 남중일 때: 원문의 성조(星鳥)는 남방의 주조(朱鳥) 7수(宿)로, 춘분날 황혼이 된 뒤에 일곱 별이 다 오위(午位)에 있게 된다고 하는데, 봄이 한창 시작되는 것을 말한다.

경작할 때엔 달빛을 타기도 하고	耕藉乘月映
떨어진 이삭은 가을 끝을 가리키네	遺滯指秋杪
풍년에는 청렴과 겸양도 많거니와	年豐廉讓多
흉년에는 예절마저 줄어드는 법	歲薄禮節少
고관대작들은 쟁기와 따비를 잡고	公卿秉耒耜
백성들은 호미와 골무를 둘러메니	庶甿荷鋤耰(1)
천자 한 사람이 백대의 제왕께 부끄럽게 여겨	一人慙百王
삼추[16]를 억조의 백성보다 우선하네	三推先億兆

(1) 우(耰)는 요(擾)와 같다.[同擾]

○ 전아하고 엄중하며 엄숙하고 공경스러워서 시제와 잘 들어맞는다.[典重肅穆, 能與題稱.]

15 인애한 … 방지하셨네: 《예기(禮記)》 〈월령(月令)〉에 "맹춘의 달에는 … 둥지를 엎지 말며, 어린 벌레와 갓난 짐승과 처음으로 나는 새를 죽이지 말아야 한다.[孟春之月 … 毋覆巢, 毋殺孩蟲胎夭飛鳥.]"라고 하였다.

16 삼추(三推): 임금이 농사짓는 일을 솔선수범한다는 뜻으로, 매년 경적(耕籍)의 예를 행할 때 쟁기를 세 번 밀던 일을 가리킨다. 《예기(禮記)》 〈월령(月令)〉에 "천자가 친히 쟁기와 보습을 싣고 가되 참승(參乘)한 보개(保介)의 용사와 어인(御人)의 사이에 둔다. 삼공과 구경과 제후와 대부들을 거느리고 가서 몸소 적전(籍田)을 경작하되, 천자는 세 번 쟁기를 밀고, 삼공은 다섯 번 밀며, 경과 제후는 아홉 번 민다.[天子親載耒耜, 措之于參保介之御間, 帥三公·九卿·諸侯·大夫, 躬耕帝籍, 天子三推, 三公五推, 卿諸侯九推.]"라고 하였다.

간문제(簡文帝)[17]

시가 소량(蕭梁)에 이르러, 임금과 신하 위아래가 오로지 염정(豔情)으로 오락을 삼았기 때문에 온유돈후(温柔敦厚)한 시취(詩趣)를 잃어버렸고, 한(漢)·위(魏)시대의 유풍이 완전히 사라져 버렸다. 그래서 뽑은 작품이 비교적 적다.[詩至蕭梁, 君臣上下, 惟以豔情爲娛, 失温柔敦厚之旨, 漢魏遺軌, 蕩然掃地矣. 故所選從略.]

514

절양류(折楊柳)

수양버들이 뒤엉킨 실타래 같아서	楊柳亂成絲
초봄 들어 그 가지를 꺾었노라	攀折上春時

17 간문제(簡文帝): 양(梁)나라의 제2대 황제. 본명은 강(綱)이고, 자는 세찬(世瓚)이다. 묘호는 태종이고, 무제(武帝)의 3남이자, 《문선(文選)》을 엮은 소명(昭明)태자의 아우이다. 소명태자가 죽은 뒤 황태자가 되었으며, 548년 후경(侯景)의 난에 충격을 받은 무제(武帝)가 병사(病死)하자, 후경은 그를 맞아들여 즉위하게 했지만 곧 후경의 손에 죽었다. 문재(文才)가 있어 성장한 뒤에도 형인 소명태자와 아우인 상동왕(湘東王) 등과 시작(詩作)의 경쟁을 하였다.

잎이 촘촘하면 새가 날기도 어렵고	葉密鳥飛礙
바람이 가벼워야 꽃도 더디 지더라	風輕花落遲
성이 높아서 단소소리 울려 퍼지고	城高短簫發
숲은 텅 비어 화각소리 구슬프다만	林空畫角悲
노래엔 이별 뜻이 없다 하여도	曲中無別意
이 모두가 그리움뿐일세	併是爲相思

○ '바람이 가벼워야 꽃도 더디 지더라[風輕花落遲]'라는 다섯 글자는 매우 뛰어나다.[風輕花落遲, 五字雋絶.]

515

임고대(臨高臺)[18]

높은 누각 절반쯤은 구름에 가려	高臺半行雲
바라보고 또 보아도 높기만 한데	望望高不極
풀과 나무는 들쑥날쑥한 게 없고	草樹無參差
산과 강물 그 모두가 일색이어라	山河同一色
낙양으로 가는 길이 이 길이던가	仿佛洛陽道
길이 멀어 구분하여 알기 어렵고	道遠難別識
옥섬돌엔 옛 애인이 있나 싶어서	玉階故情人
사랑 마음 생겨나서 떠올려 보네	情來共相憶

○ "산과 강물도 그 모두 일색이어라.[山河同一色.]"는 바로 높은 곳에 올라가 먼 곳을 바라본 정신과 이치이다. 두소능(杜少陵)의 〈등탑(登塔)〉에 이르기를, "굽어보면 단지 한 기운뿐인데 어찌 황주를 구분할 수 있겠는가?" 하였는데, 견주어 보면 이 글의 웅장하게 걸터앉은 듯한 기세가 몇 배나 된다는 것을 더욱 알 수 있다.[山河同一色, 自是登高遠望神理. 少陵登塔云俯視但一氣, 焉能辨皇州, 更覺雄跨數倍.]

18 임고대(臨高臺):《악부시집(樂府詩集)》 권18 고취곡사(鼓吹曲辭)의 〈한요가 하(漢鐃歌下)〉에 수록되어 있으며,《옥대신영(玉臺新詠)》에는 양 무제(梁武帝)의 작품으로 되어 있고,《문원영화(文苑英華)》에는 역시 간문제(簡文帝)의 작품으로 되어 있다.

516

납량(納涼)

해 기울자 석양이 빠르게 지니 斜日晚駸駸
연못 절반은 어느새 그늘이 졌네 池塘生半陰
높다란 오동나무 곁에서 더월 피하니 避暑高梧側
살랑 부는 바람 때마침 옷깃에 스며드네 輕風時入襟
떨어지는 꽃은 되려 그림자를 만들고 落花還就影
놀란 매미는 잠깐 동안 숲을 잃은 듯 驚蟬乍失林
물고기는 거품을 일으키고 遊魚吹水沫
큰 거북[19]은 연잎 위에 올라앉네 神蔡上荷心
푸른 대나무는 가을빛을 드리우고 翠竹垂秋采
잘 익은 대춧빛이 다듬잇돌을 비추네 丹棗映疎砧
밤놀이의 곡조를 수고롭게 할 것도 없이 無勞夜遊曲
여기에 의탁하여 나의 노래를 부쳐 보네 寄此託微吟

19 큰 거북: 원문의 신채(神蔡)는 큰 거북의 미칭으로, 원래는 신(神)은 신비함을 뜻하고, 채(蔡)는 점을 칠 때 쓰이는 거북을 지칭하는 말이었다.

원제(元帝)[20]

517

양운루 처마머리의 버들을 읊다[詠陽雲樓簷柳]

버들은 화초가 아닌데도	楊柳非花樹
누대에 기대서니 봄인 줄 절로 알겠네	依樓自覺春
가지 주변에는 곱게 화장한 여인들이 다니고	枝邊通粉色
잎 속에는 붉은 수건들이 비치네	葉裏映紅巾
햇볕을 띠고 주렴 그림자와 교차하고	帶日交簾影
바람이 불면 자리에 쌓인 먼지를 쓸어 주네	因吹掃席塵
양운루 처마를 스치는 게 뜻이 있는 듯	拂簷應有意
꽃구경하는 사람들에게 가장 적합하여라	偏宜桃李人

○ 버들을 읊은 사람으로, 당인(唐人)의 아름다운 글귀가 매우 많다. 그러나 양나라 원제[梁元]의 두 말[二語]에 자연스러운 운치가 있는 것만은 못하다.[詠楊柳者, 唐人佳句甚多. 然不如梁元二語, 有天然之致.]

○ "지는 별은 먼데 수자리에 의지하고[落星依遠戍] 넘어가는 달은 평림에 반쯤 걸쳤네.[斜月半平林.]"라는 두 말은 맑고 원대한 기풍이 있어 여기에 옮겨와 실었다.[落星依遠戍, 斜月半平林, 二語澹遠可風, 摘錄於此.]

20 원제(元帝): 이름은 역(繹)이며, 자는 세성(世誠)이다. 양 무제(梁武帝)의 일곱째 아들로, 상동왕(湘東王)에 봉해지고 형주자사(荊州刺史)를 역임하였다.

518

절양류(折楊柳)

무산[21]따라 무협은 길기도 한데	巫山巫峽長
드리운 버들가지 또다시 드리우니	垂柳復垂楊
한마음으로 또 함께 꺾었던 것은	同心且同折
떠나는 임 마음속에 고향을 품어서일세	故人懷故鄉
무산 십이 봉은 연꽃같이 고웁고	山似蓮花豔
흐르는 장강 물은 밝은 달빛과 같은데	流如明月光
차가운 밤중 내내 원숭이 소리뿐이니	寒夜猿聲徹
나그네 흘린 눈물 옷깃을 적시네	遊子淚霑裳

○ 상편(上篇)에 이어 이와 같은 종류의 음절(音節)은 결국 오언근체(五言近體)로 보아야 한다. 고시(古詩)는 제(齊)나라와 양(梁)나라 사이에서 없어졌다가 당(唐)나라의 진사홍(陳射洪)이 나타나 넓히고 맑게 하였다. 문(文)에서는 한창려(韓昌黎)를 얻었고 시(詩)에서는 진사홍(陳射洪)을 얻었으니, 만회(挽回)한 공로가 작지 않다.[連上篇, 此種音節, 竟是五言近體矣. 古詩之亡, 亡於齊梁之間, 唐陳射洪起而廓淸之. 文得昌黎, 詩得射洪, 挽回之功不小.]

21 무산(巫山): 498.무산고(巫山高) 주 136) 참조.

심약(沈約)[22]

가령(家令)의 시(詩)는 포조(鮑照)·사조(謝朓)의 시에 비하여 성정(性情)과 성색(聲色) 면에서 모두 한 격이 떨어진다. 그러나 소량(蕭梁)의 시대에만은 역시 대가로 추대되었으니, 변폭(邊幅)은 외려 매끄럽고 사기(詞氣)가 외려 중후하여서 능히 고시(古詩)의 한 맥을 보존하였기 때문이다. 이 시기에 강둔기(江屯騎)와 하수조(何水曹)도 각각 일가를 이루었으니, 서로 정족(鼎足)의 형세를 취할 만하다.[家令詩, 較之鮑·謝, 性情聲色, 俱遜一格矣. 然在蕭梁之代, 亦推大家, 以邊幅尙闊, 詞氣尙厚, 能存古詩一脈也. 爾時江屯騎·何水曹, 各自成家, 可以鼎足.]

수부(水部)[23]의 명구(名句)는 매우 많다. 그러나 점점 근체(近體)로 들어갔다.[水部名句極多. 然漸入近體.]

---

22 심약(沈約, 441~513): 중국 양(梁)나라의 시인이자 문인이다. 자는 휴문(休文)이고, 시호는 은(隱)이며, 절강성 무강(武康) 출신이다. 어려서부터 빈곤 속에서도 학문에 힘써 양 무제(梁武帝)의 제업 완성을 도와 상서령(尙書令)이 되었다. 박학(博學)하고 시문(詩文)에 능하였으며, 음운(音韻)에도 밝아 정치가보다는 문인으로 당대에 이름을 떨쳤다. 제나라의 문혜태자(文惠太子)와 아우 경릉왕(竟陵王) 소자량(蕭子良)의 사랑을 받아 문단의 중견이 되었고, 양나라에 들어가서도 그 세력을 유지하였다. 또 불교에 능통하고 음운에도 밝아, 사성(四聲)의 구별을 명백히 하고 시의 팔병설(八病說)을 제창하였다. 그의 음운설은 영명체(永明體)의 성립과 깊은 관계가 있을 뿐 아니라 근체시(近體詩) 성립의 원인이 되기도 하였다. 《사성보(四聲譜)》와 《진서(晉書)》, 《송서(宋書)》, 《제기(齊記)》, 《송세문장지(宋世文章志)》 등 저술이 많았지만 《송서》만 전해지고 있다. 100권이나 되는 문집도 현재는 《한위육조일백삼가집(漢魏六朝一百三家集)》에 실린 《심은후집(沈隱侯集)》(2권)과 《한위육조명가집(漢魏六朝名家集)》에 수록된 《심휴문집(沈休文集)》(9권) 등이 남아 있을 뿐이다.

23 수부(水部): 하손(何遜)을 일컫는다. 《고시원》 권13 하손(何遜) 주 109) 참조.

519

임고대(臨高臺)[24]

높은 누대에서 차마 바라볼 수 없는 건	高臺不可望
멀리 바라보면 시름만 쌓이기 때문이네	望遠使人愁
이어진 산이 끊어진 데가 없듯이	連山無斷絕
강물은 또다시 유유히 흐르네	河水復悠悠
그리운 임은 지금 어디에 계실까	所思竟何在
낙양성 남쪽 거리에 계시려나	洛陽南陌頭
바라볼 순 있어도 만날 순 없으니	可望不可見
무엇으로 이내 근심을 풀어 볼꺼나	何用解人憂

24 임고대(臨高臺): 515. 임고대(臨高臺) 주 18) 참조.

520

야야곡(夜夜曲)[25]

은하수는 세로였다 가로가 되고	河漢縱且橫
북두성은 가로에서 수직됐는데	北斗橫復直
별자리가 부질없이 이럴 뿐이니	星漢空如此
내 맘속에 그리움을 어찌 알리요	甯知心有憶
외론 등불 희미하여 밝지 않아도	孤燈曖不明
차건 베틀 새벽인데 베를 짜노라	寒機曉猶織
지는 눈물 누구에게 하소연할까	零淚向誰道
닭이 울면 그저 탄식만 할 뿐이네	雞鳴徒嘆息

25 야야곡(夜夜曲):《악부시집(樂府詩集)》 권76 〈잡곡가사(雜曲歌辭)〉의 〈야야곡(夜夜曲)〉 2수 중 두 번째 작품으로,《옥대(玉臺)》와《예문(藝文)》에 수록된 내용과는 글자의 출입이 있다.

521

신안강[26] 물이 매우 맑아 얕거나 깊거나 바닥이 훤히 들여다보이는 것에 대하여 시를 지어 경읍의 친구들에게 주다

[新安江至清淺深見底貽京邑遊好]

배를 탄 손을 돌아보며 말하노니	眷言訪舟客
이 신안강은 참으로 보배라 하겠네	茲川信可珍
훤히 보이는 건 물이 맑고 얕은 데 따르고	洞徹隨清淺
밝은 거울 같기는 겨울과 봄철이 따로 없네	皎鏡無冬春
천길 높은 나무를 그려 놓은 듯하고	千仞寫高樹
백 발 아래서 노는 물고기가 보이네	百丈見遊鱗
창랑[27]의 물도 때로는 흐려지기도 하고	滄浪有時濁
맑은 제하[28]의 물도 말라 나루가 없나니	清濟涸無津
어찌 이 강물 따라 배를 타고 가서	豈若乘斯去

26 신안강(新安江): 안휘성(安徽省) 무원현(婺源縣)의 서북쪽 솔산(率山)에서 발원하여 동쪽으로 휴녕현(休寧縣)을 경유하여 절강성(浙江省) 경계로 흘러든다.

27 창랑(滄浪): 옛날 중국의 하천 이름인데, 초(楚)나라 굴원(屈原)이 지은 〈어보사(漁父辭)〉에 "창랑의 물이 맑으면 나의 갓끈을 씻고, 창랑의 물이 흐리면 나의 발을 씻으리라.[滄浪之水清兮, 可以濯我纓. 滄浪之水濁兮, 可以濯我足.]"라고 하였다.

28 맑은 제하[清濟]: 제수(濟水)가 하남성(河南城) 제원시(濟源市) 서북쪽에서 발원하여 동남쪽으로 흘러가서 동해로 유입되는데, 《전국책(戰國策)》 〈연책(燕策)〉에 "제수(濟水)는 맑고 하수(河水)는 탁하여 경계로 삼기에 족하다.[濟清河濁, 足以爲限.]"라고 하였다.

중류의 깨끗한 돌들을 굽어보며 은거함만 하랴 俯映石磷磷
분주하게 나는 이 시끄러운 세상에 살고 있으니 紛吾隔囂滓
어찌 옷이며 두건을 씻을 겨를이 있겠는가 甯假濯衣巾
바라건대 이 흐르는 물을 가져다가 願以潺湲水
그대 갓끈 위의 먼지를 씻어 주고 싶네 霑君纓上塵

522

학성에서 숙직하며 시름겨운 심경을 누워서 읊다[直學省愁臥]

학성은 국학이다.[學省, 國學也.]

가을바람이 넓은 거리에서 불어오더니	秋風吹廣陌
쓸쓸하게 남쪽 문으로 들어오네	蕭瑟入南闈
시름하는 이가 관사 문을 닫고 누웠는데	愁人掩軒臥
높은 창에 부는 바람 이따금씩 사립문을 흔드네	高窗時動扉
텅 빈 관사에 맑은 그늘이 가득하고	虛館淸陰滿
신전의 천정이 희미하게 보이며	神宇曖微微
거미는 입구에 줄을 쳐서 그물을 짜고	網蟲垂戶織
석양 되니 새는 처마 곁으로 날아드네	夕鳥傍櫩飛
벼슬아치 관복을 부질없이 입은 탓에	纓珮空爲忝
자연 속에[29] 은거할 일 어기긴 하였다만	江海事多違
산중에 계수나무 그대로 있으니	山中有桂樹
세밑 다가오면 돌아갈 수 있으려나	歲暮可言歸

○ 시의 품격이 자재(自在)하니, 이것이 문선체(文選體)이다.[詩品自在, 是文選體.]

---

29 자연 속에: 원문의 강해(江海)는 은사(隱士)의 거처를 뜻하는 말로, 《장자(莊子)》〈각의(刻意)〉에 "이는 강과 바닷가에 [자연 속에] 숨어 사는 선비이니, 세속을 피해 사는 사람이다.[此, 江海之士, 避世之人.]"라는 글이 보인다.

523
동원에서 숙박하다[宿東園]

진사왕(陳思王)[30]의 닭싸움하던 길이요[31]	陳王鬪雞道
반안인(潘安仁)[32]의 땔나무 줍던 길이라	安仁采樵路
동쪽 교외가 어찌 예전과 다를까마는	東郊豈異昔
잠시 한가롭게 거닐 뿐이네	聊可閒余步
들길은 이미 구불구불하거니와	野徑既盤紆
황량한 길도 서로 엇갈려 있으며	荒阡亦交互
성기던 무궁화 울은 다시 조밀해졌고	槿籬疎復密
가시나무 사립은 새것이 낡아 버렸네	荊扉新且故
나무 꼭대기에선 회오리바람 소리 울리고	樹頂鳴風飇
풀뿌리에는 서리와 이슬이 쌓이네	草根積霜露
놀란 노루는 쉬지 않고 달아나며	驚麏去不息
날아다니는 새는 때때로 돌아보네	征鳥時相顧

30 진사왕(陳思王): 위(魏)나라 시인 조식(曹植)을 이른다. 진(陳)나라에 봉해지고 시호가 사왕(思王)이며, 문제(文帝)의 아우이다. 관련하여 《고시원》 1권 권5의 조식(曹植) 참조.

31 진사왕(陳思王)의 … 길이요: 원문의 투계(鬪鷄)는 《고시원》 1권 236. 명도편(名都篇)에 "동쪽 교외 길에서 닭싸움을 하고, 장추 사이에서 말 달리기 하네.[鬪鷄東郊道, 走馬長楸間]"와 주 67) 참조. 《조자건집(曹子建集)》 권6에도 〈명도편(名都篇)〉이 수록되어 있다.

32 반안인(潘安仁): 안인은 반악(潘岳)의 자(字)이다. 서진(西晉) 때의 문인으로, 자는 안인(安仁)이고, 하남성 형양(滎陽) 출신이다. 예언(例言) 주 17) 참조. 아내의 죽음을 겪고 지은 〈도망시(悼亡詩)〉 3수는 진정성이 넘쳐흐르며 당시 수사주의적 문학에 하나의 전기를 마련해 주었다.

초가지붕에선 올빼미 소리 처량하고	茅棟嘯愁鴟
평탄한 언덕에는 겨울 토끼가 내달리네	平岡走寒兔
석양 그늘이 층층이 쌓인 언덕에 드리우고	夕陰帶層阜
긴 연기는 가벼운 흰 비단을 끌어당기듯	長煙引輕素
빠른 세월이 문득 나에게 다가오니	飛光忽我遒
어찌 한 해가 저무는 걸 막을 수 있겠는가	豈止歲云暮
만약 서산의 불사약을 얻을 수만 있다면	若蒙西山藥
노년을 어쩌면 편하게 지내련만	頹齡倘能度

○ 반악(潘岳)의 시에 이르기를, "동쪽 들녘 나서면서부터[出自東郊], 걱정스런 마음 걷잡을 수 없어서[憂心搖搖], 저 묵은 밭길을 따라가며[遵彼萊田], 그 땔나무를 줍노라.[言採其樵.]" 하였다.[潘岳詩曰, 出自東郊, 憂心搖搖, 遵彼萊田, 言采其樵.]

○ '서산의 약'은 위 문제(魏文帝)의 시에 보인다.[西山藥, 見魏文詩.]

524

범안성[33]과 작별하다[別范安成]

내 평소에 살아오던 젊은 날에는	生平少年日
작별할 때 만날 약속 쉬웠었지만	分手易前期
그대 함께 늙어 버린 지금 와서는	及爾同衰暮
두 번 다시 작별할 때가 아니구려	非復別離時
한 두루미 술이 많다 말하지 마오	勿言一尊酒
내일이면 이런 시간 다신 없으리	明日難重持
꿈속에는 가는 길도 모를 터인데[34]	夢中不識路
무엇으로 그리움을 위로하겠소	何以慰相思

○ 한 가닥의 진정한 기운이 흘러나와 구절마다 구르고 글자마다 두터워지니, 고시 19수의 경지와 거리가 멀지 않다.[一片眞氣流出, 句句轉, 字字厚, 去十九首不遠.]

33 범안성(范安成): 범수(范岫, 440~514)를 이른다. 남조(南朝) 양(梁)나라 제양(濟陽) 고성(考城) 사람으로, 자는 무빈(懋賓)이다. 제(齊)나라 안성군(安城郡) 내사(內史)를 역임하였기 때문에 범안성(范安城)으로 부르기도 한다.

34 꿈속에는 … 터인데: 《한비자(韓非子)》에 "육국(六國) 때 장민(張敏)과 고혜(高惠) 두 사람은 친구가 되었다. 서로 그리워하여 장민이 꿈속에 고혜를 찾아갔으나 중간에 길을 몰라 헤맨 일이 세 차례나 있었다.[六國時. 張敏, 高惠爲友, 相思. 敏於夢中往尋, 行至半途. 卽迷不知路. 如此者三.]"라고 하였다.

525

사조[35]의 죽음을 애도하다[傷謝脁]

이부랑 사조는 참으로 인재다워서	吏部信才傑
높은 문장력은 기발한 소리를 내었지	文峯振奇響
시구의 가락은 금석 악기를 연주하듯	調與金石諧
생각은 풍운을 좇아 창공을 오르듯	思逐風雲上
어찌 서리를 얕보는 소나무 같은 자질로	豈言陵霜質
갑자기 인간사를 따라 죽어 갔느뇨	忽隨人事往
훌륭한 그대야 무슨 원통함이 있겠는가만	尺璧爾何冤
하루아침에 저 무덤 속의 흙이 되었구려	一日同丘壤

○ 삼사 구의 말은 사조의 시를 잘 형상화하였다.[三四語, 能狀謝脁之詩.]

35 사조(謝脁): 《고시원》 권12 〈제시(齊詩)〉 사조(謝脁) 주 1) 참조.

526

석당뢰에서 원숭이 울음소리를 듣다

[石塘瀨聽猿]

한밤 내내 들려오던 원숭이 울음소리가	噭噭夜猿鳴
뭉게뭉게 피어나는 새벽안개에 섞인 듯	溶溶晨霧合
소리는 어디서 나는지 알 수가 없고	不知聲遠近
그저 겹겹이 두른 산만 보이네	惟見山重沓
동쪽 산서 부르는 소리를 반가워하다	既歡東嶺唱
다시 서쪽 산의 답소리를 기다려 보네	復佇西巖答

527

심도사의 도관을 유람하다

[遊沈道士館]

진시황은 천하를 지배하였고	秦皇御宇宙
한 무제는 무공을 크게 넓혔으니	漢帝恢武功
인간 세상의 즐거움을 만끽한 건데	歡娛人事盡
마음속엔 외려 충족하지 못한 게 있어	情性猶未充
삼신산 위에다 관심을 보이고	銳意三山上
구천 세계를 사모하게 되었네	託慕九霄中
이미 진황은 기년관[36]을 지었고	旣表祈年觀
또다시 무제는 망선궁[37]을 세웠으니	復立望仙宮
어찌 마음속에 도를 좋아해서 그랬겠는가	寗爲心好道
다만 끝없는 욕망이 작용한 때문이지	直由意無窮
나는 만족할 줄 안다고 말 할 수 있으니[38]	曰余知止足
이 소원은 풍족하기를 기다리지 않네	是願不須豐
오랫동안 머물 만한 곳을[39] 만나게 되면	遇可淹留處

36 기년관(祈年觀): 춘추시대 진(秦)나라 목공(穆公)이 함양(咸陽)의 성 밖에 풍년을 기원하기 위하여 지은 궁전이다.

37 망선궁(望仙宮): 한 무제가 만들었으며, 선인(仙人)을 바라본다는 의미를 담고 있다.

38 나는 … 있으니: 노자(老子)의 《도덕경(道德經)》〈입계(立戒)〉에 "만족할 줄을 알면 욕되지 않고, 그칠 줄을 알면 위태롭지 않다.[知足不辱, 知止不殆.]"라고 하였다.

미미한 이 몸을 휴식할 뿐이네 便欲息微躬
산들은 병풍처럼 멀리서 겹겹이 둘렀고 山嶂遠重疊
대나무는 가까운 곳에 무성하게[40] 자랐으니 竹樹近蒙籠
옷깃을 열어 차가운 물로 손발을 씻고 開襟濯寒水
허리띠를 풀어 맑은 바람을 맞노라 解帶臨淸風
허물 되는 것은 사물 밖에 있는 것이 아니니 所累非物外
생각이 현묘한 도리에 있어야 하네 爲念在玄空
벗들은 찾아와서 석수[41]를 손에 쥐려고 하고 朋來握石髓
손님은 찾아와서 가벼운 기러기를 타겠다고 하니 賓至駕輕鴻
모두 사람들이 다니는 작은 길을 끊어 버리고 都令人徑絶
신선 나라로 소통하는 구름길만 두어야겠네 惟使雲路通
일거에 하늘 위로 날아올라 보면 一擧凌倒景(1)
화산 숭산에는 때마침 일이 없으리 無事適華嵩
자연경관 완상할 마음을 지닌 이에게 말하노니 寄言賞心客
만년에 찾아와서 도를 추구 해 보지 않으려는가 歲暮爾來同

---

39 오랫동안 … 곳을: 원문의 엄류(淹留)는 오래 머문다는 뜻. 492.강승의 〈북쪽으로 가서 낭야성에 수자리 살다〉에 화답하다[和江丞北戍瑯琊城] 주 126) 참조.

40 무성하게: 원문의 몽롱(蒙籠)은 초목이 무성한 모양을 이른다.

41 석수(石髓): 돌에서 흘러나오는 진액인 석종유(石鍾乳)를 일컫는 말로, 이것을 먹으면 신선이 되어 장생불사한다는 전설이 있다. 《진서(晉書)》〈혜강열정(嵇康列傳)〉에 "삼국시대 위(魏)나라 선인(仙人) 왕렬(王烈)이 혜강과 함께 태항산(太行山)에 들어가서, 석수(石髓)를 얻어 자신이 절반을 먹고 나머지는 혜강에게 주었는데, 둘 다 굳어서 돌이 되었다."라는 기록이 있고, 또 다른 기록에는 왕렬은 양생법(養生法)을 닦은 인물로, 그는 항상 석수를 먹었으며, 나이 328세가 되도록 젊은이의 얼굴과 같았는데, 태항산에 들어간 후로 종적을 알 수 없었다고 한다.

(1) 경(景)은 영(影)과 같다.[同影.]

○ 곡영(谷永)[42]이 이르기를, "바람을 만나 가볍게 날아올라[遇風輕擧] 먼 곳으로 올라가면 그림자가 거꾸로 드리운다.[登遐倒景.]" 하였는데, 이는 몸이 해와 달보다 위에 있으면 해와 달이 반대로 아래에서 비추기 때문에 그 그림자가 거꾸로 보인다는 것을 말한 것이다.[谷永曰, 遇風輕擧, 登遐倒景, 言身在日月之上, 日月反從下照, 故其景倒也.]

○ "인간 세상의 즐거움을 만끽한 건데[歡娛人事盡]" 이하 10자와 "어찌 마음속에 도를 좋아해서 그랬겠는가.[甯爲心好道.]" 이하 10자는 그동안 부귀한 사람이 신선을 사모해 왔기 때문에 확실하게 단정 짓고 분명하게 말한 것이다.[歡娛人事盡十字, 甯爲心好道十字, 從來富貴人慕神仙之故, 斷得確, 說得盡.]

---

42 곡영(谷永, ?~기원전 8): 자(字)는 자운(子雲)이며, 장안(長安) 사람으로, 한 성제(漢成帝) 때 광록대부(光祿大夫) 대사농(大司農)을 역임하였다.

528

아침에 정산에서 출발하다[早發定山]

어린 시절 먼 골짜기 좋아했는데	夙齡愛遠壑
늙어서야 기이한 산 보게 되었네	晩莅見奇山
봉우리는 무지갯빛 너머에 있고	標峯綵虹外
산마루는 흰 구름 속에 둔 듯하며	置嶺白雲間
비탈진 벼랑은 갑자기 기울었다 솟고	傾壁忽斜竪
깎아지른 정상은 또다시 홀로 둥글며	絕頂復孤圓
바다로 흘러드는 물결 질펀하고	歸流海漫漫
포구를 벗어난 물줄기는 힘찬데	出浦水濺濺
야생 해당화는 아직 지지 않았고	野棠開未落
산 앵두꽃은 거의 피어날 듯하네	山櫻發欲然
돌아가는 걸 잊고 난과 두약[43] 사이에서 노닐며	忘歸屬蘭杜
벼슬에 대한 미련은 향초 속에 버리고서	懷祿寄芳荃
영지[44] 캐던 곳을 되돌아보며	眷言采三秀
배회하다 신선술을 갈망해 보네	徘徊望九仙

○ 전체가 대우(對耦)로 되어 있어서 역시 일격(一格)을 이루었다.[通體對耦, 亦成一格.]

43 두약(杜若): 499.자의(諮議) 소연(蕭衍)과 서상(西上)에서 밤에 모이다[蕭諮議西上夜集] 주 141) 참조.

44 영지: 원문의 삼수(三秀)는 영지(靈芝)의 별칭으로, 일 년에 세 차례 꽃이 핀다고 하여 붙여진 이름이다.

529

동지절 이후에 승상의 집에 갔다가 세자에게 나아가는 수레 안에서 짓다

[冬節後至丞相第詣世子車中作]

《제서(齊書)》에, "예장왕 억이 죽자, 승상에게 양주목을 증직하고, 장자인 염(廉)을 세자로 삼았다." 하였다.[齊書, 豫章王嶷薨, 贈丞相楊州牧, 長子廉爲世子.]

염파공[45]이 권세를 잃고 나자	廉公失權勢
문관에는 사람들의 발길이 뜸했다지	門館有虛盈
귀한 이 천해지는 데도 외려 이와 같은데	貴賤猶如此
조그만 못이 메워지는 거야 오죽할까	況乃曲池平
식객의 수레에 먼지가 쓸리지 않고	高車塵未滅
구슬 장식 신발자국 소리 들리는 듯하건만	珠履故餘聲
손님 다니던 계단에는 푸른 이끼만 가득하고	賓階綠錢滿
객이 머물던 곳엔 붉은 이끼가 돋았는데	客位紫苔生
누가 구원[46] 위로 올라가서는	誰當九原上

45 염파공(廉頗公): 중국 전국시대(戰國時代) 조(趙)나라 명장(名將)으로, 인상여(藺相如)와의 교유(交遊)관계에서 그 유명한 '문경지교(刎頸之交)'라는 고사를 탄생시켰다.

46 구원(九原): 춘추시대 진(晉)나라 경대부(卿大夫)의 묘지가 있던 곳으로, 일반적으로 무덤을 뜻한다. 《예기(禮記)》〈단궁 하(檀弓下)〉에 "조문자가 숙예와 함께 구원을 구경하였는데, 문자가 이르기를 '죽은 사람을 만약 다시 살아오게 할 수 있다면 나는 누구와 함께 돌아갈까.'하였

울창하게 우거진 가성[47]을 바라봐 주겠는가　鬱鬱望佳城

○ 《사기(史記)》〈염파전(廉頗傳)〉에 이르기를, "염파가 세력을 잃었을 때에는 친구와 빈객이 모두 떠나가더니, 다시 장수가 되자 객들이 또다시 몰려왔다." 하였다.[史記, 廉頗傳曰, 廉頗失勢之時, 故客盡去, 及復爲將, 又復至.]

다.[趙文子與叔譽觀乎九原, 文子曰, 死者如可作也, 吾誰與歸?]"라고 하였다.

47 가성(佳城): 분묘(墳墓)를 이른다. 《서경잡기(西京雜記)》에 한(漢)나라 등공(滕公)이 말을 타고 가다가 동도문(東都門) 밖에 이르자, 말이 울면서 앞으로 나아가지 않은 채 발로 오랫동안 땅을 굴렀다. 사졸(士卒)을 시켜 땅을 파 보게 하니, 깊이 석 자쯤 들어간 곳에 석곽(石槨)이 있고, 거기에 "가성(佳城)이 울울(鬱鬱)한 채로 삼천 년 만에 해를 보리니, 아! 등공이여, 이 실(室)에 거하리로다.[佳城鬱鬱, 三千年見白日, 吁嗟滕公, 居此室.]"라는 명문(銘文)이 새겨져 있었다. 이에 등공이 죽은 뒤에 유명(遺命)에 의해 그곳에 장사 지냈다고 한다.

530

경릉왕[48]의 〈유헌[49]의 묘지를 지나며〉에 받들어 화답하다[奉和竟陵王經劉瓛墓]

정려를 세워 그의 행적을 흠모하고	表閭欽逸軌
묘지에 의식을 갖추어 그의 넋을 공경하네	式墓禮眞魂
백성을 교화했던 방도는 이제 까마득해도	化塗終渺默
정신과 취지는 외려 남아 있네	神理曖猶存
먼지 쌓인 경서엔 휘장을 거두지 않았고	塵經未輟幌
높은 대문은 벌써 문을 닫았네	高衡已委門
양자운[50]의 정사는 날로 황폐해지니	日蕪子雲舍
그저 동중서[51]의 정원을 희망할 밖에	徒望董生園

48 경릉왕(竟陵王): 남북조시대 제 무제(齊武帝)의 둘째 아들 소자량(蕭子良, 460~494)이다. 《사부요략(四部要略)》을 편찬하였으며, 문인들을 모아놓고 시 짓기 놀이를 할 때 촛불 일촌(一寸)이 탈 동안 완성하기로 규정을 삼은 고사가 전한다.

49 유헌(劉瓛): 남제(南齊) 상인(相人)으로 자는 자규(子珪)이고 시(謚)는 정간선생(貞簡先生)이다. 지극한 효도로 팽성군 승(彭城郡丞)에 제수되었으며, 오경(五經)에 박통(博通)하고 학도를 모아 교수하여 일세(一世)의 대유(大儒)로 칭송받았다.

50 양자운(揚子雲): 전한(前漢) 말기의 문인. 자운(子雲)은 그의 자(字)이고, 이름은 웅(雄)이며, 사천성 성도(成都) 출신이다. 청년시절에 동향의 선배인 사마상여(司馬相如)의 작품을 통하여 배운 문장력을 인정받아, 성제(成帝) 때 궁정문인의 한 사람이 되었다. 그가 전일곽(田一廓), 택일구(宅一區)를 소유하였다 한다.

51 동중서(董仲舒, 기원전 170~기원전 120): 전한(前漢) 때의 유학자. 하북성(河北省) 광천현(廣川縣) 출신이다. 일찍부터 공양전(公羊傳)을 익혔으며 경제(景帝) 때는 박사가 되었다. 장막을 치고 제자를 가르쳤기 때문에 그의 얼굴을 모르는 제자도 있었다. 무제(武帝)가 즉위하여 인재를 구

화음[52]에는 남겨져 있는 베가 없고	華陰無遺布
묘 앞의 초석에는 술동이만 있을 뿐이네	楚席有靈樽
솟구치는 샘물이 그래도 위로가 되니	元泉倘能慰
긴긴 이 밤을 문제 삼지 말아 주오	長夜且勿論

○ 화음(華陰)을 읊은 구절은 왕렬(王烈)이 소를 훔친 도둑에게 베를 준 일[53]을 인용한 것이다.[華陰句, 用王烈遺盜牛者布事.]

고시원(古詩源) 권12 끝

하자 〈현량대책(賢良對策)〉을 올려 인정을 받고, 전한의 새로운 문교정책에 참여하였다. 그러나 뒤에 자신의 학설로 말미암아 투옥되는 등 파란 많은 생애를 살았다. 저서에 《동자문집(董子文集)》과 《춘추번로(春秋繁露)》 등이 있다.

52 화음(華陰): 화음시(華陰市)의 고사는 원래 학자들이 많이 몰려드는 곳을 뜻하는 말로, 후한(後漢)의 장해(張楷)가 화음산의 남쪽에 은거하였을 때 그에게 배우려는 사람들이 많이 몰려들어 저자를 이루었다는 데서 나왔다. 따라서 여기서 유포(遺布)로 표기한 것과는 거리가 있다. 심덕잠은 이를 상주(詳註)에서 왕렬(王烈)의 고사와 연관하여 밝혀 놓았다.

53 왕렬(王烈)이 … 일: 《후한서(後漢書)》 〈독행전(獨行傳)〉에, "마을에서 소를 훔친 자가 있었는데, 그 주인이 붙잡았다. 도둑이 죄를 청하기를, '형벌은 달게 받겠으니 왕언방에게는 알리지 말아 달라' 하였는데, 왕렬이 이 말을 듣고 베 1단(端)을 주게 하였다. 혹자가 그 까닭을 물으니, 왕렬은 이르기를, '도둑이 내가 알까 두려워했다는 것은 나쁜 짓에 대하여 부끄러운 마음이 있다는 것이니, 이미 부끄러워하는 마음을 가졌다면 반드시 개과천선할 가능성이 있으므로 이것을 주어 격려한 것이다'라고" 하였다.

고시원 古詩源

권13

양시 染詩

主人池前鶴

江南曲

慈姥磯

詠霍將軍北伐

中雜詩

有所思

瑯琊王歌辭

入若耶溪

강엄(江淹)[1]

문통은 수식에는 꽤 능하였으나 풍골은 높지 못하다.[文通頗能修飾, 而風骨未高.]

531

관군인 건평왕[2]을 따라서 여산 향로봉[3]에 오르다[從冠軍建平王登廬山香爐峯]

광성자[4]는 신정[5]을 아꼈다고 하고	廣成愛神鼎
회남왕[6]은 단경[7]을 좋아했다고 하며	淮南好丹經

1 강엄(江淹, 444~505): 남조시대의 문인. 자는 문통(文通)이고, 하남성 고성(考城) 출신이다. 송(宋)과 남제(南齊), 양(梁) 세 왕조를 섬기는 동안 양나라에서는 금자광록대부가 되어 예릉후(醴陵侯)에 책봉되었다. 문학을 즐기고 유불도(儒佛道)에 통달했지만, 문학 활동은 송제시대에 주로 했고 만년에는 부진했다. 대표작에는 한(漢)나라에서 송나라에 이르는 시인 30명의 작품을 모방한 잡체시(雜體詩) 30수가 있다. 부(賦)에는 〈한부(恨賦)〉와 〈별부(別賦)〉 두 편이 있는데, 문사가 화려하다.

이 산에는 난새와 학이 살고 있어서	此山具鸞鶴
오가는 이는 모두 다 선령이라네	往來盡仙靈
요초[8]가 항상 무성하게 자라고	瑤草正翕赩
옥수[9]도 참으로 짙푸르며	玉樹信蔥青
붉은 노을이 내려 산기슭을 휘감고	絳氣下縈薄
흰구름이 피어올라 정상이 어둑한데	白雲上杳冥
자리에 앉아 펼쳐진 무지개를 굽어보고	中坐瞰蜿虹
허리 굽혀 흐르는 별들을 바라보니	俛伏視流星
불가사의한 사물의 극치를 찾지 않아도	不尋遐怪極
곧 나의 이목이 놀라는 걸 알겠네	則知耳目驚
해가 장사[10]의 물가에 지려 하고	日落長沙渚
겹겹이 쌓이는 구름 만 리에 뻗쳐 가니	曾陰萬里生
난초 그늘에 앉아 평소 생각이 많았는데	藉蘭素多意

2 건평왕(建平王): 송(宋)의 유경소(劉景素)를 이르며, 관군장군(官軍將軍)과 상주자사(湘州刺史)를 이른다.

3 여산 향로봉: 강서성(江西省)에 위치해 있는 산봉우리이다.

4 광성자(廣成子): 고대 전설상의 선인(仙人)을 이른다.

5 신정(神鼎): 불로장생의 선약을 달이는 신비한 솥을 이른다.

6 회남왕(淮南王): 한(漢)나라 임금인 유안(劉安)을 일컫는다. 한나라 종실(宗室) 유장(劉長)의 아들인 그는 학문을 좋아하고, 널리 문객을 모아 신선술(神仙術)에 심취하였던 인물이다. 《고시원》 1권 175.회남왕편(淮南王篇) 참조.

7 단경(丹經): 신선의 글. 또는 도가(道家)의 경전(經傳)을 이른다.

8 요초(瑤草): 전설상의 죽지 않는다는 향초(香草)를 이른다.

9 옥수(玉樹): 전설상의 선산에 나는 나무이다.

10 장사(長沙): 호남(湖南)의 상주(湘州)를 이르며 건평왕이 부임했던 곳이다.

바람결에 임하여 잠자코 정을 품어 보네	臨風默含情
장차 송백 사이에 은거함을 배우려 함은	方學松柏隱
도시에서 명예 좇는 것이 부끄러워선데	羞逐市井名
다행히 아름다운 시편 끝을 잇게 되었으니	幸承光誦末
삼가 왕의 어기(御旗) 뒤에 의탁하노라	伏思托後旆

532

형산[11]을 바라보다[望荊山]

조서 받들고 강한[12]에 이르러 보니	奉詔至江漢
초나라 변방이 긴 줄 비로소 알겠네	始知楚塞長
남쪽 관문은 동백[13]으로 둘러싸여 있고	南關繞桐栢
서악 중에는 노양[14]이 우뚝 솟아 있네	西嶽出魯陽
차가운 들판에 그림자 하나 없는데	寒郊無留影
가을 해만 맑은 햇볕을 드리웠고	秋日懸清光
슬픈 바람은 우거진 숲을 흔드는데	悲風撓重林
구름과 노을은 차가운 냇물에 가득하네	雲霞肅川漲
한 해가 저무는데 그대 안부는 어떠하오	歲晏君如何
떨어지는 눈물이 옷깃을 적시네	零淚霑衣裳
옥기둥[15]에는 공연히 이슬만 맺혀 있고	玉柱空掩露
금 술잔은 그대로 서리를 머금었으니	金樽坐含霜

11 형산(荊山): 호북성(湖北省) 남장현(南漳縣)에 위치해 있다.

12 강한(江漢): 양자강(揚子江)과 한수(漢水)를 통칭하는 말로 쓰인다.

13 동백(桐柏): 하남성(河南省)과 호북성(湖北省)의 접경지대에 있는 산 이름이다. 중심인 북쪽 대부분이 하남성(河南省) 경내에 있으며, 회하(淮河)의 발원지이다.

14 노양(魯陽): 관명(關名)으로 지금의 하남성(河南省) 노산현(魯山縣) 서남쪽에 있다.

15 옥기둥[玉柱]: 현악기의 현을 지지하는 기러기발[雁足]을 지칭하는 말로, 금(琴)의 이칭으로도 쓰인다.

고한[16]의 연주는 한 번만 듣고 나도	一聞苦寒奏
다시 듣는 염가[17]마져 상심이어라	再使豔歌傷

○ 쓸쓸하다.[蕭瑟]

16 고한(苦寒): 고악부(古樂府) 〈고한행(苦寒行)〉으로, 길을 가다가 혹한을 만나 그 괴로움을 읊은 청상곡(淸商曲)이다. '청상곡'이란 악부(樂府)의 가곡(歌曲) 이름으로, 가을에 속하는 상성(商聲)의 맑고도 슬픈 노래를 말한다. 《고시원》 1권 221.고한행(苦寒行) 참조.

17 염가(豔歌): 비파(琵琶)의 곡조이다. 《악부시집(樂府詩集)》 권39 상화가사(相和歌辭) 〈슬조곡(瑟調曲)〉의 염가행(豔歌行) 제목 아래에 《고금악록(古今樂錄)》의 글을 인용하여 "염가행(豔歌行)은 하나뿐만이 아니니, 염가가 곧 '염가행'이다. 곧 나부행(羅敷行)·하상행(何嘗行)·쌍홍행(雙鴻行)·복종행(福鍾行) 등이 모두 염가이다.[豔歌行非一, 有直云豔歌, 卽豔歌行是也. 若羅敷·何嘗·雙鴻·福鍾等行, 亦皆豔歌.]"라는 글을 수록해 놓았다. 《고시원》 1권 173. 염가행(豔歌行) 참조.

533

옛 이별[古離別]

이것저것 본뜬 시가 모두 30수인데, 지금은 5수만 남겨 놓았다.[雜擬共三十首, 今存五首.]

멀리 떠난 당신과 이별하게 된 것은 遠與君別者
바로 안문관[18]에 가셨기 때문이온데 乃至雁門關
누런 모래구름 천 리를 뒤덮고 있으니 黃雲蔽千里
나그네 되어 언제쯤 돌아오실 건가요 遊子何時還
당신을 보내드린 것이 어제 같은데 送君如昨日
처마 끝엔 이슬이 벌써 뚝뚝 집니다 簷前露已團
혜초가 시드는 건 애석하지 않으나 不惜蕙草晚
당신의 원정길 추워지는게 슬퍼요 所悲道里寒
당신은 저 하늘 끝에 계시니 君在天一涯
저와는 오랜 이별입니다 妾身長別離

---

18 안문관(雁門關): 산서성 북부를 남북으로 지나는 내장성(內長城) 연변의 요지. 산서성 안문산의 좁고 험한 길에 있는 관문으로, 서경관(西徑關)이라 부르기도 한다. 예로부터 산서성은 남북 교통과 내장성의 요충지였는데, 안문관은 춘추시대 당(唐)나라 때 개통되어 송(宋)나라 때에는 북방민족에 대한 중요한 방위지점이 되었다. 수·당 때에는 돌궐과 위구르, 사타(沙陀) 등 북방민족과 쟁탈전이 되풀이되었다. 원나라 때 없앴다가 명나라 초에 회복되었으며, 관성(關城)이 지금의 장소에 건설되어 영무(寧武), 편두(偏頭) 2관(關)과 함께 외삼관(外三關)이라고 불렀다.

당신 얼굴 한 번 보는 게 소원이오나	願一見顏色
경수[19]가지 얻는 것과 다르지 않지만	不異瓊樹枝
새삼 덩굴과 수평초처럼	兔絲及水萍
내 몸 둘 곳은 영원히 변치 않으리다	所寄終不移

○ 《회남자(淮南子)》에 이르기를, "대저 부평은 물에 뿌리를 내리고 나무는 흙에 뿌리를 내린다. 이것이 천지의 본성이다." 하였는데, 여기에서 차용하여 자기의 심지가 곧음을 표시하였다.[淮南子曰, 夫萍樹根於水, 木樹根於土, 天地性也, 此借以表己志之貞.]

19 경수(瓊樹): 신선 세계의 나무 이름이다. 《한서(漢書)》 권57 하 〈사마상여전 하(司馬相如傳下)〉에 "지초(芝草)의 꽃을 씹고 경수의 꽃을 따 먹는다."라고 하였는데, 그 주(註)에 "경수는 곤륜산(崑崙山)의 서쪽 물가 모래밭에 있는데, 둘레가 300발이고 높이가 만 길이다."라고 하였다.

534

반첩여[20]가 부채를 노래하다

[班婕妤詠扇]

둥근 달과 같이 만든 비단 부채는	紈扇如團月
베틀에서 짜낸 하얀 비단이라오	出自機中素
진왕의 딸[21]을 그려 넣었더니만	畫作秦王女
난새 타고[22] 안개 속으로 날아가는 모습이네	乘鸞向煙霧
채색은 세상에서 중히 여긴 바이나	彩色世所重
새것이 옛것을 대신하진 못하거늘	雖新不代故
남몰래 시름겨운 건 찬바람 일어	竊愁涼風至
나의 옥계단 나무에 불어와서는	吹我玉階樹
임금님 은총 아직 다 받지 못한 채로	君子恩未畢
중도에 잎사귀가 져 버리는 것이라오	零落在中路

20 반첩여(班婕妤): 중국 한 성제(漢成帝)의 후궁으로 반첩여(班倢伃)라고도 부르는데, 첩여는 상경(上卿)에 해당하는 궁중 여관(女官)의 이름이다. 시가(詩歌)에 능하여 성제의 총애를 받았으나, 조비연(趙飛燕) 자매가 궁에 들어오고 나서는 총애를 받지 못하였다. 조비연에게 참소를 당한 후 장신궁(長信宮)에 머물며 부(賦)를 지어 상심(傷心)을 노래하였다. 그의 작품에는 〈자도부(自悼賦)〉, 〈도소부(擣素賦)〉, 〈원가부(怨歌賦)〉 등이 있다.

21 진왕의 딸[秦王女]: 춘추시대 진 목공(秦穆公)의 딸 농옥(弄玉)을 이른다.

22 난새 타고: 원문의 승난(乘鸞)은 진 목공의 딸 농옥(弄玉)이 피리의 명인 소사(蕭史)에게 시집가서 피리를 배워 난봉(鸞鳳)의 소리를 내는 경지에 이르자, 둘 다 신선이 되어 난봉을 타고 날아갔다는 전설을 인용한 말이다.

535

태위 유곤이 난세에 상심하다

[劉太尉琨傷亂]

진나라가 양구[23]의 액운에 걸리자	皇晉遘陽九
천하가 온통 난적으로 들끓더니	天下橫氛霧
진나라와 조나라[24]는 외적이 잠식하고	秦趙值薄蝕
유주와 병주[25]는 호걸들의 거점이 되었네	幽幷逢虎據
그러나 나는 천자의 총애를 입은 터라	伊余荷寵靈
감격스러움에 전장터로 말을 달렸네	感激徇馳騖
비록 육기[26]의 술책은 없다 하여도	雖無六奇術
장량과 한신[27]의 처우를 바라노라	冀與張韓遇
영척[28]의 〈고각가〉는	甯戚扣角歌

23 양구(陽九): 재앙(災殃)이 드는 해를 일컫는 말로, 술가(術家)에서는 4,617년을 1원(元)으로 삼고, 원이 시작되는 처음의 106년 사이에는 가뭄이 드는 해가 아홉 번 나타난다고 하였다. 《漢書, 律曆志》.

24 진나라와 조나라: 진의 요홍(姚泓)은 장안(長安)에 도읍을 하고, 조(趙)의 석륵(石勒)은 하북(河北) 임장현(臨漳縣)에 거주하였다.

25 유주(幽州)와 병주(幷州): 이 지역은 옛날 연(燕)과 조(趙)의 땅으로, 풍속이 기개와 절의를 숭상하고 호협(豪俠)을 장려하였다.

26 육기(六奇): 육출기계(六出奇計)의 준말로, 진평(陳平)이 한 고조(漢高祖)를 도와 여섯 번 기이한 계책을 낸 것을 말한다.

27 장량과 한신: 장량은 한 고조를 도와 천하를 통일하고 유후(留侯)에 책봉되었으며, 한신은 회음(淮陰) 출신으로, 진(秦)나라 말 난세에 항량(項梁)과 항우(項羽)를 섬겼으나 중용되지 않자, 한 고조의 장수가 되어 해하(垓下)의 싸움에 이르기까지 크게 공을 세움으로써 제왕(齊王)이 되고, 이어 초왕(楚王)이 되었다.

환공을 만나 천거되었고	桓公遭乃擧
진나라 순식[29]이 험난함을 무릅썼던 건	荀息冒險難
실로 충정하였기 때문인데	實以忠貞故
부질없이 세월만 보내고 있자니	空令日月逝
고인의 도량이 없는 것이 부끄러워	愧無古人度
말에게 물을 먹여 성벽 호자를 나가서	飮馬出城壕
북쪽으로 사막 길을 바라보노라	北望沙漠路
천 리 먼 길은 어찌 저리도 쓸쓸한가	千里何蕭條
밝은 해가 차가운 나무숲에 숨었네	白日隱寒樹
옷소매를 떨치고 분한 마음 먹었다가	投袂旣憤懣
베개를 매만지며 일백 가지 상념에 젖네	撫枕懷百慮
공명을 애석하게 수립하지 못했는데	功名惜未立
검은 머리는 어느새 하얗게 바뀌었으니	玄髮已改素
시기란 진실로 기회가 있는 것이며	時哉苟有會
치란도 정해진 운수가 있는 게로다	治亂惟冥數

○ 말단의 비장함은 태위의 경지와 거리가 멀지 않다.[末段悲壯, 去太尉不遠.]

28 영척(甯戚): 〈반우가(飯牛歌)〉를 지은 사람. 쇠뿔을 두드리며 거리에서 노래하자, 환공(桓公)이 기이하게 여기고 수레에 태워 데리고 가서 나랏일을 맡겼다 한다. 《고시원》 1권 032.반우가(飯牛歌) 3수(首) 참조.

29 순식(荀息): 춘추시대 진 헌공(晉獻公)이 죽을 때 그에게 아들 해제(奚齊)를 부탁하자, 그는 죽음으로써 충성할 것을 맹서하면서 "신은 전신의 힘을 다하고 거기다 충정을 더하겠습니다. 일이 이루어지는 것은 하늘에 계시는 영령의 도움이고, 이루지 못한다면 따라 죽겠습니다.[臣竭其股肱之力, 加之以忠貞, 其濟, 君之靈也, 不濟, 則以死繼之.]" 하였는데, 해제가 이극에게 살해되자, 그는 다시 해제의 아우인 탁자(卓子)를 세워 보좌하는 것이 옳다는 말을 듣고 탁자를 임금으로 세웠다. 탁자가 또 조정에서 이극에게 살해당하자, 순식도 마침내 따라 죽었다.《春秋左傳, 僖公 9年》

536

징군 도잠이 전원에 살다[陶徵君潛田居]

동쪽 언덕에다 곡식을 심었더니	種苗在東皐
싹이 자라 이랑을 가득 메웠네	苗生滿阡陌
호미질 비록 힘이 들기는 하여도	雖有荷鉏倦
탁주의 힘을 빌려 스스로 즐기네	濁酒聊自適
날 저물자 짐 수레에 휘장을 덮고	日暮巾柴車
길이 어둑하니 빛은 벌써 저녁 되었네	路闇光已夕
귀가하는 이는 밥 짓는 연기를 바라보고	歸人望煙火
아이는 처마 밑에서 기다리는데	稚子候簷隙
그대 더 이상 무엇을 하려는가	問君亦何爲
백년 인생도 그저 죽음이 있을 뿐이네	百年會有沒
바라은 뽕과 삼이 잘 자라서	但願桑麻成
누에 치는 달에 길쌈을 할 수 있는 것이요	蠶月得紡績
원래 마음 이렇게 소박하니	素心正如此
길을 열어[30] 좋은 벗[31]을 기다려 보네	開徑望三益

○ 팽택령의 맑고 빼어남을 얻었다.[得彭澤之淸逸矣.]

30 길을 열어: 원문의 개경(開徑)은 전한(前漢) 때 장후(蔣詡)가 두릉(杜陵)에 은거하면서 집 안에 삼경(三徑) 즉, 세 갈래 길을 만들어 놓고, 당시 고사(高士)였던 양중(羊仲)과 구중(求仲), 두 사람과 종유(從遊)했던 데서 인용한 말이다.

31 좋은 벗: 원문의 삼익(三益)은 세 종류의 유익한 벗이라는 뜻으로, 《논어집주(論語集註)》 〈계씨(季氏)〉에 "유익한 것이 세 종류의 벗이고, 손해되는 것이 세 종류의 벗이다. 정직한 벗, 성실한 벗, 견문이 많은 벗은 유익하고, 한 가지에만 익숙한 벗, 아첨을 잘하는 벗, 말만 잘하는 벗은 손해된다.[益者三友, 損者三友, 友直, 友諒, 友多聞, 益矣. 友便辟, 友善柔, 友便佞, 損矣.]"라고 하였다.

537

휴상인[32]이 이별을 원망하다

[休上人怨別]

가을바람 서북쪽서 불어오니 西北秋風至
초객[33]의 심사가 하염없어라 楚客心悠哉
날이 저물면 하늘에 구름도 모이는데 日暮碧雲合
아름다운 그이는 오실 줄 모르네 佳人殊未來
이슬이 달빛 받아 한창 반짝이니 露彩方泛豔
달빛 아래 비로소 서성여 보네 月華始徘徊
진귀한 책도 당신 위해 덮고 말았거늘 寶書爲君掩
요금[34]인들 어찌 꺼내 타겠어요 瑤琴詎能開
무산저[35]를 서로 그리워하며 相思巫山渚
양운대[36]를 서글피 바라보니 悵望陽雲臺

---

32 휴상인(休上人): 남조(南朝) 송(宋)나라 때 혜림화상(惠林和尙)으로, 속성(俗姓)은 탕(湯)이며, 자는 무원(茂遠)이다. 탕혜휴(湯惠休)라고도 불린다. 원래는 승려였으나 효무제(孝武帝)의 부름을 받아 환속(還俗)하여 벼슬이 양주종사사(揚州從事史)에 이르렀다. 시문(詩文)에 능하여 포조(鮑照)와 함께 휴포(休鮑)로 병칭되며, 애정이 넘치는 작품을 많이 지었고, 섬세하고 화려한 문사(文辭)를 주로 구사하였다.

33 초객(楚客): 송옥(宋玉)의 《초사(楚辭)》〈구변(九辯)〉에 가을을 슬퍼한 것을 연상하여 그러한 사람을 지칭하는 말로 쓰였다.

34 요금(瑤琴): 옥으로 장식한 금(琴)을 이른다.

35 무산저(巫山渚): 장강 상류에 있는 무협(巫峽)을 이른다.

높다란 향로엔 침향불이 꺼지고　高罏絕沈燎
비단 자리엔 먼지만 덮였구려　綺席生浮埃
계수[37]가 하루에 천 리를 흐른다 하니　桂水日千里
그 물에다 평소 그리움을 실어 보아요　因之平生懷

○ 아름다운 글귀가 있다.[有佳句.]

36 양운대(陽雲臺): 무산(巫山)에 있는 대(臺)의 이름이다.
37 계수(桂水): 광서(廣西) 계림(桂林)에 있는 강물 이름이다.

538

완공을 본받은 시[效阮公詩] 5수(首)

【1수】

세모가 되어 감상에 젖어 있다가	歲暮懷感傷
한밤에 청금을 뜯어 보노라니	中夕弄清琴
쏴아쏴아 새벽 바람소리가 다급하고	戾戾曙風急
휘영청 밝은 달빛이 어둑해지네	團團明月陰
한 조각 구름 북쪽 산에서 일어나자	孤雲出北山
잘새가 동쪽 숲에서 놀라네	宿鳥驚東林
사람이 가는 길이 그 누가 넓다고 했던가	誰謂人道廣
시름과 감개가 서로 쉬지 않고 찾아드는 걸	憂慨自相尋
어찌 알았으랴 눈서리 내린 뒤에	寗知霜雪後
홀로 송죽의 마음 보게 될 줄을	獨見松竹心

【2수】

소년 시절에 검술을 배운 덕에	少年學擊劍
군대를 좇아 북쪽 유주[38]에 왔더니만	從師至幽州

38 유주(幽州): 고대(古代)의 12주(州)에서 하북(河北) 지역을 이른다.

연나라 조나라가 병마로 싸우던 그 지역	燕趙兵馬地
옛날 무덤들만 보일 뿐이네	惟見古時邱
성벽에 올라가 산수를 바라보니	登城望山水
평원은 유난히 너르기도 하네	平原獨悠悠
한서도 계절 따라 오고가는데	寒暑有往來
공명만 어찌 머물게 할 수 있으랴	功名安可留

【3수】

약목[39]이 서해 밖에서 솟는다지만	若木出海外
본래는 단수[40]의 남쪽에서 나왔거늘	本自丹水陰
여러 천신이 함께 오르내리며	羣帝共上下
난새를 서로 타려고 찾았다네	鸞鳥相追尋
천년이 하루아침 저녁과 같고	千齡猶旦夕
만세도 한순간의 부침인데	萬世更浮沉
어찌 풍속이 다른 고을 선비와 더불어	豈與異鄉士
아름다운 옥의 흠집에 천심을 논하랴	瑜瑕論淺深

39 약목(若木): 504. 임강왕의 절사가[臨江王節士歌] 주 153) 참조.

40 단수(丹水): 전설상의 물 이름으로, 《산해경(山海經)》 〈남산경(南山經)〉에 "단혈(丹穴)에서 발원하여 발해(渤海)로 유입된다."라고 하였다.

【4수】

예전에 내가 대량[41]으로 왔을 적에	昔余登大梁
서남쪽으로 흐르는 황하수를 보았는데	西南望洪河
겨울이 되면 원야는 더없이 너르고	時寒原野曠
바람이 불고 나면 서리가 많이 내리며	風急霜露多
한겨울 되면 몸도 마음도 서글퍼져서	仲冬正慘切
해와 달도 광채가 줄어든다네	日月少精華
낙엽은 이리저리 바람 따라 일어나고	落葉縱橫起
새들은 이따금씩 날아서 지나가네	飛鳥時相過
광천의 남쪽 언덕에서 머릴 긁으니	搔首廣川陰
고향으로 돌아가고픈 생각이 어떻겠는가	懷歸思如何
항상 원하는 건 처음 입던 옷 입고 돌아가	常願反初服
한가롭게 영수[42]의 언덕을 걸어 보는 것이네	閒步潁水阿

【5수】

밤에 뜬 달 서쪽 하늘에서 빛나고	宵月輝西極

41 대량(大梁): 오늘날의 하남성(河南省) 개봉현(開封縣)을 이른다.

42 영수(潁水): 강 이름으로, 요(堯)임금 당시 고사(高士) 허유(許由)가 이 근처에서 은거하였는데, 요임금으로부터 자신에게 천하를 양여(讓與)하겠다는 말을 듣고, 귀가 더러워졌다 하여 이 영수의 물로 귀를 씻었다고 한다.

규옥이란 별이 동쪽 바다를 비추네	女圭映東海
고운 사람은 특이한 안색이 많고	佳麗多異色
향기로운 꽃도 기발한 색채가 있네	芬葩有奇采
고운 비단에게 정이 없는 건 아니나	綺縞非無情
흘러가는 세월이 누구의 운명을 기다려 줄까	光陰命誰待
달은 비바람과 함께 변하지 않고	不與風雨變
영구히 산천과 함께 존재하건만	長共山川在
사람의 도리는 그렇지가 않아서	人道則不然
사라지고 흩어지고 바람 따라 바뀌네	消散隨風改

○ 당시의 배우[排偶]에 대한 관습을 충분히 벗었다고 하겠다. 그러나 완공의 작품과 비교하면 서로의 거리를 숫자로 따질 수가 없다.[能脫當時排偶之習. 然較之阮公, 相去不可數計.]

범운(范雲)[43]

539
그리운 이가 있다[有所思]

어찌하여 그리운 이가 있건마는　如何有所思
우린 서로 만나 볼 수가 없나요　而無相見時
어젯밤 꿈에 임의 모습을 보았길래　宿昔夢顔色
뜰에 나가 임의 발자국을 찾아보았네　階庭尋履綦
거문고 줄을 조여 본들 무얼 할 건가　高張更何已
그저 술이나 가득 부어 마실 수밖에　引滿終自持
시름이 사람을 늙게 하는 줄 알려거든　欲知憂能老
거울 앞에 머리카락을 비춰 보아요　爲視鏡中絲

43 범운(范雲, 451~503): 자는 언룡(彦龍), 남향(南鄕) 무음(舞陰) 사람으로, 송(宋), 제(齊), 양(梁) 등 세 왕조에 걸쳐 벼슬을 하였으며, 양 무제 소연(蕭衍), 심약, 사조 등과 함께 제나라 경릉왕(竟陵王) 소자량(蕭子良)이 주도한 '경릉팔우('竟陵八友)' 중의 한 사람으로 활동하였다. 양(梁)의 건국 이후에 무제(武帝)의 참모로 중용되어 벼슬이 상서우복야(尙書右僕射)에 이르고, 사후에 시중위장군(侍中衛將軍)에 추증되었다.

540

서주자사 장속[44]에게 주다

[贈張徐州謖]

농가라서 땔나무 하러 갔다가	田家樵採去
해 질 무렵 되어서야 돌아오는데	薄暮方來歸
오다가 어린아이 말을 들으니	還聞稺子說
손님이 사립문을 두드렸는데	有客款柴扉
안내인은 모두 주옥과 대모로 장식하고	儐從皆珠玳
모두 가벼운 옷을 입고 살진 말을 탔으며[45]	裘馬悉輕肥
헌개[46]는 촌락에 비쳐 번뜩이고	軒蓋照墟落
들고 온 전서[47]에선 광채가 나더라 하기에	傳瑞生光輝
서주 태수이신가 여겼다가도	疑是徐方牧
이에 맞다 하고 또다시 아닌가 의심했네	旣是復疑非
옛 친구를 잊지 말란 옛말이 있거니와	思舊昔言有

44 장속(張謖): 《문선(文選)》 이선(李善)의 주(注)에 "유번(劉璠)의 《양전(梁典)》에 '장속의 자는 공교이고 제 명제(齊明帝) 때 북서주자사가 되었다.[劉璠梁典曰, 張謖, 字公喬, 齊明帝時, 爲北徐州刺史.]"라고 하였다.

45 모두 … 탔으며: 《논어집주(論語集註)》 〈옹야(雍也)〉에 "공서적이 제나라에 갈 적에 살진 말을 타고 가벼운 갖옷을 입었다.[赤之適齊也, 乘肥馬, 衣輕裘.]"라는 구절을 인용하였다.

46 헌개(軒蓋): 고관이 타는 수레를 이른다.

47 전서(傳瑞): 태수의 관직 임명장을 이른다.

이런 도리는 이제 희미해져 버렸고	此道今已微
세상인심은 흠이 있는 자를 버리나니	物情棄疵賤
어찌 유독 형위[48] 따위를 찾아 주겠는가	何獨顧衡闈
한스런 건 술과 안주를 갖추어 놓고서[49]	恨不具雞黍
친구와 마주 앉아 잔 기울이지 못하는 거라	得與故人揮
우정을 생각하니 그저 마음만 괴로울 뿐	懷情徒草草
눈물이 하염없이 줄줄 흐르네	淚下空霏霏
편지를 써서 구름 속 기러기에게 부치면	寄書雲間雁
날 위해 서북으로 날아가 전해 주려나	爲我西北飛

○ "이에 맞다 하고 또다시 아닌가 의심했네.[旣是復疑非.]"는 변화무쌍하여 참신함이 있다.[旣是疑非, 跌宕有神.]

48 형위(衡闈): 관목문(冠木門)을 이른다.

49 술과 … 놓고서: 《후한서(後漢書)》 권81 〈독행열전 범식(獨行列傳 范式)〉에 범식이 장소(張劭)와 헤어질 때, 2년 뒤 9월 15일에 시골집에 찾아가겠다고 약속을 하였는데, 그날 장소가 닭을 잡고 기장밥을 지어 놓고[殺雞作黍] 기다리자 과연 범식이 찾아왔다는 고사가 전한다.

541

밤에 작별하는 심기실[50]을 전송하다

[送沈記室夜別]

계수의 흐르는 물은 밤기운이 해맑고	桂水澄夜氛
초나라 산천은 새벽 구름이 청량한데	楚山清曉雲
가을바람은 양쪽 모두를 슬프게 하고	秋風兩鄉怨
가을 달은 천리 먼 길을 나누어 놓네	秋月千里分
차가운 가지를 어찌 함께 딸 수 있으랴	寒枝甯共採
서리 오는 밤 원숭이 울음소릴 혼자서 듣네	霜猿行獨聞
다래덩굴 잡아끌면 내 생각이 날 터이고	捫蘿正憶我
계수나무 꺾어 들면 그대가 그리우리라	折桂方思君

50 심기실(沈記室): 심약(沈約)을 가리킨다. 그가 일찍이 영부(郢府)에서 기실참군(記室參軍)으로 있었기 때문에 그렇게 불렀다. 《고시원》 권12 심약(沈約) 주 22) 참조.

542

영릉군[51]으로 가다가 신정[52]에 머물다

[之零陵郡次新亭]

강 언덕엔 먼데 나무 물에 뜬 듯	江干遠樹浮
하늘 끝엔 외줄 연기 피어오르고	天末孤煙起
강물과 하늘이 절로 합해진 듯	江天自如合
안개와 나무는 서로 같아 보이네	煙樹還相似
푸른 물결 근원을 찾을 수 없듯이	滄流未可源
거센 바람 앞에 가는 배를 어이 멈추랴	高飄去何已

51 영릉군(零陵郡): 현재 호남성(湖南省) 영릉현(零陵縣) 북쪽에 있다. 범운이 영릉의 대사로 부임할 때 지은 것이다.

52 신정(新亭): 현재 남경시(南京市) 남쪽인 장강(長江)의 하류지역에 있다.

543

별시(別詩)

낙양성서 동과 서로 헤어져 간 뒤 洛陽城東西
때 지난 긴긴 이별을 하게 되었네 長作經時別
예전에 떠날 땐 눈송이가 꽃과 같더니 昔去雪如花
지금 돌아올 땐 꽃송이가 눈과 같구나 今來花似雪

○ 자연스럽게 얻어진 것이어서 아름답다. 후인은 흉내를 내려 하기 때문에 문득 의도한 바가 있다는 것을 느끼게 한다.[自然得之, 故佳. 後人學步, 便覺有意.]

임방(任昉)[53]

544

곽동려[54]에게 주다.
시내 입구로 나와 기다리다가
내가 오지 않자, 곽생은 마을로 갔다.
배를 매어 두고 한참 지나서
곽생이 다시 왔다

[贈郭桐廬、出溪口見候、余旣未至、郭仍進村、維舟久之、郭生乃至]

아침나절 부춘 물가에서 출발하면서	朝發富春渚
친구의 호의에 사모하는 마음 가졌네	蓄意忍相思
탁령[55]이 봄 순행을 마치고 돌아온 듯	涿令行春返

53 임방(任昉, 460~508): 자(字)는 언승(彦昇). 낙안(樂安) 박창(博昌) 사람. 처음에는 제(齊)나라에서 벼슬하여 태학박사(太學博士)를 역임하고, 뒤에는 양 무제 때 의흥(義興), 신안(新安)에서 태수(太守)를 역임하였다.

54 곽동려(郭桐廬): 곽은 곽치(郭峙)이며, 동려(桐廬)는 현 이름으로, 지금의 절강성(浙江省) 동려현(桐廬縣)을 말한다.

수행하는 관리 행렬 강가 언덕 넘쳐나네	冠蓋溢川坻
오랜 바람 끝에 이제 막 와서 모였건만	望久方來萃
슬픔과 기쁨을 절로 지탱하지 못하겠네	悲歡不自持
큰 강물 뱃길이 여기에서 다하였으니	滄江路窮此
급한 물결 험한 여정 예서부터 시작이네	湍險方自茲
겹겹인 산봉우리 메아리도 쉽거니와	疊嶂易成響
게다가 한밤에 들리는 원숭이 소리 구슬퍼	重以夜猿悲
나그네 심사가 다행히 절로 느슨해지는 건	客心幸自弭
중간에 마음 맞는 사람을 만나서인데	中道遇心期
친구를 여기에서 멀리 떠나보내게 되니	親好自斯絶
고단한 여정을 이제부터는 사양하고 싶네	孤遊從此辭

○ 제목이 마치 전락한 듯하나 그 흔적을 볼 수 없다. 긴 제목은 이런 종류로 형식을 삼을 만하다.[如題轉落, 不見痕迹. 長題以此種爲式.]

55 탁령(涿令): 현령에 대한 미칭으로, 《후한서(後漢書)》〈등무전(滕撫傳)〉에 "등무(滕撫)가 처음 주군(州郡)에서 벼슬을 하고, 얼마 후에 탁령(涿令)으로 옮겼는데, 문무(文武)를 겸한 재능이 있었다. 태수(太守)가 그의 능력을 인정하여 군직(郡職)을 위임하고, 여섯 현(縣)을 겸하여 다스리도록 하였다.[滕撫初仕州郡, 稍遷爲涿令, 有文武才用. 太守以其能, 委任郡職, 兼領六縣.]"라고 하였다.

545

서징군에게 주다[贈徐徵君]

짧은 생애에 긴 여정이 서글프고	促生悲永路
젊어 사귐 만년 이별이 상심인데	早交傷晩別
내가 그대의 모습을 못 본 뒤로	自我隔容徽
어느듯 세월이 흘러 버렸네	於焉徂歲月
우정이야 산하로도 막을 수 없겠지만	情非山河阻
마음은 장강과 호수를 좋아하는 듯하고	意似江湖悅
동쪽 언덕에 소박한 유자가 있는데	東皋有儒素
까마득히 영예와 명절을 단절하였네	杳與榮名絕
일찍이 자연을 완상하려던 마음 어겼는데	曾是違賞心
무엇으로 나의 결점을 규제할 수 있겠는가	曷用箴余缺
보잘것 없이 평생을 추구한 탓에	眇焉追平生
먼지 낀 서책조차 열어 보지 못한 채로	塵書廢不閱
아마도 여기에서 여생을 마칠 듯하네만	信此伊能已
가슴속에 간직한 생각을 어찌 잠신들 거두랴	懷抱豈暫輟
무엇으로 그대 그리는 마음을 표현할까	何以表相思
추운 겨울을 버티는 곧은 소나무라 할테요	貞松擅嚴節

546

자의 소연[56]과 작별하다[別蕭諮議]

이름은 연이다.[衍]

떠날 때의 촛불은 빛이 다할 때가 있거니와	離燭有窮輝
이별하고 난 그리움은 실마리의 끝이 없네	別念無終緒
작별 인사도 미처 제대로 못 했는데	歧言未及申
슬픈 눈만 먼저 들어 보이고 말았네	離目已先擧
무산 형산[57]의 언덕에서 남은 해를 헤아리고	揆景巫衡阿
장추의 포구에서 바람을 쏘이리다	臨風長楸浦
뜬구름은 그대 소식[58]을 전해 주기 어려우니	浮雲難嗣音
서성이는 서글픔을 누구와 함께할까	徘徊悵誰與
행여 관소 밖에 역마가 있나 싶어서	儻有關外驛
압구의 물가를 짐짓 찾아가 보았네	聊訪狎鷗渚

56 소연(蕭衍): 남조(南朝) 양(梁)나라의 초대 황제인 무제(武帝)를 가리킨다. 《고시원》 권12 〈양시(梁詩)〉 무제(武帝) 주 1) 참조.

57 무산(巫山) 형산(衡山): 무산은 사천성 동쪽에 12개의 봉우리로 이루어진 산으로, 장강(長江)이 그 사이를 꿰뚫고 흐르면서 삼협(三峽)을 형성하며, 형산은 옛날에 오악(五嶽)의 하나인 남악(南岳)으로 불리던 산으로, 호남(湖南)의 중부에 위치해 있고 72개의 봉우리가 있으며, 명승고적이 많은 산이다.

58 그대 소식: 원문의 사음(嗣音)은 《시경(詩經)》 〈정풍(鄭風) 자금(子衿)〉에 "나는 비록 가지 못하나, 그대는 어찌 소식을 전하지 않는가?[縱我不往, 子寧不嗣音?]"라고 한 데서 인용한 말이다.

547

군을 나와 전사에서 범복야[59]를 위하여 곡하다[出郡傳舍 哭范僕射]

3수 중 1수[三首之一]

그대와 작별한 지 얼마나 되었겠나	與子別幾辰
지나온 길 열흘도 채 되지 않았거늘	經途不盈旬
고운 얼굴 바뀌는 걸 보지 못한 채	弗覩朱顏改
그저 평소 사람으로 상상하게 되었네	徒想平生人
어찌 알았으랴 태평가 부르던 그날이	甯知安歌日
그대가 비파를 거둔 새벽이 아닐 줄을	非君撤瑟晨
말지어다 내가 무엇을 탄식하랴	已矣余何歎
방앗소리 멈추고[60] 온 나라가 슬퍼하는데	輟舂哀國均

○ '어찌 알았으랴 태평가 부르던 그날이.[甯知安歌日.]'라는 한 연은 사람으로 하여금 거의 환오를 말할 수 없게 하니, 정이 담긴 말이 지극히 심오하다.[甯知安歌日一聯, 令人幾不敢言歡娛, 情辭極爲深宛.]

---

59 범복야(范僕射): 범운(范雲)을 가리킨다. 임방(任昉)과 범운(范雲)은 친분이 두터운 오랜 친구로, 둘 다 '경릉팔우(竟陵八友)'에 속한 사람들이다. 《고시원》 권13 범운(范雲) 주 43) 참조.

60 방앗소리 멈추고: 원문의 철용(輟舂)은 《사기(史記)》〈상군열전(商君列傳)〉에 춘추시대 진(秦)나라의 오고대부(五羖大夫) 백리해(百里奚)가 세상을 떠나자 "남녀가 모두 눈물을 흘리며, 동자는 노래를 부르지 않고, 방아 찧는 사람들은 서로 절구질을 멈추었다.[男女流涕, 童子不歌謠, 舂者不相杵.]"라는 말이 전한다.

구지(邱遲)[61]

548

낙유원 연회에 참석하였다가 서주자사 장속[62]을 전송하며, 칙령에 따라 짓다

[侍宴樂遊苑送張徐州應詔]

이른 아침에 성문이 열리더니	詰旦閶闔開
길을 여는 음악소리 봉황소리 듣는 듯	馳道聞鳳吹
길가의 가벼운 띠풀은 옥련을 이어 주고	輕荑承玉輦
가는 풀은 천자의 수레를 받아 주네요	細草藉龍騎
바람은 더디어도 산은 외려 여운이 남고	風遲山尙響

61 구지(邱遲, 463~508): 자는 희범(希範), 절강성(浙江省) 오흥현(吳興縣) 사람으로, 제(齊)나라의 전중랑(殿中郞)과 양(梁)나라의 주부(主簿), 중서랑(中書郞)과 영가태수(永嘉太守)를 역임하고 사공종사중랑(司空從事中郞)을 역임하였다.

62 장속(張謖): 540.서주자사 장속에게 주다[贈張徐州謖] 주 44) 참조.

비는 그쳤으나 구름이 아직 남아 있어	雨息雲猶積[1]
새 새끼 막 날기 시작하자 둥지는 비고	巢空初鳥飛
새로 물고기 장난치니 물풀이 흔들리오	荇亂新魚戲
실로 북문은 중요한 곳이거늘	實惟北門重
친한 이가 아니면 누굴 맡기겠어요	匪親孰爲寄
이것저것 별생각이 들기는 하나	參差別念擧
정숙한 은혜를 입은 터라서	肅穆恩波被
소신이 참으로 많은 행운을 누렸으니	小臣信多幸
목숨 바친들 어찌 그 의리에 보답한다 하리요	投生豈酬義

(1) '적(積)'의 음은 지이다.[音漬.]

○ 《사기(史記)》에, "제(齊)나라 위왕이 이르기를, '나의 관리 중에 검부라는 자가 있는데 서주의 수령으로 삼았더니 연나라 사람들이 북문에다 제를 올렸다.'" 하였다. 그러므로 서주와 관계를 지운 것이 예사로 끌어다 댄 것이 아닌 줄을 알겠다.[史記, 齊威王曰, '吾使有黔夫者, 使守徐州, 則燕人祭北門' 故知與徐州關合, 非尋常徵引.]

○ 《서정부(西征賦)》에 이르기를, "어찌 살아 있는 목숨을 쉽게 내던지겠는가." 하였다.[西征賦曰, 豈生命之易投.]

549

아침에 어포담[63]에서 출발하다[旦發漁浦潭]

어포담의 안개는 아직 걷히지 않았는데 漁潭霧未開
적정산 바람이 벌써부터 일렁이네 赤亭風已颺
중류에 떠 가며 뱃노래를 부르니 櫂歌發中流
작은 북소리가 산봉우리에 메아리쳐 오네 鳴鞞響沓嶂
마을 아이들이 홀연 몰려와 보고 村童忽相聚
들녘 나온 노인들도 이따금씩 쳐다보네 野老時一望
기괴한 암석들은 특이한 형상이요 詭怪石異象
깎아지른 봉우리도 별난 모습이네 嶄絶峯殊狀
숲이 된 나무들은 높이가 일정한데 森森荒樹齊
사각거리는 모래바람소리 넘쳐나네 析析寒沙漲
다래덩굴 드리워져 섬에 오르긴 쉬워도 藤垂島易陟
벼랑이 경사져서 섬 가까이 가기 어렵네 崖傾嶼難傍
참으로 여긴 길이 머물 만한 곳인 듯하니 信是永幽棲
어찌 잠깐 청광함을 일삼을 뿐이겠는가 豈徒暫淸曠
좌소[64]는 예전에 위임한 바 있거니와 坐嘯昔有委
와치[65]는 지금 내가 추구할 만하여라 臥治今可尚

---

63 어포담(漁浦潭): 《오군기(吳郡記)》에 "부춘산(富春山) 동쪽 30리쯤 떨어진 거리에 있다."라고 하였다.

64 좌소(坐嘯): 일없이 한가롭게 앉아서 휘파람을 분다는 뜻으로, 《후한서(後漢書)》에 "잠질(岑晊)의 자는 공효(公孝)인데, 태수(太守)인 성진(成瑨)이 그를 청하여 공조(功曹)로 삼자, 당시 사람들이 동요를 지어 부르기를, '남양의 태수는 잠공효가 대신하고 홍농(弘農)의 성진은 그저 앉아서 휘파람만 부네' 하였다."에서 인용한 것이다.

65 와치(臥治): 서한(西漢) 때 급암(汲黯)이 동해태수(東海太守)가 되었는데 병 때문에 문밖출입을 못한 채로 1년 남짓을 지났으나 동해지역은 잘 다스려졌다는 데에서 유래하였다.

유운(柳惲)[66]

550

강남곡(江南曲)[67]

물가 모래섬에 흰 마름꽃 딸 때쯤이면　汀洲採白蘋
햇살 따사로운 강남의 봄이랍니다　日暖江南春
동정에서 돌아온 손이 있어 하는 말　洞庭有歸客
소상강서 내 임을 만났다 하길래　瀟湘逢故人
내 임은 왜 돌아오지 않는가요　故人何不返
봄꽃은 또다시 시들어 가는데　春花復應晚
새 사람과 즐긴다[68]는 말은 하지 않고　不道新知樂

66 유운(柳惲, 465~517): 자는 문창(文暢)이며 산서성(山西省) 해현(解縣) 서북지역 사람이다. 어려서부터 지조와 덕행이 있었고 배우기를 좋아하여 이름이 났으며 서간문(書簡文)에 능하였고 시를 잘 지었다. 양(梁)나라 때에 시중(侍中)이 되어 복야(僕射) 심약(沈約)과 함께 시율(詩律)을 정하였다. 일찍이 오흥태수(吳興太守)를 두 번이나 역임하였다.

67 강남곡(江南曲): 《악부시집(樂府詩集)》 권26 상화가사(相和歌辭) 〈상화곡 상(相和曲上)〉에 수록되어 있다.

그저 오가는 길이 멀다고만 하는구려 祇言行路遠

68 새 사람과 즐긴다: 원문의 신지락(新知樂)은 《초사(楚辭)》 〈소사명(少司命)〉에 “슬프기는 살아서 이별하는 것보다 더 슬픈 것이 없고, 즐겁기는 새로 사귀는 것보다 더 즐거운 것이 없다.[悲莫悲兮生別離, 樂莫樂兮新相知.]”라고 한데서 인용한 말이다.

551

오균[69]에게 주다[贈吳均]

찬 구름 때문에 물가 언덕이 어둑하고	寒雲晦滄洲
밀려오는 조수가 남쪽 포구에 넘실대는데	奔潮溢南浦
흰 이슬 내린 정자에선 서로 그리워하며	相思白露亭
가을바람 부는 물가에서 멀리 바라보네	永望秋風渚
내심 이별 길이 길다는 건 알았지만	心知別路長
연초로 가는 길과 같을 줄 누가 알았으랴	誰謂若燕楚
관소의 척후가 날마다 끊어져 가는데	關候日遼絕
어찌 행인에게 편지를 부칠 수 있겠는가	如何附行旅
원컨대 들녘을 훨훨 나는 새가 되어	願作野飛鳥
공중으로 날아올라 가볍게 날고 싶네	飄然自輕舉

69 오균(吳均, 469~520): 남조시대 양(梁)나라의 문인이자 사학자로, 자는 숙상(叔庠)이다. 조정의 명을 받아 《통사(通史)》를 편찬하다가 완성하지 못하고 죽었다. 산수시(山水詩)를 즐겨 지었고, 독특한 문체를 구사하여 그의 시체(詩體)를 오균체(吳均體)라고 불렀다. 지괴소설집(志怪小說集)인 《속제해기(續齊諧記)》와 문집 《오조청집(吳朝請集)》이 있다.

552

다듬이질을 노래한 시[擣衣詩] 4수(首)

【1수】

외론 이부자리 그리움의 실마리를 이끌고 孤衾引思緒
홀로인 베개는 시름의 끝을 슬프게 하네 獨枕愴憂端
깊은 뜰에는 가을 풀이 푸르건만 深庭秋草綠
높다란 대문에 흰 이슬 차가우니 高門白露寒
당신을 그리다가 맑은 밤에 일어나 思君起淸夜
기러기발 조여 유란곡[70]을 연주할 뿐 促柱奏幽蘭
날리는 쑥[71]과 같은 고달픈 신세 원망하리오만 不怨飛蓬苦
그저 혜초 시드는 게 가슴 아프네 徒傷蕙草殘

70 유란곡(幽蘭曲): 초(楚)나라 송옥(宋玉)이 백설곡(白雪曲)과 함께 만들었다는 거문고 가락의 이름이다.

71 날리는 쑥: 원문의 비봉(飛蓬)은 《시경(詩經)》〈위풍(衛風) 백혜(伯兮)〉에 "그이가 동으로 가면서부터, 머리는 바람에 날리는 쑥과 같아라. 어찌 머리에 바르는 기름이 없을까마는, 누구를 위하여 꾸미랴.[自伯之東, 首如飛蓬, 豈無膏沐, 誰適爲容.]"라는 구절에서 인용하였다.

【2수】

부역 나가서 풍파에 막히셨는지 行役滯風波
가신 임은 오래도록 돌아오질 않네 遊人淹不歸
정자 언덕에는 나뭇잎 떨어지고[72] 亭皐木葉下
농산 꼭대기로 가을 구름 날며 隴首秋雲飛
차가운 정원에는 저녁 새가 모여들고 寒園夕鳥集
시름겨운 동산에는 풀벌레가 슬피 우네 思牖草蟲悲
아아 봄옷 입은 그대로 이실 터인데 嗟矣當春服
어디에서 겨울옷을 구하시려나 安見禦冬衣

【3수】

학 울음이 긴긴 탄식을 자아내더니 鶴鳴勞永歎
조개풀 캐면서 계절 저무는 것 슬퍼하네 採菉傷時暮
그리운 당신이 지금 멀리 부역 떠나셨기에 念君方遠遊
기다리는 소첩은 고운 비단 손질하오만 望妾理紈素
가을바람 푸른 못에 불어오고 秋風吹綠潭
밝은 달은 키 큰 나무에 걸려 있는데 明月懸高樹

72 나뭇잎 떨어지고: 원문의 목엽하(木葉下)는 《초사(楚辭)》〈구가(九歌) 상부인(湘夫人)〉에 "산들산들 불어오는 저 가을바람이여, 동정호에 물결 일고 나뭇잎 떨어지네.[嫋嫋兮秋風, 洞庭波兮木葉下.]"라고 한 데서 인용하였다.

고운 임 곱게 단장하고서	佳人飾淨容
서로 이끌며 자기 할 일 한다오	招攜從所務

【4수】

회랑[73]은 까마득하여 끝이 없고	步櫩杳不極
별당은 조용하여 이미 닫혔어도	離堂肅已扃
마루가 높아 저녁 방아소리 사방으로 흩어지니	軒高夕杵散
기운이 상큼하여 밤 다듬이소리 울리네	氣爽夜砧鳴
옥 구슬은 걸음 따라 짤랑거리고	瑤華隨步響
그윽한 난향은 소매 따라 피어나는데	幽蘭逐袂生
머뭇머뭇 금빛 비녀를 매만지며	踟躕理金翠
한가롭게 맑은 밤공기를 맞이하네	容與納宵清

○ 다듬이에 대한 것은 다만 맨 끝수에서 바로 언급하였고, 그 이상 3수는 정을 묘사하였다.[擣衣只於末首正點. 以上寫情.]

73 회랑: 원문의 보염(步櫩)은 회랑을 이른다. 한(漢)나라 사마상여(司馬相如)의 〈상림부(上林賦)〉에 "궁궐 주위로 길게 둘러 있는 회랑[步櫩周流]"이라고 하였는데, 이선(李善)의 주(註)에 "보염(步櫩)은 회랑[步廊]이다."라고 하였다.

유견오(庾肩吾)[74]

553

〈춘야(春夜)〉라는 시를 봉화(奉和)하여 왕명에 응하다[奉和春夜應令]

봄날 창가에서 꽃핀 물가를 마주하여	春牖對芳洲
주렴을 새로 걷어 올렸사온데	珠簾新上鉤
사윈 향으로 밤 시간을 알겠고	燒香知夜漏
새긴 촛불로 몇 경인지 짐작되오	刻燭驗更籌
천금성[75]은 북각으로 내려오고	天禽下北閣

74 유견오(庾肩吾, 487~550): 남조시대 양(梁)나라의 문학가. 남양(南陽) 신야(新野) 출신으로, 자는 자신(子愼) 또는 신지(愼之)이며 유신(庾信)의 아버지이다. 진 안왕(晉安王) 소강(蕭綱)의 상시(常侍)가 되어 그가 진(鎭)을 옮길 때마다 수행하였으며, 소강이 제위에 오른 뒤 탁지상서(度支尙書)가 되었다. 이후 여러 관직을 역임하고 무강현후(武康縣侯)에 봉해졌다. 시를 잘 지었고, 시풍이 빼어나게 아름다워 궁체시(宮體詩)의 대표작가 중의 한 사람으로 꼽힌다. 문집에 《유탁지집(庾度支集)》이 있다.

직녀성[76]은 서루로 들어갔는데	織女入西樓
달이 밝아 밤 아닌가 의심되고	月皎疑非夜
숲이 성글어 다시 가을만 같으며	林疏似更秋
물은 높은 절벽에 매달려 빛이 나고	水光懸蕩壁
산은 흐르는 물에 담겨 푸르릅니다	山翠下添流
어찌 서원연[77]을 빌려 올 것 있겠나요	詎假西園讌
비개유[78]를 수고롭게 할 일 없으리다	無勞飛蓋遊

○ 경치를 묘사한 것이 수려하며, 1결(一結)이 바로 응령체(應令體)이다.[寫景娟秀. 一結是應令體.]

75 천금성(天禽星): 《주역(周易)》의 후천수(後天數)인 낙서(洛書)에 연월일시(年月日時)의 수를 적용하여 혼인 등의 길흉을 점치는 구궁법(九宮法)에 쓰이는 구성(九星) 중의 하나이다.

76 직녀성(織女星): 은하수 서쪽에 위치해 있으며 동쪽에 있는 견우성(牽牛星)과 1년에 한 차례 음력 7월 7일 밤에 오작교(烏鵲橋)에서 서로 상봉한다는 전설을 지니고 있다.

77 서원연(西園讌): 위 문제(魏文帝)인 조비(曹丕)가 공자(公子) 시절에 업도(鄴都)의 서쪽에 위치한 공원에서 벌였던 잔치를 일컫는다.

78 비개유(飛蓋遊): 비개는 달리는 수레라는 뜻으로, 위(魏)나라의 시인 조식(曹植)이 지은 〈공연(公讌)〉에서 "맑은 밤 서쪽 동산에서 노니니, 달리는 수레가 서로 따르네.[淸夜遊西園, 飛蓋相追隨.]"에서 인용한 것이다. 위의 주석도 같은 시구(詩句)에서 인용하였다.

554

난리 후에 행차하여 오어정(吳御亭)[79]을 지나다[亂後行經吳御亭]

어정에서 한번 뒤돌아보니	御亭一回望
먼지바람에 천 리가 어둑하다	風塵千里昏
청포는 봄풀과 다르고	青袍異春草
백마는 오문으로 나아간 듯[80]	白馬即吳門
흉노가 이수와 낙수를 유린하고	獯戎鯁伊洛
여러 종족이 환원[81]을 혼란케 했네	雜種亂轘轅
연도는 관소의 통로와 같고	輦道同關塞
왕성은 태원 지역과 같은데	王城似太原
휴명한 덕은 구정보다 외려 무겁고[82]	休明鼎尚重

79 오어정(吳御亭): 오(吳)나라 손권(孫權)이 만든 우정(郵亭)이라 한다.

80 청포는 … 나아간 듯: 《남사(南史)》 권80 〈적신열전(賊臣列傳)〉에 "양 무제(梁武帝) 대동(大同) 연간에 '푸른 말고삐의 백마를 타고 수양에서 온다.[青絲白馬壽陽來.]'라는 동요가 유행하였는데, 후경(侯景)이 와양(渦陽)에서 패하자 군사들에게 모두 청포(青袍)를 입게 하고, 자신은 푸른 실로 고삐를 만든 백마(白馬)를 타고서 그 동요에 맞추려 하였다."라는 기록이 있다. 두보(杜甫)의 〈세병마행(洗兵馬行)〉에서도 이 기록을 인용하였다.

81 환원(轘轅): 관문(關門) 이름. 지금의 하남성 언사(偃師) 동남쪽 환원산(轘轅山)에 있다.

82 휴명한 … 무겁고: 《좌전(左傳)》 선공(宣公) 3년조에 "초자(楚子)가 육혼(陸渾)의 융적(戎狄)을 칠 때에 낙양(洛陽)에 이르러 주정(周鼎)의 대소와 경중에 대하여 묻자, 왕손만(王孫滿)이 "덕성에 달려 있고 정(鼎)의 있고 없는 데에 달려 있지 않다 … 덕성이 아름답고 밝으면 정(鼎)이 작더라도 무거울 것이고, 정사가 간사하고 혼란하면 정이 크더라도 가벼울 것이다.[在德不在鼎,

예를 갖추어 국가를 보존할 수 있네	秉禮國猶存
은유에서의 효는[83] 비록 보기 어려우나	殷牖爻雖賾
요성[84]의 옥리가 외려 존중하였네	堯城吏轉尊
피눈물로 동주를 슬퍼하고	泣血悲東走
창을 내리고 북분을 염려하네	橫戈念北奔
바야흐로 칠묘[85]의 책략을 의거하여	方憑七廟略
오릉[86]의 원통함을 씻기로 맹세해 보네	誓雪五陵寃
인간사가 지금 이와 같으니	人事今如此
천도의 시비를 누구와 함께 논해 볼까	天道共誰論

○ 어정은 오나라 대제가 건립한 것으로 진릉에 있다. 다른 판본에 우정으로 되어 있는 것은 오류이다.[御亭, 吳大帝所建在晉陵. 別本作郵亭誤.]

… 德之休明, 雖小重也. 其姦回昏亂, 雖大輕也.]"라는 글에서 인용하였다.

83 은유에서의 효는: 문왕(文王)이 은(殷)나라의 감옥인 유리(羑里)에 갇혀 있을 때 64괘(卦)를 연역(演易)하였는데 그 내용을 지칭하는 말이다.

84 요성(堯城): 《죽서기년(竹書紀年)》에 "요임금의 덕이 쇠하여 순에게 갇혔다.[昔堯德衰, 爲舜所囚也.]"라는 내용이 전한다.

85 칠묘(七廟): 조종(祖宗)의 7대를 모신 사당을 이르는 말로, 삼소(三昭), 삼목(三穆)과 태조(太祖)의 사당이 여기에 해당한다.

86 오릉(五陵): 장안(長安)에 한(漢)나라 때 장릉(長陵), 양릉(陽陵), 안릉(安陵), 무릉(茂陵), 소릉(昭陵)이 있었는데 양제(梁帝)의 선조 능을 지칭하는 말로 쓰였다.

555

장신궁[87] 안의 풀을 읊다

[詠長信宮中草]

푸르다가 시드니 계절을 아는 듯	委翠似知節
향기를 머금었으니 감정을 지닌 듯	含芳如有情
밟고 다닌 흔적이 적은 까닭에	全由履迹少
아울러 계단 위에서까지 자라려 하네	併欲上階生

○ 병욕(併欲)이란 두 글자는 당인들에게 이런 유의 자법이 많다.[併欲字, 唐人多此種字法.]

87 장신궁(長信宮): 한 성제(漢成帝)의 후비(后妃)인 반첩여(班婕妤)가 총애를 잃고 물러나 거처하던 곳이다.

556

진사왕[88]의 무덤을 지나다

[經陳思王墓]

공자는 유독 삶을 우려한 탓에	公子獨憂生
무덤까지도 남은 명성 차지했거늘	邱壟擅餘名
마른 나무는 땔나무로 다 거둬 가고	采樵枯樹盡
거친 무덤 밭갈이로 평지가 되었으니	犁田荒隧平
어찌 평락전[89]의 연회를 추억하겠으며	寧追宴平樂
어찌 승명전[90]에 알현을 상상하리요	詎想謁承明
이른 아침에 와서 왕명을 하사 받고	旦余來錫命
겸하여 이웃나라와 화평도 체결했었는데	兼言事結成
바람은 한껏 불어 하삭[91]이 멀고	飄颻河朔遠
만물이 약동하는 큰 바람소리 울어대오	颭颸颸風鳴
기러기는 구름과 함께 열을 지어 날고	雁與雲俱陣
사막의 모래바람 쑥대를 몰아치는 돌풍인 듯	涉將蓬共驚
마른 뽕잎 오래된 사당에 흩뿌리며	枯桑落古社

88 진사왕(陳思王): 523. 동원에서 숙박하다[宿東園] 주 30) 참조.

89 평락전(平樂殿): 한 명제(漢明帝) 때 건립한 건물로 낙양(洛陽) 서문 밖에 있다.

90 승명전(承明殿): 장안(長安)에 있는 한나라 궁전 이름이다.

91 하삭(河朔): 하북(河北) 지역을 이른다.

겨울새는 고적한 성으로 돌아가는데　寒鳥歸孤城
농두의 물을 노래한 호가[92]의 곡조가 애절하고　隴水哀笳曲
어양[93]의 산채에는 북소리가 참담하니　漁陽慘鼓聲
집 떠나서 멀리 온 손이　離家來遠客
어찌 마음 상하지 않을 수 있으리오　安得不傷情

○ 유견오와 장정견은 그들의 시에 성색과 취미를 모두 갖추고 있다. 시의 아름다움은 성색과 취미를 모두 갖춘 데 있으니, 유견오와 장정견과 같은 이가 여기에 해당하고, 시의 고상함은 성색과 취미가 전혀 없는 데에 있으니, 도연명과 같은 이가 여기에 해당한다.[庾肩吾, 張正見, 其詩聲色臭味俱備. 詩之佳者, 在聲色臭味之俱備, 如庾如張是也. 詩之高者, 在聲色臭味之俱無, 如陶淵明是也.]

○ 양(梁)·진(陳)·수(隋) 지역 사람들은 글귀의 조탁에 유난히 뛰어나다. 예를 들면 유견오의 〈후호에 배를 띄우다[泛舟後湖]〉에 "희미해진 무지개는 건너오는 비를 거두고[殘虹收度雨] 터진 강둑에는 새로운 물이 흐른다[缺岸上新流]"와, 장정견의 〈흰구름이 포구에 걸렸다[白雲臨浦]〉에 "성긴 잎은 혜죽에 임하였고[疎葉臨嵇竹] 가벼운 물고기는 정선에 든다[輕鱗入鄭船]"와, 강총의 〈증인(贈人)〉에 "이슬은 산촌 사립에 걸린 달빛을 씻어 주고[露洗山扉月] 서리는 돌길에 깔린 안개를 틔워 준다[霜開石路煙]"와, 수 양제(隋煬帝)의 "새가 날개를 쳐서 처음으로 나무를 옮겨 가고[鳥擊初移樹] 물고기는 차서인지 이끼 밑으로 숨으려 한다[魚寒欲隱苔]"는, 모두 명구이면서 준수함을 이루었다. 그러나 "연못가에 봄풀이 돋아나니[池塘生春草]"와, "하늘 끝에 돌아오는 배인 줄 알겠네[天際識歸舟]"와 같은 글귀에 견주어 보면 조탁한 흔적이 완연하다. 여기에서 그 기풍을 충분히 엿볼 수 있겠다.[梁·陳·隋間人, 專工琢句. 如庾肩吾泛舟後湖, 殘虹收度雨, 缺岸上新流, 張正見賦得白雲臨浦, 疎葉臨嵇竹, 輕鱗入鄭船. 江總贈人, 露洗山扉月, 霜開石路煙, 隋煬帝, 鳥擊初移樹, 魚寒欲隱苔, 皆成名儁. 然比之池塘生春草天際識歸舟等句, 痕迹宛然矣. 于此足覘風氣.]

92 농두의 … 호가: 《악부시집(樂府詩集)》 횡취곡사(橫吹曲辭)의 하나인 〈농수음(隴水吟)〉을 이른다. 원문의 농수(隴水)는 중국 서쪽 변경의 요해처인 섬서성(陜西省) 농현(隴縣) 서북쪽에 있는 농산(隴山)에서 발원하는 물의 이름이다.

93 어양(漁陽): 하북 동부(東部)의 계현(薊縣)과 평국(平國) 등지를 이른다.

오균(吳均)[94]

557

유운[95]에게 답하다[答柳惲]

새벽녘에 농서[96]에서 출발하였더니	淸晨發隴西
날이 저물자 비호곡[97]일세	日暮飛狐谷
가을 달은 층층 산을 비추고	秋月照層嶺
찬바람은 높은 나무를 쓸며	寒風掃高木
밤안개와 이슬이 옷을 적시는데	霧露夜侵衣
관산 새벽길에 수레를 재촉하네	關山曉催軸
그대는 여길 떠나 어디로 가려는가	君去欲何之
들쭉날쭉 땅끝에서 멀어져 가네	參差間原陸

94 오균(吳均, 469~520): 551. 오균에게 주다[贈吳均] 주 69) 참조.

95 유운(柳惲): 《고시원》 권13 유운(柳惲) 주 66) 참조.

96 농서(隴西): 감숙성(甘肅省) 농서현(隴西縣)의 한 군(郡) 이름으로, 농산(隴山)의 서쪽에 위치해 있다 하여 붙여진 이름이다.

97 비호곡(飛狐谷): 하북성(河北省) 내원현(涞源縣) 북쪽에 위치한 관소(關所)이다.

한 번 만나고 끝내 인연은 없을 건가	一見終無緣
슬픈 생각만 부질없이 눈에 가득하네	懷悲空滿目

558

강주부와 둔기에게 답시(答詩)를 주어 작별하다

[酬別江主簿屯騎]

어떤 손이 떠난다고 말을 하더니	有客告將離
일러 주는 말이 난초보다 향기롭네	贈言重蘭蕙
배는 당연히 제수에 띄워야 하고	泛舟當泛濟
친구는 마땅히 계수나무로 맺어야 함은	結交當結桂
제수에는 맑은 물의 근원이 있고	濟水有清源
계수나무엔 향기로운 뿌리가 많아서인데	桂樹多芳根
조나라 처사 모공[98]과 위나라 현자 주해[99]는	毛公與朱亥
모두 신릉군[100] 문하에 있었으며	俱在信陵門
조나라 슬에는 봉황을 조각하고 주를 세웠으며	趙瑟鳳凰柱

98 모공(毛公): 전국시대 조(趙)나라 처사로 박도(博徒) 중에 몸을 숨기고 살았다 한다.

99 주해(朱亥, ?~기원전 257): 조나라 사람이자 역사(力士)인 그는 진나라가 조나라의 수도 한단을 침공했을 때 신릉군을 도와 진비(晉鄙)의 진영에 가서 그를 추살(追殺)하고 그 군사로 조나라를 구한 인물이다.

100 신릉군(信陵君, ?~기원전 243): 이름은 무기(無忌)이며 위(魏)나라의 공자(公子)로, 위 소왕(魏昭王)의 아들이다. 그는 진(秦)나라가 조(趙)나라의 수도 한단(邯鄲)을 침공했을 때 조 공자(趙公子) 평원군 승(平原君勝)이 신릉군에게 간곡히 구원을 요청하자, 그가 왕의 총희(寵姬)를 통해 진비인부(晉鄙印符)를 손에 넣고 역사(力士) 주해(朱亥)와 함께 가서 진비(晉鄙)를 죽이고 그 군사로 조나라를 구하였다.

오나라 술은 금으로 장식한 술동이에 담았네	吳醥金罍樽
내가 북산에 뜻을 두고는 있으나	我有北山志
지금 머무는 건 은혜에 보답하기 위함이네	留連爲報恩
제군들은 모두 날개를 지닌 새와 같으니	夫君皆逸翮
해그림자를 박차고 또다시 창공으로 오르리	搏景復陵騫
흰 구름은 해안가 나무에 둘렀고	白雲間海樹
가을 햇살은 평원을 어둡게 하며	秋日暗平原
가을벌레 울음소리 적적하고	寒蟲鳴趯趯
낙엽은 져서 여기저기로 날아가네	落葉飛翻翻
무엇을 가져다 헤어질 때 줄까	何用贈分首
북당에 심어 둔 훤초[101]가 잘도 자랐네	自有北堂萱

○ "친구는 마땅히 계수나무로 맺어야 함은[結交當結桂]"에서의 계(桂) 자는 마땅히 군자(君子)로 봐야 한다.[結交當結桂, 桂即當君子看.]

101 북당에 … 훤초[北堂萱]: 《시경(詩經)》〈위풍(衛風) 백혜(伯兮)〉에 "어찌하면 원추리를 얻어 와 북당에 심어 둘까. 떠나간 임 생각에 내 마음만 병이 드네.[焉得諼草, 言樹之背. 願言思伯, 使我心痗.]"라고 한 데서 인용하였다.

559

주인집 못 앞 학을 노래하다

[主人池前鶴]

본래는 헌거를 탔던 몸[102]인데	本自乘軒者
그대의 섬돌 아래 새가 되었네	爲君階下禽
꾸민 모습이 아름답기도 하거니와	摧藏多好貌
맑은 울음소리 신기도 하다	清唳有奇音
곡식 알갱이는 은혜가 막중하고	稻粱惠既重
화려한 못도 대우가 여간 아니니	華池遇亦深
은혜를 생각하여 차마 떠나지 못할 뿐	懷恩未忍去
강해를 마음껏 누빌 마음[103] 없는 건 아니라오	非無江海心

102 헌거를 … 몸: 춘추시대에 위(魏)나라 의공(懿公)이 학을 좋아하여 학을 수레에 태우고 다녔던 데에서 인용해 온 말이다.

103 강해를 … 마음[江海心]: 벼슬하지 않고 산수(山水) 사이에 은거하고자 하는 마음을 이른다.

560

주참군의 시에 답하다[酬周參軍]

날이 저물자 시름하던 이가 일어나	日暮憂人起
문에 기대어 바라보니 기쁘질 않네	倚戶悵無懽
물은 흘러와 동정호[104]가 멀다는 걸 전해 주고	水傳洞庭遠
바람은 불어서 안문산[105]의 추위를 보내오네	風送雁門寒
장강 남쪽에 지금 눈서리가 쌓였는데	江南霜雪重
사마상여[106]처럼 의복이 단벌일세	相如衣服單
잠긴 구름에 우뚝한 교목이 숨었고	沈雲隱喬樹
가랑비에 층층인 산봉우리가 보이지 않네	細雨滅層巒
게다가 술동이를 마주하고 앉았으니	且當對樽酒
주현[107]의 금(琴)을 밤새워 타 보려 하네	朱絃永夜彈

104 동정호(洞庭湖): 호남성(湖南省)에 위치한 큰 호수 이름이다.

105 안문산(雁門山): 산서성(山西省) 대현(代縣)의 서북쪽에 위치한 산 이름이다.

106 사마상여(司馬相如, 기원전 179 추정~기원전 118 추정): 자(字)는 장경(長卿)이다. 전한(前漢) 때의 문인으로, 어렸을 때에 독서와 검술을 좋아하였으며, 전국시대의 인상여(藺相如)를 사모하여 이름을 상여로 바꾸었고, 임공(臨邛) 땅에서 탁왕손(卓王孫)의 딸 탁문군(卓文君)과 만나 혼인한 이야기가 유명하다. 무제(武帝)에게 〈상림부(上林賦)〉를 지어 바쳤다. 그의 작품은 풍격이 다양하고 사조(詞藻)가 아름다웠으며, 한부(漢賦)의 제재와 묘사 방법을 보다 풍부하게 하여 부체(賦體)를 한(漢)나라의 대표적인 문학형태로 자리매김할 수 있도록 하는 데에 큰 공헌을 하였다. 그는 평소에 소갈병 때문에 늘 고생을 하였다고 한다.

107 주현(朱絃): 주(周)나라 문왕(文王)의 사당 청묘(清廟) 제악(祭樂)에 쓰였던 붉은 현의 금(琴)을 가리킨다. 《예기(禮記)》 〈악기(樂記)〉에 "청묘의 슬(瑟)은 붉은 현으로 되어 있고 소리가 느릿해서, 한 사람이 선창하면 세 사람이 화답하여 여음(餘音)이 있다.[清廟之瑟, 朱絃而疏越, 壹倡而三嘆, 有遺音者矣.]"라고 하였다.

561

춘영(春詠)

봄은 어디에서 오는가	春從何處來
수면을 흔들고 다시 매화꽃을 놀라게 하네	拂水復驚梅
구름은 푸른색 궁문에 막혀 있고	雲障青鎖闥
바람은 승로대[108]에 불어오는데	風吹承露臺
미인은 천 리 밖에 떨어져 있으니	美人隔千里
비단 휘장을 닫은 채 열지를 않네	羅幃閉不開
함께 이야기 나눌 길이 없으니	無由得共語
하릴없이 그리움 담은 술잔만 드네	空對相思杯

○ 하나의 표일한 기상을 열었다.[一起飄逸.]

108 승로대(承露臺): 승로반(承露盤)이라고도 한다. 한 무제가 건장궁(建章宮)에 이슬을 받기 위하여 구리로 인간의 형상을 만들어 놓은 것을 말한다. 481.중서성에서 숙직하며[直中書省] 주 66) 참조.

562

산중잡시(山中雜詩)

산기슭에서 안개가 피어오르고	山際見來煙
대숲 사이로 해가 지는데	竹中窺落日
새들은 처마 위로 날아들고	鳥向簷上飛
구름은 창문 안에서 솟아나네	雲從窗裏出

○ 4구 모두 경치를 묘사하였으니, 스스로 한 격을 이루었다.[四句寫景, 自成一格.]

하손(何遜)[68]

중언의 시가 비록 풍골은 부족하나 정을 표출하는 말은 완전하다. 얕은 말에도 심오함을 갖추었으니, 심약(沈約)과 범운(范雲)이 마음으로 승복할 만하다.[仲言詩, 雖乏風骨, 而情詞宛轉. 淺語俱深, 宜爲沈范心折.]

음갱(陰鏗)과 하손(何遜)을 나란히 일컫는다. 그러나 하손이 한참 월등하다.[陰何並稱. 然何自遠勝.]

563

저물녘에 강과 산을 바라보다 시를 지어 어사마에게 주다

[日夕望江山贈魚司馬]

분성[109]이 분수[110]를 띠었으니	湓城帶湓水
분수는 마치 분성이 두른 띠와 같네	湓水縈如帶
저물녘에 높은 성을 바라보니	日夕望高城

푸른 구름 밖에서 반짝거리네	耿耿青雲外
성안에는 잔치도 많아서	城中多宴賞
현악기 관악기가 늘 분주하게 모이네	絲竹常繁會
관악기 소리에 이미 기쁨이 넘치더니	管聲已流悅
현악기 소리엔 다시 처량해지네	絃聲復淒切
노래하는 여인의 눈썹화장 수심이 어린 듯	歌黛慘如愁
춤추는 아이의 가는 허리 끊어질 듯	舞腰凝欲絕
중추라서 낙엽은 지고	仲秋黃葉下
멀리서 불어오는 바람 꽤 쓸쓸하며	長風正騷屑
때 이른 기러기는 구름 밖을 나와 돌아가고	早雁出雲歸
옛 제비는 처마 끝에서 작별을 알리네	故燕辭簷別
낮에는 다른 고장에 있다는 걸 슬퍼하다가	晝悲在異縣
밤마다 낙예[112]로 돌아가는 꿈을 꾸건만	夜夢還洛汭
낙예는 어찌 저리도 멀기만 한지	洛汭何悠悠
일어나 서남쪽 누대를 바라보니	起望西南樓

109 하손(何遜, ?~518 추정): 남조(南朝) 양(梁)나라의 시인. 송나라의 문인 하승천(何承天)의 증손이다. 자는 중언(仲言)이고, 동해(東海) 출신이다. 8세 때 시부(詩賦)를 지었다는 조숙한 천재였다. 20세 무렵 범운(范雲)에게 인정받아, 나이차가 있는데도 불구하고 망년지교(忘年之交)가 되었다. 안성왕(安成王)의 참군사(參軍事)를 역임하고 겸 상서수부사(兼尙書水部事)를 지냈다. 청신한 시풍의 작품을 남겼다.

110 분성(湓城): 옛날의 성 이름으로, 강서성(江西省) 구강현(九江縣) 서쪽에 있다.

111 분수(湓水): 청분산(淸湓山)에서 흘러와 분성에서 장강(長江)으로 유입되는 강물 이름이다.

112 낙예(洛汭): 하남성(河南省)의 낙수(洛水)가 황하(黃河)로 유입되는 곳으로, 낙수는 낙양(洛陽)을 지칭하기도 하는데 남조(南朝)의 시인들은 주로 건업(建業)을 지칭하는 말로 썼다.

선명한 돛단배 포구로 향하고	的的帆向浦
둥글둥글 달님은 모래섬에 숨었네	團團月映洲
누가 능히 한 마리 새가 되어	誰能一羽化
가볍게 날아올라 날고 뜨길 뜻대로 할까	輕擧逐飛浮

○ 음향은 〈서주곡〉[113]에서 터득하였다.[音響得之西洲.]

113 서주곡(西洲曲): 508.서주곡(西洲曲) 참조.

564
도중에 시를 지어 사마 환계규에게 주다
[道中贈桓司馬季珪]

새벽 닻줄 그대 함께 풀었었는데	晨纜雖同解
저녁에는 길이 막혀 같이 못 가네	晩洲阻共入
외려 공중 나는 새와 같다 하여도	猶如征鳥飛
들쭉날쭉[114] 미칠 수가 없겠는데	差池不可及
본래 원하는 건 나그네 시름을 펴는 것	本願申羈旅
어찌 특별한 모임을 말하겠는가	何言異翔集
그대가 북쪽으로 강을 건널 당시엔	君渡北江時
남포[115]의 노래 불러 어찌 울리려 하였겠소	詎令南浦泣

114 들쭉날쭉: 원문의 차지(差池)는 가지런하지 않은 모양으로, 새가 위아래로 나는 모습을 말한다. 《시경(詩經)》 〈패풍(邶風) 연연(燕燕)〉에 "제비들이 날아감이여, 그 날개가 일정치 않도다.[燕燕于飛, 差池其羽.]"라고 하였다.

115 남포(南浦): 이별과 이별의 장소를 뜻하는 말로, 《초사(楚辭)》 〈구가(九歌) 하백(河伯)〉에 "그대의 손을 맞잡고 동으로 가서, 사랑하는 임을 남포에서 보내네.[子交手兮東行, 送美人兮南浦.]"라고 하였다.

565

서새산[116]으로 들어가며 시를 지어 남부[117]의 동료에게 보여 주다

[入西塞示南府同僚]

이슬은 맑고 저녁바람이 차갑더니	露清晚風冷
먼동이 터 오자 강물 빛이 상큼하오	天曙江光爽
엷은 구름은 바위틈서 피어오르고	薄雲巖際出
초승달은 물결 위에 일렁이는데	初月波中上
늘어선 산들 병풍처럼 둘러 그늘지고	黯黯連障陰
빠르게 흐르는 물결 소리가 들려오며	騷騷急沫響
돌아오는 뗏목은 급물살에 부딪치고	迴査急礙浪
떼로 나는 새들 너른 창공을 누비누나	羣飛爭戲廣
나는 본래 떠도는 나그네 신세라서	伊余本羈客
중규[118]에도 또다시 산수 완상하려는 마음이니	重睽復心賞
고향 쪽을 바라보면 길은 하난데	望鄕雖一路
돌아갈 걸 생각하면 두 마음이구려	懷歸成二想

116 서새산(西塞山): 금릉(金陵)의 서쪽에 위치해 있는 산이다.

117 남부(南府): 상서성(尙書省)의 별칭이다. 위진(魏晉) 이래로 항상 내정(內廷)의 남쪽에 있었기 때문에 붙여진 이름이며, 남성(南省)이라고도 불렸다.

118 중규(重睽): 근무지에서 다른 지역으로 재차 전출되어 가는 것을 일컫는 말이다.

예전부터 명산을 아껴 온 터라	在昔愛名山
홀로 가도[119] 즐길 수 있음을 알지요	自知懽獨往
정겨운 놀이엔 마음이 쏠리기 마련이며	情遊乃落魄
본성을 얻게 되면 곧 양성을 해야 하니	得性隨怡養
연사가 이 때문에 차질을 빚는다 해도	年事以蹉跎
평생을 호탕함에 맡겨 보려 하오	生平任浩蕩
귀향길에 평탄한 길을 사양하려 했는데	方還讓夷路
고기 잡는 그물을 선망하게 될 줄 누가 알았으랴[120]	誰知羨魚網

119 홀로 가도: 원문의 독왕(獨往)은 세상의 굴레를 벗어나 자유롭게 사는 것을 말한다. 《장자(莊子)》 〈재유(在宥)〉에 "상하 사방을 드나들고 구주에서 노닐며 홀로 가고 홀로 오니, 이것을 독유라고 한다.[出入六合, 遊乎九州, 獨往獨來, 是謂獨有.]"라고 하였다.

120 고기 … 알았으랴: 《한서(漢書)》 권56 〈동중서열전(董仲舒列傳)〉에 "옛사람의 말에 '연못에 임하여 고기를 부러워하는 것이 돌아가서 그물을 만드는 것보다 못하다.[古人有言曰, 臨淵羨魚, 不如退而結網.]' 하였다."라고 하였다.

566

여러 옛 친구들[121]에게 주다

[贈諸游舊]

나약한 지조로는 바로 서지 못하고	弱操不能植
경박한 재주는 필경 의지할 게 못 되는데	薄技竟無依
얕은 나의 지혜로 끝내 어찌할 수 없으니	淺智終已矣
훌륭한 명성을 어찌 바라겠는가	令名安可希
시끄러운 벼슬살이 고단한데도	擾擾從役倦
정신없이 사소한 일에 매달리며	屑屑身事微
젊은 시절을 가볍게 보내고 나니	少壯輕年月
만년 되자 지나온 세월 애석하구려	遲暮惜光輝
외길인생 걸어온 지금 옳은 것도 없거니와	一塗今未是
수많은 어제의 일들 그른 것만 같으며	萬緒昨如非
새로운 친구[122]가 비록 즐겁다고는 하나	新知雖已樂
예전 벗들과 모두 헤어져 버렸으니	舊愛盡暌違
고향을 그리며 부질없이 목을 빼고서	望鄉空引領

121 옛 친구들: 원문의 유구(游舊)는 지난날 함께 노닐던 친구를 말한다. 《남사(南史)》 권57 〈심약열전(沈約列傳)〉에 "처음에 양 무제(梁武帝)가 서저(西邸)에서 지낼 때 심약(沈約)과 유구(遊舊)였다.[初, 梁武在西邸, 與約游舊.]"라고 하였다.

122 새로운 친구: 550.강남곡(江南曲) 주 68) 참조.

하염없이 바라보며 옷깃을 적시네	極目淚霑衣
나그네는 하냥 초췌할 뿐인데	旅客長憔悴
봄을 맞은 생물은 절로 향기가 그윽하고[123]	春物自芳菲
언덕에 피어난 꽃은 물에 닿을 듯	岸花臨水發
강 제비는 돛대 주위를 돌며 날건만	江燕遶檣飛
하릴없이 돛대를 내려놓고서	無由下征帆
홀로 저물녘 밀물 따라 돌아가노라	獨與暮潮歸

123 향기가 그윽하고: 원문의 방비(芳菲)는 굴원(屈原)의 《초사(楚辭)》〈이소(離騷)〉에 "그윽한 향기란 지울 수 없음이여, 진한 그 향기가 지금도 남아 있네.[芳菲菲而難虧兮, 芬至今猶未沫.]"라고 하였다.

567

작별하고 가는 위사마[124]를 전송하다

[送韋司馬別]

전송하려고 강 구비까지 간 것은	送別臨曲渚
길손이 옛 친구를 그리워해서인데	征人慕前侶
이별 당부 이것저것 말하고 싶었지만	離言雖欲繁
이별 생각은 끝내 두서가 없으니	離思終無緖
안타까운 마음으로 악수를 하고	憫憫分手畢
쓸쓸한 바람결에 배의 돛을 올리네	蕭蕭行帆擧
돛을 올리고 중류를 넘어서 가자	擧帆越中流
떠나는 이 보고파서 높은 누에 올랐네	望別上高樓
내게는 남지[125]의 원망이 일고	予起南枝怨
그대는 북풍의 시름이 맺히리니	子結北風愁
길게 이어진 산이 해를 가리고	邐邐山蔽日
높이 솟는 파도에 배가 숨어 버리네	洶洶浪隱舟
숨은 배가 까마득히 멀어져 가니	隱舟邈已遠

124 위사마(韋司馬): 위선(韋善)이 장무장군관군(壯武將軍冠軍) 남평왕(南平王)의 사마(司馬)가 되고 양양령(襄陽令)을 겸대하였다.

125 남지(南枝): 고향을 그린다는 뜻으로, 《고시원》 1권 184.고시(古詩) 19수(首)의 제1수에 "호마는 북풍에 기대어 서고, 월나라 새는 남쪽 가지에 둥지를 틀지요.[胡馬依北風, 越鳥巢南枝.]"에서 인용하였다.

해 지는 저물녘을 배회할 뿐이네	裴徊落日晩
돌아오는 길거리에 오가는 수레 분주한데	歸衢並駕奔
이별하던 곳엔 빈 자리만 걷혀 있네	別館空筵卷
그대가 눈썹 찡그리며 갈 걸 상상해 보니	想子斂眉去
내가 눈물 머금고 오는 줄도 알겠구려	知予銜淚返
눈물 머금고 오는 마음 서운한데다[126]	銜淚心依依
저물녘이라 길가는 사람도 드문데	薄暮行人稀
어둑어둑한 당항길을 접어드니	曖曖入塘港
봉문[127]엔 벌써 사립을 닫았거니와	蓬門已掩扉
발 사이로 비친 달그림자를 보다가	簾中看月影
대숲에서 날아드는 반딧불이를 만났네	竹裏見螢飛
반딧불이는 쉬지 않고 깜박거리며 나는데	螢飛飛不息
홀로 시름하여 부질없이 뒤척이네	獨愁空轉側
북쪽 창가에는 긴 대자리 접어 매달아 두고	北窗倒長簟
남쪽 이웃에서 밤에 베 짜는 소릴 듣네	南鄰夜聞織
버려 두고 더 이상 말하지 말아야겠네	弃置勿復陳
거듭 말하다 보면 길이 탄식할 뿐이니	重陳長歎息

○ 매번 꺾이는 곳마다 끊어질 듯 이어져 내려와서 갈수록 정이 깊어졌다.[每於頓挫處, 蟬聯而下, 一往情深.]

126 서운한데다: 원문의 의의(依依)는 헤어지기 서운하여 안타까워하는 것을 이른다. 《한시외전(韓詩外傳)》에 "백성들이 서운해하여 그 걸음 더디고 더디다.[其民依依, 其行遲遲.]"에서 인용하였다.

127 봉문(蓬門): 쑥대를 얽어 만든 문으로, 자기 집을 겸손하게 이르는 말이다.

568

심조교[128]와 작별하다[別沈助教]

가련하다 옥갑 속의 검[129]인가 했더니	可憐玉匣劍
또다시 날아간 오리의 신[130]이어라	復此飛鳧舃
사랑이 미움 되는 걸 깨닫지 못했는데	未覺愛生憎
두 사람이 문득 혼자인 걸 보게 됐네	忽見雙成隻
하루아침에 웃으며 작별하고 나니	一朝別笑語
모든 일은 옛일이 되고 말았네	萬事成疇昔
여정은 일렁이는 물결과 같고	道遒若波瀾
인생은 견고한 금석과는 다르니	人生異金石
원컨대 그대는 깊이 자애할지어다	願君深自愛
지나친 슬픔은 무익하다는 걸 공감하면서	共念悲無益

128 심조교(沈助教): 이름은 준(畯)이며 자는 사숭(士嵩)이다. 처음에 왕국중위(王國中尉)가 되고 뒤에 시랑(侍郎)을 거쳐 국자조교(國子助教)를 역임하였다.

129 옥갑 속의 검: 보검을 뜻하는 말로, 《진서(晉書)》 권36 〈장화열전(張華列傳)〉에 "장화(張華)가 두우(斗牛) 사이에 자기(紫氣)가 항상 있는 것을 보고 예장(豫章)사람 뇌환(雷煥)을 남창(南昌)의 풍성(豐城)으로 보내어 그곳 감옥 지하에 묻힌 두 자루의 검을 발굴하게 하였다는 기록이 있다. 원래는 춘추시대 오왕(吳王) 합려(闔閭)가 검공(劍工)에게 명하여 검 두 개를 만들어서 돌상자에 넣어서 깊숙이 감추어 두었던 것이라 한다. 두 개의 검은 웅검(雄劍)인 간장검(干將劍)과 자검(雌劍)인 막야검(莫耶劍)이다.

130 오리의 신[鳧舃]: 동한(東漢)의 왕교(王喬)가 명제(明帝) 때 업령(鄴令)으로 있으면서 매월 초하루마다 찾아오자, 명제는 그가 수레도 없이 자주 오는 것이 이상하여 그가 어떻게 오는가를 정탐하고 있을 때 두 마리의 오리가 동남쪽에서 날아왔다. 그리하여 오리가 들어오는 것을 숨어서 엿보고 있다가 그물을 쳤는데 신발 한 짝만을 얻었다고 한다. 《後漢書 卷82上 王喬傳》

569

소구덕[131]과 작별하다[與蘇九德別]

그대 모습 꿈을 꾸던 그 옛날에는	宿昔夢顏色
가까이서 말도 하고 잔치인 줄 여겼는데	咫尺思言宴
어찌하여 돌아올 기약은 까마득한 채	何況杳來期
각자 헤어져 하늘 한켠에 있게 되었나	各在天一面
주저하며 잠깐 술잔 들었을 뿐인데	踟躕暫擧酒
어느새 서로 얼굴 보이지 않네	倏忽不相見
봄풀은 푸른 도포자락인 듯하고[132]	春草似青袍
가을 달은 둥근 부채 닮았다 하니	秋月如團扇
십오야 밝은 달이 구름 속을 나오거든	三五出重雲
임 그리는 내 모습인 줄 아실테지만	當知我憶君
봄풀이 무성하게 자라 오솔길을 덮으면	萋萋若被逕
임 그리는 내 마음을 전할 길이 없겠구려	懷抱不相聞

○ 끝의 4구는 가을 달[秋月]과 봄풀[春草]을 분수령으로 삼아 손 가는 대로 구법(句法)을 이루었으니, 어느 곳이든 불가한 데가 없다.[末四句, 分頂秋月春草, 隨手成法, 無所不可.]

131 소구덕(蘇九德): 하손(何遜)의 옛 친구의 이름이다.

132 봄풀은 … 듯하고: 《옥대신영(玉臺新詠)》〈고시팔수(古詩八首)〉에 "푸른 도포는 봄풀인 듯하고, 긴 가지는 바람 따라 펼쳐지네.[青袍似春草, 長條從風舒.]"라는 시구가 있다.

570

남주 포구에서 유숙하다[宿南洲浦]

속세 떠난 은거생활 즐거움도 많더니만	幽棲多暇豫
벼슬살이 매였으니 고달픈 줄 알겠노라	從役知辛苦
새벽바람 때마침 불어와서 배를 띄우고	解纜及朝風
저녁 포구에 닿아 돛을 내렸네	落帆依暝浦
고향을 떠나온 지 벌써 며칠인데[133]	違鄉已信次
강에 뜬 달이 이제 막 보름 되었네	江月初三五
고요히 흐르는 물결 밤에도 보고	沈沈夜看流
둥둥둥 북소리를 아침에 듣노라	淵淵朝聽鼓
서리에 젖은 물가 먼 곳 기러기 건너오고	霜洲渡旅鴈
삭풍은 묵은 풀[134] 위에 불어오네	朔飈吹宿莽
한밤 흐느끼는 눈물 하염없이 흐르니	夜淚坐淫淫
오늘 밤은 유난히도 고향이 그립다	是夕偏懷土

133 며칠인데: 원문의 신차(信次)는 《좌전(左傳)》 장공(莊公) 3년조에 "무릇 군대가 하룻밤 묵는 것을 사(舍)라 하고, 이틀 묵는 것을 신(信)이라 하고, 그 이상 묵는 것을 차(次)라 한다.[凡師一宿爲舍, 再宿爲信, 過信爲次.]"라고 하였는데, 뒤에 3일 이상 묵거나 혹은 3일 정도의 시간을 '신차(信次)'로 통용하였다.

134 묵은 풀: 원문의 숙망(宿莽)은 겨울에도 죽지 않는 풀을 이른다. 《초사(楚辭)》 〈이소(離騷)〉에 "아침에는 비산(阰山)의 목란을 꺾고, 저녁에는 물가의 숙망을 캔다.[朝搴阰之木蘭兮, 夕攬洲之宿莽.]"에서 인용하였다.

571

자의 소잠리의 〈규원시〉에 화답하다

[和蕭諮議岑離閨怨]

새벽녘 은하수 높은 기둥 너머로 숨고 曉河沒高棟
빗긴 달은 텅빈 뜨락 절반을 비추니 斜月半空庭
창문에는 나뭇잎이 져서 흩어지고 窗中度落葉
발 너머에는 반딧불이가 날고 있는데 簾外隔飛螢
슬픔을 머금은 채 푸른 휘장을 내리고 含悲下翠帳
눈물을 닦고 금빛 병풍을 닫노라 掩泣閉金屛
약속했던 그날 돼도 아직 돌아오지 않건만 昔期今未返
봄풀은 추운 겨울 지나 또다시 봄을 맞네 春草寒復青
임 그리는 마음 변함이 없으니 思君無轉易
옮기지 않는 북극성과 무엇이 다르랴 何異北辰星

572

떠나기 앞서 옛 친구와 밤에 작별하다

[臨行與故遊夜別]

여러 해를 함께 지내며 따르다가	歷稔共追隨
하루아침에 홀연히 무리를 떠나니	一旦辭羣匹
또다시 동쪽으로 흐르는 물과 같아서	復如東注水
서쪽으로 돌아올 날이 다시 없겠네	未有西歸日
밤비는 텅 빈 섬돌에 뚝뚝 떨어지고	夜雨滴空階
새벽 등불만 이별한 방에 희미한데	曉燈暗離室
서로가 슬퍼하며 이별주를 파하니	相悲各罷酒
언제 다시 무릎 맞대고 앉아 볼까	何時同促膝

573

흥안[135] 현령 호모와 밤에 작별하다

[與胡興安夜別]

내가 떠나려다 수렐 다시 되돌리자	居人行轉軾
그대도 잠시 가던 배를 멈추었네	客子暫維舟
웃음꽃 피우던 이 자리가 그리운 만큼	念此一筵笑
헤어지면 양쪽 다 시름이 되겠구려	分爲兩地愁
이슬은 차가운 못가의 풀을 적시고	露濕寒塘草
달은 맑은 회수의 물결을 비추리니	月映清淮流
이제 새로운 이별의 한을 품고서	方抱新離恨
홀로 고향 동산의 가을을 지키리라	獨守故園秋

135 흥안(興安): 광서성(廣西省) 계림부(桂林府)의 흥안현(興安縣)을 이른다.

574

자모기(慈姥磯)[136]

저물녘 안개는 건너편 언덕에서 피어오르고	暮煙起遙岸
지는 해가 흐르는 강물을 비추네	斜日照安流
한결같은 마음으로 완상하는 저녁이기에	一同心賞夕
잠시나마 고향 떠난 시름을 잊어 보려 했건만	暫解去鄉憂
들녘 언덕은 모래사장과 닿아 있고	野岸平沙合
이어진 산에는 먼데 안개가 떠 있으니	連山遠霧浮
나그네의 설움을 어쩌지 못하고	客悲不自已
강가에 서서 돌아가는 배만 바라보네	江上望歸舟

○ 자신은 이미 돌아갈 수가 없는데 딴 배가 돌아가는 것만 바라보고 있으니, 정사가 암담하다.[己不能歸, 而望他舟之歸, 情事黯然.]

136 자모기(慈姥磯): 자모산 자락의 물가를 지칭하는 것으로, 자모산은 지금의 남경시(南京市) 강녕현(江寧縣) 서남쪽과 안휘성(安徽省) 당도현(當塗縣) 장강(長江) 기슭에 위치해 있다.

575

상송(相送)

나그네 마음은 이미 백 가지 상념인데　客心已百念
고독한 여정 거듭 수천 리라니　孤遊重千里
강이 어두워지는 걸 보니 비가 오려나　江暗雨欲來
흰 물결이 바람 따라 일렁거리네　浪白風初起

왕적(王籍)[137]

576

약야계[138]로 들어가다[入若耶溪]

큰 배가 어찌 그리도 가볍게 떠서 艅艎何泛泛
물결 따라 아득히 멀어져 가는가 空水共悠悠
저녁노을은 먼 산에서 피어오르고 陰霞生遠岫
햇볕은 돌며 흐르는 물결 따라 흐르네 陽景逐迴流
매미가 시끄럽게 울어서 숲은 더욱 고요하고 蟬噪林逾靜
새가 울고 간 뒤의 산은 더욱 깊어지는데 鳥鳴山更幽
이런 곳에서 돌아가고픈 생각이 이는 건 此地動歸念
오랜 세월 나그네 생활이 서러워서일세 長年悲倦遊

○ 의미심장한 말[雋語]이라 하여 당시에 널리 전송(傳誦)하게 된 것은, 문외의 절창(絶唱)으로 여겼기 때문이다.[雋語當時傳誦, 以爲文外獨絶.]

137 왕적(王籍, ?~547 추정): 자는 문해(文海)이며 낭야현(琅琊縣) 임기(臨沂) 사람으로, 양(梁)나라 천감(天監) 중에 상동왕(湘東王)의 자의참군(諮議參軍)을 거쳐 중산대부(中散大夫)를 역임하였다.

138 약야계(若耶溪): 절강성(浙江省) 소흥현(紹興縣) 남쪽 약야산(若耶山)의 한 기슭에 있다.

유준(劉峻)[139]

577

강주[140]에서 돌아와 석두성[141]으로 들어가며 읊은 시

[自江州還入石頭詩]

뱃전을 두드리며[142] 강물에 배를 띄우고서	鼓枻浮大川
목을 빼고 멀리 낙양성을 바라보네	延睇洛城觀
낙양성은 어찌 그리 울창한가	洛城何鬱鬱
아득히 구름 속에 절반이 묻혀 있네	杳與雲霄半

139 유준(劉峻, 458~521): 자는 효표(孝標). 평원(平原) 사람으로, 처음에 위(魏)나라에서 떠돌이 생활을 하다가 영명(永明) 연간에 강남(江南)으로 가서 소요흔(蕭遙欣)의 형옥관(刑獄官)이 되었다. 《산서지(山棲志)》를 저술하였으며, 《세설신어(世說新語)》의 주석을 달았다.

140 강주(江州): 강서성(江西省) 구강현(九江縣)에 있다.

141 석두성(石頭城): 남조(南朝)의 수도였던 건강(健康)을 말하며, 오늘날 강소성(江蘇省) 남경(南京)에 위치한다.

142 뱃전을 두드리며: 원문의 고예(鼓枻)는 굴원(屈原)의 〈어보사(漁父辭)〉에 "어보가 빙그레 웃고 뱃전을 두드리며 떠나갔다.[漁父莞爾而笑, 鼓枻而去.]"라고 하였다.

앞쪽으로 창룡문[143]을 바라보고	前望蒼龍門
비스듬히 백학관[144]을 쳐다본다	斜瞻白鶴館
괴나무는 어구가 있는 길에 드리워져 있고	槐垂御溝道
버드나무는 금제의 언덕을 휘감고 있네	柳綴金隄岸
빠른 말은 새벽바람과 함께 달리고	迅馬晨風趨
가벼운 수레는 흐르는 물살을 가르듯 하네	輕輿流水散
높은 노랫소리에 양진[145]이 내려오고	高歌梁塵下
환슬[146]의 연주에 숲속의 새들이 요란하네	絙瑟荊禽亂
나는 장강과 동해에서 놀기를 생각하나	我思江海遊
일찍이 도회지를 누벼 본 적이 없네	曾無朝市玩
문득 영대[147]에 의탁하여 잠들었으면 하다가	忽寄靈臺宿
부질없이 무덤에 이르게 됨을 탄식하네	空軫及關歎
오릉중자[148]는 남쪽 초나라로 들어가고	仲子入南楚
한나라 백란[149]은 동한을 떠나갔거늘	伯鸞出東漢

143 창룡문(蒼龍門): 한(漢)나라 궁궐의 동쪽 문을 지칭한다.

144 백학관(白鶴關): 한(漢)나라 수도 장안에 외국 사신이 와서 머물던 관사(館舍)이다.

145 양진(梁塵): 《태평어람(太平御覽)》 권572에 한나라 유향(劉向)의 《별록(別錄)》을 인용하기를, "한나라가 흥기한 이래 노래를 잘 부르던 노나라 사람 우공(虞公)이 발성이 맑고 애절하여 '양진'을 동요시켰다." 하였는데, 뒤에는 노랫소리가 높고 절묘하여 사람을 감동시키는 것을 형용하는 말로 쓰였다.

146 환슬(絙瑟): 현의 굵기가 크고 강한 슬(瑟)을 이른다.

147 영대(靈臺): 사람의 마음을 일컫는다.

148 오릉중자(五陵仲子): 전국(戰國)시대 제(齊)나라 사람. 형이 만종(萬鍾)의 녹을 받는 것이 정의롭지 못하다 하여 초(楚)나라 오릉(五陵)에 가서 살았기 때문에 그리 불렀다. 초나라 임금이 재상으로 삼으려 하자, 아내와 함께 도망하여 살았다.

어찌 감히 나뭇가지에서 서식하다가	何敢棲樹枝
왕손의 탄환[150]을 맞고 죽어야 하겠는가	取斃王孫彈

149 백란(伯鸞): 한(漢)나라 양홍(梁鴻)의 자이다. 평릉(平陵) 출신인 그는 집안이 가난하여 부인 맹광(孟光)과 함께 시골에서 농사를 지으면서 시문 창작을 낙으로 삼고 살았다. 관리들의 사치와 방탕을 풍자한 〈오희가(五噫歌)〉를 비롯하여 〈적오시(適吳詩)〉, 〈사우시(思友詩)〉 등을 지었다. 청렴하고 깨끗한 선비로 알려져 있고, 부인 맹광의 '거안제미(擧案齊眉)' 고사가 유명하다. 《고시원》 1권 132.오희가(五噫歌) 참조.

150 왕손의 탄환: 원문의 왕손탄(王孫彈)은 《전국책(戰國策)》 〈초책(楚策)〉에 장신(莊辛)이 비유를 들어 말한 "왕손들이 탄환을 들고 목표로 하여 잡으려 하고 있다는 사실을 참새 자신은 모른다"는 내용에 근거하여 말한 것이다.

유효작(劉孝綽)[151]

578

고의(古意)

연조 지역에는 미인이 많기도 하여	燕趙多佳麗
밝은 해가 곱게 단장한 얼굴을 비춘 듯하니	白日照紅妝
집 떠난 남편과 십년 이별하고 난 터라	蕩子十年別
나의 비단옷 쌍혁띠만 늘어났네	羅衣雙帶長
춘루를 지키기 어려워 원망이요	春樓怨難守
옥계에 서 있자니 부질없어 상심인데	玉階空自傷
또다시 돌아온 금년 제비는	復此歸飛燕

151 유효작(劉孝綽, 481~539): 본명은 염(冉)이며 효작은 자이다. 소자(小字)는 아사(阿士)이다. 어려서부터 총민하여 일곱 살 때 글을 지을 줄 알았다. 외숙인 중서랑(中書郎) 왕융(王融)이 그를 신동으로 지목하였으며 천감(天監) 초기에 저작좌랑(著作佐郎)이 되고 뒤에 상서이부랑(尙書吏部郎)이 되었다. 무제(武帝)의 인정을 받아 비서승(秘書丞)이 되었으며 소명태자(昭明太子)에게도 인정을 받았다. 명인(明人)이 집본(輯本)한 《유비서집(劉秘書集)》이 있다.

진흙을 물고 와 곡방 주위를 맴돌다가 銜泥繞曲房
들쑥날쑥한 비단 장막 안으로 들어와 差池入綺幕
오르락내리락 들보 곁을 택하누나 上下傍雕梁
예전에 머물던 집도 외려 생각하거늘 故居猶可念
옛 주인을 어찌 잊을 수 있겠어요 故人安可忘
서로 그리워하다 절망도 하였거니와 相思昏望絕
어젯밤 꿈속에서 임의 모습을 보았네 宿昔夢容光
영혼의 교감 때는 임의 곁을 모셨는데 魂交忽在御
돌아눕자 그대로 타향에 계시니 轉側定他鄉
그저 침석만 돌아다보고 있을 뿐 徒然顧枕席
누구와 같이 한 이불을 덮는단 말인가 誰與同衣裳
부질없이 난초향 나는 촛불을 밝힌 밤 空使蘭膏夜
뜬 눈으로 흠뻑 내린 서리를 마주하네 炯炯對繁霜

도홍경(陶弘景)[152]

579

산중에 무엇이 있느냐는 조문에 시를 지어 답하다[詔問山中何所有賦詩以答]

제나라 고제의 조서에 답한 것이다.[答齊高帝詔.]

산중에 무엇이 있는고 하니	山中何所有
고갯마루에 흰 구름만 많사온데	嶺上多白雲
다만 스스로 즐길 수는 있사오나	只可自怡悅
임금께 가져다 드릴 수는 없나이다	不堪持寄君

○ 이는 곧 "홀로 잠자고 깨어나는 정서를 영원히 말하지 않을 것을 맹세하였다."[153]라는 뜻이다.[即獨寐寤宿, 永矢勿告意.]

152 도홍경(陶弘景, 456~536): 남조 양(梁)나라 학자. 자는 통명(通明)이고, 호는 은거(隱居)이며, 단릉말릉(丹陵秣陵) 출생이다. 아버지가 첩에게 살해된 사실로 인하여 일생을 결혼하지 않고 홀로 지냈다. 일찍이 관직을 사퇴하고 구곡산(句曲山), 즉 모산(茅山)에 은거하였고, 유·불·도 삼교(三教)에 능통하였다. 도교 관련 저서로는 《진고(眞誥)》와 《등진은결(登眞隱訣)》, 《진령위업도(眞靈位業圖)》 등이 있고, 문집으로는 《화양도은거집(華陽陶隱居集)》이 있으며, 《본초경집주(本草經集注)》, 《제대연력(帝代年曆)》도 저술하였다.

153 홀로 … 맹세하였다: 이 글은 《시경(詩經)》〈위풍(衛風) 고반장(考槃章)〉의 내용을 인용한 것으로, 세상을 피해 사는 선비들이 번민하지 않는 삶을 읊은 시이다. 원문의 영시물고(永矢勿告)의 '물(勿)' 자는 《시경》에 '불(弗)'로 되어 있다.

580

한야원(寒夜怨)

밤 구름이 피어오르자	夜雲生
밤 기러기도 놀랐는지	夜鴻驚
슬픈 울음소리 밤 심정을 상하게 하네	淒切嘹唳傷夜情
빈산엔 서리만 가득할 뿐 피어나던 안개 사위고	空山霜滿高煙平
곱게 꾸민 얼굴 침울한데 휘장만 밝아	鉛華沈照帳孤明
차가운 달은 희미한데	寒月微
차가운 바람 팽팽하고	寒風緊
시름하던 마음 끊어지자	愁心絕
시름하던 눈물마저 말랐으니	愁淚盡
정든 임을 이루 다 원망할 수 없겠지만	情人不勝怨
그리울 땐 누군들 참을 수가 있겠어요	思來誰能忍

○ 음절이 사(詞)에 가깝다. 공산 이하 7자는 문득 격조가 높다.[音節近詞. 空山七字卻高.]

조경종(曹景宗)[154]

581

광화전 시연에서 경(競)과 병(病)을 운자로 짓다[光華殿侍宴賦競病韻]

경종(景宗)이 위(魏)나라 군사를 격파하고 개선하여 돌아오니, 황제가 광화전(光華殿)에서 연회를 열고 연구(聯句)를 지었다. 경종이 시를 짓기를 청하였는데, 이때 압운을 이미 다 쓰고 오직 경(競)과 병(病) 두 글자만 남아 있었다. 경종이 붓을 잡고 시를 지어 완성하니, 황제가 매우 감탄하고 상을 내렸으며, 조정의 현신들도 여러 날을 감탄하였다.[景宗破魏師凱旋, 帝於光華殿宴飮聯句. 景宗啓求賦詩, 時韻已盡, 惟餘競病二字. 景宗操筆而成, 帝深歎賞, 朝賢驚嗟累日.]

떠날 때는 아이가 슬퍼했는데	去時兒女悲
돌아오자 가고[155]를 다투어 연주하니	歸來笳鼓競

154 조경종(曹景宗): 자는 자진(子震)이다. 신야(新野) 사람으로 양 무제 때 종군(從軍)하여 전공을 세우고 영주자사(郢州刺史)를 역임하였다.

길가는 사람에게 물어보자 借問行路人

곽거병[156]의 처지와 비교하여 어떠한가를 何如霍去病

155 가고(笳鼓): 피리와 북을 이른다.

156 곽거병(霍去病, 기원전 140~기원전 117): 한 무제(漢武帝) 때의 명장으로, 18세 때 시중(侍中)이 되어 위청(衛青)을 따라 흉노 토벌에 큰 공을 세웠다. 정예부대를 이끌고 대군보다 먼저 적진 깊숙이 쳐들어가는 전법으로 한나라 영토 확장에 지대한 공을 세웠다. 그러나 24세로 죽자 무제는 크게 슬퍼하여, 장안(長安) 근교의 무릉(茂陵)에 무덤을 짓되, 일찍이 곽거병이 대승리를 거둔 기련산(祁連山:天山)의 형상을 따게 하여 그의 무공을 기렸다 한다.

서비(徐悱)[157]

582

고의로 시를 지어 장사 도개의 〈낭야성[158]에 올라서〉에 화답하다[古意酬到長史漑登琅琊城]

윤주(潤州) 강녕현(江甯縣) 서북쪽 18리에 있다.[在潤州江甯縣西北十八里.]

감천산[159]은 척후의 봉화로 경계를 삼고	甘泉警烽候
상곡[160]은 누란[161]과 접경인데다	上谷抵樓蘭

157 서비(徐悱, ?~684): 자는 경업(敬業)이며 산동성(山東省) 담성현(郯城縣) 사람으로, 서면(徐勉)의 둘째 아들이다. 태자사인(太子舍人)으로 진출하여 세마(洗馬)를 역임하였고, 상동왕(湘東王)의 친구였으며 진 안왕(晉安王)의 내사(內史)가 되었다.

158 낭야성(瑯琊城): 492.강승의 〈북쪽으로 가서 낭야성에 수자리 살다〉에 화답하다[和江丞北戍瑯琊城] 주 123) 참조.

159 감천산(甘泉山): 섬서성(陝西省) 순화현(淳化縣) 서북쪽에 위치하여 있으며, 둘레가 60리쯤 된다. 일명 석고원(石鼓原)으로도 부르며 속칭으로는 석마령(石磨嶺)이라 한다. 한(漢)나라 때 세운 감천궁(甘泉宮)이 이 산 위에 있다.

이 강물은 넓고 험하다 일컬어 오고	此江稱豁險
이 산은 또다시 이리저리 얽혀 있으니	茲山復鬱盤
안과 밖이 형승을 다하고	表裏窮形勝
띠 두르듯 바위산이 둘러서 있네	襟帶盡巖巒
대숲은 성대하게 산 가득 이어져 있고	修篁壯下屬
높은 망루는 하늘 높이 우뚝 솟아 있어	危樓峻上干
성루에 올라 먼 곳을 바라다 보고	登陴越遐望
머리 돌려 장안을 눈여겨보니	廻首見長安
금구에는 파수와 산수의 물이 모이고	金溝朝灞滻
용도는 원란[162]으로 통하네	甬道入鴛鸞
고운 수레는 화려한 바퀴가 빛나고	鮮車騖華轂
한혈마의 은빛 안장이 도약하는 듯	汗馬躍銀鞍
소년이 장엄한 기상을 짊어졌으니	少年負壯氣
의용에 찬 머리털 솟구쳐 갓을 뚫겠네	耿介立衝冠
연연산의 바위에 새긴 공적[163]을 생각하고	懷紀燕山石
함곡관을 연 환자[164]를 그리워하네	思開函谷丸

160 상곡(上谷): 지명이다. 보정(保定) 역주(易州) 선화(宣化) 및 순천(順天) 하간(河間)의 일부로 모두 그 경계에 있다.

161 누란(樓蘭): 한나라 서역국(西域國) 이름인데, 뒤에 선선(鄯善)으로 고쳤다. 오늘날 신강(新疆) 야강현(婼羌縣)에 나포(羅布)의 옛성이 사막의 모래로 뒤덮여 있는 곳이 바로 이곳이다.

162 원란(鴛鸞): 장안(長安)의 미앙궁(未央宮) 동쪽에 위치한 원앙전(鴛鴦殿)을 이른다.

163 연연산의 … 공적: 두헌(竇憲)이 시중(侍中)이 되어 흉노를 격퇴시키고 연연산(燕然山)에 올라가서 돌을 깎아 자신의 공적을 새겨 놓고 돌아와 대장군이 되었다 한다.

164 함곡관(函谷關) … 환자: 《후한서(後漢書)》 권13 〈외효열전(隗囂列傳)〉에 왕원(王元)이 외효에게

어찌 파상의 유희[165]와 같겠는가	豈如灞上戲
길가는 사람이 보고 웃을까 부끄럽네	羞取路旁觀
제후에 봉해진 자들에게 말하노니	寄言封侯者
운수가 기박[166]함이 진실로 탄식이어라	數奇良可歎

○ 그 당시에 이미 고상한 음향이 되었다.[在爾時已爲高響.]

"청컨대 환자(丸子) 크기의 진흙으로 대왕을 위하여 동쪽으로 가서 함곡관을 봉함하겠습니다. 이는 만세 동안 단 한 번의 기회입니다.[請以一丸泥, 爲大王東封函谷關, 此萬世一時也.]" 하였다.

165 파상(灞上)의 유희: 《사기(史記)》 권57 〈강후주발세가(絳侯周勃世家)〉에, "한 문제가 군사를 위로하기 위하여 주아부(周亞夫)의 세류영(細柳營)에 이르러 감탄하기를, '이 사람은 진정한 장군이다. 지난날 패상(覇上)과 극문(棘門)의 군사는 마치 아이들의 장난과 같았다.[曰嗟乎, 此眞將軍矣. 曩者覇上·棘門, 若兒戲耳.]'라고 하였다." 하였다.

166 운수가 기박: 한나라 이광(李廣)이 운수가 기박하여 제후(諸侯)에 봉해지지 못한 것을 이른다. 문제(文帝)가 이르기를, "애석하게도 이광은 때를 만나지 못하였다. 고제(高帝)의 시기에 살았더라면 만호후(萬戶侯)를 취하는 데에 무슨 어려움이 있었겠는가.[惜乎, 子不遇時, 如令子當高帝時, 萬戶侯豈足道哉.]"라고 하였다.

우희(虞羲)[167]

583

곽장군[168]의 북벌을 노래하다

[詠霍將軍北伐]

깃발을 들고 한나라 장수가 되어	擁旄爲漢將
말을 몰아 장성으로 출정하니	汗馬出長城
장성은 지세가 험준하여	長城地勢險
만리 먼 길 구름과 맞닿아 있네	萬里與雲平
서늘한 가을 팔구월이 되자	涼秋八九月
말 탄 오랑캐가 유주와 병주[169]로 침입해 와서	胡騎入幽幷
비호[170]에는 밝은 해가 저문날 같이 어둑하고	飛狐白日晚

167 우희(虞羲): 자는 자양(子陽) 또는 자광(子光), 회계(會稽) 여요(餘姚) 사람으로 재명(才名)이 있었다.

168 곽장군(霍將軍): 한 무제(漢武帝) 때의 명장 곽거병(霍去病, 기원전 140~기원전 117)을 이른다. 581. 광화전 시연에서 경(競)과 병(病)을 운자로 짓다[光華殿侍宴賦競病韻] 주 156) 참조.

169 유주(幽州)와 병주(幷州): 유주는 하북성(河北省)의 북부에 위치해 있고 병주는 하북성 및 산서성(山西省)의 일대에 걸쳐 있다.

한해[171]에는 수심 어린 구름이 이네	瀚海愁雲生
지원병 요청서[172]는 수시로 단절되고	羽書時斷絶
조두[173]만 밤낮으로 놀라게 할 뿐	刁斗晝夜驚
작은 성에 올라가 보검을 휘두르자	乘墉揮寶劍
해를 가린 높은 깃발이 공중에 펄럭이네	蔽日引高旍
일곱 부대의 병사[174]들이 구름같이 모이고	雲屯七萃士
여섯 고을의 병졸[175]들이 고기떼같이 진을 치니	魚麗六郡兵
호가 소리는 관하의 슬픈 노래를 생각게 하고	胡笳關下思
강인 젓대는 농두수 곡조[176]를 듣는 듯하네	羌笛隴頭鳴
골도[177]는 제 스스로 두려워하고	骨都先自讋
일축[178]도 정신 줄을 놓았다 하네	日逐次亡精

170 비호(飛狐): 하북성(河北省) 내원현(淶源縣) 북쪽에 있는 계곡 이름이다.

171 한해(瀚海): 고비사막[戈壁沙漠] 일대를 이르는 말로, 한해(翰海)로도 쓴다. 당(唐)나라 때에 한해도독부(瀚海都督府)를 두었다.

172 지원병 요청서: 원문의 우서(羽書)는 매우 급히 군사를 징집(徵集)하려 할 때 사용하는 깃털을 붙인 격문을 이른다. 따라서 지원병 요청서로 번역하였다.

173 조두(刁斗): 구리로 만든 한 말 들이의 그릇. 낮에는 밥 짓는 쟁개비로 쓰이고, 밤에는 진중(陣中)의 경계(警戒)를 위해 두드리는 징으로 쓰였다. 또는 소령(小鈴)을 말하기도 한다.

174 일곱 부대의 병사: 주(周)나라 때의 금위군(禁衛軍)을 이른다.

175 여섯 고을의 병졸: 여섯 고을은 농서(隴西), 천수(天水), 안정(安定), 북지(北地), 상군(上郡), 서하(西河)의 각군을 이르며, 이 지역 양가(良家)의 자제들로 말을 잘 타거나 활을 잘 쏘는 사람을 우림(羽林)으로 보임(補任)하였다가 재질과 능력에 따라 관리로 기용하였기 때문에 이곳에서 명장(名將)이 많이 배출되었다.

176 농두수 곡조: 《악부시집(樂府詩集)》의 횡취곡사(橫吹曲辭) 또는 고각횡취곡(鼓角橫吹曲)이라고도 하는데, 원정(遠征)의 고달픔을 노래하였다.

177 골도(骨都): 흉노의 이성(異姓) 대신(大臣)으로, 좌골도(左骨都)와 우골도(右骨都)가 있다.

178 일축(日逐): 흉노 서쪽에 거주하는 왕의 이름이다.

옥문관[179]의 척후를 혁파하고	玉門罷斥堠
저택들을 비로소 수리하고 지었네[180]	甲第始修營
지위가 올라 수많은 창고에 곡식이 쌓이고	位登萬庾積
공을 수립하자 모든 행실 이루어졌네	功立百行成
하늘은 유장하고 땅도 절로 장구하건만[181]	天長地自久
인도는 영화와 쇠락이 있는 터라	人道有虧盈
격초[182]의 음악을 다하기도 전에	未窮激楚樂
높은 누각이 기우는 걸 이미 보았네	已見高臺傾
마땅히 기린각[183] 위에다	當令麟閣上
천년토록 영웅의 이름 전해야 하리	千載有雄名

○ 《한서(漢書)》에, "흉노(匈奴)에게는 골도후(骨都侯)도 있고 일축왕(日逐王)도 있다." 하였다.[漢書, 匈奴, 有骨都侯, 有日逐王.]

179 옥문관(玉門關): 감숙성(甘肅省) 돈황현(敦煌縣) 서쪽 150리쯤에 있으며, 양관(陽關)의 서북쪽에 해당하므로, 옛날 서역(西域)으로 통하는 중요한 길이었다.

180 저택들을 … 지었네: 원문의 갑제(甲第)는 본래 봉후자(封侯者)의 집을 이르는 말로, 《사기(史記)》 〈위장군표기열전(衛將軍驃騎列傳)〉에 "흉노를 물리친 곽거병(霍去病)에게 한 무제(漢武帝)가 집을 지어 주려 하자, 곽거병은 '흉노를 전멸하기 전에는 집안일을 돌보지 않겠습니다.'라고 하였다."는 기록이 있다.

181 하늘은 … 장구하건만: 노자(老子)의 《도덕경(道德經)》 7장에 "하늘과 땅은 장구하다. 하늘과 땅이 영원하고 영구할 수 있는 것은 그들 스스로 낳지 않기 때문이다.[天長地久, 天地所以能長且久者, 以其不自生.]"라고 한 데서 인용하였다.

182 격초(激楚): 울분되고 비통함을 이르는 말. 악곡명이기도 하다.

183 기린각(麒麟閣): 한 무제(漢武帝) 때 지은 것을 선제(宣帝) 때에 이르러 흉노족의 내복(來服)을 기념하여 12공신의 상을 모시고 그 명예를 표창했다는 누각. 12공신은 곽광(霍光)과 장안세(張安世), 한증(韓增), 조윤국(趙允國), 위상(魏相), 병길(丙吉), 두연년(杜延年), 유덕(劉德), 양구하(梁丘賀), 소망지(蕭望之), 소무(蘇武) 등이다.

○ 옹문주(雍門周)가 맹상군(孟嘗君)에게 유세하기를, "천추만세 뒤에는 높은 누대도 이미 기울어지고 깊은 못도 이미 평지가 됩니다." 하였다.[雍門周說孟嘗君曰, "千秋萬歲後, 高臺旣已傾, 曲池又已平."]

○ 가늘고 미약한 습성에 갇힌 바가 되지 않았으니, 그냥 바로 걸작이라 하겠다.[不爲纖靡之習所囿, 居然傑作.]

위경유 처 왕씨(衛敬瑜妻王氏)[184]

584

고연시(孤燕詩)

《남사(南史)》에, "정녀(貞女)가 사는 집에 둥지를 만든 제비가 항상 한 쌍이 날아갔다 날아왔다 하였는데, 뒤에 문득 혼자가 되어 날아왔다. 정녀는 제비가 혼자 서식하는 것에 감동하여 다리에 실을 묶어 주었더니, 이듬해에 이 제비가 다시 왔는데 아직 지난해에 묶었던 실이 그대로 있었다. 정녀가 다시 시를 지어 다음과 같이 읊었다." 하였다.[南史, 貞女所居戶有巢燕, 常雙飛來去, 後忽孤飛. 貞女感其偏棲, 乃以縷繫脚爲誌, 後歲, 此燕更來, 猶帶前縷. 女復爲詩曰.]

지난해에 짝이 없이 가더니만	昔年無偶去
올봄에도 외려 홀로 돌아왔네	今春猶獨歸
옛 임과의 은의를 중히 여겨	故人恩義重
차마 다시 한 쌍 되어 날지 않는 게로다	不忍復雙飛

○ 정결한 말이 온화하고 완곡하게 표출되어 더욱 사람을 감동케 한다.[貞潔語出以和婉, 愈能感人.]

184 위경유 처 왕씨: 그의 이름은 왕옥경(王玉京)이며, 16세에 남편이 죽자 귀를 잘라서 개가하지 않을 것을 맹세한 바 있어 절이(截耳)라는 문자의 주인공으로 알려져 있다.

악부가사(樂府歌辭)

585

기유가(企喻歌)[185] 3수(首)

이하는 횡취곡이니, 바로 북방의 가락이다.[以下橫吹曲, 乃北音也.]

【1수】

사내가 용감한 사람이 되고 싶어 한다면	男兒欲作健
굳이 많은 친구를 사귈 필요가 없네	結伴不須多
새매가 하늘을 가로질러 날면	鷂子經天飛
뭇 새는 좌우로 흩어지며 숨나니[186]	羣雀兩向波

185 기유가(企喻歌): 《악부시집(樂府詩集)》 권25 〈횡취곡사(橫吹曲辭)〉에 수록되어 있는 양고각황취곡(梁鼓角橫吹曲) 중의 하나이다. 고각황취곡(鼓角橫吹曲)은 북방 민족이 말 위에서 북과 나팔 위주로 연주하던 군악곡인데, 제나라와 양나라에서 후에 받아들였다. 이 글은 기유가사(企喻歌辭) 4곡 중에 제2곡을 제외하고 세 곡을 한데 묶어 옮겨 온 것이다.

186 좌우로 … 숨나니: 여관영(余冠英)의 《악부시선(樂府詩選)》에는 원문의 파(波) 자를 파(播) 자의 의미로 보아 흩어져 도망간다는 뜻으로 풀었다.

【 2수 】

앞줄에서 뒷줄을 보니 前行看後行
나란히 철갑옷을 입었고 齊著鐵裲襠
앞 병사가 뒤 병사를 보니 前頭看後頭
나란히 철투구를 썼네 齊著鐵鉦鉾

【 3수 】

사내란 가련한 존재인가 男兒可憐蟲
문을 나서면 죽음에 대한 걱정뿐이니 出門懷死憂
깊은 골짜기에 시신이 버려져도 尸喪狹谷中
백골을 거두어 주는 이 아무도 없네 白骨無人收

○ 동포와 동택[187]의 기풍이 있다.[有同袍同澤之風.]

187 동포(同袍)와 동택(同澤): 《시경(詩經)》〈무의(無衣)〉에, "어찌 옷이 없어 그대와 솜옷을 함께 입으리오.[豈曰無衣, 與子同袍.]" 하였으며, "어찌 옷이 없어 그대와 속옷을 함께 입으리오.[豈曰無衣, 與子同澤.]" 하였다. 진(秦)나라 풍습이 강하고 사나워 전투를 좋아하여 서로를 위하여 죽을 뜻이 있음을 강조한 내용을 담고 있다.

586

유주마객음가사(幽州馬客吟歌辭)[188]

빠른 말은 야위어서 늘 고달프고	快馬常苦瘦
날랜 사내는 가난하여 항시 고달프지	勦兒常苦貧
잘 익은 곡식이 야윈 말을 살지게 하듯	黃禾起羸馬
돈 있어야 사람 노릇 할 수 있다네	有錢始作人

188 유주마객음가사(幽州馬客吟歌辭): 《악부시집(樂府詩集)》 권25 〈횡취곡사(橫吹曲辭)〉에 수록되어 있는 유주마객음가사(幽州馬客吟歌辭) 5곡 중에 첫 번째 작품이다.

587

낭야왕가사(瑯琊王歌辭)[189] 3수(首)

【1수】

다섯 자 긴 칼을 새로 사다가　新買五尺刀
가운데 기둥에다 걸어 두고서　懸著中梁柱
하루에 서너 번씩 어루만지며　一日三摩挲
열다섯 살 소녀보다 더 아낀다네　劇于十五女

【2수】

나그네는 늘 주인을 의지하는 터라　客行依主人
강한 주인 만나기를 바라고　願得主人彊
맹호는 깊은 산속에서 살기 때문에　猛虎依深山
송백이 크게 자라기를 바란다네　願得松柏長

○ 정의가 앞에 있고 비유하는 뜻은 뒤에 있다. 옛 사람들이 이따금씩 이런 기법을 썼다.[正意在前, 喻意在後. 古人往往有之.]

189 낭야왕가사(琅琊王歌辭): 《악부시집(樂府詩集)》 권25 〈횡취곡사(橫吹曲辭)〉에 수록되어 있는 낭야왕가사(琅琊王歌辭) 8곡 중에 제1곡과 끝부분 제7곡과 제8곡의 내용이다.

【3수】

사나운 말이 갈기를 높이 쳐드니 懀馬高纏鬃
멀리서 봐도 그 모습 용과 같네 遙知身是龍
누가 이 말을 탈 수 있을까 誰能騎此馬
오직 광평공이 있을 뿐이네 惟有廣平公

○ 《진서(晉書)》에 보니, "광평공은 요필(姚弼)인데 요흥(興)의 아들이며, 요홍(泓)의 아우이다." 하였다.[按晉書, 廣平公, 姚弼興之子, 泓之弟也.]

588

거록공주가사(鉅鹿公主歌辭)[190]

황제가 출유할 땐 큰북 소리 우레 같고	官家出遊雷大鼓
하급관리 독거 탈 땐 수레 뒷문 열고 타네	細乘犢車開後戶
수레 앞에 나온 여인 나이 십오세	車前女子年十五
손으론 비파 타고 옥절 잡고 춤을 추네	手彈琵琶玉節舞
거록공주는 사랑받는 여인이 되고	鉅鹿公主殷照女
황제폐하는 만 가지 일의 주인이라오	皇帝陛下萬幾主

190 거록공주가사(鉅鹿公主歌辭): 《악부시집(樂府詩集)》 권25 〈횡취곡사(橫吹曲辭)〉에 수록되어 있는 거록공주가사(鉅鹿公主歌辭) 2구로 된 3수를 한데 묶어 옮겨온 것이다.

589

농두가사(隴頭歌辭)[191] 2수(首)

【1수】

아침에 흔성[192]을 떠나　朝發欣城
저녁에 농두에서 투숙하니　暮宿隴頭
추위가 말도 못 할 지경이어서　寒不能語
혀가 목구멍으로 말려드네　舌卷入喉

○ 기이한 말이다.[奇語.]

【2수】

농두에서 흐르는 물이　隴頭流水
우는 소리 목이 메인 듯　鳴聲幽咽
멀리 진천을 바라보니　遙望秦川
애간장이 끊어지는 듯　心腸斷絕

○ 이 장은 한나라 가사와 같다.[此章同漢辭.]

191 농두가사(隴頭歌辭): 《악부시집(樂府詩集)》 권25 〈횡취곡사(橫吹曲辭)〉에 수록되어 있는 농두가사(隴頭歌辭) 3곡 중 제1곡을 제외한 나머지 두 곡의 내용이다.
192 흔성(欣城): 지명이라고 하나, 위치가 정확하지 않다.

590

절양유가사(折楊柳歌辭)[193] 3수(首)

【1수】

말에 올라 채찍을 잡지 않고　上馬不捉鞭
도리어 수양버들을 꺾더니만　反折楊柳枝
걸터앉아 긴 젓대를 부니　蹀坐吹長笛
나그네는 시름에 잠겨 애가 끊기네　愁殺行客兒

【2수】

저 멀리 맹진하[194]를 쳐다보니　遙看孟津河
울창한 수양버들 한들거리네　楊柳鬱婆娑
나는 노가의 자식이라서　我是擄家兒
한족 아이 노래를 알아듣지 못하네　不解漢兒歌

193 절양유가사(折楊柳歌辭): 《악부시집(樂府詩集)》 권25 〈횡취곡사(橫吹曲辭)〉에 수록되어 있는 절양유가사(折楊柳歌辭) 5곡 중에 첫 번째 곡과 끝부분 4번째와 5번째 곡의 내용이다.

194 맹진하(孟津河): 하남성(河南省) 맹현(孟縣) 남쪽에 위치해 있으며 오늘날 하양도(河陽渡)라고 부르는 곳이다.

【 3수 】

건장한 사내는 빠른 말을 기다리고	健兒須快馬
빠른 말은 건장한 사내를 기다리나	快馬須健兒
거친 사막을 달려 보아야만	跳跋黃塵下
그런 연후에 자웅을 구별할 수 있네	然後別雄雌

591

목란시(木蘭詩)[195]

찰칵찰칵 베 짜는 소리	唧唧復唧唧
목란이 방에서 베를 짜더니	木蘭當戶織
베 짜는 소리 들리지 않고	不聞機杼聲
그녀의 탄식소리만 들리네	惟聞女歎息
누구를 그리워하는지	問女何所思
누구를 회상하는지 물으니	問女何所憶
그녀는 그리워하는 이도	女亦無所思
회상하는 일도 없다 하네	女亦無所憶
간밤에 군첩[196]을 보았는데	昨夜見軍帖
가한[197]이 군사를 대거 모집한다 하고	可汗大點兵
문서가 열두 권인데	軍書十二卷
아버지 명단이 적혀 있네	卷卷有爺名
아버지는 큰 아들이 없고	阿爺無大兒
목란은 큰 오빠가 없으니	木蘭無長兄

---

195 목란시(木蘭詩): 《악부시집(樂府詩集)》 권25 〈횡취곡사(橫吹曲辭)〉에 수록되어 있는 목란시(木蘭詩) 2수 중에 첫 번째 작품이다.

196 군첩(軍帖): 징병 문서를 이른다.

197 가한(可汗): 왕을 뜻하는 몽고어(蒙古語)로, 'khaghan'에서 나와 'khaan', 'khan', 즉 칸이라고 불리게 되었다.

시장에서 말과 안장을 사서	願爲市鞍馬
아버지 대신 출정을 하려 해요	從此替爺征
동쪽 시장에서 준마를 사고	東市買駿馬
서쪽 시장에서 안장을 사고	西市買鞍韉
남쪽 시장에서 고삐를 사고	南市買轡頭
북쪽 시장에서 긴 채찍을 샀지요	北市買長鞭
아침에 부모님께 하직인사 올리고	朝辭爺孃去
저녁에 황하 근처에서 묵으니	暮宿黃河邊
부모가 딸 부르는 소리는 들리지 않고	不聞爺孃喚女聲
철썩철썩 파도소리만 들릴 뿐이네	但聞黃河流水鳴濺濺
이튿날 아침에 황하를 떠나가서	旦辭黃河去
저녁에 흑수 입구에 당도하니	暮至黑水頭
부모가 딸 부르는 소리는 들리지 않고	不聞爺孃喚女聲
연산 오랑캐의 말 울음소리만 들릴 뿐이네	但聞燕山胡騎聲啾啾
수만 리 전쟁터를 달리고	萬里赴戎機
관산을 비호같이 넘나들 때에	關山度若飛
삭풍 속에 들리는 군호소리	朔氣傳金柝
찬 달빛은 갑옷을 비추네	寒光照鐵衣
장군은 수많은 전투 끝에 전사했으나	將軍百戰死
용감한 병사 되어 십년 만에 돌아왔네	壯士十年歸
돌아와서 천자를 알현하니	歸來見天子
천자는 명당[198]에 앉아 계시며	天子坐明堂

책훈은 최고 등급으로 하사하시고	策勳十二轉
수백수천의 상금을 내리셨네	賞賜百千彊
가한이 원하는 게 뭐냐고 묻자	可汗問所欲
목란은 상서랑 벼슬도 필요 없으니	木蘭不用尙書郎
천리마를 타고 달려가	願馳千里足
고향으로 돌아가게 해 달라고 했네	送兒還故鄉
부모님은 딸이 온다는 소식을 듣고	爺孃聞女來
서로 부축하고 성곽까지 나오셨네	出郭相扶將
언니는 동생이 온다는 소식을 듣고	阿姊聞妹來
문 앞에서 붉게 단장을 하고	當戶理紅妝
남동생은 누이 온다는 소식을 듣고	小弟聞姊來
칼을 쓱쓱 갈아 돼지와 양을 잡네	磨刀霍霍向豬羊
집에 와서 동쪽 창문을 열고	開我東閣門
서쪽 침상에 앉아 보며	坐我西間牀
전투복 저고리를 벗어 두고	脫我戰時袍
옛날 입던 치마로 갈아입고서	著我舊時裳
창가에서 구름 같은 머리 손질하고	當窗理雲鬢
거울 보며 곱게 화장을 했네	對鏡帖花黃
문을 나가 동료[199]들을 보니	出門看火伴

198 명당(明堂): 천자의 집무처이기도 하며, 주로 제사를 지내거나 제후의 조회를 받거나 학문을 가르치는 등 중요 행사를 하던 장소이다.

199 동료: 원문의 화반(火伴)은 한솥밥을 지어먹는 동료로, 고대 병제에서 같은 조에 있는 10명

동료들이 모두 놀라 당황하며	火伴皆驚惶
함께 십이 년을 지냈으나	同行十二年
목란이 여자인 줄 몰랐다 하네	不知木蘭是女郎
수토끼는 다리를 깡충거리며 뛰고	雄兔腳撲朔
암토끼는 붉은 눈이 흐릿하건만	雌兔眼迷離
두 마리가 함께 나란히 달리면	兩兎傍地走
어찌 암수를 분간할 수 있겠는가	安能辨我是雄雌

○ "동생은 언니가 온다는 소식을 듣고"로 되어 있기도 하다.[一作阿妹聞姊來.]

○ 그 일도 기이하고 시도 기이하다. 기력이 없을 때 이 시를 얻으니, 마치 봉황이 울고 경사스런 구름이 나타난 것 같아 그 때문에 매우 유쾌해졌다.[事奇詩奇. 卑靡時得此, 如鳳皇鳴 慶雲見, 爲之快絶.]

○ 당인(唐人) 위원보(韋元甫)가 의작(擬作)한 〈목란시(木蘭詩)〉 1편(篇)이 있는데, 후인들이 이 시까지 아울러 위원보가 지은 것이라고 하는 것은 잘못이다. 위원보는 중당(中唐)시기 사람이기 때문이다. 두소능(杜少陵)의 〈초당(草堂)〉 1편(篇)은 뒤의 절반은 전적으로 이 시의 장법(章法)을 쓰고 있으므로 단연코 양인(梁人)이 지은 것으로 보는 것이 타당하다.[唐人韋元甫有擬木蘭詩一篇, 後人幷以此篇爲韋作, 非也. 韋係中唐人. 杜少陵草堂一篇, 後半全用此詩章法矣, 斷以梁人作爲允.]

의 군사를 일컫는 말이다.

592

착닉가(捉搦歌)[200] 2수(首)

【1수】

화음산[201] 꼭대기에 백 발 되는 우물은 華陰山頭百丈井
그 아래로 흐르는 물 뼛속까지 시리다는데 下有流水徹骨冷
어여쁜 여인 자기 모습 비춰보지만 可憐女子能照影
나머지는 보이지 않고 비스듬한 옷깃만 보이네 不見其餘見斜領

【2수】

뽕나무 나막신과 부들 짚신은 黃桑柘屐蒲子履
가운데 끈이 있어 양쪽을 묶어야 하듯이 中央有絲兩頭繫
어릴 땐 부모를 연모하고 자라선 남편을 사랑하니 小時憐母大憐壻
어찌 일찍 시집보내 가계를 꾸리게 하지 않는가 何不早嫁論家計

고시원(古詩源) 권13 끝

200 착닉가(捉搦歌): 《악부시집(樂府詩集)》 권25 〈횡취곡사(橫吹曲辭)〉에 수록되어 있는 착닉가(捉搦歌) 4곡 중에 1곡과 2곡을 제외하고 3곡과 4곡을 옮겨왔다.

201 화음산(華陰山): 섬서성(陝西省) 화음현(華陰縣) 남쪽에 위치한 산으로 태화산(太華山)으로도 부른다.

고시원
古詩源

권14

진시 陳詩

渡青草湖
關山月
留贈山中隱士
閨怨篇
使出關
昭君詞
長安聽百舌
入攝山棲霞寺

음갱(陰鏗)[1]

593

청초호[2]를 건너다[渡青草湖]

유신의 시라고도 한다.[亦作庾信詩.]

동정호에 봄물 불어 가득해진 뒤	洞庭春溜滿
질펀한 물결 위를 비단 돛 펼쳐 가니	平湖錦帆張
원수[3]가엔 복사꽃이 한껏 피어 있고	沅水桃花色
상강[4]에도 두약[5]이 향기롭네	湘流杜若香

1 음갱(陰鏗, 511~563): 자는 자견(子堅)이며 감숙성(甘肅省) 사람이다. 오언시(五言詩)에 능하여 당시에 인정을 받았으며 진릉태수(晉陵太守)와 원외산기상시(員外散騎常侍)를 역임하였다.

2 청초호(青草湖): 호남성(湖南省) 악양현(岳陽縣) 서남쪽에 있다.

3 원수(沅水): 장강(長江) 지류의 하나로, 도연명(陶淵明)의 〈도화원기(桃花源記)〉의 배경이 된 무릉군(武陵郡)을 관통하는 강물이다.

4 상강(湘江): 동정호(洞庭湖)의 남쪽으로 흘러드는 상수(湘水)를 이른다.

우혈(禹穴)을 떠나와서 모산[6]이 가깝고	穴去茅山近
장강(長江)이 이어져서 무협[7]은 긴데	江連巫峽長
하늘 두른 높푸른 색 맑게 떠 있고	帶天澄迥碧
햇살 비춰 반사된 빛이 일렁거리며	映日動浮光
가는 배는 먼데 나무 끝에 머물러 있고	行舟逗遠樹
물 건너는 새 높은 돛 위서 쉬고 있다만	度鳥息危檣
도도히 흐르는 측량 못 할 이 호수 위를	滔滔不可測
돛단배 하나로 어찌 항해할 수 있겠느뇨	一葦詎能航

---

5 두약(杜若): 499.자의(諮議) 소연(蕭衍)과 서상(西上)에서 밤에 모이다[蕭諮議西上夜集] 주 141) 참조.

6 모산(茅山): 강소성(江蘇省) 구용현(句容縣)에 있는 산. 일명 구곡산(句曲山). 한(漢)나라 모영(茅盈), 모고(茅固), 모충(茅衷) 삼 형제가 이 산의 화양동(華陽洞)에서 도를 닦아 신선이 되었다고 한다.

7 무협(巫峽): 촉(蜀)지방 삼협(三峽)의 하나인 호북성(湖北省)에 위치한 무산협(巫山峽)을 이른다.

594

광릉[8] 언덕에서 북쪽 사신을 전송하다

[廣陵岸送北使]

길 떠나는 이는 가는 깃발을 챙겨 들고	行人引去節
전송하는 이는 돌아가는 배를 채비하니	送客艤歸艫
여기가 바로 파도 보던 그곳[9]이었는데	即是觀濤處
이제는 교외의 증별하는 거리가 되었네	仍爲郊贈衢
모래톱엔 물결 이미 잔잔해졌고	汀洲浪已息
한강[10]은 길이 굽지 않았는데	邗江路不紆
역정(驛亭)에선 구유 등진 말이 울고	亭嘶背櫪馬
뱃전에는 바람 향한 새[風烏][11]가 구르네	檣轉向風烏
바다 위엔 봄 구름이 섞이어 있고	海上春雲雜
하늘가엔 저녁 돛배 홀로 가는데	天際晩帆孤
떠나는 배로 가랑비[12]를 마주하다가	離舟對零雨

8 광릉(廣陵): 강소성(江蘇省) 강도현(江都縣)에 위치한 군(郡)의 이름이다.

9 파도 보던 그곳: 한(漢)나라 매승(枚乘)의 〈칠발(七發)〉에 '광릉(廣陵)의 곡강(曲江)에서 파도를 본다'는 내용이 있다.

10 한강(邗江): 물 이름. 중국 강소성(江蘇省)의 양주시(揚州市)에서 회안시(淮安市)를 거쳐 회수(淮水)로 흘러드는 운하. 한구(邗溝) 또는 한명구(邗溟溝)라고도 한다.

11 바람 향한 새[風烏]: 풍신기(風信器)의 일종으로 바람을 측량하는 도구를 이른다.

12 가랑비: 원문의 영우(零雨)는 《시경(詩經)》〈빈풍(豳風) 동산(東山)〉에 "내가 동산에 가서 오랫동안 돌아오지 못했네, 내가 동쪽에서 돌아올 때 가랑비가 부슬부슬 내렸네.[我徂東山, 慆慆不

작별하는 물가에서 나는 오리 바라보니	別渚望飛鳧
정녕 알겠구려 눈물을 흘릴 이가	定知能下淚
다만 양주[13] 한 사람만이 아니라는 걸	非但一楊朱

歸. 我來自東, 零雨其濛.]"라고 하였다.

13 양주(楊朱): 전국시대 위나라 사람으로, 자는 자거(子居)이다. 그는 길을 가다가 갈림길이 나오면 길을 잘못 왔음을 알고 울었다고 한다. 그리하여 양주읍기(楊朱泣岐) 또는 양주루(楊朱淚)라는 고사를 탄생시켰다. 주로 세상살이의 기구함을 슬퍼하거나 석별의 슬픔을 표현할 때 쓰이곤 한다. 《순자(荀子)》 〈왕패(王霸)〉에 보인다.

595

강나루에서 유광록[14]을 전송하려 했으나 때에 미치지 못하다

[江津送劉光祿不及]

우두커니 보낸 물가 마주하고서	依然臨送渚
강나루에 다가가서 바라보자니	長望倚河津
북소리는 귓가에서 끊겨 버렸고	鼓聲隨聽絕
돛의 기세 저 구름과 이웃해 있네	帆勢與雲鄰
배 댔던 곳 하릴없이 새만 남았고	泊處空餘鳥
역정(驛亭)에는 사람 이미 흩어졌으며	離亭已散人
숲이 차니 마침 잎은 져서 날리고	林寒正下葉
해 저물자 낚싯줄을 거두려 하네	釣晚欲收綸
어찌하여 서로 멀리 헤어져서는	如何相背遠
강한[15]과 성인[16]에서 지내게 되었는가	江漢與城闉

14 유광록(劉光祿): 광록대부(光祿大夫)를 지낸 유유(劉孺)를 이르는데, 자는 효치(孝稚)이며 팽성(彭城) 사람이다. 제사(祭祀)와 궁전(宮殿)에 관한 일을 관장하는 대부의 관직을 맡았다.

15 강한(江漢): 장강(長江)과 한수(漢水)가 합류하는 지역을 이른다.

16 성인(城闉): 성문 밖의 축대를 쌓은 곳을 이른다.

596

부랑[17]의 〈세밑에 상주[18]로 돌아가다〉에 화답하다[和傅郎歲暮還湘州]

아득히 한 해가 또 저물려 하는데	蒼茫歲欲晚
힘겹게도 길손은 막 떠나려 하네	辛苦客方行
큰 강이라 고요해도 물결이 이니	大江靜猶浪
조각배로 장차 홀로 떠나야 하네	扁舟獨且征
해당화도 시들어서 잎은 다 지고	棠枯絳葉盡
갈대는 얼어 흰 꽃 헐거워졌으며	蘆凍白花輕
수비병은 추워 망을 보지도 않고	戍人寒不望
물새는 멀리 날아 놀라지도 않네	沙禽迥未驚
상강의 물은 깊기도 하고 얕기도 하거니와	湘波各深淺
공연히 돌아갈 생각하니 슬퍼지네	空軫念歸情

17 부랑(傅郎): 진(陳)나라의 중서통사사인(中書通事舍人)을 지낸 부재(傅縡)를 말하며 영주(靈州) 사람으로, 양(梁)나라 말에 왕림(王琳)의 기실(記室)을 지내다가 진나라에 들어가서 비서감(秘書監) 우위장군(右衛將軍) 등 여러 벼슬을 역임하였다.

18 상주(湘州): 동정호의 남쪽 장사(長沙)의 지역에 있다.

597

개선사[19]에서[開善寺]

취령[20]에는 봄볕이 고루 펼쳐지고 鷲嶺春光遍
왕성[21] 앞은 들판 시야 툭 트여서 王城野望通
노닐자니 이 정취는 한계가 없고 登臨情不極
한적하여 흥취 또한 끝이 없는데 蕭散趣無窮
꾀꼬리는 집 앞 나무 따라 날아들고 鶯隨入戶樹
꽃잎은 산바람을 좇아 날아내리네 花逐下山風
기둥 안엔 돌아오는 구름조차 희고 棟裏歸雲白
창밖에는 석양빛이 붉기도 한데 牕外落暉紅
오래된 돌 언제부터 누웠던 거며 古石何年臥
고목나무 몇 해 봄을 그냥 보냈나 枯樹幾春空
머물고 싶어도 예전엔 그러질 못했는데 淹留昔未及
계수나무 아직도 꽃 숲에 그대로 있네 幽桂在芳叢

○ 시가 진(陳)나라에 이르러서 자구(字句)를 조탁(彫琢)하는 데 오로지 공을 들였기 때문에 고

19 개선사(開善寺): 중국 남경(南京) 종산(鍾山) 독룡부(獨龍阜) 위에 있던 절. 양 무제(梁武帝) 천감(天監) 연간에 세워졌다고 한다.

20 취령(鷲嶺): 인도(印度)의 영취산(靈鷲山)을 이르는 말로, 전하여 불교 사원을 뜻하기도 한다. 여기서는 개선사(開善寺) 또는 개선사가 있는 산을 이른다.

21 왕성(王城): 인도의 마게타국(摩揭陀國)의 수도인 왕사성(王舍城)을 이르는 말로, 영취산의 서남쪽에 있으며 석가모니가 수행했던 죽림정사(竹林精舍)가 이곳에 있다.

시(古詩)의 일맥(一脈)이 끊어졌다. 두소능(杜少陵)의 절구(絶句)에 "음갱(陰鏗)과 하손(何遜)이 시 짓는데 고심함을 배워 보련다.[頗學陰何苦用心.]"[22]라고 하였고, 또 이태백(李太白)에게 지어 준 시에 "이후(李侯)가 좋은 시구(詩句) 지어 낼 때면, 이따금씩 음갱(陰鏗)과 흡사하구려.[李侯有佳句, 往往似陰鏗.]"[23]라고 하였다. 이는 다만 그 시구를 감상한 것이지, 그 풍격을 취한 것은 아니다.[詩至於陳, 專工琢句, 古詩一綫絶矣. 少陵絶句云, 頗學陰何苦用心, 又贈太白云, 李侯有佳句, 往往似陰鏗. 此特賞其句, 非取其格也.]

22 음갱(陰鏗) … 보련다: 〈해민(解悶)〉의 마지막 구이다.

23 이후(李侯)가 … 흡사하구려: 〈여이십이백동심범십은거(與李十二白同尋範十隱居)〉의 첫 번째 연이다.

서릉(徐陵)[24]

598

계(薊)의 북문을 나서다[出自薊北門行][25]

계의 북문에서 하릴없이 멀리 바라다보니　薊北聊長望
황혼 속에 내 맘만 홀로 시름겹구나　黃昏心獨愁
연산[26]은 옛 절을 마주해 있고　燕山對古刹
대군[27]은 성루에 숨어 있는데　代郡隱城樓
싸움 잦아 다리는 늘 끊어져 있고　屢戰橋恆斷

24 서릉(徐陵, 507~583): 자는 효목(孝穆) 산동성(山東省) 사람으로, 양나라에서 벼슬하였고 아버지 서리(徐摛)와 함께 문명이 높았으며, 유견오(庾肩吾)·유신(庾信) 부자와 같이 서유(徐庾)로 전한다. 뒤에 진(陳)나라에서 광록대부(光祿大夫)와 태자소부(太子少傅)를 역임하였다. 《옥대신영(玉臺新詠)》의 편저자(編著者)이기도 하다.

25 계(薊)의 북문을 나서다[出自薊北門行]: 계(薊)는 오늘날 북경(北京) 지역을 이른다. 《악부시집(樂府詩集)》 권61 〈잡곡가사(雜曲歌辭)〉에 속하는 곡조의 하나이다. 대개 행군(行軍)과 정벌(征伐)의 일을 노래하였다. 포조(鮑照)·유신(庾信)·이백(李白) 등의 작품이 대표적이다.

26 연산(燕山): 하북성(河北省) 북부의 산맥을 이른다. 서쪽 팔달령(八達嶺)에서 시작하여 동쪽 산해관(山海關)까지 이어진다.

27 대군(代郡) : 하북성(河北省) 서북부와 산서성(山西省) 동북부 일대에 걸쳐 있는 산을 말한다.

빙기(氷期) 길어 해자는 흐르지 않네	長冰塹不流
하늘에 뜬 구름 모양 진형(陣形)과 같고	天雲如地陣
한족 달이 되놈 가을 띠고 있으니	漢月帶胡秋
흙을 개어 함곡관[28]을 발라 봉하고	潰土泥函谷
줄을 꼬아 양주 적을 결박해 보라	挼繩縛涼州
내 평생에 연함호두[29] 상을 지녔으니	平生燕頷相
기어이 내 스스로 제후에 봉해지리라	會自得封侯

○ 절묘한 시구이다.[巧句.]

28 함곡관(函谷關): 후한(後漢)시대 외효(隗囂)가 천수군(天水郡)을 할거하여 왕을 참칭하였을 때 그의 휘하 장수 왕원(王元)이 "왕을 위해 진흙덩이 하나로 함곡관 동쪽을 발라서 봉하겠습니다."라고 한 고사를 인용하였다. 이는 함곡관을 수비에 용이하도록 하겠다는 뜻이며, 이 고사는 '함곡환(函谷丸)', '환니봉함관(丸泥封函關)' 등의 성어로 쓰였다. 582.고의로 시를 지어 장사 도개의 〈낭야성에 올라서〉에 화답하다[古意酬到長史漑登琅琊城] 주 164) 참조.

29 연함호두(燕頷虎頭): 제비같은 턱과 범의 머리라는 말로, 봉후(封侯)가 될 관상이라는 뜻이다. 후한(後漢)의 장군 반초(班超)의 얼굴 생김새를 두고 공을 세워 만호후(萬戶侯)에 봉해질 상이라며 관상가가 했던 말이다. 《후한서(後漢書)》 〈반량열전(班梁列傳)〉에 보인다.

599

모영가(毛永嘉)[30]와 작별하다

[別毛永嘉]

그대 그곳 풍속 규범 가다듬은 뒤	願子厲風規
돌아올 땐 위의(威儀)를 떨치게나	歸來振羽儀
아아! 나는 이제 늙고 병든 몸이라	嗟余今老病
이번 작별이 어쩌면 영영 이별되겠네	此別空長離
백마 타고 그대 와서 곡을 해 본들[31]	白馬君來哭
황천에서 내가 어찌 알 수 있겠나	黃泉我詎知
부질없이 그대 애써 보검을 벗어	徒勞脫寶劍
언덕 위 나뭇가지에 걸게 하겠네[32]	空掛隴頭枝

30 모영가(毛永嘉): 남조(南朝) 진(陳)나라 모희(毛喜, 516~587)로, 자(字)는 백무(伯武)이다. 군주가 그를 직권이 막강한 복야(僕射)로 임명하려 했다가 사마신(司馬申)의 발언으로 중지하고, 결국 군주의 미움을 받아 영가(永嘉)의 내사(內史)로 좌천되었다. 《자치통감(資治通鑑)》 권195 〈진기(陳紀) 9〉에 보인다.

31 백마(白馬) … 해 본들: 백마와 흰 수레는 상을 당한 사람의 차림새다. 후한(後漢)의 범식(范式)은 장소(張劭)와 친밀하게 지냈는데, 장소가 죽자 범식이 소식을 듣고 달려왔으나 이미 발인(發靷)을 한 뒤였다. 장지(葬地)에서 하관(下棺)하려 하였으나 관이 움직이지 않다가 범식이 흰 수레와 백마를 타고서 곡을 하며 오자, 관이 움직였다고 한다. 《후한서(後漢書)》 〈범식전(范式傳)〉에 보인다.

32 부질없이 … 하겠네: 춘추시대에 오(吳)나라 계찰(季札)이 노(魯)나라로 사신을 가다가 서(徐)나라를 들렀다. 서나라 임금이 계찰의 보검을 좋아하되 차마 달라는 말을 하지 못하였는데, 계찰은 마음속으로는 주려고 하였으나 사신을 가는 중이었으므로 돌아오면서 주기로

○ 달관한 듯하면서도 더욱 슬퍼지니, 이런 시는 《효목집(孝穆集)》 중에서 많이 얻기는 쉽지 않다.[似達愈悲, 孝穆集中, 不易多得.]

결심하였다. 하지만 돌아왔을 때는 서나라 임금이 죽은 뒤였다. 계찰은 그의 무덤가 나무에 보검을 걸어 두고 갔다. 이 고사는 뒷날 '괘검(挂劍)'이라고 불리며 '죽은 벗을 기억함' 또는 '죽은 벗과의 신의를 지킴'과 같은 의미로 쓰였다. 《사기(史記)》 〈오태백세가(吳太伯世家)〉에 보인다.

600

관산월(關山月)[33]

십오야 밝은 달이 관산 위에 떠오르니	關山三五夜
나그네가 마침 진천[34]을 떠올려 보네	客子憶秦川
임 그리는 아낙은 높은 다락에 올라	思婦高樓上
아마도 창에 기대어 잠 못 이룰 텐데	當牕應未眠
삼기성(參旗星)은 소륵[35] 땅을 비추어 주고	星旗映疏勒
군진(軍陣)은 기련산[36]에 올라 있구나	雲陣上祁連
지금 전운(戰雲) 감도는 것 이와 같으니	戰氣今如此
종군은 또 몇 년이나 더 해야 하나	從軍復幾年

33 관산월(關山月): 《악부시집(樂府詩集)》 권23 〈횡취곡사(橫吹曲辭)〉의 한횡취곡(漢橫吹曲)에 실려 있으며, 변방에 있는 병사가 고향을 그리워하는 내용으로 되어 있다. 《악부시집》에는 뒤에 있는 장정견(張正見)의 611.관산월(關山月) 바로 뒤에 수록되어 있다.

34 진천(秦川): 관중(關中) 함곡관(函谷關) 중앙에 있는 지역, 장안 부근이다.

35 소륵(疏勒): 한(漢)나라 때 서역(西域)의 나라 이름. 현재 중국 신장 위구르자치구 서쪽에 있는 카슈가르(Kashgar)이다.

36 기련산(祁連山): 감숙성(甘肅省)과 청해성(青海省)에 걸쳐 있는 산이다. 신장 위구르자치구 경내의 천산(天山)을 가리킨다.

주홍양(周弘讓)[37]

601

산중 은사에게 남겨 주다[留贈山中隱士]

가고 가서 이름난 산 찾아다니며	行行訪名嶽
가는 곳마다 반드시 머무르다가	處處必留連
마침내 한 암자에 이르고 보니	遂至一巖裏
떨기나무 하늘까지 솟아 있는데	灌木上參天
문득 보니 띠로 지붕 이은 집에서	忽見茅茨屋
모락모락 인가 연기 피어오르네	曖曖有人煙
한 사람은 문을 열고 밖에 나오고	一士開門出
한 사람은 나를 불러 오게 하고서	一士呼我前
서로 보고 성명 얘기 하지 않으니	相看不道姓
은사인지 신선인지 어찌 알겠나	焉知隱與僊

○ 맑고도 진실하여[清眞] 마치 도연명(陶淵明) 시의 한 갈래와 같으니, 진(陳)·수(隋) 시기에는 이런 시를 얻기란 대단히 어렵다.[清眞似陶詩一派, 陳隋時得之大難.]

37 주홍양(周弘讓): 구곡(句曲)의 모산(茅山)에 은거하였으며 만년(晚年)에 후경(侯景)의 중서시랑(中書侍郎)이 되고 천가(天嘉) 중에 태상경 광록대부(太常卿光祿大夫)를 역임하였다. 주홍정(周弘正)의 아우이므로 상례(常例)로 보아 형보다 앞에 놓인 것은 편집상의 오류인 듯하다.

주홍정(周弘正)[38]

602

초당으로 돌아와 처사인 아우를 찾다

[還草堂尋處士弟]

네 계절이 휘리릭 흘러가 버리니	四時易荏苒
백년 인생이 어느덧 반이 되었네	百齡倏將半
고로들은 대부분 세상을 떠나고	故老多零落
산승들도 모두가 다 흩어졌으며	山僧盡凋散
묵은 나무 거꾸러져 등걸 되었고	宿樹倒爲査
옛 냇물은 줄어들어 기슭 됐는데	舊水侵成岸
호젓한 정취 찾아 아우를 따라서	幽尋屬令弟
전과 같이 옛집으로 돌아와 보니	依然歸舊館
물색을 느껴 절로 상심 많은데	感物自多傷
거기다가 봄 꾀꼬리 울어대누나	況乃春鶯亂

38 주홍정(周弘正, 496~574): 자는 사행(思行)이며 하남성(河南省) 사람이다. 양(梁)나라에서는 국자박사(國子博士)를 역임하고 진(陳)나라에 가서는 시중 국자좨주(侍中國子祭酒)를 역임하였으며 선제(宣帝) 때에 상서좌복야(尙書左僕射)를 역임하였다. 주홍양(周弘讓)의 형이다.

강총(江總)[39]

603

장안으로 가는 사신을 만나 배상서에게 부치다[遇長安使寄裴尙書]

듣자 하니 합포[40]의 나뭇잎이 져서	傳聞合浦葉
저 멀리 낙양 향해 날아갔다고 하고	遠向洛陽飛
삭풍에도 말은 외려 울음을 우는데[41]	北風尙嘶馬
남관[42] 쓴 나는 홀로 돌아가지 못하니	南冠獨不歸

39 강총(江總, 519~594): 남조 진(陳)나라의 시인. 자는 총지(總持)이며, 하남성(河南省) 사람이다. 양(梁)나라에서 태자사인(太子舍人) 겸 태상경(太上卿)을 지내다가 진나라로 들어가 상서령(尙書令)에 임명되었다.

40 합포(合浦): 한(漢)나라의 군 이름이다. 지금의 광동성 합포현을 이른다. 유흔(劉欣)의 《교주기(交州記)》에 "동한(東漢) 안제(安帝) 때 합포의 삼(杉)나무 잎이 져서 낙양성(洛陽城) 안까지 날아갔다."고 한다.

41 삭풍에도 … 우는데: 이 구절은 고향을 그리워한다는 뜻이다. 《고시원》 1권 184.고시(古詩) 19수(首) 중 제1수에서 "호마는 북풍에 기대어 서고, 월나라 새는 남쪽 가지에 둥지를 틀지요[胡馬依北風, 越鳥巢南枝.]" 참조.

42 남관(南冠): 본래 초(楚)나라 사람의 관을 가리키는데 뒤에 남쪽 지방 사람의 관으로 범칭하였다. 《좌전(左傳)》 성공(成公) 9년조에 진후(晉侯)가 군부(軍府)를 시찰하는데 포로로 잡혀 온

가는 구름 눈으로만 그저 보내고　　去雲目徒送
이별의 거문고를 손에 맡겨 탈 뿐이요　　離琴手自揮
가을 쑥은 제자리를 잃어버려도　　秋蓬失處所
봄풀은 언제라도 싱그러웁나니[43]　　春草屢芳菲
관산 위에 뜬 달 보며 한숨지을 제　　太息關山月
나그네의 옷 위에는 풍진뿐이요　　風塵客子衣

종의(鍾儀)를 발견하고 "남관(南冠)을 쓰고 결박된 자는 누구인가?"라고 묻자, 담당관이 "정(鄭)나라 사람이 바친 초나라 포로입니다."라고 했다. 이 고사를 근거로 뒷날 '남관(南冠)'을 '붙잡힌 사람' 등을 비유하는 말로 쓰였다.

43 봄풀은 … 싱그러웁나니: 원문의 방비(芳菲)는 566.여러 옛 친구들에게 주다[贈諸游舊] 주 123) 참조.

604

섭산[44] 서하사로 들어가다

[入攝山棲霞寺]

깨끗한 마음이야 빙설을 껴안은 듯한데	淨心抱冰雪
늙은 나이가 황혼[45]에 가까워지고 보니	暮齒逼桑榆
물살 급한 시내 같아 한숨 나오고	太息波川迅
인간 세상 구속됨이 서글프구나	悲哉人世拘
계절 따라 초목들은 모두 수확을 하고	歲華皆採穫
늦겨울엔 기후 영향 죄다 말라 버리니	冬晚共嚴枯
먼지 씻고 팔공덕수(八功德水)[46] 건너가서는	濯流濟八水
흉금 열고 큰 사거리 들어와 보니	開襟入四衢
이 산은 영묘함이 모여 있어서	茲山靈妙合
저 천지의 덕을 갖추었도다	當與天地俱
돌 여울은 깊기도 얕기도 하고	石瀨乍深淺
바위 안개는 피어올랐다가 사라지기도 하며	崖煙遞有無

44 섭산(攝山): 강소성(江蘇省) 강녕현(江寧縣)에 있는 서하산(棲霞山)을 이른다.

45 황혼: 원문의 상유(桑榆)는 《회남자(淮南子)》에 "해가 서쪽으로 기울 때면 그림자가 나무 끝에 있는 것을 상유라 한다.[西日垂, 景在樹端曰桑榆.]"라고 하였다.

46 팔공덕수(八功德水): 《법원주림(法苑珠林)》에 따르면 수미산(須彌山) 아래 큰 바다 중에 있다고 하는 여덟 가지 공덕을 갖춘 물이다. 달고, 시원하고, 부드럽고, 가볍고, 맑고, 냄새나지 않고, 목구멍을 아프게 하지 않고, 뱃속을 상하게 하지 않는다는 것이 여덟 가지 공덕이다.

깨진 비는 옛 무덤길 가로질렀고	缺碑橫古隧
굽은 나무 거친 길에 누워 있는데	盤木臥荒塗
가고 가서 지나온 길 갖추어 보고	行行備履歷
걷고 걸어 굽은 길을 아끼어 가니	步步憐威紆
고승들의 자취 모두 영원할 테고	高僧迹共遠
좋은 곳은 내 마음에도 들어맞노라	勝地心相符
나무꾼과 은사 제각기 터득함이 있겠지만	樵隱各有得
단청도 유독 퇴색되지 않았네	丹青獨不渝
유풍은 계수나무에 간직되어 있고	遺風佇芳桂
옛 분의 덕 생추[47]로 비유하는데	比德喻生芻
은사(隱士)에게 전할 말을 부치고 나니	寄言長往客
처연함이 이 비부를 아프게 하네	淒然傷鄙夫

○ 사찰 승려들이 아직도 승낭(僧朗)[48]·승전(僧詮)[49] 두 법사와 거사인 명소(明紹)[50] 치중(治中)

47 생추(生芻): 신선한 풀. 《시경(詩經)》〈소아(小雅) 백구(白駒)〉에 "생꼴 한 다발을 주노니, 그분은 옥과 같도다.[生芻一束, 其人如玉.]"에서 유래하여 현인(賢人)에게 예를 갖춘다는 의미로 사용되었다. 후한(後漢) 말에 곽임종(郭林宗)이 모친상을 당하자, 서치(徐穉)가 조문하러 갔다가 그 오두막 앞에 생추(生芻) 한 다발을 두고 갔다고 한다.

48 승낭(僧朗): 남조 제(齊)·양(梁)의 학승(學僧). 신삼론학파(新三論學派)의 비조(鼻祖)로, 고구려 요동성(遼東城) 출신이다. 도낭(道朗), 대낭법사(大朗法師), 섭산대사(攝山大師)라고도 한다. 법도선사(法度禪師)에게서 경론을 배웠으며, 특히 화엄학(華嚴學)과 삼론학(三論學)에 정통하였다. 섭산(攝山) 서하사(棲霞寺), 종산(鍾山) 초당사(草堂寺)에서 불법(佛法)을 폈다. 양(梁) 천감(天監) 11년(512)에 무제(武帝)가 승낭의 학문을 숭앙하여 승전(僧詮) 등 10명을 섭산에 보내어 삼론학을 배우게 하였는데, 승전 한 사람만 그의 학문을 전수받았다.

49 승전(僧詮): 남조 양(梁)의 삼론종파(三論宗派) 학승. 지관전(止觀詮)이라고도 한다. 관향 미상. 승낭(僧朗)의 제자이며 후에 지관사(止觀寺)에서 삼론종을 크게 일으켰다고 한다.

소미(蕭瀰)[51]의 소상도(塑像圖)를 소장하고 있다.[寺僧猶有朗詮二師, 居士明紹, 治中蕭瀰塑像圖.]

○ 맑은 기운[淸氣]이 얇게 피어오르자, 서둘러 거둬들여 놓은 듯하다.[薄有淸氣 急當收入]

○ 총지(總持)[52]에게 또 〈섭산(攝山)을 유람한 시〉가 있는데 그 가운데 "하의(荷衣) 입고 숲과 내를 거니노라니, 보리 내음 아침저녁 서늘하네."라고 하였으니, 이 또한 아름다운 시구이다.[總持更有遊攝山詩中云, 荷衣步林泉, 麥氣涼昏曉, 亦佳句也.]

50 명소(明紹): 남조(南朝) 송(宋)·제(齊)의 은사(隐士)이자 경학가(經學家)인 명승소(明僧紹). 평원군(平原郡) 출신으로, 자는 휴열(休烈) 또는 승렬(承烈)이다. 제(齊) 건원(建元) 2년에 섭산(攝山)에 은거하며 서하정사(棲霞精舍)를 지었고, 그가 죽은 뒤 영명(永明) 7년(489)에 법도선사(法度禪師)가 서하정사를 기초로 삼아 서하사(棲霞寺)를 세웠다.

51 소미(蕭瀰)): 원문의 자획이 불분명하므로 상주본(詳註本)에 근거하여 소미(蕭瀰)로 수정하여 번역하였다.

52 총지(總持): 본문 시의 작자 강총(江總)의 자(字)이며, 인용한 시의 제목은 〈유섭산서하사(遊攝山棲霞寺)〉로 되어 있다.

605

강남으로 돌아와 초시[53]의 집터를 찾다

[南還尋草市宅]

수(隋)나라로 들어간 뒤에 강남으로 돌아와서 지었다.[入隋後南還之作.]

젊었을 때 공락[54] 지역 떠나갔다가	紅顏辭鞏洛
흰 머리로 환원산[55]에 들어와서는	白首入轘轅
봄을 맞아 고향 마을 다녀도 보고	乘春行故里
느릿느릿 거닐면서 향긋한 창포를 뜯네	徐步采芳蓀
헐린 샛길에선 구중[56]을 슬퍼해 보고	徑毁悲求仲
망가진 숲에선 거원[57]을 추억해 보며	林殘憶巨源
오동 보니 우물자리 아직 알겠고	見桐猶識井
버들 보고 문인 줄도 알아봤으며	看柳尙知門

53 초시(草市): 도심에서 벗어난 외곽의 시장을 이른다.

54 공락(鞏洛): 공현(鞏縣)과 낙양(洛陽)의 병칭. 현재의 하남(河南)과 낙양(洛陽) 일대를 이른다.

55 환원산(轘轅山): 하남(河南)에 있는 산으로, 공현(鞏縣)과 접해 있다. 《원화지(元和志)》에 의하면 산길이 험준하고 열두 구비가 있는데, 갔다가는 다시 돌아오는 모양이 되어 환원(轘轅)이라는 이름이 붙었다고 한다. 554.난리 후에 행차하여 오어정(吳御亭)을 지나다[亂後行經吳御亭] 주81) 참조.

56 구중(求仲): 한(漢)나라 때 은사(隱士). 그의 벗 장후(蔣詡)가 자신의 집 앞 대숲에 세 갈래 길을 열고서 구중(求仲)과 양중(羊仲) 두 벗하고만 노닐었다고 한다.

57 거원(巨源): 진(晉)나라 때 죽림칠현(竹林七賢)의 한 사람인 산도(山濤)의 자이다.

꽃이 져서 빈 뜨락을 다니기가 어렵고	花落空難遍
꾀꼬리 우니 고요한 집 쉬 떠들썩한데	鶯啼靜易諠
찾아와서 대화할 이 하나 없으니	無人訪語默
어느 곳서 날씨 인사 펼쳐 볼 건가	何處敘寒溫
백년 인생 유독 정말 이와 같다면	百年獨如此
상심할 뿐 어찌 다시 논할 것 있나	傷心豈復論

606

병주[58]의 양장판[59]에서[幷州羊腸坂]

늦은 봄에 황제 도시 떠나와서는	三春別帝鄉
오월 되어 양장판을 넘어가는데	五月度羊腸
본래는 수레바퀴 꺾일까[60] 두려웁고	本畏車輪折
말의 뼈가 상하는 걸 탄식하며[61]	翻嗟馬骨傷
놀란 바람 북쪽 기러기를 일으키니	驚風起朔雁
지는 햇빛 호상위로 다해 가네	落照盡胡桑
관산아 너는 대체 어디쯤이냐	關山定何許
일꾼 마부 참담하게 슬퍼하는데	徒御慘悲涼

58 병주(幷州): 옛 12주의 하나. 지금의 하북성(河北省)과 산서성(山西省) 일대에 해당한다.

59 양장판(羊腸坂): 산서(山西)의 교성현(交城縣) 동남쪽에 있으며 전국시대 조(趙)나라의 요새지였다.

60 수레바퀴 꺾일까 : 본문의 거륜절(車輪折)은 《고시원》 1권 221.고한행(苦寒行)에 "양장판은 험난키도 하여 수레바퀴 다 망가지겠네.[羊腸坂詰屈, 車輪爲之摧.]"라고 하였다.

61 말의 … 탄식하며: 《고시원》 1권 257.음마장성굴행(飮馬長城窟行)에 "장성굴에서 말한테 물을 먹이니, 물이 차서 말 뼛속까지 상하겠네.[飮馬長城窟, 水寒傷馬骨.]"라고 하였다.

607

장안에서 양주로 돌아가다가 9월 9일에 미산정에 행차하여 운에 따라 짓다

[於長安歸還揚州九月九日行薇山亭賦韻]

마음은 남녘 구름 좇아서 가고　　心逐南雲逝
몸은 북녘 기러기 따라왔다만　　形隨北雁來
고향집 울타리 아래에 국화가[62]　　故鄉籬下菊
오늘은 꽃이 몇 송이나 피었으려나　　今日幾花開

62 울타리 … 국화가: 《고시원》 2권 351. 음주(飮酒) 10수(首) 중 4수에서 "동쪽 울타리 밑에서 국화를 따다 말고, 문득 저 멀리 남산을 바라보네.[采菊東籬下, 悠然見南山.]"라고 하였다.

608

노광달[63]을 조곡(弔哭)하다[哭魯廣達]

한금호(韓擒虎)[64]에게 붙잡혀 피해를 입은 자이다.[爲韓擒虎所執遇害者.]

황천에선 비록 한을 품으시겠지만 黃泉雖抱恨
백일하에 절로 명성 남겨 두셨으니 白日自留名
의리에 감발하여 죽은 그대 슬퍼하오만 悲君感義死
은혜를 저버린 삶을 살진 않으셨구려 不作負恩生

○ 스스로 더럽힘을 혐오하지 않았으니, 그의 진정이 가엾다 할 만하다.[不嫌自汙, 眞情可憫.]

63 노광달(魯廣達): 자는 편람(遍覽)이며 남조(南朝) 때 신채(新蔡) 출신이다. 지덕(至德) 2년에 수(隋)나라 장수 하약필(賀若弼)의 군대가 강을 건너 금릉(金陵)까지 공격해 오자, 그는 금릉의 수장(守將)으로서 싸워 적을 많이 죽였다. 금릉이 함락된 뒤에는 남은 병사를 이끌고 쉬지 않고 전투하다가 포로가 되었다. 진(陳)나라가 멸망한 뒤 분을 삭히지 못하고 병으로 죽었다. 당시 강총(江總)은 진의 상서령(尙書令)으로서 노광달의 관을 어루만지며 통곡한 뒤 이 시를 지어 관 위에 써 주었다고 한다.

64 한금호(韓擒虎, 538~592): 원래 이름은 금표(擒豹)이며 자는 자통(子通)이며, 하남성(河南省) 동원(東垣) 출신이다. 한웅(韓雄)의 아들로 용모가 헌걸차고 용기와 지략이 있었다. 북주(北周) 때 신의군공(新義郡公) 등의 벼슬을 지냈다. 수(隋)나라 조정에서 진(陳)을 멸망시키는 데 결정적인 군공(軍功)을 세웠고 공로를 인정받아 상주국대장군(上柱國大將軍)의 지위를 받았다. 뒤에 양주총관(涼州總管) 등을 지냈다.

609

규원편(閨怨篇)

청루는 쓸쓸하게 큰길가에 서 있고	寂寂青樓大道邊
하얀 눈이 펄펄 비단 창 앞에 날리는데	紛紛白雪綺窗前
연못가의 원앙새는 혼자가 아니건만	池上鴛鴦不獨自
휘장 안의 소합향(蘇合香)은 부질없이 타고 있고	帳中蘇合還空然
병풍으로 생각 있어 밝은 달을 가렸는데	屏風有意障明月
등잔불이 무정하게 홀로 자는 걸 비추네	燈火無情照獨眠
요서엔 물이 얼어 봄날 응당 짧을 텐데	遼西水凍春應少
계북[65]의 기러기 날아오는 길은 몇천 리나 될까	薊北鴻來路幾千
바라건대 임이시여 관산 일찍 넘으시거든	願君關山及早度
도리처럼 잠깐 폈을 소첩 생각하여 주오	照妾桃李片時妍

○ 결국 당률과 비슷한데 조금 내려가면 전사(塡詞)가 되니, 배우는 자들은 그 조짐을 막아야 한다.[竟似唐律, 稍降則爲塡詞矣, 學者當防其漸.]

65 계북(薊北): 계주(薊州)의 북쪽 지역으로, 지금의 북경 일대를 이르는 말이다.

장정견(張正見)[66]

610

가을날에 유정원과 작별하다

[秋日別庾正員]

가는 길이 시름 겨워 깃발을 되돌리고	征途愁轉旆
기병 무리 슬픔 일어 말 고삐를 멈췄건만	連騎慘停鑣
북녘 한기는 성긴 나무 엄습해 오고	朔氣凌疏木
강바람은 밀물 밀어 보내 오네	江風送上潮
청작[67]의 떠나는 배는 멀어져 가고	青雀離帆遠
주연으로 작별하는 길 멀기만 한데	朱鳶別路遙
가을 맞은 저 달만이 내게 있어서	唯有當秋月

66 장정견(張正見, 527 추정~575 추정): 자는 현이(見賾)이며 청하(淸河) 동무성(東武城) 사람이다. 간문제(簡文帝)가 동궁(東宮) 시절에 그의 나이가 13세였는데 송문(頌文)을 지어 올리자 간문제가 매우 칭찬하며 감상하였다고 한다.

67 청작(青雀): 물새. 익(鷁)이라고도 한다. 고대에 행군하다 물을 만나면 이 새를 그린 깃발을 들어서 표시하였다. 뱃머리에 청작을 그린 배를 청작방(青雀舫)이라 했다.

밤마다 하교 위에 떠오를 테요 夜夜上河橋

○ 좋은 시구(詩句)를 만났으나 그 격조가 아주 낮고 약하지 않으면 또한 곧 거두어들이게 된다. 시를 초록하는 자가 여기에 이르면 안목을 어느 정도 낮춰야 한다.[遇好句不十分卑弱者, 亦便收入, 鈔詩者至此, 眼界放下幾許矣.]

611
관산월(關山月)[68]

바위틈에 달빛이 지나갈 때면	巖間度月華
광채는 산 비추고 비껴가는데	流彩映山斜
달무리는 연성벽[69]을 좇아서 가고	暈逐連城璧
달 바퀴는 관문 나간 수레 따르네	輪隨出塞車
요(堯)의 명협(蓂莢)[70]은 달그림자에 부합하고	唐蓂遙合影
진(秦)의 계림(桂林)은 멀리서 꽃 나눴는데	秦桂遠分花
차고 기욺 빠른 것을 징험하려다	欲驗盈虛駛
이제서야 길이 멀다는 걸 알게 되었네	方知道路賒

○ 진(秦)이 계림군(桂林郡)을 설치하였으니 '계림의 꽃이 멀리 달 가운데서 나누어 왔다'고 말한 것이다.[秦置桂林, 言桂林之花, 遠分於月中也.]

68 관산월(關山月): 《악부시집(樂府詩集)》 권23 〈횡취곡사(橫吹曲辭)〉의 한횡취곡(漢橫吹曲)에 서능(徐陵)의 작품인 관산월(關山月) 바로 앞에 수록되어 있다. 600.관산월(關山月) 주 33) 참조.

69 연성벽(連城璧): 화씨벽(和氏璧) 또는 지극히 귀중한 물건. 진 소왕(秦昭王)이 조(趙)나라 혜문왕(惠文王)에게 화씨벽이 있다는 소문을 듣고 15개 성과 바꾸자고 제의했던 데서 나왔다.

70 명협(蓂莢): 요임금 때 섬돌 옆에 났다는 상서로운 풀. 매달 초하루부터 하루에 하나씩 잎이 나기 시작해서 보름까지 15개가 나고, 16일부터는 잎이 하나씩 떨어져서 그믐에는 다 졌다고 한다. 잎의 개수를 보면 날짜를 알 수 있다 하여 역초(曆草)라고 부르기도 한다.

하서(何胥)[71]

612

사신이 되어 관문을 나서다

[被使出關]

관문 나서 농산(隴山)[72] 위로 올라가면서	出關登隴坂
머리 돌려 진천[73] 쪽을 바라다보니	回首望秦川
강수[74]는 서진을 관통하여 흐르고	絳水通西晉
기교는 저 북연을 가리키고 있네	機橋指北燕
세찬 물은 아래에서 바위를 치고	奔流下激石
오랜 나무 위로 하늘 솟구쳤으며	古木上參天
꾀꼬리는 봄 뒤라서 울음 멈췄고	鶯啼落春後

71 하서(何胥): 진(陳)나라 후주(後主) 때 태상령(太常令)이 되었다.

72 농산(隴山): 현재의 감숙성(甘肅省) 농서현(隴西縣)에 있는 산. 농저(隴坻)라고도 한다.

73 진천(秦川): 섬서(陝西) 지역을 이름. 관중(關中)이라고도 한다.

74 강수(絳水): 강 이름. 산서성(山西省) 신강현(新絳縣) 강산(絳山)에서 발원하여 곡옥현(曲沃縣)을 거쳐 회하(澮河)로 들어간다.

기러기는 가을 앞둬 건너왔구나　　雁度在秋前
평생동안 이런 이별 누차 했건만　　平生屢此別
애가 끊어져[75] 절로 늙음 재촉하겠네　　腸斷自催年

○ '앵제(鶯啼)'라는 1연은 풍경이 특이함을 극력 이야기하였다.[鶯啼一聯, 極言風景之異.]

75 애가 끊어져: 원문의 단장(斷腸)은 창자가 끊어졌다는 뜻으로, 창자가 끊어질 듯한 슬픔이나 괴로움을 비유한다. 《세설신어(世說新語)》〈출면(黜免)〉에 "진(晉)나라 환온(桓溫)이 삼협(三峽)을 지날 때, 종자가 원숭이 새끼를 붙잡았는데, 어미 원숭이가 울부짖으면서 백여 리 길을 좇아오다가 죽었다. 그 배를 갈라보니 창자가 마디마디 끊어져 있었다."라고 하였다.

위정(韋鼎)[76]

613

장안에서 백설조[77] 소리를 듣고

[長安聽百舌]

만 리 밖은 풍경조차 다른 법인데	萬里風煙異
새 한 마리 문득 나를 놀라게 하네	一鳥忽相驚
어찌 멀리서 온 나그네를 마주하고서	那能對遠客
여전히 고향에서 듣던 소릴 들려 주는가	還作故鄉聲

76 위정(韋鼎, 515~593): 섬서성(陝西省) 사람으로, 자는 초성(超盛)이다. 양(梁)나라에서는 중서시랑(中書侍郎)을 역임하고, 진(陳)나라에서는 황문시랑(黃門侍郎)이 되어 주(周)나라에 사신으로 갔다가 돌아와서 태부경(太府卿)이 되었으며, 진나라가 멸망한 뒤에 수(隋)나라에 벼슬하여 광주자사(光州刺史)를 역임하였다.

77 백설조(百舌鳥): 새 이름. 오동(烏鶇)이라고도 한다. 부리가 뾰족하고 털은 검은색과 노란색이 섞여 있으며 울음소리가 매끄럽다.

진소(陳昭)[78]

614

왕소군[79]의 노래[昭君詞]

안장 위에 앉아 이제 영결하고서 跨鞍今永訣
눈물 떨궈 친척 빈객 이별하는데 垂淚別親賓
한나라 땅 가는 만큼 사라져 가고 漢地隨行盡
오랑캐 관문 보는 족족 낯설기만 해 胡關逐望新
교하[80]에는 변방 안개가 에워싸고 交河擁塞霧
농서(隴西)의 해 흙먼지로 어둑하다만 隴日暗沙塵
그래도 홀로 뜬 밝은 달이 있어서 唯有孤明月
외려 멀리 가는 나를 전송해 주네 猶能遠送人

○ 단아한 소리이다.[雅音.]

78 진소(陳昭): 강소성(江蘇省) 사람으로, 양(梁)나라 영흥후(永興侯) 진경지(陳慶之)의 아들이다.

79 왕소군(王昭君) : 한 원제(漢元帝)의 비. 이름은 장(嬙)이며, 자는 소군(昭君), 뒤에 명군(明君)이라 고쳤다. 흉노가 거듭 청혼해 오자 후궁인 명비(明妃, 곧 왕소군)를 시집보냈다. 왕소군은 실려 가는 말 위에서 비파를 뜯어 슬피 노래했고, 고향을 그리워하다가 흉노의 땅에서 죽었다. 《한서(漢書)》 권94 〈흉노전 하(匈奴傳下)〉에 그 기록이 자세하다.

80 교하(交河): 현재의 신강성(新疆省) 토로번현(吐魯番縣)에 있는 지역이다.

북위시 北魏詩 — 부 附

司馬相如
嚴君平
揚雄
李波小妹歌
陽王歌
楊白花
從駕幸金墉城
示陳伯達

유창(劉昶)[1]

615

단구(斷句)

《남사(南史)》에, "유창(劉昶)의 군대가 패하여 북위(北魏)로 달아났다. 어머니와 아내를 버리고 단지 첩 한 사람만 데리고 갔는데, 타던 말이 자신을 따라왔다. 길에서 북받치어 단구(斷句)를 지었다."라고 하였다.[南史, 昶兵敗奔魏, 棄母妻, 惟携妾一人, 騎馬自隨, 在道慷慨爲斷句.]

흰 구름은 성채 가득 채우며 몰려 오고	白雲滿鄣來
누런 먼지 하늘 가려 일어나는데	黃塵暗天起
관산은 온 사방이 단절되었으니	關山四面絕
고향 산천 예서부터 몇천 리일까	故鄕幾千里

1 유창(劉昶, 436~497): 자는 휴도(休道)이며, 송 문제(宋文帝)의 제9자이다. 폐제(廢帝) 때에 서주자사(徐州刺史)를 역임하였다.

상경(常景)[2]

616
사마상여[3]를 노래하다[司馬相如]

《북사(北史)》에, "상경(常景)이 문하녹사(門下錄事)에서 막혀 여러 해를 현달한 관직에 이르지 못하자, 촉(蜀)의 사마상여(司馬相如), 왕포(王褒), 엄군평(嚴君平), 양자운(揚子雲)이 모두 높은 재능을 지니고도 중요한 직위가 없었다는 것으로 자신의 뜻을 기탁하여 찬미하였다." 하였다.[北史, 景淹滯門下, 積歲不至顯官, 以蜀司馬相如, 王褒, 嚴君平, 揚子雲皆有高才, 而無重位, 乃託意以讚之.]

사마장경[4]은 좋은 문재 가진 터라서　　長卿有豔才

---

2 상경(常景, ?~550): 자는 영창(永昌)이며, 하남성(河南省) 온현(溫縣) 사람으로, 북위(北魏)와 동위(東魏)에서 우광록대부(右光祿大夫)와 가의동삼사(加儀同三司)를 역임하였다. 《위서(魏書)》〈상경열전(常景列傳)〉에 "성품이 청렴하여 말과 행동을 스스로 조심하였으며, 경서(經書)와 사서(史書)를 주로 읽었다."라고 하였다.

3 사마상여(司馬相如, 기원전 179 추정~기원전 118 추정): 560.주참군의 시에 답하다[酬周參軍] 주106) 참조.

무리짓지 않으려는 성품을 곧잘 발휘하곤 하니　直致不羣性
자욱하게 봄 안개가 피어오른 듯하고　鬱若春煙擧
교교하게 가을 달빛 비춰 주는 듯하며　皎如秋月映
양(梁)에서 유세할 땐 인(仁)을 좋아했거니와　遊梁雖好仁
한(漢)에서 벼슬할 땐 늘 병 핑계를 대었으니　仕漢常稱病
맑고 곧음 나의 일도 아니려니와　清貞非我事
곤궁 현달은 천명에다 맡겨 두었네　窮達委天命

4　사마장경(司馬長卿): 장경은 사마상여(司馬相如)의 자이다.

617

왕포[5]를 노래하다[王褒]

왕포는 빼어난 자질을 가진데다	王子挺秀質
높은 기상 청운을 간범할 만하며	逸氣干青雲
명월주의 자질은 이미 세속을 뛰어넘었고	明珠既絕俗
백곡의 기상은 뭇 새를 놀라게 했네	白鵠信驚羣
재주와 세상은 구차하게 서로 부합하지 못하고	才世苟不合
우불우(遇不遇)는 길이 절로 나뉘어지거늘	遇否途自分
벽계신에게 제사하란 명에 괜히 굽혀서	空枉碧雞命
헛되이도 금마문을 지어 바쳤네	徒獻金馬文

○ 한 선제(漢宣帝)가 왕포(王褒)를 파견하여 금마(金馬)와 벽계(碧雞)의 신에게 제사지내게 했는데, 왕포가 도중에 죽었다. 그래서 '공왕(空枉)'이라 하고, '도헌(徒獻)'이라 하였다.[漢宣帝遣王褒, 祀金馬碧雞之神, 褒中道卒. 故曰空枉, 曰徒獻云.]

---

5 왕포(王褒, 기원전 90 추정~기원전 51): 전한(前漢) 때의 문학가. 자는 자연(子淵)이고, 사천(四川) 사람이다. 선제(宣帝) 때 간의대부(諫議大夫)를 지냈다. 사부(辭賦)에 능하여, 작품에 〈통소부(洞簫賦)〉와 〈감천궁송(甘泉宮頌)〉, 〈구회(九懷)〉 등 부(賦) 10여 편이 전한다. 명나라 때 《왕간의집(王諫議集)》이 출간되었다.

618
엄군평[6]을 노래하다[嚴君平]

엄군평은 성품이 침착하였고	嚴君性沈靜
뜻 세움은 밝기가 눈 서리 같아서	立志明霜雪
도리 살펴 은미한 말 종합하였고	味道綜微言
시초점 쳐 묘한 말을 펼쳐 놨으며	端蓍演妙說
재주로는 나중의 입을 굽히게 하고	才屈羅仲口
지위로는 이강의 혀를 묶어 뒀으니[7]	位結李強舌
소상함은 금의 굳셈 뛰어넘었고	素尙邁金貞
청표함은 옥의 밝기 능가하였네	淸標陵玉徹

6 엄군평(嚴君平, 기원전 87~6,7 추정): 한(漢)나라 촉군(蜀郡) 사람으로, 이름은 준(遵)이고 군평은 그의 자이며 성도(成都) 출신이다. 성도시(成都市)에서 점서(占筮)를 잘하였는데, 예언을 하면 세상 사람들이 믿지 않아 그 역시 세상을 버리고 점을 치면서 90이 넘도록 살았다고 한다. 점을 쳐서 1백 냥을 벌면 족하다 하며 가게 문을 닫고, 그 돈이 다 떨어지면 다시 문을 열어 점을 쳤다고 한다. 저서에 《노자지귀(老子指歸)》가 있다.

7 재주로는 … 묶어 뒀으니: 나중(羅仲)은 촉(蜀)땅 사람 나충(羅沖)을 말하며, 그가 거마와 의복 식량을 구비해 주며 엄군평에게 벼슬할 것을 권유하자, 군평이 말하기를 "나는 넉넉하고 그대는 부족한데 어찌 부족한 사람의 것을 넉넉한 사람에게 준다 하시오?" 하였다. 나충이 "우리 집에는 만금이 있지만 그대는 약간의 식량도 없는데, 어찌 넉넉하다 하시오?"라고 하자, 군평이 "내가 언젠가 그대 집에 묵었을 때 그대가 밤낮으로 허둥지둥하며 만족해함을 본 적이 없소. 지금 나는 점을 파는데 평상을 내려가지 않아도 돈이 이르러 와서 수백 전이 쌓여도 쓸 곳을 모르겠소. 그러니 내가 넉넉하고 그대는 부족한 것이 분명하오."라고 하였다. 익주 목사(益州牧使) 이강(李强)이 불러서 일을 시키려 하였으나 취임하지 않았다. '굴구(屈口)'와 '결설(結舌)'은 모두 논파하여 말을 못하게 한다는 의미이다. '결설두구(結舌杜口)' 또는 '결설겸구(結舌鉗口)'라는 말이 있다.

619
양웅[8]을 노래하다[揚雄]

촉강이 맑은 물결 이끌어 와서	蜀江導清流
양웅은 넘치는 아름다움 떠받은 터라	揚子挹餘休
품은 광채 후세의 선비보다 뛰어넘었고	含光絕後彥
깊은 생각 앞 현인과 멀어졌으며	覃思邈前修
세상을 경시하여 오랫동안 완상하지 아니하고	世輕久不賞
현묘한 말로 외물을 구하지 않은 채로	玄談物無求
요직에선 권력과 총애 사양하고서	當塗謝權寵
술마시며 한가로이 노닐었다네	置酒得閑遊

○ 〈촉사현찬(蜀四賢贊)〉이 〈오군영(五君詠)〉[9]에 미치지 못하는 것은, 안연지(顏延之)의 작품은 성정(性情)을 잘 묘사하였으나 이 작품은 단지 옛 사실을 인용하였을 뿐이기 때문이다. 이 작품은 기상과 체제가 크고 방정하여서 수록하였다.[不及五君詠者, 顏作能寫性情, 此只引得故實也. 以氣體大方, 收之.]

---

8 양웅(揚雄, 기원전 53~18): 자는 자운(子雲)이며 성도(成都) 사람으로, 사부(詞賦)에 능하였으며 문장(文章)으로 세상에 이름이 났다. 저서에는 《법언(法言)》, 《방언(方言)》, 《태현경(太玄經)》 등이 있다. 530.경릉왕의 〈유헌의 묘지를 지나며〉에 받들어 화답하다[奉和竟陵王經劉瓛墓] 주 50) 참조.

9 〈오군영(五君詠)〉: 위진남북조시대 진(晉)·송(宋)의 문학가 안연지(顏延之)가 죽림칠현(竹林七賢) 중 다섯 사람인 완적(阮籍), 혜강(嵇康), 유령(劉伶), 완함(阮咸), 상수(向秀)를 칭송하여 지은 5편의 시를 이른다. 《고시원》 2권 권10 안연지(顏延之) 주 16)과 390.다섯 사람에 대하여 노래하다[五君詠] 5수(首) 작품 참조.

온자승(溫子昇)[10]

620

금용성[11]에 거동하는 어가(御駕)를 호종하다

[從駕幸金墉城]

이 성은 실로 경관이 아름다우니 茲城實佳麗
높은 누각 제냥 서로 나란히 서서 飛甍自相並
넓고 커서 부는 바람 에워싸 있고 膠葛擁行風
높이 솟아 햇빛 광채 닫아 가두며 岧嶢閟流景

10 온자승(溫子昇, 495~547): 자는 붕거(鵬擧)이며 태원(太原) 사람이다. 제(齊)나라 고징(高澄)이 끌어들여 자의참군(諮議參軍)으로 삼았는데 원근(元僅)과 유사일(劉思逸)이 난을 일으키자, 고징은 그가 이 사실을 알고 있는지 의심하여 진양옥(晉陽獄)에 가두어 굶겨 죽였다.

11 금용성(金墉城): 삼국 위 명제(魏明帝) 때 낙양성(洛陽城) 서북쪽 모서리에 지었던 작은 성. 위진시대에 황제가 거처했는데, 규모는 작아도 견고했다. 북위(北魏) 초에 "하남사진(河南四鎭)"의 하나였다. 북위 효문제(孝文帝)가 낙양으로 천도한 직후에 궁궐이 완성되지 않아서 금용성으로 옮겨 살았다고 한다. 북위 때 양현(楊炫)의 《낙양가람기(洛陽伽藍記)》에서는 금용성을 "겹겹이 선 높은 누각이 위아래로 성을 둘러 있어 땅에서 바라보면 마치 구름 같아 보인다.[重樓飛閣, 遍城上下, 從地望去, 有如雲也.]"고 묘사하였다.(온자승의 시가 북위 때 지어진 것으로 보인다.) 수나라 때 낙양성을 서쪽으로 옮긴 뒤에는 금용성이 낙양 동쪽에 있게 되었는데, 당나라 정관(貞觀) 이후에 폐지하였다. 지금은 아두성(阿斗城)이라 부른다.

어구는 맑은 낙수(洛水) 이어져 있고	御溝屬清洛
치도는 단병[12]으로 통해 있다오	馳道通丹屏
담담하게 가는 물은 물결 이루고	湛淡水成文
비죽비죽 솟은 나무 그림자 섞여	參差樹交影
장문궁(長門宮)[13]은 오래 전에 닫혔었지만	長門久已閉
이궁은 어찌 그리 고요한가요	離宮一何靜
가는 풀은 옥계단가 둘러서 났고	細草緣玉階
높은 가지 우물 위에 그늘졌으며	高枝蔭桐井
어른어른 저녁 물가 어둑해지고	微微夕渚暗
쏴아쏴아 해건이바람 쌀쌀해지니	肅肅暮風泠
신인(神人) 행차 취기(翠旗)를 휘날리면서	神行揚翠旍
황제 임어(臨御) 벽제(辟除)가 엄숙도 한데	天臨肅清警
그 신하로 끝 반열에 따르고 보니	伊臣從下列
은혜 받음 참으로 다행스럽고	逢恩信多幸
큰 거리[14]는 벌써 태평해졌거니와	康衢雖已泰
약한 이도 앞으로는 편히 달리리다	弱力將安騁

○ 삼사(三謝)[15]의 체격(體格)이 대략 담겨져 있다.[略有三謝之體.]

---

12 단병(丹屏): 황제의 보좌(寶座) 뒤에 펼쳐 놓은 붉은 병풍. 궁궐을 가리키기도 한다.

13 장문궁(長門宮): 한(漢)나라 궁전(宮殿) 이름으로, 무제(武帝)의 비(妃)인 진황후(陳皇后)가 거처하던 곳이다. 황후가 처음에 총애를 받다가 뒤에 이곳에 유폐되어 있을 때 사마상여(司馬相如)에게 황금 100근을 주고 〈장문부(長門賦)〉를 짓게 하여, 다시 무제의 총애를 받았다고 한다.

14 큰 거리: 원문의 강구(康衢)는 《이아(爾雅)》 〈석궁(釋宮)〉에 "사방으로 통하는 길을 구(衢)라 하고, 오방으로 통하는 길을 강(康)이라 한다.[四達謂之衢, 五達謂之康.]"라고 하였다.

15 삼사(三謝): 사영운(謝靈運), 사혜련(謝惠連), 사조(謝朓)를 이른다.

621
옷을 다듬이질하다[擣衣]

장안성 안에는 가을밤이 길고 길어서	長安城中秋夜長
미인이 예쁜 돌에 노란 비단 다듬이질하네	佳人錦石擣流黃
다듬이와 다듬잇돌 가까운 줄 알겠는데	香杵紋砧知近遠
들리는 소리 메아리는 어찌 그리 처량한가	傳聲遞響何淒涼
칠석인 듯 은하수는 곱기도 하고	七夕長河爛
중추라서 밝은 달이 휘영청한데	中秋明月光
열옹새[16] 가에서는 기러기를 만날 테고	蠮螉塞邊逢候雁
원앙루[17] 위에서는 천랑성[18]을 보시겠지	鴛鴦樓上望天狼

○ 바로 당나라 시인의 시다.[直是唐人.]

16 열옹새(蠮螉塞): 거용관(居庸關)의 별칭. 현재 북경시(北京市) 창평현(昌平縣) 서북쪽에 있다. 관문 위에 망을 볼 수 있는 토실(土室)을 쌓았는데, 그 모습이 마치 나나니벌[蠮螉]의 벌집 같아서 열옹새라는 이름이 붙었다.

17 원앙루(鴛鴦樓): 누각에 있는 방으로 남녀가 밀회하는 곳을 이른다.

18 천랑성(天狼星): 별이름. 큰개자리에 속하는 밝은 항성(恒星)으로, 고대에는 외적의 침략을 맡았다고 여겨졌으므로 난폭한 침략자를 비유할 때 쓰이기도 했다.

호수(胡叟)[19]

622

진백달[20]에게 보이다[示陳伯達]

《북사(北史)》에, "호수(胡叟)가 저거목건(沮渠牧犍)[21]의 신하로 들어갔는데 목건이 중용하지 않자, 이 시를 지어 백달(伯達)에게 보였다."고 하였다.[北史, 叟入沮渠牧犍, 牧犍遇之不重, 乃爲詩示伯達云.]

뭇 개들이 새 빈객을 보고 짖으니	羣犬吠新客
어리석어 그 빈객을 배척한다만	佞暗排疏賓
곧은 길은 벌써 막혀 버린 뒤이고	直途旣已塞

19 호수(胡叟): 자는 윤허(倫許)이며 감숙성(甘肅省) 사람이다.

20 진백달(陳伯達): 정백달(程伯達)이라고도 한다. 광평(廣平) 사람으로, 저거목건의 세자참승(世子驂乘)을 역임하였으며, 호수의 친구이다.

21 저거목건(沮渠牧犍, ?~447): 일명 저거무건(沮渠茂虔). 흉노(匈奴) 노수호(盧水胡) 사람. 16국시대 북량(北凉)의 군주. 재위 당시에 북위(北魏)가 화북지역을 통일하여 세력을 당할 수가 없었으므로 영화(永和) 7년(439)에 북위에게 항복하였다. 북위 태무제(太武帝) 태평진군(太平眞君) 8년(447)에 저거목건이 반란을 모의했다는 밀고에 의해 사사되었다. 시호는 애왕(哀王)이다.

굽은 길은 내가 따를 것이 아니라	曲路非所遵
위(衛)를 보며 축타[22]에게 한탄을 하고	望衛惋祝鮀
초(楚)를 보며 영균[23]을 애도하노니	盼楚悼靈均
어찌하면 근심스런 마음 풀 수 있을까	何用宣憂懷
글에 가탁하여 좋은 벗께 부쳐 보노라	託翰寄輔仁

○ 보인(輔仁)은 사강락(謝康樂)의 용법의 일종으로, 그 말이 매우 곧다. 북조(北朝)에서는 그 풍격을 취하였다.[輔仁是康樂一種用法, 其詞太直. 在北朝取其風格.]

22 축타(祝鮀): 춘추시대 위(衛)나라 대부로 말재주가 있었다. 《논어집주(論語集註)》〈옹야(雍也)〉에 "축관(祝官) 타(鮀)의 말재주와 송나라 조(朝)의 미모를 가지지 않으면 지금 세상에서 환란을 면하기 어렵다.[不有祝鮀之佞, 而有宋朝之美, 難乎免於今之世矣.]"라고 하였다. 이 구는 북위 조정의 아첨하는 신하를 풍자한 것이다.

23 영균(靈均): 굴원(屈原)의 자이다. 이 구는 호수가 자신을 굴원에 빗대어 신세를 한탄한 것이다.

호태후(胡太后)[24]

623

양백화(楊白花)[25]

《양서(梁書)》에, "양화(楊華)는 젊고 용력을 지녔으며 용모도 훌륭하였다. 위(魏)나라 태후가 그를 위협하여 간통하자, 양화는 화가 미칠까 두려워하여 그의 부곡(部曲)을 거느리고 양(梁)나라에 항복하였다. 태후가 그를 그리워하여 〈양백화가(楊白花歌)〉를 지어 궁인들을 시켜 어깨동무하고 발을 굴리면서 노래 부르게 했는데, 소리가 매우 처량하였다."라고 하였다.[梁書, 楊華少有勇力, 容貌雄偉. 魏太后逼通之, 華懼及禍, 乃率其部曲降梁. 太后思之, 爲作楊白花歌, 使宮人連臂蹋足歌之, 聲甚悽惋.]

---

24 호태후(胡太后): 감숙성(甘肅省) 사람으로 위 선제(魏宣帝)의 초기에 궁중에 들어갔는데, 뒤에 명제(明帝)를 낳고 드디어 황태후가 되었다.

25 양백화(楊白花): 《악부시집(樂府詩集)》 권73 〈잡곡가사(雜曲歌辭)〉에는 무명씨(無名氏)의 작품으로 표기되어 있으며, 원문의 '춘거추래(春去秋來)'는 '가을에 갔다가 봄에 돌아오는[秋去春還]'으로 되어 있다.

햇볕 따스한 이삼월이 되자	陽春二三月
버드나무 일제히 꽃을 피웠네	楊柳齊作花
봄바람은 온밤 내내 궁궐 문을 들어오고	春風一夜入閨闥
버들개지 흩날려서 앞집으로 떨어지니	楊花飄蕩落南家
춘정(春情) 품고 문 나서도 다리에 힘이 없고	含情出戶脚無力
버들개지 집어드니 눈물이 가슴을 적시네	拾得楊花淚沾臆
봄에 갔다 가을에 오는 쌍쌍 제비들아	春去秋來雙燕子
버들개지 입에 물고 둥지 속에 들어와 주렴	願銜楊花入窠裏

○ 음운(音韻)에 연모하는 마음이 얽히고설켜 독자들로 하여금 그의 예설스러움을 잊게 한다. 후대 사람이 이 시제(詩題)로 지었으나 끝내 버들개지 자체만을 묘사했을 뿐 그 본지(本旨)를 잃고 말았다. 유자후의 1편만이 뜻이 보일 듯 말 듯하여 매우 아름답다.[26][音韻纏綿, 令讀者忘其穢褻. 後人作此題, 竟賦楊花, 失其旨矣. 柳子厚一篇若隱若露, 劇佳.]

26 유자후의 … 아름답다: 《악부시집(樂府詩集)》에 위의 작품에 이어 〈양백화(楊白花)〉라는 제목하에 "양백화가 바람에 실려 강물을 건너오자, 그로 인하여 궁궐의 나무들 안색을 잃었고, 질탕한 봄볕은 천만리를 퍼져 가네. 망망한 새벽 햇살 긴긴 가을로 내려오니, 슬픈 노래 끊이지 않고 성안 까마귀만 날아오르네.[楊白花, 風吹度江水. 坐令宮樹無顔色, 搖蕩春光千萬里. 茫茫曉日下長秋, 哀歌未斷城鴉起.]"라는 유자후의 글이 수록되어 있다.

잡가요사(雜歌謠辭)[27]

624

함양왕가(咸陽王歌)[28]

《북사(北史)》에, "후위(後魏)의 함양왕(咸陽王) 원희(元禧)[29]가 역모를 획책하다가 복주(伏誅)된 뒤에 궁인들이 그를 위해 노래를 불렀다. 그 노래가 강표(江表)[30]에 유행하자, 남쪽에 사는 북인(北人)이 관현악기로 연주하며, 눈물을 떨구지 않는 자가 없었다." 하였다.[北史, 後魏咸陽王禧謀逆伏誅後, 宮人爲之歌. 其歌流於江表, 北人在南者, 絃管奏之, 莫不泣下.]

---

27 잡가요사(雜歌謠辭): 역대(歷代) 가요(歌謠)와 참요(讖謠)와 언어(諺語) 등을 통칭한다. 실제로는 악부시(樂府詩)에 속하지는 않으나 본래 가요에서 나왔기 때문에 그 원류를 확인할 때 유용한 면이 있어서 한 편목으로 묶어 놓은 것이다. 《악부시집(樂府詩集)》 권83~권89가 여기에 속한다.

28 함양왕가(咸陽王歌): 《악부시집(樂府詩集)》 권86 〈잡가요사(雜歌謠辭)〉에 수록되어 있는 가사(歌辭)이다.

29 함양왕(咸陽王) 원희(元禧): 북위(北魏) 헌문제(獻文帝)의 차남이며, 선무제(宣武帝)의 숙부이다. 원래는 탁발씨(拓跋氏)였으나 한화(漢化) 정책에 의해 성씨를 원(元)으로 바꾸었다.

30 강표(江表): 장강 이남 지역. 남조(南朝)의 송(宋), 제(齊), 양(梁), 진(陳)의 통치 아래에 있던 지역을 이른다.

가련하다 함양왕이여	可憐咸陽王
어쩌다가 일을 그르쳤느뇨	奈何作事誤
황금 침상과 옥 궤석에서 자지 못하고	金牀玉几不能眠
밤마다 서리 이슬 밟고 다녔나니	夜踏霜與露
낙수는 멀겋게 긴 강둑에 가득 찬데	洛水湛湛彌岸長
행인들이 어떻게 건널 수 있으리오	行人那得渡

○ 깊은 정이 곱고도 절도 있는 데서 표출되어 절로 사람을 감동시킨다. 당시 문인들의 시는 경솔하여 맛이 없으니, 궁중의 여자들 시에 비하여도 부끄러운 점이 많았다.[深情出以婉節, 自能動人. 一時文人詩, 淺率無味, 媿宮中女子多矣.]

625

이파 소매를 노래하다

[李波小妹歌]

《위서(魏書)》에, "광평(廣平) 사람 이파(李波)는 종족이 강성해지자, 해치고 빼앗기를 그치지 않아 백성들이 그를 두고 다음과 같이 말하였다. … 자사 이안세(李安世)가 이파 등을 꾀어 죽이니 온 주(州) 안이 숙연해졌다." 하였다.[魏書, 廣平人李波, 宗族強盛, 殘掠不已, 百姓爲之語云云, 刺史李安世, 誘波等殺之, 州內肅然.]

이파의 여동생은 자가 옹용(雍容)이라는데	李波小妹字雍容
치마 걷고 말 쫓으면 쑥대를 말아가듯 하고	褰裙逐馬如卷蓬
좌로 쏘고 우로 쏘면 꼭 둘씩을 맞힌다네	左射右射必疊雙
부녀자가 이 같은데	婦女尚如此
남자를 어찌 만나랴	男子安可逢

북제시 北齊詩 — 부 附

送庾羽騎抱

思公子

古意

從周入齊夜度砥柱

琵琶絃

上之回

敕勒歌

和崔侍中從駕經山寺

형소(邢邵)[1]

626

공자를 그리워하다[思公子]

비단옷은 날마다 허리띠가 줄어들고	綺羅日減帶
복사 오얏 꽃들마저 빛을 잃었답니다	桃李無顏色
그대를 그리지만 그댄 오지 않으니	思君君未歸
오신대도 어찌 서로 알아 볼 수 있겠어요	歸來豈相識

1 형소(邢邵, 496~561 추정): 자는 자재(子才)이며 하간(河間) 정현(鄭縣) 사람으로, 위 무제(魏武帝) 때 국자좨주(國子祭酒)를 역임하고, 북제(北齊) 선무제(宣武帝) 때 황문시랑(黃門侍郎)과 태상경(太常卿)을 역임하였다.

조정(祖珽)[2]

627
만가(挽歌)

지난날에 사마를 몰고 다니며	昔日驅駟馬
장양궁[3]서 황제 폐하 알현도 했고	謁帝長楊宮
흰 구름 너머까지 깃발을 달았으며	旌懸白雲外
붉은 먼지 안에서 사냥했는데	騎獵紅塵中
이제는 장포[4]로 향해 가자니	今來向漳浦
흰 덮개엔 슬픈 바람 나부낄 뿐	素蓋轉悲風
부귀영화 노래 웃음 그 모든 것이	榮華與歌笑
만 리 길에 헛된 일이 되어 버렸네	萬里盡成空

2 조정(祖珽): 자는 효징(孝徵)이며 후주(後主) 때 상서좌복야(尙書左僕射)를 역임하였다.

3 장양궁(長楊宮): 현재 섬서성(陝西省) 주지현(周至縣)에 있는 궁전. 원래 진(秦)나라 때 세워진 것인데, 한(漢)나라 때 수리하여 행행(行幸)에 대비하였다. 궁궐 안에 수양버들의 그늘이 몇 무(畝)까지 드리워졌다 한다.

4 장포(漳浦): 현재 복건성(福建省) 장주부(漳州府)에 있다.

정공초(鄭公超)[5]

628

우기(羽騎) 유포(庾抱)[6]를 전송하다[送庾羽騎抱]

옛 집은 청산이라 멀기도 하거니와	舊宅青山遠
갈 길은 흰 구름 속 깊을 뿐이네	歸路白雲深
늘그막에 헤어지기도 어려운 일인데	遲暮難爲別
영락함에 더욱 마음이 상하는구려	搖落更傷心
빈 성에는 지는 해 그림자 드리우고	空城落日影
먼 곳에는 뜬 구름이 그늘 드리워	迴地浮雲陰
그대를 보내자니 절로 눈물이 나서	送君自有淚
원숭이 울음소리 들을 겨를도 없네	不假聽猿吟

○ 번안(翻案)하여 참신해졌다.[翻得新.]

5 정공초(鄭公超): 후주(後主) 때 대조문림관(待詔文林館)을 역임하고, 봉조청(奉朝請)이 되었다.

6 유포(庾抱): 윤주(潤州) 강녕(江寧) 사람. 수(隋)나라 개황(開皇) 중에 연주참군(延州參軍)이 되었다가 이부(吏部)에 채용되었고, 원덕태자(元德太子)의 학사(學士)를 지냈다. 뒤에 당(唐)나라 고조(高祖)의 기실(記室)이 되었다가 중서사인(中書舍人)으로 옮겨졌고, 태자사인(太子舍人)을 역임하였다.

소각(蕭慤)[7]

629

상지회(上之回)[8]

성 건너편 언덕[9]에서 출발하여서 發軔城西時
수레 돌려 북쪽 유행(遊幸) 힘쓰셨는데 回輿事北遊
산은 차고 돌길은 얼어붙었으며 山寒石道凍
잎은 지고 옛 궁궐에 가을 왔건만 葉下故宮秋
북방 도로 벽제(辟除) 소리 전해져 오고 朔路傳淸警

7 소각(蕭慤): 자는 인조(仁祖)이며 난릉(蘭陵) 사람으로, 무정(武定) 중에 태자세마(太子洗馬)가 되었고, 후주(後主) 때 제주(齊州)의 녹사참군(錄事參軍)이 되었다.

8 상지회(上之回): 《악부시집(樂府詩集)》 권16 〈고취곡사(鼓吹曲辭)〉의 한요가(漢鐃歌)에 속하는 가곡(歌曲) 이름. 첫 구의 '상지회(上之回)' 3자로 이름을 삼았다. '회(回)'는 회중궁(回中宮)을 가리킨다. 회중궁은 진(秦)나라의 궁전 이름이며, 현재의 섬서성(陝西省) 농현(隴縣) 서북쪽에 터가 남아 있다. 한 문제(漢文帝) 14년에 흉노에게 소실되었는데, 한 무제(漢武帝)가 원봉(元封) 4년에 회중도(回中道)를 다시 개통하고 여러 번 행행하였다. 〈상지회〉는 이 일을 찬미하기 위해 지은 것이다.

9 언덕: 원문의 '시(時)' 자를 《악부시집》과 《상주고시원(詳註古詩源)》에 의거하여 치(畤) 자로 바로잡아 번역하였다.

변방 바람 채색 깃발 휘감긴 채로	邊風卷畫旒
겨울 되자 순행 시찰 마치시고는	歲餘巡省畢
호위 받아 제도(帝都)로 돌아오시네	擁仗返皇州

○ 소리와 운율이 모두 조화로우며 당음(唐音) 중에서도 아름다운 시이다.[聲律俱諧, 唐音中之佳者.]

630

최시중(崔侍中)의 〈어가(御駕)를 호종하여 산사에 들리다〉에 화답하다

[和崔侍中從駕經山寺]

구진성[10]이 야경하듯 순찰을 돌고	鉤陳夜警徼
은하수엔 새벽이라 삼성(參星) 지날 때	河漢曉參橫
기병들은 채색 말에 올라타 있고	遊騎騰文馬
선봉부대 비취 깃발 펄럭이는데	前驅轉翠旌
들새들은 새벽빛에 떠들썩하고	野禽喧曙色
산 숲에는 가을 소리 진동을 하며	山樹動秋聲
구름 너머 금빛 바퀴 드러나고서	雲表金輪見
바위 끝이 채색한 두공인 양 선명해지면	巖端畫栱明
불탑은 땅 아래서 솟아난 듯하고	塔疑從地湧
지붕은 향을 쌓아 만든 듯하며	蓋似積香成
샘은 높아 물줄기가 급히 흐르고	泉高下溜急
솔은 늙어 윗가지가 평평할 테니	松古上枝平
의대(儀臺)에선 북쪽 생각 많이 나겠고	儀台多北思
좋은 글귀 정회 따라 성대하리라	麗藻蔚緣情

10 구진성(鉤陳星): 하늘의 자미원(紫微垣) 안에 있는 별로, 천자의 육군(六軍), 근위군 등을 상징하는데, 전하여 왕궁(王宮)을 가리킨다.

조승주(照乘珠)[11]가 내 아님을 자조하노니	自嗤非照乘
무엇으로 연성벽(連城璧)[12]에 화답을 할까	何以繼連城

11 조승주(照乘珠): 수레바퀴를 환히 비출 정도로 밝게 빛나는 구슬. '조승(照乘)'이라고 약칭하기 도 한다.

12 연성벽(連城璧): 611. 관산월(關山月) 주 69) 참조.

631
추사(秋思)

맑은 물결 위에 장마 걷히던 그날	清波收潦日
아름다운 숲에 천뢰(天籟)[13] 막 우는 그때	華林鳴籟初
부용꽃은 이슬 아래 지기만 하고	芙蓉露下落
버드나무 달빛 아래 성글어 있어	楊柳月中疏
연(燕) 지방선 비단으로 휘장을 치고	燕幃緗綺被
조(趙) 지방선 유황 자락 옷에 두른 채	趙帶流黃裾
아무리 그리워도 소식이 막혔으니	相思阻音息
꿈꾸고선 헤어져 삶에 사무친다오	結夢感離居

○ '부용(芙蓉)' 한 연은 조탁(雕琢)을 거치지 않고 얻은 것이어서 절로 가구(佳句)가 되었다.[芙蓉一聯, 不從雕琢而得, 自是佳句.]

13 천뢰(天籟): 하늘의 피리소리로, 자연의 소리를 이른다. 《장자(莊子)》〈제물론(齊物論)〉에 "그대는 사람의 소리는 들었어도 땅의 피리소리를 듣지 못했고, 그대는 땅의 피리소리는 들었으나 하늘의 피리소리는 듣지 못하였을 것이다.[汝聞人籟而未聞地籟, 汝聞地籟而未聞天籟夫.]"라고 하였다.

안지추(顏之推)[14]

632

고의(古意)

열다섯에 시경 서경 좋아하다가	十五好詩書
스무 살엔 관(冠)을 털고 벼슬했더니	二十彈冠仕
초왕께서 광영을 내려 주셔서	楚王賜顏色
장화대(章華臺)[15] 안으로 드나들었네	出入章華裏
부(賦)를 지어 굴원[16]을 능가해 보고	作賦凌屈原

14 안지추(顏之推, 531~591): 자는 개(介)이며, 산동성(山東省) 사람이다. 양 원제(梁元帝) 때 벼슬하여 산기시랑(散騎侍郞)이 되고, 강릉(江陵)이 함락되자, 제(齊)나라로 가서 황문시랑(黃門侍郞)과 평원태수(平原太守)를 역임하였다.

15 장화대(章華臺): 춘추시대 초 영왕(楚靈王)이 지은 별궁(別宮)을 이르는데, 이 누각에 오르려면 세 번 쉬어야 한다고 해서 삼휴대(三休臺)라는 이명(異名)으로 불리었다. 호북성(湖北省) 감리현(監利縣) 서북쪽에 있다.

16 굴원(屈原, 기원전 343~기원전 278): 춘추전국시대(春秋戰國時代) 초(楚)나라의 정치가이자 시인. 이름은 평(平), 자(字)는 원(原). 호(號)는 영균(靈均). 초나라의 왕족으로 태어나 처음에는 회왕(懷王)의 신임을 받았으나 제(齊)나라와 동맹하여 강국인 진(秦)나라에 대항해야 한다는 합종

책을 읽어 좌사[17]에게 자랑했으며	讀書誇左史
여러 차례 밝은 달밤 잔치 따랐고	數從明月讌
간혹 조운[18] 제사에도 시종했으며	或侍朝雲祀
산에 올라 붉은 영지 따기도 하고	登山摘紫芝
배를 타고 푸른 지초 캐기도 했네	泛江採綠芷
가무하다 음악 미처 안 끝났는데	歌舞未終曲
풍진이 일어나서 하늘을 덮더니	風塵暗天起
오(吳) 군사는 구룡종(九龍鐘)[19]을 파괴하고	吳師破九龍
진(秦) 병사가 천 리 땅을 빼앗아 갔네	秦兵割千里
토끼는 종묘에다 굴까지 파고	孤兔穴宗廟
서리 이슬 조시에 내려 적시며	霜露沾朝市
화씨벽(和氏璧)[20]은 한단 궁에 들어갔으며	璧入邯鄲宮

책(合縱策)을 주장하다가, 진나라와 친교(親交)해야 한다는 연횡책(連橫策)을 주장한 상관 대부(上官大夫)의 참언(讒言)에 의해 면직되었고, 후에 회왕이 진에 사로잡혀 죽은 뒤 그의 아들 경양왕(頃襄王) 때 다시 쫓겨나 멱라수(汨羅水)에 빠져 죽었다. 그는 당시 초나라 국운을 탄식하며 〈이소(離騷)〉, 〈구가(九歌)〉, 〈천문(天問)〉, 〈구장(九章)〉, 〈구변(九辯)〉 등과 같은 불후의 작품을 남겼다.

17 좌사(左史): 초나라 때의 사관(史官)인 의상(倚相)을 일컫는다.

18 조운(朝雲): 양대(陽臺) 설화에 등장하는 무산(巫山) 신녀(神女)의 이름. 설화가 실려 있는 송옥(宋玉)의 《고당부서(高唐賦序)》에는 신녀의 이름이 없었으나 뒷날 호사가가 사당을 세우고 '조운(朝雲)'이라 이름지었다.

19 구룡종(九龍鐘): 아홉 마리 용의 형상으로 장식하여 상서로움을 표현한 종. 《회남자(淮南子)》〈태족훈(泰族訓)〉에 "오왕 합려(闔閭)가 초나라를 정벌하여 구룡종[九龍之鐘]을 파괴하였다."고 하였다.

20 화씨벽(和氏璧): 춘추시대 변화(卞和)를 이름. 그는 초(楚)나라 여왕(厲王)과 무왕(武王)에게 계속 옥돌을 바쳤으나 임금을 기만한다는 이유로 두 발을 잘렸다가, 문왕(文王) 대에 이르러서 옥

보검은 양성(襄城) 물로 들어가 버려[21]	劍去襄城水
능묘 앞에 임금 따라 죽지 못하고	未獲殉陵墓
홀로 사니 나는 정말 수치스러워	獨生良足恥
노심초사 옛 도읍을 그리워하고	憫憫思舊都
사무치게 옛 군자를 맘에 품고서	惻惻懷君子
흰 머리를 거울에다 비춰 보자니	白髮窺明鏡
슬픔으로 남은 이가 다 빠지겠네	憂傷沒餘齒

○ 속마음을 그대로 서술하여 예스럽고 질박함이 더욱 돋보인다.[直述中懷, 轉見古質.]

돌을 품에 안고 사흘 낮밤을 통곡한 끝에 비로소 보옥(寶玉)으로 인정을 받았으며, 화씨벽(和氏璧)의 고사를 탄생시킨 인물이다. 《韓非子 卷4 和氏》

21 보검은 … 들어가 버려: 장화(張華)가 뇌환(雷煥)을 시켜 풍성현(豊城縣) 옥사(獄舍)의 바닥을 파게 하여 보검 두 자루를 발견하였다. 이름을 용천검(龍泉劍), 태아검(太阿劍)이라 짓고 하나씩 나눠 가졌다. 뒷날 장화가 죽자 그의 검도 사라졌고, 뇌환이 죽은 뒤 그 아들이 아버지의 검을 지니고 연평진(延平津)을 건너는데 검이 갑자기 뛰어올라 물속에 빠지더니, 다만 각각 두세 길 되는 용 2마리만 보일 뿐이었다고 한다. 568. 심조교와 작별하다[別沈助敎] 주 129) 참조.

633

주(周)에서 제(齊)로 들어가는 길에 밤중에 지주(砥柱)를 넘다

[從周入齊夜度砥柱]

협객으로 어려운 일 거듭 겪으며	俠客重艱辛
밤중에 소평진을 나가고 보니	夜出小平津
말 빛깔은 관문 보초 헷갈리게 하고	馬色迷關吏
닭은 울어 수비병을 깨워 일으키네	雞鳴起戍人
이슬 고와 화려한 검 광채 빛나고	露鮮華劍彩
달빛 비춰 보검은 새것 같은데	月照寶刀新
어디로 가려는지 내게 물으면	問我將何去
북해의 손빈석[22]을 찾아간다 하리라	北海就孫賓

○ 《후한서(後漢書)》에, "중상시(中常侍) 당형(唐衡)의 형 당현(唐玹)이 조기(趙岐)[23]의 일가붙이를 몰살하였다. 조기는 강호 사이로 피신하여 이름을 숨기고 떡을 팔며 살았다. 이때 손숭(孫嵩)이 조기가 범상치 않은 사람임을 알아보고 '나는 북해(北海)의 손빈석(孫賓碩)이다'라고 하며 조기를 복벽(複壁) 속에 숨겨 주었다. 몇 년 뒤에 당씨(唐氏)들이 모두 죽자, 조기는 바로 사면되었다." 하였다.[後漢書, 中常侍唐衡, 兄唐玹, 盡殺趙岐家屬. 岐逃難江湖間 匿名賣餅. 時孫嵩察岐非常人 曰, '我北海孫賓碩' 因藏岐復壁中. 數年, 諸唐後滅, 岐因赦乃免.]

---

22 손빈석(孫賓碩): 후한 때 청주(青州) 병해국(竝海國), 지금의 산동성(山東省) 유방시(濰坊市) 창락현(昌樂縣) 사람이다.

23 조기(趙岐, 108 추정~201): 후한 때 장릉(長陵), 지금의 섬서성(陝西省) 함양(咸陽) 사람이다.

풍숙비(馮淑妃)[24]

634

비파의 줄에서 느끼다[感琵琶絃]

본래 제(齊) 임금의 황후였다. 황후가 주(周)의 군대에게 포획되어 대왕(代王) 우문달(宇文達)에게 보내졌는데, 왕을 모시고 비파를 타다가 비파 줄이 끊어지자 이 시를 지었다.[本齊主后, 后爲周師所獲, 以賜代王達, 侍王彈琵琶, 因絃斷作詩.]

오늘 주신 총애 비록 입었사오나	雖蒙今日寵
여전히 옛사랑을 기억합니다	猶憶昔日憐
끊어진 제 마음을 알고 싶거든	欲知心斷絕
무릎 위의 비파 줄을 보시옵소서	應看膝上絃

24 풍숙비(馮淑妃): 이름은 소련(小憐)이다. 후주(後主)의 비(妃)인 대목후(大穆后)의 종비(從婢)였는데 가무(歌舞)에 능하여 뒤에 좌황후(左皇后)가 되었다.

곡률금(斛律金)[25]

635 칙륵가(敕勒歌)

《북사(北史)》에, “북제(北齊) 신무제(神武帝)가 곡률금(斛律金)에게 칙륵가(敕勒歌)를 부르게 하고 스스로 화답하였다.” 하였다.[北史, 北齊神武, 使斛律金唱敕勒, 自和之.]

칙륵천은	敕勒川
음산[26] 아래 있지	陰山下
하늘은 궁려[27]처럼 생겨	天似穹廬

25 곡률금(曲律金): 남북조시대 북제(北齊)의 건국에 공울 세운 투르크계 유목민으로 삭주(朔州) 철륵부(鐵勒部) 출신 무장이다. 북제의 제2대 황제인 고은 조(高殷朝)에 좌승상을 역임하였고, 후에 함양왕(咸陽王)에 봉해졌다. 명장 곡률광(曲律光)의 아버지이기도 하다.

26 음산(陰山): 내몽고 자치구를 가로지르는 산맥 이름. 산맥에 틈이 있어 고대에는 남북을 잇는 길이 있었다.

27 궁려(穹廬): 고대에 유목민족이 거주하던 털가죽으로 만든 장막. 게르를 이른다.

사방 들판을 덮어 버린다네	籠蓋四野
하늘은 푸르고 푸르며	天蒼蒼
들판은 아득하고 아득해	野茫茫
바람이 불면 풀이 눕고 소와 양이 보이네	風吹草低見牛羊

○ 까마득한 기세로 와서 자연스럽고 고고(高古)하니, 한(漢)나라 사람이 남긴 음향이라 하겠다.[莽莽而來, 自然高古, 漢人遺響也.]

636
동요(童謠)

《북사(北史)》〈제본기(齊本紀)〉에, "후위(後魏) 말에 문선제(文宣帝)[28]가 아직 선위(禪位)를 받지 않았을 때 아래와 같은 동요가 있었다. 살피건대, 짚[藁]의 양쪽 끝을 태우면 글자로는 '고(高)'가 되고, '하수(河水)가의 염소들[河邊羖攊]'은 '물가의 양[洋]'이니 황제의 이름[高洋]이다."라고 하였다.[北史, 齊本紀, 後魏末, 文宣未受禪時, 有童謠. 按藁然兩頭, 於文爲高, 河邊羖攊, 水邊羊, 帝名也.]

지푸라기 한 다발을	一束藁
양쪽 끝을 태우고 나면	兩頭然
하수(河水)가의 양들이 하늘 위로 날아오르리라	河邊羖攊飛上天

28 문선제(文宣帝): 북제(北齊) 초대 황제인 현조(顯祖) 문선황제(文宣皇帝) 고양(高洋). 자는 자진(子進). 진양(晉陽)에서 태어나 진양락(晉陽樂)이라고도 불린다. 큰 지략이 있었으나 어리석은 듯 보였고, 도량이 넓었다고 한다. 재위 초기에는 정치에 정신을 쏟았으나 후기에는 포학하였고 극도로 사치하였다.

북주시 北周詩 — 부 附

和侃法師
烏夜啼
寄徐陵
奉和永豐殿下言志
奉和泛江
對酒歌
至老子廟應詔
詠畫屏風詩

유신(庾信)[1]

진(陳)·수(隋) 사이의 시인들은 오직 명구(名句)만을 얻으려고 했다. 자산(子山: 庾信의 자)은 시구를 조탁하는 중에도 다시 청기(淸氣)를 많이 받았으므로 유행하는 습속 가운데서 뛰어날 수가 있었다. 이른바 '키 큰 학이 닭 무리 사이에 서 있다'는 것이리라.[陳隋間人, 但欲得名句耳. 子山於琢句中, 復饒淸氣, 故能拔出於流俗中. 所謂軒鶴立雞羣者耶.]

자산(子山)의 시는 실로 한 시대의 능숙한 솜씨라서 시구의 구성이 참신하고 전고(典故)를 구사함에 자취가 없어 하수부(何水部: 梁나라 시인 何遜)에 비교하면 비슷하면서도 그보다 낫다. 무릉(武陵) 진윤천(陳胤倩)이 "소릉(少陵)은 청출어람을 잘하지는 못하였고, 바로 사사건건 따라하였다."라고 한 것은 또한 매우 심하다. 명구(名句)는 예컨대 〈보허사(步虛詞)〉에 "한(漢) 황제는 복숭아씨를 살폈고, 제(齊) 임금은 대추 꽃을 물었네.[漢帝看桃核, 齊侯問棗花.]"라거나 〈산지(山池)〉에 "연꽃에 부는 바람 목욕하는 새 놀래키고, 다리 그림자는

1 유신(庾信, 513~581): 중국 남북조시대의 시인. 자는 자산(子山)이고, 남양(南陽) 신야(新野) 사람이다. 총명하고 다재다능하여 여러 가지 서적을 열독(閱讀)했는데, 특히 《좌전(左傳)》에 통달하였다. 양(梁)나라의 간문제(簡文帝)가 태자로 있을 때 그의 아버지 유견오(庾肩吾)와 함께 두터운 신임을 받았으며, 그의 문풍(文風)은 서유체(徐庾體)로 일컬어져 후진들이 다투어 학습에 임했다고 한다. 48세 때 원제(元帝)의 명으로 서위(西魏)에 사신으로 파견되었다가 억류당했는데, 두터운 예우를 받았지만 양나라에 대한 연모의 정을 잊지 못하여 그 비통한 심정을 청신한 형식의 시문으로 표현하였다. 문집에 《유자산문집(庾子山文集)》 20권이 전한다.

가는 물고기를 모은다.[荷風驚浴鳥, 橋影聚行魚.]"라거나 〈우문내사에게 화답하다[和宇文內史]〉에 "나무는 앵두 머금은 새를 잠재우고, 꽃잎은 꿀을 빚는 벌을 머물게 한다.[樹宿含櫻鳥, 花留醸蜜蜂.]"라거나 〈군행(軍行)〉에 "요새에는 나부끼는 느릅나무 잎이 멀고, 관문에는 내려앉는 기러기 털이 차구나.[塞迥翻楡葉, 關寒落雁毛.]"라거나 〈법연(法筵)〉에 "불상(佛像)은 호인(胡人)이 기록을 하고, 경문(經文)은 한어(漢語)로 번역을 한다.[佛影胡人記, 經文漢語翻.]"라거나 〈설문학에게 답하다[詶薛文學]〉에 "양장판(羊腸坂)은 아홉 언덕 연이어 있고, 웅이산(熊耳山)은 두 봉우리 마주하였네.[羊腸連九阪, 熊耳對雙峯.]"라거나 〈누군가에게 화답하다[和人]〉에 "이른 우레 칩충(蟄蟲) 집을 놀라게 하고, 날리는 눈 하수(河水) 근원 길게 하겠네.[早雷驚蟄戶, 流雪長河源.]"라거나 〈원정(園庭)〉에 "초부와 은사는 항상 다니는 길이 같고, 사람과 새는 더러 사는 집을 마주한다네.[樵隱恆同路, 人禽或對巢.]"라거나 〈청신임범(淸晨臨汎)〉에 "원숭이 휘파람에 바람 되려 급하고, 닭이 울자 조수는 밀려오려 하네.[猿嘯風還急 雞鳴潮欲來.]"라거나 〈겨울사냥(冬狩)〉에 "놀란 꿩은 매에 쫓겨 날아오르고, 뛰는 원숭이 화살 보고 굴러간다네.[驚雉逐鷹飛, 騰猿看箭轉.]"라거나 〈누군가에게 화답하다[和人]〉에 "베짱이는 베틀 없이 베를 짜는데, 반딧불은 불 띠고도 추운가 보다.[絡緯無機織, 流螢帶火寒.]"라거나 〈그림 병풍을 읊다[咏畫屛]〉에 "돌 험하니 소나무도 가로로 섰고, 바위 매달려 시냇물은 수직으로 흐르네, 고요함을 좋아하니 물고기가 즐거움을 다투고, 사람을 의지하다 보니 새가 품안으로 들어오네.[石險松橫植, 岩懸澗竪流, 愛靜魚爭樂, 依人鳥入懷.]"라거나 〈꿈에 당 안에 들어가다[夢入堂內]〉에 "햇빛 비춰 비녀 그림자 움직이고, 창 그림자에 거울이 흔들리누나.[日光釵影動, 窗影鏡花搖.]"라는 것이 소능(少陵)이 말한 바 '청신(淸新)하다'는 것인가.[子山詩固是一時作手, 以造句能新, 使事無迹, 比何水部似又過之. 武陵陳胤倩謂少陵不能靑出於藍, 直是亦步亦趨, 則又太甚矣. 名句如步虛詞云, 漢帝看桃核, 齊侯問棗花, 山池云, 荷風驚浴鳥, 橋影聚行魚, 和宇

文內史云, 樹宿含櫻鳥, 花留釀蜜蜂, 軍行云, 塞迴翻楡葉, 關寒落雁毛, 法筵云, 佛影胡人記, 經文漢語翻, 詶薛文學云, 羊腸連九阪, 熊耳對雙峯, 和人云, 早雷驚蟄戶 流雪長河源, 園庭云, 樵隱恆同路, 人禽或對巢, 淸晨臨汎云, 猿嘯風還急, 雞鳴潮欲來, 冬狩云, 驚雉逐鷹飛, 騰猿看箭轉, 和人云, 絡緯無機織, 流螢帶火寒, 咏畫屛云, 石險松橫植, 岩懸澗竪流, 愛靜魚爭樂, 依人鳥入懷, 夢入堂內云, 日光釵影動, 窗影鏡花搖, 少陵所云淸新者耶.]

637

상조곡(商調曲) 2수(首)[2]

【1수】

임금께서 궁조(宮調)로 창도하시니 君以宮唱
넓고 커서 계획이 밝아서이고 寬大而謨明
신하가 상조(商調)로 응수하니[3] 臣以商應
의로운 일 듣고서 행할 만해서라네 聞義則可行
유웅[4]은 정사를 함에 有熊爲政

2 상조곡(商調曲) 2수(首): 상조는 상음(商音)을 기본으로 하는 가락을 뜻하며, 상음은 고대 중국음악의 오음(五音) 즉 궁상각치우(宮商角徵羽) 가운데 하나이다. 《예기(禮記)》〈악기(樂器)〉에 "궁음(宮音)은 임금을 상징하고, 상음(商音)은 신하를 상징한다.[宮爲君, 商爲臣.]"라고 하였다. 이 곡은 《악부시집(樂府詩集)》 권15 〈연사가사(燕射歌辭)〉에 수록되어 있으며, 2곡은 상조곡(商調曲) 4수(首) 중 첫째 작품과 셋째 작품이다.

3 신하들이 … 하니: 이 구는 원래 대본에는 없었으나 《상주고시원(詳註古詩源)》과 《악부시집(樂府詩集)》을 참고하여 문맥에 맞게 보충하여 번역하였다.

4 유웅(有熊): 황제(黃帝)의 나라 이름. 또는 그 도읍 이름이라고 한다.

용성[5]에게 치도(治道)를 물었고	訪道於容成
은탕[6]은 천명(天命)을 받음에	殷湯受命
아형[7]에게 임무를 맡겼네	委任於阿衡
경건하게 일함에 충심을 다하니	忠其敬事
죄 있는 자 형벌을 피하지 못하고	有罪不逃刑
잠계(箴戒)와 간언(諫言)을 외니[8]	誦其箴諫
말을 함에 실정을 숨길 수 없네	言之無隱情
굳셈도 있고 결단력이 있으니	有剛有斷
사방이 안녕하게 되고	四方可以寧
송(頌)을 부르고 아(雅)를 부르니	既頌既雅
천하가 이에 태평하여지리로다	天下乃昇平
하나가 되는 데 뜻을 오롯이 하면	專精一致
쇠와 바위도 열릴 것이요	金石爲之開
두 마음을 흔들어 놓으면	動其兩心
처자식도 은정이 어그러지리니	妻子恩情乖
진실로 사직을 이롭게 하려면	苟利社稷

5 용성(容成): 황제(黃帝)의 신하로 역법(曆法)을 발명했다고 한다.

6 은탕(殷湯): 은나라의 탕왕을 이른다.

7 아형(阿衡): 은나라 때 재상에 해당하는 관직 이름인데, 보통 탕왕(湯王)의 아형이었던 이윤(伊尹)의 별칭으로 쓰인다.

8 잠계(箴戒)와 … 외니: 《좌전(左傳)》 양공(襄公) 14년조에 사광(師曠)이 진후(晉侯)에게 임금을 보도(輔導)하는 방법을 설명하면서 "사관은 사실을 기록하고, 악사는 시를 읊고, 악공은 잠으로 간하는 내용을 외운다.[史爲書, 瞽爲詩, 工誦箴諫.]"에서 인용한 말이다.

마음을 다하지 않음이 없어야 하네	無有不盡褱
호천이 복을 내려 주셔서	昊天降祐
임금께서 강녕하시리라	元首惟康哉

○ 황제(黃帝) 유웅씨(有熊氏)가 용성(容成)에게 명하여 개천(蓋天)[9]을 만들게 했다.[黃帝有熊氏, 命容成作蓋天.]

【2수】

예와 악이 바루어지니	禮樂既正
신과 사람 이 때문에 화합하고	神人所以和
옥과 비단에 차례가 있으니	玉帛有序
그 뜻은 전쟁을 그치고자 함이네	志欲靜干戈
각각 부절과 신물을 나눔으로	各分符瑞
모두 산하의 분열을 맹세하였네	俱誓裂山河
오늘 서로 즐거워하며	今日相樂
술 마시고 또 노래 부르리[10]	對酒且當歌
도덕으로 깨우쳐 주어야만	道德以喻

9 개천(蓋天): 고대의 천체(天體)에 관한 학설의 하나. 하늘은 대나무 삿갓 모양으로 위에 있고, 땅은 엎어놓은 쟁반 모양으로 아래에 있으며, 해·달·별은 하늘을 따라 움직인다고 하였다. 이 밖에 천체에 관해서는 선야(宣夜), 혼천(渾天) 등의 학설이 있었다.

10 술 … 부르리: 《고시원(古詩源)》 1권 215.단가행(短歌行)에 "술을 마주하면 노래 부르리, 인생이 얼마나 되나.[對酒當歌, 人生幾何.]"라고 하였다.

종 치는 소리를 듣는 듯이 할 것이요[11]	聽撞鍾之聲
신간(神奸)[12]이 불순(不順)하거든	神奸不若
주조된 솥에 새겨진 도형을 보라	觀鑄鼎之形
풍궁[13]에서 조회를 하시니	酆宮旣朝
제후들은 이리하여 화목해졌고	諸侯於是穆
기양[14]에서 더러 사냥을 하시니	岐陽或狩
회이[15]가 이로부터 평온해졌네	淮夷自此平
만약 큰 강물을 건너려 하면	若涉大川
배와 노에 의지해야 하고[16]	言憑於舟檝
솥에 담긴 음식물을 요리하려면	如和鼎實
소금과 매실에 맡겨 둬야 하듯이	有寄於鹽梅
임금과 신하가 일체가 되어야	君臣一體
전란을 안정시킬 수 있고	可以靜氛埃
인재를 얻어야 다스려지나니	得人則治
어느 시대인들 기발한 인재 없으랴	何世無奇才

11 도덕으로 … 것이요: 《예기(禮記)》 〈학기(學記)〉에, “질문에 잘 대응하는 자는 마치 종을 치는 것과 같다. 작은 것을 질문하는 자에게는 작게 울리고, 큰 것을 질문하는 자에게는 크게 울린다.[善待問者如撞鐘, 叩之以小者則小鳴, 叩之以大者則大鳴.]”라고 하였다.

12 신간(神奸): 사람을 해치는 귀신이나 괴물을 이른다.

13 풍궁(酆宮): 주 문왕(周文王)의 궁전 이름이다.

14 기양(岐陽): 기산(岐山)의 남쪽을 뜻하는 말로, 지금의 섬서성(陜西省) 봉상부(鳳翔府)에 있다.

15 회이(淮夷): 회하(淮河) 지역의 오랑캐를 일컫는다.

16 만약 … 하고: 임금이 정사를 행하며 큰일을 이룰 때는 신하의 도움이 필요하다는 뜻이다. 《서경(書經)》 〈열명 상(說命上)〉에, “만약 큰 냇물을 건넌다면 너를 써서 배와 노를 삼을 것이다.[若濟巨川, 用汝作舟楫.]”라고 하였다.

○ 따로 한 체식(體式)이 되니 마땅히 남겨 두어 관람에 대비하려 한다. 그 당시에 종묘 음악에는 역시 화려한 것을 썼을 터인데 이것은 마치 괴부(蕢桴)와 토고(土鼓)[17] 같은 것이다.[別爲一體, 當存以備觀覽, 在爾時, 宗廟之樂, 亦用靡靡, 此如蕢桴土鼓也.]

17 괴부(蕢桴)와 토고(土鼓): 토고는 흙으로 빚어 만든 북을 이르고, 괴부는 흙과 풀을 섞어 만든 북채를 이른다. 수(隋)·당(唐) 때 강남의 무악(舞樂)이 대개 여기서 나왔다.

638
오야제(烏夜啼)[18]

줄을 조여 바삐 타니 자야가(子夜歌)[19]는 아니요	促柱繁絃非子夜
노랫소리 춤사위도 전계(前溪)[20]와는 다른데	歌聲舞態異前溪
어사부 가운데서 어느 곳에 묵고서[21]	御史府中何處宿
낙양성 성벽 머리 어디에 깃들었나	洛陽城頭那得棲
거문고 타긴 촉군의 탁씨 집 딸[22]이요	彈琴蜀郡卓家女
비단 짜긴 진천의 두씨 아내[23]이니	織錦秦川竇氏妻

18 오야제(烏夜啼): 《악부시집(樂府詩集)》 권47 〈청상곡사(淸商曲辭)〉의 〈오성가곡(吳聲歌曲)〉에 속하는 유신의 작품 2수 중 첫째 작품이다.

19 자야가(子夜歌): 육조(六朝)시대 진(晉)나라의 악곡 이름이다. 《당서(唐書)》 〈악지(樂志)〉에 "진나라의 자야(子夜)라는 여인이 이 곡을 지었는데 소리가 몹시 애절하다."라고 하였다. 《악부시집(樂府詩集)》 권44 〈청상곡사(淸商曲辭)〉의 〈오성가곡(吳聲歌曲)〉에 속한다.

20 전계(前溪): 고대 오(吳) 지역의 마을 이름. 현재 절강성(浙江省) 덕청현(德清县)에 있다. 악부의 이름으로, 진(晉)나라 때 만들어진 〈전계곡(前溪曲)〉, 또는 〈전계가(前溪歌)〉라고 부른다.

21 어사부 … 묵는가: 한나라 때 어사부 안에 잣나무를 줄지어 심었는데, 까마귀 수천 마리가 항상 나무 위에 깃들어 자며 새벽에 갔다가 저녁에 돌아왔기에 '조석오(朝夕烏)'라고 불렀다. 뒷날 어사부가 '오부(烏府)' 또는 '오대(烏臺)'라고 불린 것은 이 때문이다.

22 탁씨 집 딸: 사마상여(司馬相如)의 부인 탁문군(卓文君)을 이른다. 사마상여가 탁문군의 집에서 열린 연회에 참석하여 거문고를 켰는데, 갓 과부가 되었던 탁문군이 이 모습을 보고 사마상여에게 마음을 빼앗겨 함께 야반도주하였다.

23 두씨 아내: 오호십육국(五胡十六國) 당시 전진(前秦) 무공(武功) 사람으로, 그의 이름은 소혜(蘇蕙)이며, 자는 약란(若蘭)이다. 남편인 두도(竇滔)가 죄로 인해 변방 사막으로 옮겨진 뒤에 오색 실로 〈회문선도시(廻文旋圖詩)〉를 짜서 보냈다고 한다. 시는 모두 480자로 종횡으로 반복해서 읽을 수 있으며, 내용이 대단히 처완(悽惋)했다는 평이 있다.

긴 눈물이 떨어짐에 어찌 절로 안 놀랄까　詎不自驚長淚落
결국 우는 까마귀는 밤에만 늘 운다네　到頭啼烏恆夜啼

639

대주가(對酒歌)

봄 물결에 복사꽃을 바라보면서	春水望桃花
모래톱서 향긋한 풀 깔고 앉은 채	春洲藉芳杜
거문고는 녹주(綠珠)[24]의 손 빌려서 타고	琴從綠珠借
술 사려면 탁문군(卓文君)에게 간다오[25]	酒就文君取
말을 끌고 위교[26]로 향하여도 보고	牽馬向渭橋
햇볕 쬐려면 오후 늦게 산머리 가며	日曝山頭晡
산간[27]이 백접리(白接䍦)[28]를 뒤집어쓰듯	山簡接䍦倒
왕융[29]은 여의[30] 들고 춤을 췄으며	王戎如意舞

24 녹주(綠珠): 진(晉)의 부호 석숭(石崇)의 애첩이다.

25 술 사려면 … 간다오: 사마상여(司馬相如)가 탁문군(卓文君)과 야반도주를 한 뒤 술을 팔아 생계를 유지했던 일을 이른다. 이를 일러 '문군주(文君酒)'라고 하며, 젊은 여인이 술을 파는 것을 이르는 고사로 쓰였다. 638.오야제(烏夜啼) 주 22) 참조.

26 위교(渭橋): 위수 위에 놓인 다리. 섬서성(陝西省) 함양현(咸陽縣) 동남쪽에 있다.

27 산간(山簡): 죽림칠현의 한 사람인 산도(山濤)의 다섯 번째 아들. 자 계륜(季倫), 하내(河內) 회(懷) 사람이다. 술을 매우 좋아하여 진남장군(鎭南將軍)이 되어 양양(襄陽)에 있을 때는 집안 동산의 연못에 술을 두고서 언제나 술에 취했으며, 못 이름을 고양지(高陽池)라고 불렀다. 술에 취하면 아무것도 분간하지 못할 지경이어서 백접리(白接䍦)를 뒤집어썼다고 한다.

28 백접리(白接䍦): 백로 깃을 장식한 모자. 원문의 '리(䍦)'는 '두건'이라는 의미가 있다.

29 왕융(王戎, 234~305): 죽림칠현(竹林七賢)의 한 사람이다.

30 여의(如意): 불구(佛具)의 하나로 옥이나 뿔 따위로 만들기도 하는데, 한 자쯤 되는 자루에다 끝이 고사리 모양과 같다. 원래는 등의 가려운 곳을 긁는 데에 썼는데, 가려운 곳이 뜻과 같이 긁힌다는 뜻에서 온 말이다.

쟁(箏)일랑은 금곡원[31]에서 울리고	箏鳴金谷園
적(笛)일랑은 평양오[32]에서 불어라	笛韻平陽塢
한평생 인생살이 백년 중에서	人生一百年
기뻐하며 웃는 것은 소년시절 뿐	歡笑惟三五
어느 곳서 전도[33]를 찾는다 한들	何處覓錢刀
낙양 상인 되는 것을 추구할건가	求爲洛陽賈

○ 시작과 끝이 치밀하고 좋다.[起結致佳.]

○ 창작 의도가 수준 높지만 결말은 평순(平順)하니, 풍기(風氣)가 그렇게 만든 것이다.[作意嶔崎終歸平順, 風氣使然也.]

31 금곡원(金谷園): 진(晉)나라 부호였던 석숭(石崇)의 저택 정원으로, 석숭이 이곳에서 문사(文士)들과 더불어 화려한 잔치를 벌여 술을 마시고 시를 읊으면서 음악을 즐겼다 한다.

32 평양오(平陽塢): 섬서성(陝西省) 미현(郿縣) 평양리(平陽里)에 있다.

33 전도(錢刀): 칼 모양의 돈을 이른다.

640

〈강 위에 떠서〉를 받들어 화답하다

[奉和泛江]

춘강 따라 백제성(白帝城)[34]을 내려와서	春江下白帝
그림배로 황우협(黃牛峽)[35]을 향해 가는데	畫舸向黃牛
비단 닻줄 모래 섬을 돌아 나가고	錦纜回沙磧
목란 노로 억새 모래톱 피해서 가니	蘭橈避荻洲
젖은 꽃잎 물을 따라 둥둥 떠 있고	溼花隨水泛
빈 둥지도 나무 좇아 떠내려가네	空巢逐樹流
건평[36]에서 온 배의 사다리 아래	建平船柹下
형문[37]의 전함이 떠 흘러가 듯이	荊門戰艦浮
강가의 사당에는 큰 나무 많고	岸社多喬木
산성에는 높은 누각 꽤나 있으니	山城足迴樓
해가 지고 강바람이 고요해지면	日落江風靜
용음[38] 울려 상류로 돌아가리다	龍吟迴上游

34 백제성(白帝城): 사천성(四川省) 봉절현(奉節縣)에 있다. 백제(白帝)는 서방(西方)을 맡은 신장(神將)을 이른다.

35 황우협(黃牛峽): 호북성(湖北省) 의창현(宜昌縣) 서쪽에 있는 협곡. 강 속에 바위들이 어지러이 널려 있고 물길이 구불구불해서 물살이 매우 급하여 황우탄(黃牛灘)이라고도 한다.

36 건평(建平): 사천성(四川省) 무산현(巫山縣)에 있는 지명이다.

37 형문(荊門): 호북성(湖北省) 의도현(宜都縣)에 있는 지명이다.

38 용음(龍吟): 피리 같은 관악기에서 내는 맑은 소리를 이른다.

641

노기실[39]과 함께 종군하며

[同盧記室從軍]

하도로써 진기[40]를 논의하고	河圖論陣氣
금궤로써 성문[41]을 분변하니	金匱辨星文
땅속에서 고각소리 울려대고	地中鳴鼓角
하늘에서 장군들이 내려오듯	天上下將軍
함서[42]는 늘 일곱 조각이었고	函犀恆七屬
낙철[43]은 본래 일천 무리였으며	絡鐵本千羣
비제[44]로는 애오라지 강주(絳州)를 넘고	飛梯聊度絳
합노[45]로는 잠시 분하(汾河)를 넘으니	合弩暫凌汾
도둑 군진 가운데가 먼저 끊기고	寇陣先中斷

39 노기실(盧記室): 북주(北周) 제왕 헌(齊王憲)의 기실(記室)을 지낸 노개(盧愷)를 이른다. 자는 장인(長仁), 탁군(涿郡) 범양(范陽) 사람이다. 성품이 효우(孝友)하고 글을 잘 지었다.

40 진기(陣氣): 전장에 나간 군진(軍陣) 위의 운기(雲氣)를 이른다.

41 성문(星文): 별자리의 명암위치 등으로 세상의 길흉화복을 점쳐 헤아리는 일. 성상(星象)이라고도 한다.

42 함서(函犀): 무소 가죽으로 만든 갑옷. 《주례(周禮)》 〈고공기(考工記)·함인(函人)〉에 "함인이 갑옷을 만들 때 무소 갑옷은 일곱 조각을 이어 붙인다.[函人爲甲, 犀甲七屬.]"라고 하였다.

43 낙철(絡鐵): 철갑기병을 이른다.

44 비제(飛梯): 성을 공격할 때 사용하는 긴 사닥다리를 이른다.

45 합노(合弩): 연속으로 쏠 수 있게 기계장치를 부착한 노궁(弩弓)을 이른다.

요물 진영 곧장 둘로 나뉘고 난 뒤　妖營即兩分
잇단 봉화 산봉우리 건너서 피고　連烽對嶺度
말울음이 하수 건너 들리어 가며　嘶馬隔河聞
화살이 빗발치듯 날아서 가고　箭飛如疾雨
성문은 구름 흩듯 무너졌으니　城崩似壞雲
영명하신 임금께서 이번 전쟁에　英王於此戰
무엇하러 무안군[46]을 장군 삼겠소　何用武安君

46 무안군(武安君): 진(秦)나라 장군 백기(白起)의 봉호이다.

642

노자묘에 이르러 조칙(詔勅)에 응하여 짓다[至老子廟應詔]

허무란 변화를 부림[47]에서 미루어 알고	虛無推馭辨
요확[48]은 무지개를 타는 데 근본하니	寥廓本乘蜺
삼문[49]은 고현[50]에 강림하였고	三門臨苦縣
구정은 영계[51]에 마주하였네	九井對靈谿
단약은 대 마디에 담아야 하고	盛丹須竹節
약 잴 때는 도규[52]를 쓰는 것이며	量藥用刀圭
약석(藥石)은 임공[53]의 토란과 같고	石似臨邛芋
지초(芝草)는 봉선[54]하는 진흙 같으며	芝如封禪泥
털갈이 한 어린 고니는 작아 보이고	氄[(1)]毛新鵠小
뿌리가 단단한 고목은 낮게 드리웠나니	盤根古樹低

47 변화를 부림: 《장자(莊子)》 〈소요유(逍遙遊)〉에 "육기(六氣)의 변화를 부린다.[御六氣之辯.]"라는 말이 있는데 여기서 인용한 것으로 보인다.

48 요확(寥廓): 드넓은 하늘을 뜻한다.

49 삼문(三門): 고대 천자의 도성에 사면에 있는 문을 뜻한다.

50 고현(苦縣): 노자의 출생지. 현재의 하남성(河南省) 녹읍현(鹿邑縣)이다.

51 영계(靈谿): 호북성(湖北省) 강릉현(江陵縣) 서쪽에 있는 시내이다.

52 도규(刀圭): 약의 분량을 재는 기구로, 칼과 비슷하며 위는 뾰족하고 가운데는 패어 있다.

53 임공(臨邛): 사천성(泗川省)에 있는 지명이다.

54 봉선(封禪): 고대 제왕의 제천의식(祭天儀式)을 일컫는 말이다.

들 초소엔 외로운 연기 피어오르고	野戍孤煙起
봄 산에는 온갖 새들 울어 대는데	春山百鳥啼
길은 삼천 세계만큼 떨어져 있고	路有三千別
오는 중에 칠성[55]처럼 헤매었으니	途經七聖迷
그저 관문 보초들과 이별하고선	唯當別關吏
곧장 유사(流沙) 서쪽으로 향해야겠네[56]	直向流沙西

(1) 타(魹)의 음(音)은 타(妥)이다.[音妥.]

○ 《신선전(神仙傳)》에, "노자의 귀에 구멍이 셋이 있다."고 하고, 《군국지(郡國志)》에, "고현(苦縣)의 노자묘(老子廟)에는 우물이 아홉이 있다."고 하였다.[神仙傳, 老子耳, 有三門, 郡國志, 苦縣老子廟, 有九井.]

○ "멀고 먼 삼천세계 길 가기도 험하구나.[悠悠三千, 路難涉矣.]"는 조지의 시어이다. "칠성이 모두 길을 헤매다."는 헌원이 천하를 다스리는 법을 물으러 갔다는 전고를 사용한 것이다.[悠悠三千, 路難涉矣, 趙至語. 七聖俱迷, 用軒轅訪道事.]

---

55 칠성(七聖): 전설에 나오는 일곱 명의 성인. 즉 황제(黃帝), 방명(方明), 창우(昌寓), 장약(張若), 습붕(謵朋), 곤혼(昆閽), 골계(滑稽)를 지칭하는 말로, 《장자(莊子)》 〈서무귀(徐無鬼)〉에 "황제(黃帝)가 구자산(具茨山)으로 대외(大隗)를 만나러 갔다. 방명(方明)이 마부가 되고, 창우(昌寓)가 참승(驂乘)을 하고, 장약(張若)과 습붕(謵朋)이 선도하고, 곤혼(昆閽)과 골계(滑稽)가 뒤를 따랐다. 양성(襄城)의 들판까지 와서 이들 일곱 성인은 길을 잃었는데[七聖皆迷] 길을 물을 곳이 없었다."라고 하였다.

56 곧장 … 향해야겠네: 노자가 관령(關令) 윤희(尹喜)를 만나 그의 부탁으로 《도덕경》을 저술한 뒤에 함께 유사(流沙)의 서쪽으로 떠나갔다고 한다. 《열선전(列仙傳)》에 보인다.

643

〈영회〉를 본따서 짓다[擬詠懷] 8수(首)

끝없는 외로움과 울분을 다 토해 냄으로써 교졸(巧拙)함을 모두 잊었으니, 전적으로 완적(阮籍)만을 본뜬 것은 아니다.[無窮孤憤, 傾吐而出, 工拙都忘, 不專擬阮.]

【1수】

예전에 국사로 대우받을 때에는	疇昔國士遇
평생 지기의 은혜로 여겼으니	生平知己恩
직언할 땐 구슬을 토하듯이 했거니와	直言珠可吐
어찌 숯도 삼킬 수 있어야만 함을[57] 알았으랴	寧知炭可呑
제왕의 한번 돌봄은 척벽[58]보다 중하고	一顧重尺璧
천금도 제왕의 한마디 말보다 가볍나니	千金輕一言
애처로운 유유자 영(嬰)[59]이 있었던 것처럼	悲傷劉孺子

57 숯도 … 함을: 원문의 탄가탄(炭可呑)은 지백(智伯)의 가신(家神) 예양(豫讓)이 조양자(趙襄子)에게 복수하기 위하여 숯을 삼킨 고사를 이른다. 《사기(史記)》〈자객열전(刺客列傳)〉에 조양자가 한(韓)나라, 위(魏)나라와 함께 지백(智伯)을 멸망시키자, 그의 가신 예양이 자신의 몸에 옻칠을 하여 문둥이처럼 꾸미고 숯을 삼켜 벙어리가 되어 다리 아래에 매복하고 있다가 조양자를 암살하려 했으나 미수에 그친 사실이 기록되어 있다.

58 척벽(尺璧): 지름이 1자 되는 큰 구슬. 초(楚)나라 화씨벽(和氏璧)을 이른다. 632.고의(古意) 주20) 참조.

59 유유자(劉孺子) 영(嬰): 한 선제(漢宣帝)의 현손(玄孫)이며, 왕망(王莽)이 찬위(簒位)하였다.

처량한 사황손[60]의 경우가 같네　悽愴史皇孫
무기상시[61]와 같은 이가 없어서　無因同武騎
패릉[62]의 문제릉을 돌아가 지킬 수 없네　歸守霸陵園

【2수】

전해 오던 고향소식 변새라서[63] 끊어지고　榆關斷音信
지나가던 한 사신도 두절되어 알 수 없는데　漢使絕經過
호가 연주 들어 보면 눈물겨운 곡조이고　胡笳落淚曲
강적 소리 그도 또한 애끊는 가사로다　羌笛斷腸歌
가는 허리 하얀 띠가 느슨해졌으며　纖腰減束素
이별 눈물로 눈가가[64] 짓물렀건만　別淚損橫波
한스런 마음은 끝내 사라지지 않으니　恨心終不歇
고운 얼굴은 남은 날이 많지 않은데　紅顏無復多

60 사황손(史皇孫): 한(漢)나라 사량제(史良娣)는 노(魯)나라 사람인데, 위(衛)나라 태자와의 사이에서 낳은 아들에게 내린 호이다.

61 무기상시(武騎常侍): 한나라 때 사마상여(司馬相如)를 이른다. 560.주참군의 시에 답하다[酬周參軍] 주 106) 참조.

62 패릉(霸陵): 한 문제(漢文帝)의 능호(陵號)이다. 섬서성(陝西省) 장안현(長安縣) 동쪽에 있다.

63 변새라서: 원문의 유관(榆關)은 산해관(山海關)의 별칭으로, 하북성(河北省) 임유현(臨榆縣)에 있다. 옛날 진(秦)나라 몽염(蒙恬)이 느릅나무[榆]를 심어 요새를 만들었다고 한다.

64 눈가가: 원문의 횡파(橫波)는 눈을 가리킨다. 맑은 눈을 좌우로 보는 것이 물결이 가로지르는 것과 같다 하여 일컫는 말이다.

고목으로 바다 메우기를[65] 기대할 수 있겠으며	枯木期塡海
청산으로 황하 끊기를 바랄 수 있으랴	青山望斷河

【3수】

시들어 떨어지는[66] 가을 기후가 되어	搖落秋爲氣
슬프고 처량하여 원망도 많더니라	淒涼多怨情
순황비 울음에 상수의 대나무 반죽[67] 되듯	啼枯湘水竹
기량의 처[68] 울음소리에 성이 무너지듯	哭壞杞梁城
하늘이 망치려고 격한 전쟁 불러오니	天亡遭憤戰
해가 가려져 병사들 시름에 잠기었네	日蹙值愁兵
곧게 뻗은 무지개 아침 보루를 비추고	直虹朝映壘

65 고목으로 … 메우기를: 원문의 전해(塡海)는 《산해경(山海經)》 〈북산경(北山經)〉에 염제(炎帝)의 딸 여와(女娃)가 동해에 빠져 죽어 정위(精衛)라는 새가 되었는데, 그 원한으로 항상 서산의 나무나 돌을 물어다가 동해를 메우려 했다는 이야기가 전한다.

66 시들어 떨어지는: 원문의 요락(搖落)은 전국시대 초(楚)나라 송옥(宋玉)의 〈구변(九辯)〉에 "슬프다! 가을의 기후 됨이여, 쓸쓸하게도 초목을 흔들어서 떨어뜨려 변화시키는구나.[悲哉秋之爲氣也, 蕭瑟兮草木搖落而變衰.]"라고 하였다.

67 반죽(斑竹): 순임금이 남쪽으로 순수(巡狩)하다가 창오(蒼梧)에서 죽자, 요(堯)의 두 딸이자 순(舜)의 이비(二妃)인 아황(娥皇)과 여영(女英)이, 슬피 울어 뿌린 눈물이 상수(湘水) 가의 대나무에 떨어져 반점(斑點)의 대나무가 되었다고 한다. 이를 상죽(湘竹)이라 부른다.

68 기량(杞梁)의 처: 기량은 춘추시대(春秋時代) 제(齊)나라 대부(大夫)인데, 그의 이름은 식(殖)이다. 제나라 장공(庄公) 4년에 제나라가 거(莒) 땅을 쳤는데, 이때 기량(杞梁)이 전사하자, 교외에서 남편을 장사 지낼 때 그 아내의 울음소리가 너무 슬퍼서 듣는 사람마다 모두 눈물을 흘렸고 성이 저절로 무너졌다 한다.

장성[69]이 저녁 병영에 떨어지네	長星夜落營
초나라 노래[70]는 한이 가득 담긴 노래요	楚歌饒恨曲
남쪽 민요[71]는 죽음의 소리가 많다네	南風多死聲
눈앞에 한잔 술이 있을 뿐이니	眼前一杯酒
죽은 뒤의 명성을 누가 따질 것인가	誰論身後名

【4수】

홍수의 범람에다 화란의 간악함을 만난 것은	橫流遭屯慝
상참에 나쁜 기운이 응결되었기 때문이니	上慘結重氛
통곡하는 저자에는 요괴 짐승 울음소리 들리고	哭市聞妖獸
무너져 간 산에는 괴상한 구름이 일어나네	頹山起怪雲
녹림[72]에는 흩어진 군졸만 많고	綠林多散卒

69 장성(長星): 빛나는 긴 꼬리를 가진 혜성으로, 예로부터 병란(兵亂)을 예고하는 요성(妖星)이라 하여 불길한 징조로 여겼다.

70 초나라 노래: 원문의 초가(楚歌)는 《사기(史記)》〈항우본기(項羽本紀)〉에 초(楚)나라 항우가 해하(垓下)에서 유방의 군사에게 포위되어 있을 때 밤에 한군(漢軍) 진영에서 들려오는 초나라 노래를 듣고 초나라가 이미 한나라의 손에 들어갔다고 생각하고 낙담했던 고사에서 사면초가(四面楚歌)를 인용한 것이다.

71 남쪽 민요: 원문의 남풍(南風)은 《좌전(左傳)》〈양공(襄公)〉 18년조에 춘추시대 진(晉)나라 사광(師曠)이 초나라 군사가 동원되었다는 말을 듣고, "남쪽 음악은 음조가 미약하고 활기가 없으니, 초나라는 반드시 공이 없을 것이다.[南風不競, 多死聲, 楚必無功.]"라는 고사를 인용하였다.

72 녹림(綠林): 진(秦)나라 지명이다.

청파[73]에는 패망한 군사만 있을 뿐	淸波有敗軍
지사를 지금 어디에 쓸 것인가	智士今安用
충신이 있단 말도 들어 보지 못했네	忠臣且未聞
애석하게도 만금의 재산이 없는 탓에	惜無萬金產
동쪽으로 가서 창해군을 구할 수가 없네	東求滄海君

○ 창해군은 묵적(墨翟)의 제자 수소자이다.[隋巢子.]

○ 삼묘의 대란 때 사당에서 용이 생겨나고 개가 시장에서 울었다 한다.[三苗大亂, 龍生於廟, 犬哭於市.]

【5수】

해 저물어 황량한 성 위에는	日晩荒城上
까마득한 저녁 빛이 남아 있는데	蒼茫餘落暉
서역의 도호가 누란[74]에서 돌아오고	都護樓蘭返
장군은 소륵국[75]에서 돌아왔네	將軍疏勒歸
말은 풍진을 덮어쓴 기색이 있고	馬有風塵色
사람은 변방 의복을 입은 이가 많네	人多關塞衣

73 청파(淸波): 초(楚)나라 지명이다.

74 누란(樓蘭): 《한서(漢書)》 〈서역전(西域傳)〉에 "선선국(鄯善國)의 본명이 누란이며, 양관(陽關)에서 1천6백 리 떨어져 있다." 하였다.

75 소륵국(疏勒國): 중국 신강성(新疆省) 서부의 도시. 한(漢)나라 때 안서(安西) 지방에 있던 사진(四鎭)의 하나로, 동서 간의 교통과 무역의 중심지이다.

진을 둘러싼 구름 펼쳐 움직이지 않고	陳雲平不動
가을철 마른 쑥대 말려서 날려 하네	秋蓬卷欲飛
듣자 하니 남쪽 누선장군[76]은 전투에서	聞道樓船戰
금년에도 포위를 풀지 않는다 하네	今年不解圍

【6수】

쓸쓸한 정장[77]이 멀리 보이는데	蕭條亭障遠
애처롭게도 풍진만 자욱하네	悽愴風塵多
관문에 백적[78]이 다다라 오니	關門臨白狄
성 그림자 황하에 드리워졌네	城影入黃河
가을바람에 소무[79]와 작별하듯이	秋風別蘇武
한수에서 형가[80]를 전송하듯이	寒水送荊軻

---

76 누선장군(樓船將軍): 한(漢)나라 때 수군(水軍) 장군 양복(楊僕)을 이른다. 《사기(史記)》〈남월열전(南越列傳)〉에 한 무제(漢武帝) 때 남월(南越)이 반란을 일으켰을 때 그가 전공(戰功)을 세웠다는 기록이 있다.

77 정장(亭障): 변방의 요새(要塞)에 설치하여 사람의 출입을 검사하던 곳을 말한다.

78 백적(白狄): 《좌전(左傳)》 희공(僖公) 33년조에, "진(晉)의 군사가 적(狄)을 기(箕) 땅에서 패퇴시켰다. 극결(郤缺)이 백적(白狄)의 아들을 포획하였다." 하였는데, 백적은 흰옷을 착용하는 북방 이민족의 일종이다.

79 소무(蘇武): 예언(例言) 주 5) 참조.

80 형가(荊軻, ?~기원전 126): 전국시대 위(衛)나라 사람으로, 독서와 칼쓰기를 좋아하였다. 진시황이 통일제국을 건설하기 이전에 연(燕)나라의 태자 단(丹)의 식객이 되었고, 형경(荊卿) 또는 경경(慶卿)으로 불렸다. 연나라의 태자 단의 비밀 청탁을 받고 진(秦)나라 왕을 암살하려

기백이 세상 덮을 만하다[81] 누가 말했던가 誰言氣蓋世
새벽에 일어나 장막 속에서 노래 불렀네 晨起帳中歌

○ "성 그림자 황하에 드리워졌네.[城影入黃河.]"라는 시구는 비장(悲壯)하다.[城影句悲壯.]

【7수】

보병[82]이 되려 하나 술을 마시지 못하고 步兵未飮酒
중산[83]이 되려 해도 금을 타지 못하니 中散未彈琴
마음 편치 않아 진실한 원기가 없고 索索無眞氣
도리에 어두워 속된 마음뿐이네 昏昏有俗心
학부[84]는 늘 물을 그리워하고 涸鮒常思水
놀란 새는 매번 서식할 숲을 잃고 마네 驚飛每失林
풍운은 능히 변색을 하고 風雲能變色

다 실패하고 피살되었다. 사마천(司馬遷)의 《사기(史記)》 〈자객열전(刺客列傳)〉에는 그에 대한 이야기가 비교적 상세하게 기술되어 있다.

81 기백이 … 만하다: 원문의 기개세(氣蓋世)는 《사기(史記)》 〈항우본기(項羽本紀)〉에 "항우(項羽)가 해하(垓下)에서 한(漢)나라 군사에게 포위되어 곤경에 처하자, 밤중에 일어나 장중(帳中)에서 우미인(虞美人)과 함께 술을 마시다가 '힘은 산을 뽑을 만하고 기개는 세상을 덮을 만한데, 때가 이롭지 못하니 오추마도 나아가지 않는구나.[力拔山兮, 氣蓋世. 時不利兮, 騅不逝.]'라고 한 데서 인용하였다.

82 보병(步兵): 보병교위(步兵校尉)를 지낸 완적(阮籍)을 이른다.

83 중산(中散): 중산대부(中散大夫)를 지낸 혜강(嵇康)을 이른다.

84 학부(涸鮒): 학철고부(涸轍枯鮒)의 준말. 수레바퀴 자국에 괸 물에 있는 붕어라는 뜻으로, 곤경에 처하여 애타게 구원을 기다리는 사람을 비유하는 말이다.

송죽은 또 슬픈 소리를 내네 松竹且悲吟
불우한 세상을 만나기는 하였으나 由來不得意
어찌 굳이 장잠[85]으로 가야 하나 何必往長岑

○ 《주역(周易)》 진괘(震卦)에 이르기를, "진(震)은 삭삭(索索)[86]하다." 하였다.[易震卦云, 震索索.]

【8수】

슬픈 노래 부르며 연수[87]를 건너가서 悲歌度燕水
수레 속도[88] 줄이고서 양관[89]을 나섰네 弭節出陽關
이능[90]은 여기에서 떠나가고 李陵從此去
형가는 다시 돌아오지 못하였네 荊卿不復還
친구의 모습 죄다 사라지고 故人形影滅

---

85 장잠(長岑): 요동(遼東)의 지명이다.

86 삭삭(索索): 《주역》 진괘(震卦) 상육효(上六爻)의 전(傳)에 "삭삭(索索)은 소삭(消索)하여 보존(保存)하지 못하는 모양이니, 지기(志氣)가 이와 같음을 말한 것이다.[索索消索不存之狀, 謂其志氣如是.]"라고 하였다.

87 연수(燕水): 역수(易水)를 이름. 요수(遼水)라고도 한다. 643.〈영회〉를 본따서 짓다[擬詠懷] 8수(首) 주 79) 참조.

88 수레 속도: 원문의 미절(弭節)은 천천히 가는 것을 이른다. 〈이소경(離騷經)〉에 "내가 희화(羲和)에게 명하여 해지는 속도를 늦추게 하였다.[吾令羲和弭節兮.]"라고 하였다.

89 양관(陽關): 감숙성(甘肅省) 돈황현(敦煌縣) 서남쪽 113리에 있으며 서역을 통하는 관문이다.

90 이능(李陵): 한(漢)나라 장군 이광(李廣)의 손자로 자는 소경(少卿)이다. 무제(武帝) 때 기도위(騎都尉)가 되어 흉노를 치기를 자청하여 출정했다가 흉노의 8만 기병(騎兵)에게 포위된 상태에서 8일 동안이나 밤낮으로 계속 싸워 승리했으나 고립무원(孤立無援)의 상태에서 화살과 식량이 다하게 되자, 항복하고 그곳에서 20년 남짓 살다가 죽었다. 예언(例言) 주 6) 참조.

편지까지 양쪽 다 두절되었으니　音書兩俱絕
구름 낀 북쪽 변방을 멀리서 바라보며　遙看塞北雲
눈 덮인 관산을 늘 그리워할 뿐이네　懸想關山雪
물가 다리 위의 나그네 처지란[91]　遊子河梁上
응당 소무와의 이별과 같으리라　應將蘇武別

○ 마치 우성을 듣는 듯하다.[如聞羽聲.]

○ 끝 단락에 단지 이능만을 수록한 것은 고인의 장법이다.[末路但收李陵, 古人章法.]

91 물가 … 처지란: 원문의 하량(河梁)은 다리 이름이다. 흉노를 정벌하다가 붙잡혀 결국 투항한 한(漢)나라의 이능(李陵)이 역시 흉노에게 붙잡혀 억류되었다가 고국으로 떠나는 소무(蘇武)와 작별하며 이곳에서 "손잡고 하량에서 노닐었는데, 나그네는 날 저문데 이제 어디로 가야 하나.[攜手上河梁, 遊子暮何之.]"라고 하였다.

644

날이 갠 걸 기뻐하며 조칙에 응하여 스스로 운자를 골라 시를 짓다

[喜晴應詔敕自疏韻]

변화를 통제하는 건 도록에 의거한 것이나	御辨誠膺錄
오직 황제만이 극을 세우나니	維皇稱有建
뇌택[92]에서 예전에 물고기를 잡았고	雷澤昔經漁
부하[93]에선 때로 매판을 메고 따랐으며[94]	負夏時從販
백량대[95]에선 참마에 멍에를 매었고	柏梁驂駟馬
고릉[96]에선 육전이 치달았더이다	高陵馳六傳
질서가 있어서 빈객의 잔치를 연속하고	有序屬賓連
사심이 없음으로 공평한 법도를 밝혔으나	無私表平憲
하수의 뚝방엔 해묵은 버드나무 무너졌고	河堤崩故柳
가을 물만 새 언덕에 넘쳐나니	秋水高新堰

92 뇌택(雷澤): 산동성(山東省) 복현(濮縣) 동남쪽에 있다.

93 부하(負夏): 하남성(河南省) 위휘현(衛輝縣)에 있다.

94 뇌택에서 … 따랐으며 : 《사기(史記)》 〈오제본기(五帝本紀)〉에, "순(舜)은 역산(歷山)에서 농사를 짓고, 뇌택(雷澤)에서 물고기를 잡았으며, 하빈(河濱)에서 질그릇을 빚었고, 수구(壽丘)에서 여러 기물을 만들었으며, 틈이 나면 부하(負夏)에서 장사를 했다.[舜耕歷山, 漁雷澤, 陶河濱, 作什器於壽丘, 就時於負夏.]"라고 하였다.

95 백량대(柏梁臺): 한 무제(漢武帝) 때 지은 것이다.

96 고릉(高陵): 한 고조(漢高祖)의 능(陵)이다.

마음으로 재계하여 혼숙을 가엽게 여기고	心齋愍昏墊
음악을 철회하여 서로의 원망 가엽게 여기시며	樂徹憐胥怨
선종은 고상한 논의를 취하였고	禪河秉高論
불법은 광범한 변설을 열었더니	法輪開勝辯
왕성에선 이수(二水)가 다투던 걸 멈추고	王城水鬭息
낙수의 물가에선 용마가 하도를 바쳐 왔기에	洛浦河圖獻
지하 샘에선 되려 감수를 답습하였으며	伏泉還習坎
되돌아오는 순풍은 이미 순회하고 보니	歸風已回巽
오동나무가지는 예전 아름보다 더 자랐고	桐枝長舊圍
부들풀은 손마디만큼 새로 자랐으며	蒲節抽新寸
산림 늪지에선 기꺼이 질환을 감춰주고	山藪欣藏疾
은거 서식하면서 걱정근심 없었사오니	幽棲得無悶
경사가 있어서 억조의 백성 함께 기뻐하고	有慶兆民同
나이를 논하면 천자의 만년을 축원하오	論年天子萬

○ "고릉에선 육전이 치달았다네.[高陵馳六傳.]"는 《사기(史記)》〈효문본기(孝文本紀)〉의 육전(六傳)을 타고 고릉(高陵)에 다다른 고사[97]를 적용하였다. 주 명제(周明帝)가 황제위에 오른 경우가 유사하다.[高陵句, 用漢文本紀乘六傳至高陵事. 周明帝之立, 亦相似也.]

○ 곡(穀)·낙(洛)의 물이 다툰다는 내용은 《국어(國語)》에 보인다.[穀洛水鬭, 見國語.]

97 《사기(史記)》… 고사: 한 문제(漢文帝) 유향이 대왕(代王)으로 있을 당시에 장무(張武) 등 6인을 역참의 거마를 타고 장안으로 가서 자신의 황제 추대를 관망하게 하였는데, 이들이 가다가 고릉에 들러 쉬었다는 고사를 일컫는다.

645

왕소보[98]의 〈멀리서 주처사를 애도하다〉에 화답하다[和王少保遙傷周處士]

왕소보 포의 문집에는 이 시제의 글이 빠졌다.[王少保褒集闕此題詩.]

황천길에 그대는 대산[99]에서 노닐 텐데	冥漠爾遊岱
처량한 나만 진나라로 향하네	悽涼余向秦
비록 생사의 길이 다르다고는 하나	雖言異生死
둘 다 고향 못 가는 신세일세	同是不歸人
예전에 내가 벼슬길에 나갔을 적엔	昔余仕冠蓋
마침 그대는 풍진을 피해 은둔했었지	值子避風塵
자기를 바라보며[100] 진실한 은자를 찾고	望氣求眞隱
함곡관을 맡고서 일민을 기다렸네	伺關待逸民
갑자기 천석의 벗[101]이 되었다고 하더니	忽聞泉石友

98 왕소보(王少保): 왕포(王褒)를 이르며, 소보(少保)는 벼슬이름이다. 《고시원》 권14 〈북주시(北周詩)〉 왕포(王褒) 주 123) 참조.

99 대산[岱]: 태산(泰山)의 별칭이다.

100 자기를 바라보며: 원문의 망기(望氣)는 《열이전(列異傳)》에 "노자가 서쪽으로 갈 때에 관령 윤희가 바라보니, 자색 기운이 관에 넘실거리고 있었는데, 노자가 과연 푸른 소를 타고 지나갔다.[老子西遊, 關令尹喜望見, 其有紫氣浮關, 而老子果乘青牛而過.]"라는 고사를 인용하였다.

101 천석의 벗[泉石友]: 샘과 바위를 벗으로 삼음을 일컫는다.

지계[102]로도 몸을 지키지는 못하였네	芝桂不防身
애처롭다 장중울[103]과 같은 사람	悵然張仲蔚
슬프다 정자진[104]이 되고 말았네	悲哉鄭子眞
삼산[105]에는 외려 학이 있겠고	三山猶有鶴
오류수[106]도 다시 응당 봄을 맞겠지	五柳更應春
이제 위수를 따라가서	遂令從渭水
조문[107]을 던져 장강가로 가게 하리라	投弔往江濱

102 지계(芝桂): 지초, 영지, 계수나무 등을 일컫는 말로, 선약(仙藥)을 지칭하는 말로 쓰인다.

103 장중울(張仲蔚): 《삼보결록주(三輔決錄注)》에, "장중울은 부풍(扶風) 사람이다."라고 하였다.

104 정자진(鄭子眞): 한대(漢代)의 고사(高士)이다. 곡구(谷口)에서 농사를 지으며 살았다 하여, 숨어서 농사를 지으며 사는 은사(隱士)를 지칭하는 말로 쓰인다.

105 삼산(三山): 봉래(蓬萊), 방장(方丈), 영주(瀛洲) 세 산을 삼신산(三神山)이라 하며 신선이 산다고 한다.

106 오류수(五柳樹): 도연명(陶淵明)의 〈오류선생전(五柳先生傳)〉에, "집 주변에 다섯 그루 버드나무를 심고 그것을 인하여 자호를 오류선생이라 하였다."라고 하였다.

107 조문(弔文): 굴원(屈原)이 멱라수(汨羅水)에 빠져 죽고 1백여 년이 지난 뒤에 가의(賈誼)가 장사왕(長沙王) 태보(太保)가 되어 이곳을 지나면서 조문(弔文)을 지어 굴원을 위로하였다 한다.

646

영풍[108] 전하[109]의 〈뜻을 말하다〉라는 시를 받들어 화답하다

[奉和永豐殿下言志]

덕을 세움은 옛과 이제가 같고	立德齊今古
인을 바탕 삼으면 훼손과 명예가 하나랍니다	資仁一毁譽
기심이 없으면 옹기로도 물을 긷고[110]	無機抱甕汲
도 있으면 경전을 허리에 차고 김을 매죠[111]	有道帶經鋤

108 영풍(永豐): 강서성(江西省) 길안부(吉安府)에 속한 현(縣)의 이름이다.

109 전하(殿下): 양(梁)의 영풍부(永豊府) 소규(蕭撝)를 이른다. 자(字)는 지하(知遐)이며 성안왕(成安王) 소계(蕭季)의 아들이다. 양나라 때 영풍후 무릉왕(武陵王)에 봉해지고 뒤에 후주(後周)에서 소보소박(少保少傅)을 역임하고 채양군공(蔡陽郡公)에 봉해졌다.

110 기심이 … 긷고 : 원문의 기(機)는 기사(機事)와 기심(機心)을 가리키고, 포옹(抱甕)은 안분지족(安分知足)하며 사는 것을 비유한다. 《장자(莊子)》〈천지(天地)〉에 공자의 제자 자공(子貢)이 한 노인이 물동이를 안고 우물로 들어가 물을 담아서 밭에다 물을 주는 것을 보고, 두레박을 만들어 이용하면 고생을 덜하고도 많은 효과를 볼 수 있다고 충고하자, 노인이 "기계가 있으면 반드시 기사가 있게 되고, 기사가 있으면 반드시 기심(機心)이 있게 된다.[有機械者, 必有機事. 有機事者, 必有機心.]"라고 하였다.

111 도 있으면 … 매죠 : 《한서(漢書)》〈예관전(兒寬傳)〉에 "예관(兒寬)은 경서를 들고 다니며 김을 매다가 쉴 때면 언제나 읽으며 암송하였다.[時行賃作, 帶經而鋤, 休息輒讀誦.]"라고 하였으며, 《위지(魏志)》〈상림전(常林傳)〉의 주석에 인용된 《위략(魏略)》에도, "상림(常林)은 젊어서 외롭고 가난하였으나 스스로 노력한 것이 아니면 남에게서 취하지 않았다. 성품이 공부하기를 좋아하여 한나라 말에 제생(諸生)이 되어서도 경전을 가지고 다니며 밭 갈고 김을 매니, 그의 처도 항상 직접 들밥을 내와 제공하였다. 상림은 비록 논밭에 있었지만 그들은 서로 공경하기를 손님을 대하듯이 하였다.[常林少單貧, 雖貧, 自非手力, 不取之于人. 性好學, 漢末, 爲諸生, 帶經耕鋤鋤,

버드나무 아래에 처해서 이름은 혜[112]로 하고	處下唯名惠
충분히 현자인데 본성은 거[113]라 하더이다	能賢本姓蘧
총애와 치욕에 놀라는 건 논할 것도 없거니와	未論驚寵辱
참서의 기운에 매여 있음을 어찌 알리오	安知繫慘舒

其妻常自擔餉饋之, 林雖在田野, 其相敬如賓.]"라는 글을 인용하였다.

112 혜(惠): 유하혜(柳下惠)를 이른다. 춘추시대 노(魯)나라의 현인(賢人) 전금(展禽)이다.

113 거(蘧): 거백옥(蘧伯玉)을 이른다. 공자(孔子)와 친분이 있으며 위(衛)나라 현인이다.

647

그림병풍을 노래한 시[詠畫屛風詩] 2수(首)

【1수】

어젯밤 새 우는 소리에 봄이 왔는지 昨夜鳥聲春
놀래키는 울음소리 사방을 울리더니 驚鳴動四鄰
오늘 아침 매화나무 아래에서는 今朝梅樹下
정작으로 꽃을 읊는 풍류인이 있구나 定有詠花人
흐르는 별빛 가득 채운 술잔에 떠 있고 流星浮酒泛
여인의 장식이 술잔가를 감싸고 있네 粟瑱繞杯脣
어찌 일편우[114]를 수고롭게 하여 何勞一片雨
불러와 무산 양대의 신녀[115]가 되게 하랴 喚作陽臺神

【2수】

삼위산[116] 봉익령에 오르듯 三危上鳳翼

114 일편우(一片雨): 한바탕 내리는 비를 이른다.
115 양대의 신녀: 초왕(楚王)과 무산(巫山)의 신녀에 관한 고사를 인용하였다.
116 삼위산(三危山): 산 이름이다. 감숙성(甘肅省) 돈황현(敦煌縣) 동쪽에 있다.

구절판[117] 용린로를 건너는 듯	九坂度龍鱗
길은 산속의 나무보다 높고	路高山裏樹
구름은 말 탄 사람보다 낮네	雲低馬上人
높은 절벽에선 샘물소리 들리고	懸崖泉溜響
깊은 골짜기의 새소리는 봄을 알리네	深谷鳥聲春
말을 멈추고 와서 물어본다면	住馬來相問
진씨 성[118]이 있다는 걸 응당 알게 하리라	應知有姓秦

117 구절판[九坂]: 촉(蜀) 지방의 고개 이름으로, 육반산(六盤山)의 남단을 일컫는 말로도 쓰인다.

118 진씨 성[秦]: 도잠(陶潛)의 〈도화원기(桃花源記)〉에, 언급한 진(秦)의 난을 피하여 도화원으로 들어간 사람을 빗대어 말한 것으로, 이곳이 무릉도원임을 암묵적으로 표현한 것이다.

648

매화(梅花)

그해에는 섣달 중순 되었을 때에　當年臘月半
매화 벌써 만발한 걸 알았었는데　已覺梅花闌
올봄 들어 늦었단 말 믿지 않고서　不信今春晚
사람들과 함께 와서 눈 속을 보니　俱來雪裏看
나무 흔들자 달린 얼음 떨어지고　樹動懸冰落
가지가 높아 내민 손이 차갑구나　枝高出手寒
찾아볼 수 없는 줄 일찍 알았었는데　早知覓不見
홑옷 입고 나온 것을 후회하노라　眞悔著衣單

○ 옛사람은 매화를 읊을 적에 맑고 고상하여 세속을 초탈하였는데, 후세 사람은 세밀하게 묘사하면 할수록 더욱 끈끈하게 막히는[粘滯] 경향이 있다는 것을 느끼게 한다. 이는 옛사람은 정신을 취하였는데 후세 사람은 외형만을 취하였기 때문이다.[古人詠梅, 淸高越俗, 後人愈刻畫, 愈覺粘滯. 古人取神, 後人取形也.]

649

서능[119]에게 부치다[寄徐陵]

친구 그대 행여 나를 생각한다면	故人倘思我
살아 있을 때에 맞춰 방문해 주게	及此平生時
상수처럼 산양길을 따라 가다가	莫待山陽路
피리소리 듣고 공연히 슬퍼 말고[120]	空聞吹笛悲

650

간법사[121]의 시에 화답하다[和侃法師]

객지에서 떠돌며 세월을 보냈으나	客遊經歲月

119 서능(徐陵): 《고시원》 권14 〈진시(陳詩)〉 서능(徐陵) 주 24) 참조.

120 산양길 … 슬퍼말고: 원문의 취적비(吹笛悲)는 《진서(晉書)》 〈상수열전(向秀列傳)〉에 "진(晉)나라 상수(向秀)가 혜강(嵇康)과 산양(山陽) 땅에서 살며 가까이 지냈는데, 혜강이 죽은 뒤에 그곳을 지나다가 이웃집에서 들려오는 피리 소리를 듣고 옛 추억을 생각하며 〈사구부(思舊賦)〉를 지었다."라는 고사를 인용하였다.

나그네의 맘속엔 옛 추억이 많다오 羈旅故情多
근자에 형양[122] 가는 기러길 배웠더라면 近學衡陽雁
추분에 그와 함께 황하를 건넜으련만 秋分俱渡河

651

주상서와 거듭 작별하며[重別周尙書]

양관 만리 터덜터덜 가는 길에는 陽關萬里道
돌아가는 사람 하나 보이지 않고 不見一人歸
황하 주변 기러기만 그대로 있어 唯有河邊雁
가을 들자 남쪽 향해 날아가누나 秋來南向飛

○ 자산의 당시 상황과 지위에 따라 이 시를 비추어 보면 서글픔이 더욱 느껴진다.[從子山時勢地位想之, 愈見可悲.]

121 간법사(侃法師): 유신의 지인(知人)으로, 남방(南方) 사람이다.
122 형양(衡陽): 호남성(湖南省)에 있다. 이곳에 회안봉(回雁峰)이 있어 기러기도 날아 넘을 수 없기 때문에 음신(音信)이 단절된 것을 비유하는 말로, '형양안단(衡陽雁斷)'이란 말이 있다.

왕포(王褒)[123]

652

관산편(關山篇)

군대 따라 농판[124]을 지나와서	從軍出隴坂
말을 몰아 관산을 넘노라니	驅馬度關山
관산은 항시 운애로 뒤덮여서	關山恒掩藹
높은 산봉우리가 흰 구름 밖에 있고	高峯白雲外
멀리 진천[125]의 물을 바라보니	遙望秦川水
천 리나 길게 이어져 띠와 같네	千里長如帶
용맹을 좋아하는 건 진중[126]서부터이고	好勇自秦中

123 왕포(王褒, 513 추정~576): 남북조시대의 시인이자 서예가. 자는 자연(子淵)이고, 임기(臨沂) 출신이다. 양(梁)나라의 궁정시인으로 섬세하고 공교로운 시를 많이 지었으며, 나라가 망한 뒤 망국의 슬픔을 시에 담아 읊었다. 벼슬은 양(梁)나라 때 이부상서(吏部尚書) 좌복야(左僕射)를 지냈다. 문집에 《왕사공집(王司空集)》이 있다. 617.왕포를 노래하다[王褒]의 왕포와는 같은 인물이 아니다.

124 농판(隴坂): 감숙성(甘肅省) 청수현(淸水縣)에 있는 농산(隴山)을 이른다.

125 진천(秦川): 섬서성(陝西省)으로 흐르는 강물 이름이다.

의기가 치성하니 용맹한 병사도 많네　意氣多豪雄
소년 시절 싸우는 법을 익혀 왔으며　少年便習戰
십사세 때 벌써 종군 해온 터인데　十四已從戎
요수[127]가 깊다한들 건너기 어려우며　遼水深難渡
유관[128]이 단절된들 통하기 어려우랴　楡關斷未通

126 진중(秦中): 함곡관이 있는 섬서 지방을 이른다.

127 요수(遼水): 요하(遼河)이다. 옛 이름은 구려하(句驪河)인데, 동요하(東遼河)는 봉천(奉天) 동평현(東平縣)에서 발원하고, 서요하(西遼河)는 승덕현(承德縣)에서 발원하여 영구(營口)에서 합하여 요동만(遼東灣)으로 흘러든다.

128 유관(楡關): 산해관(山海關)을 이른다. 643.〈영회〉를 본따서 짓다[擬詠懷] 8수(首) 주 63) 참조.

653
도하북(渡河北)

나뭇잎에 가을바람 불어오니	秋風吹木葉
흡사 동정호의 물결만 같네	還似洞庭波
상산[129]은 대군[130]을 굽어보고 있고	常山臨代郡
정장은 황하에 둘러싸여 있네	亭障繞黃河
이방의 음악[131] 때문에 마음 슬프고	心悲異方樂
농두의 노래[132]로 인해 창자 끊기네	腸斷隴頭歌
해질 무렵 정마 타고 갔다가	薄暮臨征馬
북산의 언덕에서 길을 잃었네	失道北山阿

○ 곡조를 일으킴이 매우 높다.[起調甚高.]

129 상산(常山): 한나라 관문 이름. 하북성(河北省) 당현(唐縣)의 서북쪽에 있다.

130 대군(代郡): 598. 계(薊)의 북문을 나서다[出自薊北門行] 주 27) 참조.

131 이방의 음악: 다른 지역의 음악을 뜻하는 말로, 시인이 남조 출신임을 감안하여 북방의 음악을 지칭한다.

132 농두의 노래: 중국 서북지역의 민가 등을 이른다. 《고시원》 1권 196. 농두가(隴頭歌) 2수(首)와 3권 589. 농두가사(隴頭歌辭) 2수(首) 참조.

수시
隋詩

人日思歸

遊梁城

李波小妹歌

送別詩

薛播州

白馬篇

送蔡君知入蜀

夜宿荒村

양제(煬帝)[1]

양제의 시는 단아하고 바른 말을 구사할 줄 알아서 진(陳)나라 후주보다 훌륭하다.[煬帝詩, 能作雅正語, 比陳后主勝之.]

654

〈음마장성굴행〉[2]을 지어 출정에 수행하는 신하들에게 보이다

[飮馬長城窟行示從征羣臣]

차가운 가을바람이 불어오는데 肅肅秋風起

1 양제(煬帝): 수(隋)나라의 제2대 황제. 이름은 양광(楊廣)이고, 연호는 대업(大業)이며, 문제의 둘째 아들로 어머니는 문헌독고황후(文獻獨孤皇后)이다. 시호 양(煬)이 악랄하다는 뜻을 지닌 만큼 권신 양소(楊素)와 결탁하여 제위에 올랐으며, 그때 아버지 문제를 살해하고 그 비(妃)를 범했다고 한다. 즉위한 뒤에는 만리장성을 수축하였고, 낙양에 동경(東京)을 조영했으며, 남북을 연결하는 대운하를 완성하는 등 큰 토목공사를 자주 벌여 백성에게 과중한 부담을 주었다. 613년 고구려 제2차 침공을 하다가 양현감(楊玄感)의 반란이 일어나 철수했다. 대업례(大業禮)와 대업률령(大業律令)의 정비와 대운하의 완성과 같은 큰 업적을 남기기도 했다.

멀고 먼 만 리 길을 가노라 悠悠行萬里
만리 먼 길 어디를 가는가 萬里何所行
사막[3]을 가로질러 장성을 쌓으려 하네 橫溪築長城
어찌 소자인 나의 지혜였겠는가 豈台小子智
선성께서 경영하셨던 바이네 先聖之所營
만세 위한 대책을 수립한 것이며 樹茲萬世策
억조 백성 생명을 지키려 함인데 安此億兆生
어찌 노심초사하기를 꺼려 詎敢憚焦思
서울서 베개를 높게 하고 편히 지내랴 高枕於上京
북하[4]의 정토 깃발을 직접 잡아 지휘하고 北河秉武節
천 리 먼 곳까지 군기를 거둬 진군했네 千里捲戎旌
산과 강은 서로 출몰을 반복하고 山川互出沒
원야는 먼 곳까지 다 서로 이어졌네 原野窮超忽
징을 쳐서 행진을 정지시키고 摐金止行陣
북을 울려 사졸을 흥기시켰네 鳴鼓興士卒

만년에 사치스런 생활을 하다가, 신하 우문화급(宇文化及)에게 살해되었다.

2 〈음마장성굴행(飮馬長城窟行)〉: 《악부시집(樂府詩集)》 권38 〈상화가사(相和歌辭)〉의 슬조곡(瑟調曲)에 수록되어 있다. 《고시원(古詩源)》 1권 138.음마장성굴행(飮馬長城窟行)을 《악부시집》에서는 고사(古辭)로 분류하여 서문과 함께 첫머리에 실어 놓았는데, 《문선(文選)》과 《옥대신영(玉臺新詠)》에는 채옹(蔡邕)의 작품으로 표기하고 있다. 이 책의 편저자 심덕잠은 양쪽 견해를 어느 정도 반영한 것으로 보인다.

3 사막: 원문의 '계(溪)'는 상주본(詳註本)에 '막(漠)'으로 되어 있어 바로잡아 번역하였다.

4 북하(北河): 양하(兩河)로 되어 있기도 하다. 황하의 상류를 북하라고 하는데, 양제(煬帝)가 하북과 하남의 백성을 거느리고 가서 북경(北境)을 개척하였다.

일천 수레 일만 기마를 출동시켜서	千乘萬騎動
장성굴에서 말에게 물을 먹이네	飮馬長城窟
가을은 변방 구름을 어둡게 하고	秋昏塞外雲
안개 때문에 관산의 달도 어둡네	霧暗關山月
바윗길 따라 역말을 타고 오르니	緣巖驛馬上
허공을 타고 봉홧불이 피어오르네	乘空烽火發
장성의 척후에게 말 물어보자	借問長城候
흉노 선우[5] 조정에 와서 알현한다더냐	單于入朝謁
탁한 기운은 천산[6]에서 맑아지고	濁氣靜天山
새벽빛이 고궐[7]을 비추네	晨光照高闕
군대 수비 풀어 병사들 진작시켜야겠네	釋兵仍振旅
요복 황복[8]의 일을 막 성공시켰으니	要荒事方舉
개선하여 즉각 종묘에 고하고서	飮至告言旋
승리한 공은 청묘[9]에다 돌리리라	功歸淸廟前

5 선우(單于): 흉노의 군장(君長)을 이른다.

6 천산(天山): 신강성(新疆省)에 있는 천산산맥(天山山脈)을 이른다.

7 고궐(高闕): 수원지구(綏遠地區)의 산에 만든 요새의 이름. 삭방(朔方)의 북쪽에 있다.

8 요복(要服) 황복(荒服): 고대 천자(天子)의 왕기(王畿)를 중심으로 하여 주위를 매복(每服)마다 5백 리씩 순차적으로 나눈 다섯 구역의 하나. 상고에는 전복(甸服), 후복(侯服), 수복(綏服), 요복(要服), 황복(荒服)을 오복이라 했으나, 주대(周代)에는 후복(侯服), 전복(甸服), 남복(男服), 채복(采服), 위복(衛服)을 오복이라 칭하였다.

9 청묘(淸廟): 천자나 제후가 조상(祖上)의 혼령(魂靈)을 모시는 사당을 이른다.

655

백마편(白馬篇)[10]

흰말에다 금패로 장식을 하고	白馬金貝裝
요하의 근처를 횡행하길래	橫行遼水傍
이 사람 뉘집 자제인가 물었더니	問是誰家子
숙위병[11] 우림랑[12]이라 하네	宿衛羽林郎
문양 있는 물소가죽 여섯을 붙이고	文犀六屬鎧
보검은 북두칠성 문양이 빛나도다	寶劍七星光
산은 비어 활시위소리 적막을 가르고	山虛弓響徹
지역 넓어 뿔피리 소리 여운이 남네	地迥角聲長
완하[13]에서 용기를 추급하고	宛河推勇氣
농촉[14]에서 위세를 떨쳤으며	隴蜀擅威強

10 백마편(白馬篇): 《악부시집(樂府詩集)》 권63 〈잡곡가사(雜曲歌辭)〉의 제슬행(齊瑟行)에 백마편(白馬篇) 10인의 작품 11수가 수록되어 있는데, 《고시원(古詩源)》 1권 238.백마편(白馬篇)이 조식(曹植)의 작품으로 첫머리에 수록되어 있고, 이 작품은 제(齊)나라 공치규(孔稚珪)의 작품 2수 중 둘째 수로 실려 있다. 그리고 그 주석에서 《영화(英華)》 권209에 수 양제의 작품으로 표기하고 있는 것이 작품 속에 요하 정벌에 관한 언급과 일치된다고 보았다. 심덕잠은 이 견해를 따랐다.

11 숙위병(宿衛兵): 천자의 어전(御殿)을 숙직하며 호위하는 근위병(近衛兵)을 이른다.

12 우림랑(羽林郎): 금위(禁衛)의 명칭. 한 무제가 건장영기(建章營騎)를 두었는데, 뒤에 우림(羽林)으로 명칭을 바꾸었다.

13 완하(宛河): 순천부(順天府) 완평현(宛平縣)에 있다.

14 농촉(隴蜀): 농(隴)과 촉(蜀) 두 나라의 이름. 감숙성(甘肅省)과 사천성(四川省)에 있다.

윤대[15]에선 항복한 적을 수용하고 輪臺受降虜
고궐[16]에선 이름난 적의 수괴를 무찔렀네 高闕翦名王
때론 곰을 사냥하여 비관으로 들여오고 射熊入飛觀
사냥한 짐승 비교하여 장양궁[17]으로 내려보냈네 校獵下長楊
영예로운 이름은 위청 곽거병[18]과 비교되고 英名欺衛霍
지혜로운 계책 장량 진평[19]을 능가하겠네 智策蔑平良
섬오랑캐가 때로 실례를 범하고 島夷時失禮
풀옷을 입고[20] 변경을 침입해 오니 卉服犯邊疆
병사를 뽑아 계북[21]에 모으고 徵兵集薊北
말탄 병사들은 어양[22]으로 출정하여 輕騎出漁陽
진군은 햇무리를 따르고 進軍隨日暈
전투는 별빛을 좇았네 挑戰逐星芒

15 윤대(輪臺): 서역(西域)의 한 지명이다. 한대(漢代)에 이곳에 둔병(屯兵)을 두었던 곳으로 오늘날의 신강성(新疆省) 윤대현(輪臺縣)이다.

16 고궐(高闕): 654.〈음마장성굴행〉을 지어 출정에 수행하는 신하들에게 보이다[飮馬長城窟行示從征羣臣] 주 7) 참조.

17 장양궁(長楊宮): 한(漢)나라 때 세운 궁전 이름이다.

18 위청(衛靑, ?~기원전 106) 곽거병(霍去病, 기원전 140~기원전 117): 이들은 모두 한 무제 때의 장수로, 흉노를 정벌하는 데 큰 공을 세웠다.

19 장량(長良, ?~기원전 186) 진평(陳平, ?~기원전 178): 이들은 모두 한 고조(漢高祖)의 모사(謀士)이다.

20 섬오랑캐가 … 풀옷을 입고: 《서경(書經)》〈우공(禹貢)〉에, "도이는 훼복을 입는다.[島夷卉服.]"라고 하였는데, 채침(蔡沈)의 주(註)에, "도이(島夷)는 중국 동남쪽 섬에 사는 오랑캐이고, 훼(卉)는 풀이니, 갈포(葛布)와 부들로 짠 베와 목면(木綿) 등속이다."라고 하였다.

21 계북(薊北): 609.규원편(閨怨篇) 주 65) 참조.

22 어양(漁陽): 하북(河北) 동부(東部)의 계현(薊縣)과 평국(平國) 등지를 이르는데, 《계주도경(薊州圖經)》에, "주성(州城)의 서북쪽에 어산(漁山)이 있고, 군(郡)은 어산의 남쪽에 있기 때문에 어양(漁陽)이라 한다." 하였다. 556.진사왕의 무덤을 지나다[經陳思王墓] 주 93) 참조.

군진의 이동은 용의 형세가 움직이는 듯	陣移龍勢動
진영의 확장은 호랑이가 날개를 편 듯	營開虎翼張
충관의 사기로 전장을 누비고	衝冠入死地
팔을 걷고 성벽과 탕지[23]를 넘었네	攘臂越金湯
흙먼지가 날리자 진격 북을 급히 울리고	塵飛戰鼓急
바람이 불어대니 전투 깃발이 펄럭인다	風交征旆揚
옮겨 다니며 전투하여 중국을 평정하고	轉鬬平華地
도망자를 추격하여 오랑캐 지역[24] 토벌했네	追犇掃鬼方
애초부터 나라에 바쳤던 몸인데	本持身許國
게다가 무공이 다시 창달하였으니	況復武功彰
그리하리라 반드시 천년 뒤에도	會令千載後
명예가 지속되어 태상기[25]에 가득하도록	流譽滿旂常

○ 두 작품은 기상과 체격이 자연 활달하다. 그러나 골력은 진작시키기에 충분하지 않다. 그러므로 풍격이 처음으로 이루어진 만큼 청화가 미비하다는 것을 알 수 있다.[二章氣體自闊大, 而骨力未能振起. 故知風格初成, 菁華未備.]

23 성벽과 탕지: 원문의 금탕(金湯)은 금성탕지(金城湯池)의 준말로, 쇠로 쌓은 성과 끓는 물이 흘러 성을 보호하는 견고한 요새지를 말한다. 《한서(漢書)》 권45 〈괴통전(蒯通傳)〉에, "반드시 성을 고수하려고 한다면 모두 금성과 탕지로 만들어야 공격할 수 없을 것이다.[必將嬰城固守, 皆爲金城湯池, 不可攻也.]"라고 하였다.

24 오랑캐 지역: 원문의 귀방(鬼方)은 은주(殷周)시대에 서북쪽 변방에 있던 강한 족속을 가리키는데, 먼 곳의 소수민족을 널리 칭하기도 한다. 《주역(周易)》 〈기제괘(旣濟卦)〉 구삼효(九三爻)에, "은나라 고종이 귀방을 정벌하여 3년 만에 물리치니, 소인은 쓰지 말아야 한다.[高宗, 伐鬼方, 三年克之, 小人勿用.]"라고 하였다. 따라서 오랑캐 지역으로 번역하였다.

25 태상기(太常旂): 천자(天子)를 상징하는 깃발로 태상구기(太常九旂)라고 하는데, 해와 달을 그리고 공이 있는 자를 그 위에 기록하였다.

양소(楊素)[26]

무인이면서 또다시 간웅인데, 시의 풍격만은 맑고 심원하여 마치 세상을 벗어난 고인(高人)의 글과 같으니, 참으로 이해할 수 없다.[武人亦復奸雄, 而詩格淸遠, 轉似出世高人, 眞不可解.]

656

〈산재에 홀로 앉아〉라는 시를 설내사[27]에게 주다[山齋獨坐贈薛內史] 2수(首)

【1수】

내가 사는 산은 사방이 막혀 있어 居山四望阻

26 양소(楊素, ?~606): 수(隋)나라의 정치가. 군사전략가. 자는 처도(處道)이며, 섬서성 위남(渭南) 사람이다. 기상이 장대하고 문장에도 남달리 뛰어났다. 북주(北周)에 출사하였다가 양견(楊堅)과 결탁하여 수나라를 세우는 데 크게 공헌하였다. 진왕(晉王) 광(廣)과 함께 진(陳)을 토벌하는 데 활약했고, 납언(納言)과 내사령(內史令), 상서우복야(尙書右僕射) 등 대관을 역임하였다.

27 설내사(薛內史): 설도형(薛道衡)을 이른다. 당시에 그가 내사사인(內史舍人)을 지냈다.

아침저녁 바람이요 구름 뿐이네 風雲竟朝夕
깊은 시내에는 고목이 가로놓였고 深溪橫古樹
텅 빈 암혈에는 유석이 누웠으니 空巖臥幽石
해가 뜨면 먼데 산이 밝아 오고 日出遠岫明
새가 흩어지면 빈 숲마저 적막하며 鳥散空林寂
난초 정원에는 유기[28]가 감돌고 蘭庭動幽氣
대숲 집에선 허백[29]이 생겨나네 竹室生虛白
지는 꽃이 집안으로 날아들고 落花入戶飛
가는 풀만 계단에 쌓여 가는데 細草當階積
계주만 술동이에 가득할 뿐 桂酒徒盈樽
옛 벗은 자리에 있지를 않으니 故人不在席
정적이 감도는 서산으로 해가 질 때쯤 日落山之幽
바람결에 서서 선인 오기를 기다리네 臨風望羽客

【2수】

암학이라서 햇볕이 더욱 맑고 巖壑澄淸景
햇볕이 맑으니 암학은 더욱 깊은데 景淸巖壑深

28 유기(幽氣): 난초의 향기를 이른다.

29 허백(虛白): 허실생백(虛室生白)의 준말로, 마음이 깨끗하고 욕심이 없는 것을 비유하는 말이다. 또는 아무것도 없이 비어 있음을 뜻하는 말로 쓰기도 한다.

흰 구름은 석양빛을 띤 채 날아가고	白雲飛暮色
푸른 물은 맑은 소리를 부딪쳐 내고 있네	綠水激清音
시냇가 집에는 남은 빛이 흩어지고	澗戶散餘彩
산창에는 며칠 묵은 운애가 서려 있네	山窗凝宿陰
화초는 다 같이 웃음을 띠어 있고	花草共縈映
수석은 서로서로 엉켜 있는데	樹石相陵臨
진탑[30]을 마주하고 홀로 앉은 자리에	獨坐對陳榻
찾아오는 손은 없고 명금만 있을 뿐이니	無客有鳴琴
적적한 이 깊은 산속에서 지내는	寂寂幽山裏
번민 없는 내 마음을 누가 알겠는가	誰知無悶心

30 진탑(陳榻): 귀한 손님 또는 어진 인재를 예우함을 뜻하는 말로, 후한 때 진번(陳蕃)이 태수로 있으면서 손님을 대접하지 않았는데, 오직 서치(徐穉)가 오면 의자를 준비해 두었다가 내놓고 돌아가면 다시 걸어 두어서, 서치가 오랫동안 찾아오지 않으면 의자에 먼지가 끼었다는 데서 나왔다.

657

설파주에게 주다[贈薛播州] 9수(首)

《북사(北史)》에, "양소가 시를 지어 설도형에게 보내자, 설도형이 이르기를 '사람이 장차 죽게 되면 그 말이 선하다더니 이렇다는 말인가?' 했는데, 얼마 후에 양소가 과연 죽었다."라고 하였다.[北史, 素以詩遺薛道衡, 薛曰, '人之將死, 其言也善, 若是乎?' 未幾而卒.]

【1수】

그 옛날 하늘과 땅이 닫혀 있을 적에는	在昔天地閉
모든 사물이 미개한 상태라서	品物屬屯蒙
화평이 왕도를 교체시키기도 하고	和平替王道
슬픔과 원망이 인풍을 결정짓기도 하며	哀怨結人風
기린에 의한 상심은[31] 세상이 이미 말세란 것이요	麟傷世已季

31 기린에 … 상심은: 《좌전(左傳)》 애공(哀公) 14년조에, "봄에 애공이 서쪽으로 사냥을 나가서 기린을 잡았다.[春西狩獲麟]"라고 하였는데, 두예(杜預)의 주에, "기린은 어진 짐승이므로 성왕(聖王)이 탄생할 상서로운 징조이다. 당시에 훌륭한 임금이 나오지 않았는데 우연히 기린을 잡게 되자, 공자가 주나라의 도가 일어나지 않은 것을 상심(傷心)하고, 상서로운 징조에 응할 명군이 나오지 않는 것을 감상(感傷)하였기 때문에, 《노춘추(魯春秋)》에 의거하여 중흥의 가르침을 닦았다. '획린(獲麟)'이라는 구절에서 절필하니, 이것이 느낀 바가 있어서 짓게 된 이유이지만 참으로 또 이 기록을 마친 이유이다."라고 하였다,

용의 싸움[32]은 도가 장차 궁해질 걸 알렸네	龍戰道將窮
바다를 어지럽힌 건 뭇 강물이 날려서이고	亂海飛羣水
해를 가로지른 건 긴 무지개 끌어서인데	貫日引長虹
전쟁 무기는 혁명과는 다른 것이며	干戈異革命
요순의 읍양[33]이 지공은 아니리오	揖讓非至公

○ 낙구(落句)는 바로 간웅(奸雄)의 말인데, 조맹덕(曹孟德) 당시에 아마 이런 말이 있었던 듯하다.[落句是奸雄語, 曹孟德時或有此.]

【2수】

양하[34]에다 보정을 정착시키고	兩河定寶鼎
팔수[35]를 신주의 구역으로 정하니	八水域神州
함곡관은 단절되어 길이 없게 되고	函關絕無路
낙양의 구도는 퇴락하여 구릉이 되었네	京洛化爲邱
장하와 부하[36]를 그대는 못으로 이어 주는데	漳滏爾連沼

---

32 용의 싸움: 《주역(周易)》〈곤괘(坤卦)〉 상육(上六)에, "상육은 용이 들판에서 싸우니, 그 피가 검고 누르다.[上六, 龍戰于野, 其血玄黃.]"라고 하였다.

33 요순의 읍양(揖讓): 요(堯)임금과 순(舜)임금이 모두 자식에게 전위(傳位)하지 않고, 현신(賢臣)에게 선위(禪位)한 것을 이르는 말이다.

34 양하(兩河): 하북과 하남 지역을 두루 이른다.

35 팔수(八水): 패(灞), 산(滻), 경(涇), 위(渭), 풍(豊), 호(鎬), 뇌(牢), 휼(潏)을 일컫는다. 관중팔천(關中八川)이라고도 한다.

36 장하(漳河)와 부하(滏河): 장하는 호북 남장현(南漳縣)에서 발원하여 서남으로 흘러 봉래동(蓬

경수와 위수[37]가 나로부터 나뉘어 흐르니　涇渭余別流
교외에 야생 융마[38]가 가득하고　生郊滿戎馬
길을 건너온 풍우[39]가 일어나 듯　涉路起風牛
형초를 깔았으나 만나지 못할까 의문이며　班荊疑莫遇
흰 띠를 주려 해도[40] 마침내 어찌할 수가 없네　贈縞竟無由

【3수】

어두운 도는 비록 밝아졌으나　道昏雖已朗
묵은 정치가 아직도 새롭지 못해서　政故猶未新

萊洞)에 이르고, 부양하는 직예(直隸) 자현(磁縣)에서 발원하여 서북으로 흘러 부산(滏山)에 이른다.

37 경수(涇水)와 위수(渭水): 둘 다 중국 섬서성(陝西省)에 있다. 경수는 탁류(濁流)이고, 위수는 청류(淸流)인데서, 사물의 구별이 확실한 것을 일컫는 말로 쓰인다. 《시경(詩經)》〈패풍(邶風) 곡풍(谷風)〉에, "경수 때문에 위수가 흐려진다 해도, 파랗게 맑아질 때가 있네.[涇以渭濁, 湜湜其沚.]"라고 하였다.

38 융마(戎馬): 융마생교(戎馬生郊)의 준말. 군마(軍馬)의 새끼가 국경에서 태어난다는 뜻으로, 이웃나라와의 전쟁이 끊이지 않는 것을 비유한 말이다. 《노자(老子)》에, "천하가 무도하면 군마의 새끼가 국경에서 태어난다.[天下無道, 戎馬生於郊.]" 하였다.

39 풍우(風牛): 풍마우불상급(風馬牛不相及)의 준말. 구애하는 암수의 마소가 서로 만나기 어려울 정도로 멀리 떨어져 있다는 뜻으로, 서로 관계가 없는 것을 비유하는 말로 쓰인다.

40 흰 띠를 주려 해도 : 《좌전(左傳)》 양공(襄公) 29년조에 "오(吳)나라 계찰(季札)이 정(鄭)나라를 방문하였을 때 자산(子産)을 만나보고는 오랜 친구처럼 여기며 흰 명주 띠[縞帶]를 선물하자, 자산이 답례로 모시옷[紵衣]을 보냈다.[見子産, 如舊相識, 與之縞帶, 子産獻紵衣焉.]"라는 고사를 인용하였다.

원수[41] 언덕에서 배를 만들고　刳舟洹水際
대천의 물가에서 그물을 맺으며　結網大川濱
출유하여 낚시하던 노인[42]을 맞아오고　出遊迎釣叟
꿈에 보았던 유인[43]을 탐방하였네　入夢訪幽人
숲을 조성한 건 각각 다른 나무지만　植林雖各樹
꽃을 피울 땐 어찌 다른 봄이겠는가　開榮豈異春
서로 평화로운 한 시대를 만났으니　相逢一時泰
백 년 동안 함께 몸을 보전해 보세　共幸百年身

○ '식림(植林)' 1련(聯)은 자신과 설도형(薛道衡)이 각각 사무로 바쁜 것을 말한 것인데, 단어의 구사가 매우 단아하다.[植林一聯, 言己與薛各奮事功, 遣詞甚雅.]

【4수】

그럭저럭 세월이 쌓여 갈 때　荏苒積歲時
고생하며 함께 교유했던 곳　契闊同遊處
창합문[44]에선 이미 추조한 바 있고　閶闔旣趨朝

41 원수(洹水): 산서(山西) 여성현(黎城縣)에서 발원한다. 소진(蘇秦)이 합종설(合從說)로 6국을 설득하여 이곳에서 맹약(盟約)을 했던 곳이기도 하다.

42 낚시하던 노인: 주(周)나라 문왕(文王)이 사냥을 나갔다가 태공망(太公望)을 맞아 온 고사를 인용하였다.

43 꿈에 … 유인: 은(殷)나라 무정(武丁)이 부암(傅巖)의 공사장에서 부열(傅說)을 찾아 채용한 고사를 인용하였다.

44 창합문(閶闔門): 하늘에 있는 자미궁(紫微宮)의 문 이름인데, 궁궐의 정문(正門)을 비유하는 말

승명전[45]에선 또한 연회의 즐거움 말했네	承明還宴語
상림원[46]에선 우엽[47]할 때 모셨었고	上林陪羽獵
감천궁[48]에서는 이른 아침 교사를 모셨으며	甘泉侍清曙
무더운 기운을 머금은 바람을 맞이하고	迎風含暑氣
차가운 계절 싸늘한 비가 내리니	飛雨淒寒序
서로 돌아보며 덧없는 시간을 애석해하다가	相顧惜光陰
차마 서로 떠나지 못하고 우두커니 서 있네	留情共延佇

【5수】

도도하게 흐르는 저 강한의 물은	滔滔彼江漢
실로 남국의 기강이 되었네	實爲南國紀
지방관이 되어 밝은 덕을 구하니	作牧求明德
이런 사람은 응당 미인일 걸세	若人應斯美
높이 누워[49] 휘장을 걷지 않아도[50]	高臥未褰帷

로 쓰인다.

45 승명전(承明殿): 한나라 때 시종(侍從)하는 신하들이 거처하던 곳으로 석거각(石渠閣) 밖에 있었다. 556. 진사왕의 무덤을 지나다[經陳思王墓] 주 90) 참조.

46 상림원(上林苑): 섬서성(陝西省) 장안현(長安縣) 서쪽 및 주질(盩厔) 호현(鄠縣)의 경계에 있다. 진(秦)나라의 구원(舊苑)이었던 것을 한 무제(漢武帝)가 다시 넓혀서 둘레가 2백여 리나 되고 이궁(離宮)만 70여 곳이었다 한다.

47 우엽(羽獵): 제왕이 사냥하러 나가는 것을 이르는 말이다.

48 감천궁(甘泉宮): 섬서성(陝西省) 순화현(淳化縣) 서북쪽에 있다.

날리는 명성은 이미 천 리를 갔겠네　飛聲已千里
돌아와 흰 구름 떠가는 하늘을 보면　還望白雲天
날은 저물고 가을바람이 일어날 텐데　日暮秋風起
현산[51]을 그대가 만약 가게 된다면　峴山君儻遊
흐르는 눈물 응당 그치지 않으리　淚落應無已

【 6수 】

한음[52]에 정사가 이미 형성되었다 해도　漢陰政已成
영표[53]의 사람들은 아직 벌레처럼 사네　嶺表人猶蠢
탄관[54]하고 보니 이제 막 새로워졌고　彈冠比方新

49 높이 누워[高臥]: 479.군에 있으며 와병중에 심상서에게 드리다[在郡臥病呈沈尚書] 주 59) 참조.

50 휘장을 걷지 않아도: 원문의 건유(褰帷)는 수령이 백성들과 가까이하여 청렴한 정사를 펴는 것을 말한다. 《후한서(後漢書)》〈가종전(賈琮傳)〉에 가종(賈琮)이 기주 자사(冀州刺史)로 부임하면서, 백성의 생활을 두루 보고 듣기 위하여 그동안의 관례를 무시한 채 수레의 휘장을 걷어 올리게 하면서 "자사는 멀리 보고 널리 들어서 좋고 나쁨을 규찰하여야 마땅한데, 어찌 휘장을 드리워 스스로 가려서야 되겠는가.[刺史當遠視廣聽, 糾察美惡, 何有反垂帷裳, 以自掩塞乎?]"라고 하였다.

51 현산(峴山): 호남성(湖南省) 양양현(襄陽縣) 남쪽에 있다. 현수산(峴首山)이라고도 하는데 진(晉)나라 양호(羊祜)가 양양을 다스릴 때 항상 이곳에 올라갔었는데, 양호가 죽고 후인이 그곳에다 비석을 세우자, 보는 이들이 비감(悲感)에 젖곤 하여 이 비석을 타루비(墮淚碑)라 불렀다 한다.

52 한음(漢陰): 섬서성(陝西省) 흥안부(興安府)에 있다.

53 영표(嶺表): 파주(播州)의 오령(五嶺) 이남 지역을 말하는데, 설도형이 새로 부임한 곳이다.

54 탄관(彈冠): 갓의 먼지를 털어 버린다는 뜻으로, 세속의 먼지(世塵)를 떨쳐 버리는 것을 비유

환주[55]인 양 모두 예전과 같아졌네 還珠總如故
초인인 듯 떠날 생각을 다짐하고 楚人結去思
월나라 풍습대로 늦게 온다 노래하네 越俗歌來暮
기러기는 외려 돌아갈 줄 알고 잘도 날며 陽烏尙歸飛
짝과 이별한 학도 되려 오던 길 돌아보니 別隺還迴顧
그대가 남쪽 가지의 새둥지를 보게 되면 君見南枝巢
응당 북풍에 돌아가는 길을 그리워하겠지 應思北風路

【 7수 】

병 치료엔 한가롭게 돌아가길 원하고 養病願歸閑
영예롭게 사는 건 만족할 줄 아는 데 있네 居榮在知足
무릉[56] 땅은 은거할 만한 곳이요 棲遲茂陵下
창해의 어귀에는 우유자적할 만한데 優游滄海曲

하는 말로 쓰인다. 《사기(史記)》 〈굴원전(屈原傳)〉에, "새로 목욕을 하는 자는 반드시 갓의 먼지를 털어서 쓴다.[新沐者, 必彈冠.]" 하였다. 632.고의(古意) 주 16) 참조.

55 환주(還珠): 합포환주(合浦還珠)의 준말. 진주가 다시 돌아옴. 또는 잃었던 물건이 원주인에게 다시 돌아오거나 떠났던 사람이 다시 돌아오는 것을 일컫는 말로 쓰인다. 합포에서 진주가 나는데, 태수들의 탐욕으로 진주가 모두 군의 경계 쪽으로 옮겨갔다가 맹상(孟嘗)이란 청렴한 태수가 부임하자 다시 돌아왔다는 데서 생겨난 말이다. 《후한서(後漢書)》, 〈순리(循吏), 맹상전(孟嘗傳)〉에 보인다.

56 무릉(茂陵): 한 무제(漢武帝)의 능인데, 섬서성(陝西省) 흥평현(興平縣) 동북쪽에 있다. 사마상여(司馬相如)가 병으로 면직되어 이곳에서 살았다 한다.

고인의 실정을 볼 수 있거니와	故人情可見
금인은 길만 따라가고 있네	今人遵路矚
황량한 거처가 들녘과 접해 있어	荒居接野窮
마음과 사물이 문득 속되지 않으니	心物俱非俗
계수나무 떨기만으로도 향긋하고 좋은데[57]	桂樹芳叢生
깊은 산속에서 무얼 더 바라겠는가	山幽竟何欲

【8수】

가을 물에 고기가 놀던 그날이요[58]	秋水魚游日
봄철 나무에 새가 울던 그때련만	春樹鳥鳴時
호량[59]에 날 저물어 함께 갔던 것처럼	濠梁暮共往

57 계수나무 … 좋은데: 원문의 총생(叢生)은 떨기로 난다는 것으로, 《초사(楚辭)》〈초은사(招隱士)〉에, "계수나무가 떨기로 남이여, 산의 그윽한 곳이로다. 아름답고도 무성함이여 가지가 서로 얽혔도다.[桂樹叢生兮, 山之幽. 偃蹇連蜷兮, 枝相繆.]"라고 하였다.

58 가을 물에 … 그날이요: 《장자(莊子)》〈추수(秋水)〉에, "장자가 혜자(惠子)와 함께 호량(濠梁)의 돌다리 위를 거닐었는데, 장자가 이르기를 '피라미가 나와서 조용히 노니니 이는 물고기의 즐거움이로다.' 하니, 혜자가 이르기를 '그대는 물고기가 아닌데 어찌 물고기의 즐거움을 아는가?' 하였다. 이에 장자가 '그대는 내가 아닌데 내가 물고기의 즐거움을 모르는 줄을 어찌 아는가?' 하니, 혜자가 '나는 그대가 아니므로 진실로 그대를 알지 못하나, 그대는 물고기가 아니므로 그대가 물고기의 즐거움을 모르는 것은 분명하다.'[莊子與惠子遊於濠梁之上, 莊子曰, 儵魚出遊從容, 是魚之樂也. 惠子曰, 子非魚, 安知魚之樂? 莊子曰, 子非我, 安知我不知魚之樂? 惠子曰, 我非子, 固不知子矣. 子固非魚也, 子之不知魚之樂, 全矣.]"라고 하였다.

59 호량(濠梁): 안휘성(安徽省) 봉양현(鳳陽縣) 북쪽에 있는 물 이름. 장자(莊子)가 혜자(惠子)를 만나 대화를 나누었던 곳이기도 하다.

깊은 골짝에 서로 그리운 이가 있네 幽谷有相思
천 리 먼 길에 수레가 없어 슬픈데 千里悲無駕
한번 만남이 까마득해 기약하기 어렵네 一見杳難期
산하엔 구슬같이 아름다운 꽃이 지고 山河散瓊蘂
정원 나무는 무성한 꽃이 흩어지네 庭樹下丹滋
물화는 서로를 기다려 주지 않으니 物華不相待
늘그막에 그저 슬픔만 남아 있네 遲暮有餘悲

【9수】

슬픈 마음 품고 남포로 향하는데 銜悲向南浦
차가운 물색 어둡고 침침하오 寒色黯沈沈
바람은 험한 동정호[60]에서 불어오고 風起洞庭險

60 동정호(洞庭湖): 호남성 북부에 있는 중국 제2의 담수호. 면적은 계절에 따라 3,100~5,100㎢로 차이가 컸는데, 현재는 3,915㎢로 거의 고정되었다. 태고에 운몽대택(雲夢大澤)이라고 불린 큰 호수가 일대를 덮고 있었는데, 여러 하천의 퇴적작용에 의해 광대한 호광(湖廣) 평야와 크고 작은 무수한 소택군이 형성되었고, 동정호도 그중 하나로 생겨났다. 상강(湘江)과 자수(資水), 원강(沅江), 풍하(澧河) 등의 물을 모아, 악양(岳陽) 북동쪽의 성릉기(城陵磯)를 거쳐 당강으로 배수한다. 호수 안에는 섬이 많아, 일찍이 소상팔경(瀟湘八景)의 하나로 꼽힌 아름다운 풍광으로 유명하고, 악양루(岳陽樓) 앞에 있는 높이 128m의 군산(君山, 湘山)에는 순제(舜帝)의 죽음을 비탄하여 물에 몸을 던진 아황(娥皇)과 여영(女英) 두 비를 모시는 묘우(廟宇)가 있다. 477.신정의 물가에서 영릉군(零陵郡) 내사(內史)인 범운(范雲)과 작별하다[新亭渚別范零陵雲] 주 49) 참조.

구름은 물 깊은 운몽택[61]에서 피어오르네 煙生雲夢深
홀로 나는 새는 때로 짝을 그리워하는데 獨飛時慕侶
화답이 없어 문득 외로운 소리를 내네 寡和乍孤音
잎이 지면 한 해가 저문다는 것이 서럽고 木落悲時暮
한 해가 저물면 고향 떠난 마음 느껍네 時暮感離心
고향 떠난 이의 마음엔 고달픈 곡조가 많은데 離心多苦調
어찌 옹문금[62]을 빌려 와 연주하리오 詎假雍門琴

○ 천하가 혼란한 시기에 살며 처음 정정(定鼎)을 말하고, 다음은 구재(求材)를 말하고, 다음은 입조(立朝)를 말하고, 그다음은 설도형이 출수(出守)하여 그 정무(政務)를 완성한 것을 칭송하고, 그다음은 자신이 한가롭게 돌아온 걸 말하였고, 맨 끝에는 서로 그리워하는 뜻을 묘사하였다. 한 제목 아래에서는 몇 개의 장이 되었든 모두 이런 장법(章法)을 구사해야 한다.[從天下之亂, 說到定鼎, 次說求材, 次說立朝, 次說薛之出守, 頌其政成, 次說己之歸閑. 末致相思之意, 一題幾章, 須具此章法.]

○ 배우(排偶)가 아닌 것이 없으나 배우의 흔적을 느끼지 못할 정도인 것은 기골이 고상하기 때문이다.[未嘗不排, 而不覺排偶之迹, 骨高也.]

61 운몽택(雲夢澤): 호북성 남쪽에 있는 수택(藪澤). 원래는 운택(雲澤)과 몽택(夢澤) 두 개였으나 후대에 합칭하여 운몽택이라 부르게 되었다고 하는데, 이에 관해서는 여러 가지 설이 있다. 초(楚)나라 송옥(宋玉)의 〈고당부(高唐賦)〉에 나오는 이야기로, 운몽은 옛날의 수택(藪澤) 이름으로, 동정호(洞庭湖) 일대를 말한다. 초 양왕(楚襄王)이 송옥과 함께 운몽지대(雲夢之臺)에 가서 노닐다가 고당을 바라보며 양왕의 아버지가 꿈에 무산지녀(巫山之女)를 만나 사랑을 나누었다는 이야기도 전한다.

62 옹문금(雍門琴): 전국시대 제(齊)나라 사람 옹문주(雍門周)의 거문고. 그는 거문고를 잘 타서 맹상군(孟嘗君)으로 하여금 눈물을 흘리게 하였다고 한다.

노사도(盧思道)[63]

658

양성[64]을 유람하다[遊梁城]

말고삐 다잡고 변하의 포구를 지나서	揚鑣歷汴浦
수행원 데리고 옛 양성 터로 들어왔네	迴扈入梁墟
한의 번국[65]으로 문아하던 곳인데	漢藩文雅地
양효왕[66]의 행적만 아련히 남아 있네	清塵曖有餘

63 노사도(盧思道, 531~582): 자는 자행(子行)이며 하북(河北) 탁현(涿縣) 사람이다. 제(齊)나라 문선제(文宣帝) 때 벼슬하여 급사황문시랑(給事黃門侍郎)에 이르고, 주(周)나라에 들어와서는 장교상사(掌教上士)를 역임하였으며, 수(隋)나라 개황(開皇) 초기에는 산기상시(散騎常侍)를 역임하였다.

64 양성(梁城): 변하(汴河)와 함께 호남성(湖南省) 개봉부(開封府)에 있다.

65 번국(藩國): 원문의 번(藩)은 번병(藩屛)의 준말로, 울타리와 병풍이라는 뜻이다. 왕성을 옹휘하는 제후국 또는 변방의 감영을 말하는데, 《시경(詩經)》 〈대아(大雅) 판(板)〉에 "큰 덕을 지닌 사람은 나라의 울타리이며, 많은 무리는 나라의 담이며. 큰 나라는 병풍이며, 큰 겨레는 나라의 줄기이다.[价人維藩, 大師維垣. 大邦維屛, 大宗維翰.]"라고 하였다.

66 양효왕(梁孝王): 양원(梁苑·梁園)이라는 동산을 만들고, 사마상여(司馬相如)와 매승(枚乘), 추양(鄒陽) 등을 불러 글을 짓게 하고 즐겼다.

빈객으로 교유하던 임협이 많았고	賓遊多任俠
전각에는 높은 벼슬아치가 출입하였다네	臺苑盛簪裾
서공의 검[67]을 탄식하니	歎息徐公劍
추양의 서찰[68]이 서글프다	悲涼鄒子書
정자에 낙조마저 다하자	亭皋落照盡
원야에는 심한 추위가 엄습하네	原野沍寒初
새들이 흩어지자 빈 성엔 저녁이 찾아오고	鳥散空城夕
연무가 잦아들자 고목은 성글어 보이네	煙銷古樹疎
동월에는 엄자릉[69]이요	東越嚴子陵
서촉에는 사마상여[70]인데	西蜀馬相如
그들의 명성을 삼가 사모하여	修名竊所慕
장편 노래를 본따서 지어 보네	長謠獨課虛

67 서공(徐公)의 검(劍): 599.모영가(毛永嘉)와 작별하다[別毛永嘉] 주 32) 참조.

68 추양(鄒陽)의 서찰(書札): 추양은 한나라 임치(臨淄) 사람이다. 경제(景帝) 때 문변(文辯)으로 명성이 있어서 양효왕(梁孝王)을 종유하였는데, 양승(羊勝) 등의 참소를 입고 하옥되었다. 그가 직접 서찰을 올려 자신을 해명하자, 왕이 출옥시켜 상객(上客)으로 대우하였다 한다.

69 엄자릉(嚴子陵, 기원전 37~43): 엄광(嚴光)의 자이다. 후한(後漢)의 여요(餘姚) 사람으로, 자는 자릉(子陵)이다. 후한의 광무제(光武帝)와 함께 동학하였고, 광무제가 즉위하자 성명을 바꾸고 은거하였다. 광무제가 여러 차례 찾아가 간의대부(諫議大夫)를 제수하였으나 사양하고 부춘산(富春山)에 은거하였다. 후세 사람들은 그가 낚시하던 곳을 엄릉뢰(嚴陵瀨)라 부른다.

70 사마상여(司馬相如): 560.주참군의 시에 답하다[酬周參軍] 주 106) 참조.

설도형(薛道衡)[71]

659
석석염(昔昔鹽)

'석석(昔昔)'은 '밤마다'와 같다. '염(鹽)'은 '인(引)'을 전사하는 과정에서 생긴 오류이다.[昔昔, 猶夜夜也. 鹽, 引之轉而譌也.]

드리운 버들은 견고한 둑방을 덮었고	垂柳覆金堤
궁궁이[72]의 잎 다시 가지런히 자랐네	蘼蕪葉復齊
부용 연못에 물이 넘치고	水溢芙蓉沼
복사 오얏 사잇길로 꽃잎이 날리는데	花飛桃李蹊

71 설도형(薛道衡, 504~609): 수(隋)나라의 시인. 자는 현경(玄卿)이며 분음(汾陰) 사람이다. 수 양제(隋煬帝)의 미움을 사서 불우한 삶을 살다가 피살되었다. 벼슬은 내사시랑(內史侍郎)과 사예대부(司隷大夫)를 역임하였다. 그가 남긴 작품에는 규정(閨情)에 관한 시와 변새시(邊塞詩)가 주로 많다.

72 궁궁이: 원문의 미무(蘼蕪)는 향풀의 일종으로, 운초(芸草), 운향(芸香), 천궁(川芎)이라고도 하며, 우리말로는 궁궁이라고 한다. 또한 왕손초(王孫草)라는 별칭이 있다. 한시에서는 특히 멀리 떠난 사람에 대한 그리움이나 원망 등을 표현할 때 이 풀을 인용하기도 한다.

뽕잎 따는 진씨의 딸[73]인 양	採桑秦氏女
비단 짜는 두도의 아내[74]인 양	織錦竇家妻
관산으로 가는 탕자와 이별을 하고	關山別蕩子
바람과 달빛 아래 빈 규방을 지키네	風月守空閨
항상 천금 같은 웃음은 거둔 채로	恒斂千金笑
늘 옥 같은 눈물만 두 눈에 흐르네	長垂雙玉啼
서려 있는 용 문양은 거울 따라 숨어 있고	盤龍隨鏡隱
채색한 봉황자수 휘장 따라 낮아졌네	彩鳳逐帷低
떠도는 넋은 밤 까치와 같고	飛魂同夜鵲
뒤척이는 잠자리는 새벽닭이 그립네	倦寢憶晨雞
어두운 창문에는 거미줄만 걸려 있고	暗牖懸蛛網
빈 들보에는 제비집 진흙이 떨어지네	空梁落燕泥
지난해엔 대북[75]을 지나갔다 하더니만	前年過代北
올해에는 요서로 출정하였다 하네	今歲往遼西
한 번 떠나간 뒤 소식이 없사온데	一去無消息
어찌 돌아오는 말발굽을 아껴서이겠어요	那能惜馬蹄

73 진씨(秦氏)의 딸: 《고금주(古今注)》에, "나부(羅敷)는 조(趙)나라 한단(邯鄲) 여인으로, 성은 진씨(秦氏)인데, 조왕(趙王)의 가령(家令)인 왕인(王仁)의 아내가 되었다. 그가 맥상(陌上)에서 뽕잎을 따고 있었는데, 조왕이 누대에서 그 모습을 보고 맘에 들어 하였다. 나부가 〈맥상상(陌上桑)〉을 지어 쟁(箏)으로 연주하며 남편이 있음을 밝히자, 조왕이 멈추었다." 하였다.

74 두도(竇滔)의 아내: 638. 오야제(烏夜啼) 주 23) 참조.

75 대북(代北) : 대군(代郡)을 북쪽을 말한다.

○ "어두운 창문에는 거미줄만 걸려 있고[暗牖懸蛛網]"의 2구는 장경양의 "푸른 이끼는 빈 담에 붙어 있고, 거미줄만 사방 지붕에 쳐놓았네.[青苔依空牆, 蜘蛛網四屋.]"를 변화시켜 묘사한 것이지만 그 발원처는 "쥐며느리는 방에 있고, 갈거미는 문에 있네.[伊威在室, 蠨蛸在戶.]"[76] 에 있다. 다만 후인의 글이 더욱 정교할 따름이다.[暗牖懸蛛網二句, 從張景陽青苔依空牆 蜘蛛網四屋化出, 而其發原, 則在伊威在室, 蠨蛸在戶. 但後人愈巧耳.]

76 쥐며느리는 … 있네: 《시경(詩經)》 〈빈풍(豳風) 동산(東山)〉에 있는 내용이다.

660

삼가 양복야[77]의 〈산재에 홀로 앉아〉에 화답하다[敬酬楊僕射山齋獨坐]

서로 바라보는 산하가 가깝다 해도	相望山河近
서로가 그리워서 아침저녁이 괴로운데	相思朝夕勞
용문서 흐르는 물은 화살같이 급하고	龍門竹箭急
화산 모습은 연꽃인 양 우뚝하네	華岳蓮花高
산이 높아 병풍을 겹겹이 쳐 놓은 듯	岳高障重疊
새가 다니는 하늘 길에 풍연[78]이 인접했네	鳥道風煙接
드넓은 들녘엔 나무들이 제니와 같고	遙原樹若薺
멀리 보이는 강물엔 배가 나뭇잎 같네	遠水舟如葉
나뭇잎 같은 배는 아침마다 물에 뜨는데	葉舟旦旦浮
놀래키는 파도소리 밤마다 흘러가네	驚波夜夜流
이슬은 차서 물가 섬이 희멀겋고	露寒洲渚白
달빛이 서늘하니 함곡관은 가을일세	月冷函關秋
가을밤이라 맑은 바람 불어오니	秋夜清風發
금을 타자 거울에 비친 달을 본 듯	彈琴即鑑月
비록 장석의 노래[79]는 아닐지라도	雖非莊舄歌

77 양복야(楊僕射): 양소(楊素)가 상서우복야(尚書右僕射)를 지냈으므로 그리 칭한 것이다.

78 풍연(風煙): 바람과 안개로, 좋은 경치를 이른다.

읊다 보니 늘 월나라를 그리워하게 되네 吟咏常思越

○ 양소는 월국공에 봉하여졌다.[楊素封越國公.]

○ 요원(遙原)이란 어휘는 맹양양(孟襄陽; 맹호연)이 이 구법을 원조로 삼았다.[遙原二語, 孟襄陽祖此句法.]

79 장석(莊舃)의 노래: 《사기(史記)》〈진진전(陳軫傳)〉에 "장석은 월(越)나라 사람으로 초(楚)나라에서 벼슬하다가 병을 앓았다. 초나라 임금이 '장석은 월나라 사람인데, 지금도 월나라를 생각할까?' 하고 물으니, 중사(中使)가 '대개 사람이 몸이 아프면 고향을 그리워하게 됩니다. 그가 월나라를 생각한다면 월나라 소리로 신음할 것이고, 그렇지 않으면 초나라 소리로 앓을 것입니다' 하였다. 그래서 사람을 시켜서 알아보니, 과연 월나라 소리로 앓았다" 하였는데, 이는 월국공(越國公)에 봉해진 양소를 그리워한다는 뜻으로 인용하여 비유한 것이다.

661

인일[80]에 돌아갈 것을 생각하다

[人日思歸]

봄 들어서 겨우 일곱 날이 지났건만	入春纔七日
집 떠나온 건 벌써 두 해가 되었다오	離家已二年
돌아갈 날은 기러기보다 뒤일지라도	人歸落雁後
그리움은 꽃도 피기 훨씬 전에 있네	思發在花前

80 인일(人日): 매해 음력으로 정월(正月) 7일을 일컫는다.

우세기(虞世基)[81]

662

변방을 나서다[出塞]

상장의 삼략[82]은 원대하고 上將三略遠
원융의 구명[83]은 존귀하니 元戎九命尊
멀리 고인의 절의를 본받아서 緬懷古人節
명주의 은혜 갚을 생각을 하네 思酬明主恩
태항산 서쪽엔 용기 있는 이가 많고 山西多勇氣
장성 북쪽은 떠도는 영혼이 있다기에 塞北有游魂

81 우세기(虞世基, ?~616): 자는 무세(茂世)이며 회계(會稽) 여요(余姚) 사람이다. 진(陳)나라에서는 상서좌승(尙書左丞)을 역임하고, 수(隋)나라에서는 내사사인(內史舍人)을 역임하였으며, 양제(煬帝) 때 내사시랑(內史侍郞)을 역임하였는데, 양제가 우문화급(宇文化及)에게 시해당하였을 때 그도 화를 입었다.

82 삼략(三略): 황석공(黃石公)이 장량(張良)에게 전수했다는 병서(兵書)이다.

83 구명(九命): 주(周)나라 때 관작(官爵)의 등급을 아홉으로 나누어 최하(最下)를 일명(一命)이라 하고, 최고(最高)를 구명(九命)이라 하였다.

부[84]를 치면서 농판[85]을 건너가서	揚桴度隴坂
말을 타고 평원으로 올라갔네	勒騎上平原
사막 횡단할 걸 장수와 맹세하고	誓將絕沙漠
유유히 옥문관[86]으로 떠나가니	悠然去玉門
간단한 짐 보따리 잠들 겨를도 없어[87]	輕齎不遑舍
채찍으로 전투하는 수레를 몰았네	驚策騖戎軒
차디찬[88] 변방의 바람 몰아치는데	懍懍邊風急
울어대는 군마의 울음소리 번다할 뿐	蕭蕭征馬煩
천산 가는 길은 눈이 내려 어둡고	雪暗天山道
교하의 수원마저 얼어붙어 막혔는데	冰塞交河源
봉홧불은 안개 때문에 무색하고	霧烽黯無色
서리 맞은 깃발은 얼어붙어 꿈쩍 않네	霜旗凍不翻
기개란 장검에 의지할 뿐이나	耿介倚長劍
해는 지고 바람결에 먼지만 자욱하다	日落風塵昏

84 부(桴): 대나무를 엮어서 배 대신 타고 다니는 일종의 뗏목과 같은 것이다.

85 농판(隴坂): 농산(隴山)에 있는 판(坂)을 말하는데 감숙성(甘肅省) 청수현(清水縣)에 있다.

86 옥문관(玉門關): 감숙성 돈황현(敦煌縣) 서쪽으로 150리 거리에 있으며 양관(陽關)의 서북쪽에 해당한다.

87 잠들 겨를도 없어: 원문의 불황사(不遑舍)는《시경(詩經)》〈소아(小雅) 하인사(何人斯)〉에 "네가 천천히 갈 때에도, 또한 쉴 틈이 없었으니, 네가 급히 갈 때에도, 수레에 기름칠할 틈이 있겠는가. 한 번이라도 찾아온다면 그 무엇을 바라겠는가.[爾之安行, 亦不遑舍, 爾之亟行, 遑脂爾車, 壹者之來, 云何其盱.]"를 인용하였다.

88 차디찬: 원문의 늠름(懍懍)은 위태로워 두려워하는 모양을 이른다.

663

옥문관을 들어오다[入關]

농산 구름 낮게 드리워 흩어지지 않고 隴雲低不散

황하의 물은 목이 메어도 다시 흐르네 黃河咽復流

관산으로 가는 길이 하도 많으니 關山多道里

서로 접할 때마다 몇 겹의 시름이던가 相接幾重愁

손만수(孫萬壽)[89]

664

주기실의 〈옛 서울을 유람하다〉에 화답하다[和周記室遊舊京]

대부는 주나라 사당을 안쓰러워하고[90]	大夫愍周廟
왕자는 은나라 유허에서 울고 말았네[91]	王子泣殷墟

89 손만수(孫萬壽, ?~608): 자는 선기(仙期) 또는 하년(遐年)이며, 무창(武昌) 무수(武遂) 사람이다. 수 문제(隋文帝) 때 등목왕(滕穆王)의 문학(文學)이 되었으나 사건과 연루되어 강남(江南)으로 유배되었다가 인수(仁壽) 초기에 제왕(齊王)의 문학(文學)이 되고 뒤에 대리사직(大理司直)을 지냈다.

90 대부는 … 안쓰러워하고: 주(周)나라가 동으로 도읍을 옮긴 뒤에 한 대부(大夫)가 행역(行役)을 나가는 길에 종주(宗周)에 이르러 종묘(宗廟)와 궁실(宮室)의 옛터가 기장밭이 되었으므로, 주나라가 쇠퇴한 것을 탄식하며 그 슬퍼하는 시를 읊었는데, 《시경(詩經)》 〈왕풍(王風) 서리(黍離)〉에, "저 기장은 축 늘어졌거는데, 저 피는 싹이 돋았도다. 가는 걸음 더디기도 해라, 이 마음을 둘 곳이 없네.[彼黍離離, 彼稷之苗. 行邁靡靡, 中心搖搖.]"라고 하였다.

91 왕자는 … 말았네 : 《사기(史記)》 〈송미자세가(宋微子世家)〉에, 은나라가 망한 뒤에 기자가 옛날 은나라 터를 지나다가 궁실이 모두 무너지고 무성하게 보리 이삭이 팬 것을 보고 '맥수가(麥秀歌)'를 지어서 노래하기를 "보리이삭 패어 늘어지고 벼와 기장 무성하구나, 저 교활한 아이 나를 좋아하지 않는도다.[麥秀漸漸兮, 禾黍油油, 彼狡童兮, 不與我好兮.]"라고 하였다.

자연스레 마음에 단절이 왔을 뿐이니	自然心斷絕
계절[92] 변화와는 무슨 관계가 있으랴	何關繫慘舒
나는 본래 장수물가에 살던 사람으로	僕本漳濱士
나의 고국[93]은 모두 몰락해 버렸으니	舊國亦淪胥
서울 대로에는 바람에 먼지만 일고	紫陌風塵起
동쪽 제단에는 고관의 발길이 뜸한데	青壇冠蓋疎
누대에는 조자건[94]의 부만 남아 있고	臺留子建賦
궁명(宮名)으론 위중장의 글을 수락했네	宮落仲將書
초주[95]는 자신의 이름을 기둥에 썼거니와	譙周自題柱
상용[96]에 대해선 누가 정려를 표해 줄까	商容誰表閭
그대가 부르는 옛날 회상 노래 듣고 나니	聞君懷古曲
동병인 양하여 눈물만 하염없이 흐르네	同病亦漣洳
주처[97]가 무얼 탄식했는지 알겠으니	方知周處歎

92 계절: 원문의 참서(慘舒)는 사물의 이치가 양에서 펴지고[陽舒], 음에서 수축하는 것[陰慘]을 가리킨다. 후한(後漢) 장형(張衡)의 〈서경부(西京賦)〉에 "대저 사람이 양의 때에 있으면 몸이 펴지고, 음의 때에 있으면 움츠러드는데 이는 계절의 변화와 밀접한 관계가 있는 것이다.[夫人在陽時則舒, 在陰時則慘, 此牽乎天者也.]"라고 하였다.

93 나의 조국: 북제(北齊)를 일컫는다.

94 조자건(曹子建): 자건은 조식(曹植)의 자(字)이다.

95 초주(譙周, 201~270): 자는 윤남(允南)이며 광안(廣安) 사람으로, 육경(六經)과 천문(天文)에 조예가 깊었고, 촉한(蜀漢) 때 광록대부(光祿大夫)가 되었다. 후한말의 형세와 남북조시대의 변화를 누구보다 정확하게 읽어 낸 사람이기도 하다. 저술에는 《오경론(五經論)》, 《법훈(法訓)》, 《고사고(古史考)》 등이 있다.

96 상용(商容): 은(殷)나라 주왕(紂王) 때의 현인으로, 주(周)나라 무왕(武王)이 은을 정벌하고 그의 정려(旌閭)를 세워 주었다.

전후의 말이 실로 빈말이 아니로다 前後信非虛

○ 3,4구는 말을 번안하여 고상해졌다. 위탄의 자는 중장이며, 위(魏)나라를 위하여 능운대에 글을 쓴 자이다. 주처가 전사하기 전에 탄식하기를, "군대가 후원군이 없으면 반드시 패배하기 마련인데, 자신만 망하는 것이 아니라 나라에 수치를 안기게 되는 것이다." 하였다.[三四語翻得高. 韋誕字仲將, 爲魏書凌雲臺者. 周處將戰死, 歎曰, "軍無後繼必敗, 不徒身亡, 爲國取恥."]

97 주처(周處, ?~297): 자는 자은(子隱)이며 오(吳)나라에서 벼슬하였다.

665

양주에서 일찍 출발하여 가다가 향읍을 되돌아보다

[早發揚州還望鄉邑]

고향을 두 번 다시 못 볼 듯하여	鄉關不再見
새벽 내내 슬픈 눈으로 바라보았네	悵望窮此晨
산안개는 종산[98] 언덕을 가렸고	山煙蔽鍾阜
물안개는 강나루를 감추었으며	水霧隱江津
물가 섬은 차가운 빛을 거두었고	洲渚斂寒色
두약[99]은 향긋한 봄빛으로 바꾸었네	杜若變芳春
다시는 돌아갈 새의 날개마저 없으니	無復歸飛羽
사막에 이는 먼지에 공연히 슬퍼지네	空悲沙塞塵

98 종산(鍾山): 강소성(江蘇省) 강녕현(江寧縣)에 있다.

99 두약(杜若): 499.자의(諮議) 소연(蕭衍)과 서상(西上)에서 밤에 모이다[蕭諮議西上夜集] 주 142) 참조.

666

동쪽 고향으로 돌아가는 길에 언뜻 지어 읊다

[東歸在路率爾成咏]

학문도 벼슬도 둘 다 이루지 못한 채	學宦兩無成
돌아가려니 마음 절로 편치가 않네	歸心自不平
고향은 아직도 천 리 길인데	故鄉尙千里
가을 든 산에서 원숭이가 밤에 우네	山秋猿夜鳴
시름은 구름 빛 닮아 서글프기만 하고	人愁慘雲色
나그네 마음은 바람소리에 익숙하다	客意慣風聲
떠돌이의 한이 비록 종류가 많다지만	羈恨雖多緖
모두가 한결같이 마음만 상하게 하네	俱是一傷情

왕주(王冑)[100]

667

주기실과 작별하다[別周記室]

오 리마다 줄곧 배회하는 학처럼	五里徘徊隺
세 마디 울음소리에[101] 애가 끊긴 원숭이처럼	三聲斷絕猿
어찌하여 우리 모두 길을 잃고서	何言俱失路
이별주 놓고 마주 앉아 흐느껴 우는가	相對泣離樽
이별하는 길은 처량하기 그지없어서	別路悽無已
노래 부를 때[102] 적막하게 말이 없네	當歌寂不喧

100 왕주(王冑, 558~613): 자는 승기(承基)이며, 진(陳)나라 때 벼슬하여 파양왕(鄱陽王)의 법조참군(法曹參軍)과 태자사인(太子舍人), 동양왕(東陽王)의 문학(文學)을 역임하였다.

101 세 마디 울음소리에: 《세설신어(世說新語)》 〈출면(黜免)〉에 진(晉)나라 환온(桓溫)이 삼협(三峽)을 지나던 중 부하들이 원숭이 새끼를 잡았는데, 어미 원숭이가 쫓아오다가 죽었다. 그 어미의 배를 갈라보니 창자가 토막토막 끊어져 있었다는 이야기를 바탕으로 지은 〈파동삼협가(巴東三峽歌)〉에 "파동 삼협의 무협은 길고, 원숭이 세 마디 울음에 눈물이 치마를 적시네.[巴東三峽巫峽長, 猿鳴三聲淚沾裳.]"라는 구절이 있다.

102 노래 부를 때: 원문의 당가(當歌)는 637. 상조곡(商調曲) 2수(首) 주 2) 참조.

가난 사귐에 주고 싶은 것이 있건마는	貧交欲有贈
눈물 가리며 끝내 아무 말 못 했네	掩涕竟無言

윤식(尹式)[103]

668

송상시와 작별하다[別宋常侍]

나는 두릉[104] 북쪽에 있으면서	遊人杜陵北
한천[105] 동쪽으로 가는 손을 전송하오	送客漢川東
가거나 머물거나 따질 것 없이	無論去與住
모두 한결같이 떠도는 신세[106]구려	俱是一飄蓬
귀밑털은 서리를 머금은 듯 허옇고	秋鬢含霜白
노쇠한 얼굴은 술기운 때문에 붉어지오	衰顔倚酒紅

---

103 윤식(尹式, ?~604): 하간(河間) 사람으로, 어려서부터 영특하다는 명성이 있었다. 인수(仁壽) 연간에 한왕(漢王)의 기실참군(記室參軍)에 이르렀으나, 한왕이 패망하자 자살하였다.

104 두릉(杜陵): 《한서(漢書)》 주(注)에, "예전 두백국(杜伯國)이었는데 한 선제(漢宣帝)를 이곳에 장사지냈기 때문에 두릉(杜陵)이라 불렀다." 하였다. 장안(長安)에서 남쪽으로 50리 거리에 있다.

105 한천(漢川): 호북(湖北) 한천현(漢川縣) 북쪽에 있다.

106 떠도는 신세: 원문의 표봉(飄蓬)은 바람에 흩날리는 쑥대라는 뜻으로, 정처 없이 여기저기 떠도는 것을 이른다.

이별하고 서로 그리워하는 곳에는 別有相思處

까마귀 소리만 밤바람에 섞여 들리오 啼烏雜夜風

공덕소(孔德紹)[107]

669

촉(蜀)땅으로 들어가는 채군지를 전송하다
[送蔡君知入蜀]

금릉[108]에서 이미 고국을 떠나온 터라	金陵已去國
동량산[109]을 문득 등지고 나는 듯이 가네	銅梁忽背飛
길을 잃고 먼 곳에서 서로 전송하니	失路遠相送
타향살이 어느 날에 돌아오려오	他鄉何日歸

107 공덕소(孔德紹, ?~621): 회계(會稽) 사람으로, 청재(清才)가 있어서 벼슬이 경성현승(景城縣丞)에 이르렀다. 두건덕(竇建德)이 칭왕(稱王)하고 그를 중서령(中書令)으로 삼았는데 건덕이 패망하자 복주(伏誅)되었다.

108 금릉(金陵): 지금의 강녕현(江寧縣)을 이른다.

109 동량산[銅梁]: 사천성(四川省) 합천현(合川縣) 남쪽으로 20여 리에 걸쳐 있는 산이다.

670

밤에 황폐한 마을에서 유숙하다

[夜宿荒村]

쉼 없이[110] 물시계에 물이 차 깊어지니 綿綿夕漏深
나그네의 한이 상심으로 바뀌었네 客恨轉傷心
금현을 매만져 봐도 들어 줄 사람 없어 撫絃無人聽
술동이 마주 놓고 혼자서 마셔 보네 對酒時獨斟
고향 소식은 일만 리 밖에서 단절이요 故鄕萬里絕
궁한 시름엔 온갖 걱정이 침노하니 窮愁百慮侵
가을 풀에 변방을 생각하는 말인 양하고 秋草思邊馬
나뭇가지에 밤에 놀라 깬 새만 같구나 遶枝驚夜禽
바람이 불어와 골짝엔 소리만 남고 風度谷餘響
달이 빗기니 산은 그림자가 절반이네 月斜山半陰
애써 노래 불러 나그네 시름을 달래렸더니 勞歌欲敘意
결국은 백두음[111]이 되고 말았네 終是白頭吟

110 쉼 없이: 원문의 면면(綿綿)은 길게 이어져 끊임이 없음을 이른다. 《시경(詩經)》 〈왕풍(王風) 갈류(葛藟)〉에 "길게 뻗은 칡넝쿨 황하 물가에 있네.[綿綿葛藟, 在河之滸.]"라고 하였다.

111 백두음(白頭吟): 전한(前漢)의 사마상여(司馬相如)의 부인 탁문군(卓文君)이 지은 시. 사마상여가 무릉(茂陵)의 여자를 첩으로 얻으려고 하자, 탁문군이 이 시를 지어 이혼하려는 뜻을 밝혔다고 한다. 탁문군(卓文君)은 한(漢)나라 탁왕손(卓王孫)의 딸로, 임공(臨邛) 출신이다. 음악을 좋아했는데, 과부가 되어 익주(益州)에 살다가 사마상여(司馬相如)가 타는 〈봉구황곡(鳳求凰曲)〉의 거문고 소리에 반해, 밤에 몰래 집을 도망쳐 나가 사마상여(司馬相如)의 아내가 되었다. 탁문군의 아버지는 처음에는 사마상여를 냉대하다가 후에 그가 익주자사(益州刺史)가 되자, 그제야 탁문군에게도 재산을 나누어 주었다고 한다. 638.오야제(烏夜啼) 주 22) 참조.

공소안(孔紹安)[112]

671

낙엽(落葉)

이른 가을 지는 잎에 깜짝 놀라니	早秋驚落葉
떨어지는 그 모습이 내 맘 같구나	飄零似客心
날아올라 내려오려 하지 않으니	翻飛未肯下
옛 가지가 그리웁다 말을 하는 듯	猶言惜故林

○ 꽤 기탁을 잘 하였다.[頗能寄託.]

112 공소안(孔紹安, 577~622): 회계(會稽) 사람으로, 수(隋)나라 대업(大業) 말에 감찰어사(監察御使)를 역임하고, 당(唐)나라에서는 내사사인 비서감(內史舍人秘書監)을 역임하였다.

672

서영원 수재와 작별하다

[別徐永元秀才]

금성탕지[113] 요해처가 험준함을 잃은 듯하고	金湯旣失險
옥석이 이내 함께 타 버린 것만 같네	玉石乃同焚
떨어진 잎은 되려 서로를 덮어 주고	墜葉還相覆
낙오된 새도 다시 무리를 이루는데	落羽更爲羣
어찌 생각이나 했겠는가 이 삼추의 계절에	豈謂三秋節
천 리 멀리 나뉘어져 상심하게 될 줄을	重傷千里分
이별을 재촉하니 거문고 현이 쉬 바뀌고	促離絃易轉
오열하는 듯한 물소리는 듣기가 어렵네	幽咽水難聞
서로 그리운 곳이 어딘지를 알고 싶거든	欲識相思處
산과 강에 흰 구름 머무는 곳을 보게나	山川間白雲

○ "떨어진 잎은 되려 서로를 덮어 주고[墜葉還相覆]"의 1연은 난리 후에 두 사람이 굳게 약속한 것을 비유한 것으로, 심상하게 경치를 묘사한 것이 아니다. 아래에선 전환하여 이별을 애석해 하는 데에 도달하였다.[墜葉一聯, 比亂離之後, 兩人結契, 非尋常寫景. 下轉到惜別.]

113 금성탕지[金湯] : 655. 백마편(白馬篇) 주 23) 참조.

진자량(陳子良)[114]

673

송별(送別)

낙엽은 모였다가 다시 흩어져 버리고 落葉聚還散
떠난 새도 갔다가 돌아오지 않으니 征禽去不歸
갈 길 없어 흘리는 나의 눈물로 以我窮途泣
변방 나선 그대 옷을 적시고야 말았네 沾君出塞衣

○ 감당할 수가 없음이다.[不堪.]

○ 《하손집(何遜集)》에도 이 글이 보이는데 약간 차이가 있다[亦見何遜集, 略有異同.]

114 진자량(陳子良, ?~632): 강소성(江蘇省) 사람으로, 당(唐)나라 때 태자학사(太子學士)를 지냈다.

674

칠석날 신부가 골목 건너에 수레를 멈춘 것을 보다

[七夕看新婦隔巷停車]

골목 건너 저편에 수레를 멈춰 둔 건	隔巷遙停幰
다시 오는 걸 지연시키려는 게 아니라	非復爲來遲
단지 말하길 시간이 아직 이른 터라	只言更尙淺
지금은 하수 건널 시간이 아니라 하네	未是渡河時

○ 베껴 와서 합쳤는데 모두 흔적이 없다.[寫來合幷無迹.]

왕신례(王申禮)[115]

675

〈암혈에는 거처할 집을 지을 수 없다〉로 시를 짓다[賦得巖穴無結構]

바위틈에다 거처할 집을 지을 수 없어서	巖間無結構
골짜기에 거처하며 유심한 경치를 찾네	谷處極幽尋
나뭇잎은 져서 가을 새집이 멀고	葉落秋巢迥
구름이 피어올라 돌길마저 깊어 보이네	雲生石路深
이른 매화가 피어 들길이 향기롭고	早梅香野徑
맑은 시냇물은 언덕에서 타는 금(琴)인 듯	清澗響邱琴
홀로 은거하는 손으로 남아	獨有棲遲客
은사의 마음을 간직해 보네	留連芳杜心

115 왕신례(王申禮): 《전한삼국진남북조시(全漢三國晉南北朝詩)》에는 삼공랑(三公郎) 왕유례(王由禮)로 표기되어 있다.

여양(呂讓)[116]

676

〈경사에 들어가다〉에 화답하다

[和入京]

포로가 되어 일만 리 길을 지나와서 俘囚經萬里
초췌한 얼굴로 춘삼월을 지나고 나니 憔悴度三春
머리털은 반악[117]처럼 하얗게 변하였어도 髮改河陽鬢
옷에는 서울의 먼지가 아직 남아 있네 衣餘京洛塵
종의[118]가 초나라에서 떠남을 슬퍼함 같고 鍾儀悲去楚

116 여양(呂讓): 산서성(山西省) 예성(芮城) 사람으로 태자우서자(太子右庶子) 해주자사(海州刺史)를 역임하였다.

117 반악(潘岳): 그가 하양현령(河陽縣令)을 지냈기 때문에 그렇게 묘사한 것이며, 그의 나이 32세에 머리가 하얗게 되었다 한다. 예언(例言) 주 17) 참조.

118 종의(鍾儀): 춘추시대 초(楚)나라 운공(鄖公)이다. 정(鄭)나라에 포로가 되었다가 진(晉)나라로 이송되었는데, 경공(景公)이 그가 어짊을 알고 포박을 풀어 주며 그의 장기(長技)인 음악을 들려 달라고 하자, 종의는 자기 조상과 고국을 잊지 않는 뜻에서 고국의 음악을 연주하였다 한다.

수회[119]가 진나라에 머물며 울던 것 같은데 隨會泣留秦
이미 오나라 평정의 유리함을 상소하지 않았으니 旣謝平吳利
결국은 길을 잃은 사람이 되고 말았구려 終成失路人

119 수회(隨會): 춘추시대 진(晉)나라 사람으로 이름은 사회(士會)이며, 수무자(隨武子) 또는 범무자(范武子)라고도 한다. 그가 진(晉)나라 양공(襄公)의 아우 옹(雍)을 위해 싸우다가 패배하여 진(秦)나라로 도망하여 살았다 한다.

명여경(明餘慶)[120]

677

종군행(從軍行)

변방 세 곳에서 병란 경보를 전해 오자 三邊烽亂驚
우리 십만 군대가 물밀 듯이 들어왔네 十萬且橫行
바람은 상산 진지를 다 거둬 오고 風卷常山陣
호가 소리 세류의 진영[121]에서 울려 대네 笳喧細柳營
검화라서 날이 차가워도 지지를 않고 劍花寒不落
초승달만 새벽까지 마냥 밝은데 弓月曉逾明
회남 땅으로 모여들어서 會取淮南地
삭방[122]의 성을 지키는도다 持作朔方城

---

120 명여경(明餘慶): 산동(山東) 사람으로, 벼슬이 사문랑(司門郎)과 국자좨주(國子祭酒)에 이르렀다.

121 세류의 진영: 원문의 세류영(細柳營)은 한 문제(漢文帝) 때의 명장인 주아부(周亞夫)가 흉노(匈奴)를 방어하기 위하여 세류(細柳)에 친 진영이다. 582.고의로 시를 지어 장사 도개의 〈낭야성에 올라서〉에 화답하다[古意酬到長史漑登琅琊城] 주 165) 참조.

○ "검화라서 날이 차가워도 지지를 않고[劍花寒不落]"의 한 연(聯)은 당대(唐代) 사람들이 이런 종류의 구법을 적극적으로 모사하였다.[劍花一聯, 唐人極摹此種句法.]

122 삭방(朔方): 한 무제(漢武帝) 때 설치한 군(郡) 이름으로, 오늘날의 내몽고자치구(內蒙古自治區) 경내인 황하(黃河) 이남지역을 일컫는다.

대의공주(大義公主)

공주(公主)는 후주(後周) 우문씨(宇文氏)의 딸로, 돌궐(突厥) 사발략(沙鉢略)에게 시집가서 그의 아내가 되었다. 초명(初名)은 천금공주(千金公主)였는데, 수(隋)가 후주를 멸망시키자, 종사(宗祀)가 멸절(絶滅)되는 것을 스스로 상심하여, 매번 수(隋)에게 복수하고자 하는 마음을 갖고서 낮밤으로 사발략에게 말하였다. 게다가 대중을 모두 원수로 여겼다. 뒤에 사발략이 중국에 복속하니 양씨(楊氏)라는 성을 하사하였으며 대의공주(大義公主)로 고쳐서 봉하였다. 수나라가 진을 평정한 뒤에 진숙보(陳叔寶)의 병풍을 공주에게 하사하였는데, 공주의 마음은 항시 편치 않아서 이 시를 지어 병풍에 썼다.[公主後周宇文氏女, 嫁爲突厥沙鉢略妻. 初名千金公主, 隋滅周, 自傷宗祀絶滅, 每襄復隋之志, 日夜言於沙鉢略. 悉衆爲寇. 後沙鉢略內附, 賜姓楊氏, 改封大義公主. 隋平陳後, 以陳叔寶屛風賜主, 主心恆不平, 因書屛風爲詩.]

678

병풍에 쓴 시[書屛風詩]

성하고 쇠하는 건 아침과 저녁 같고　　盛衰等朝暮

세상일은 부평초와 같다네 世道若浮萍
영화를 실로 지키기 어렵나니 榮華實難守
못과 누대 결국 절로 평지가 되고 마네 池臺終自平
부귀했던 이 지금은 어디에 있는가 富貴今何在
단청에 그리는 걸 공연히 일로 삼네 空事寫丹青
잔술인들 항시 즐거울 수는 없고 杯酒恒無樂
현가의 소리인들 어찌 남아 있으랴 絃歌詎有聲
나는 본래 황실의 자손으로 余本皇家子
표류하다 오랑캐 조정으로 들어와서는 飄流入虜庭
하루아침에 조국의 성패를 보게 되니 一朝覩成敗
가슴속이 갑자기 어지러워지네 懷抱忽縱橫
예로부터 모두가 이러했으니 古來共如此
나만 유독 신명한 것 아니라오 非我獨申名
오직 명군곡[123]이 있을 뿐이니 唯有明君曲
멀리 시집온 맘 상심으로 다가오네 偏傷遠嫁情

○ 영기(英氣)가 발랄하다. 일은 비록 이루지 못하였으나 정위의 뜻만큼은 민멸되지 않았다.[英氣勃勃. 事雖不成, 精衛之志, 不可泯滅.]

---

123 명군곡(明君曲): 왕소군(王昭君)이 흉노(匈奴)에게 시집갈 때 그 슬픔을 묘사한 비파곡(琵琶曲)이다.

무명씨(無名氏)

679

송별시(送別詩)

버들가지 푸릇푸릇 땅에 닿게 드리웠고 楊柳青青著地垂
버들개지 한가득히 하늘을 메웠다만 楊花漫漫攪天飛
버들가지 다 꺾으면 버들개지도 다하리니 柳條折盡花飛盡
떠나는 이에게 물어보자 돌아올지 말지를 借問行人歸不歸

○ 흡사 성당(盛唐) 시기의 솜씨와 같다.[竟似盛唐人手筆.]

○ 《동허기(東虛記)》에 이르기를, "이 시는 대업(大業) 말년(末年)에 지은 것인데 양제(煬帝)가 순유(巡遊)에 절도가 없고 백성은 궁핍하고 재정이 바닥난 상황을 지적하면서 반국(返國)하기를 바라는 것으로, 오자(五子)가 노래[124]를 지은 뜻이 담겨져 있다." 하였다.[東虛記云, 此詩作於大業末年, 指煬帝巡遊無度, 民窮財盡, 望其返國, 五子作歌之意也.]

124 오자(五子)의 노래: 하(夏)나라 태강(太康)의 다섯 아우가 자기들을 못 본 체하는 형을 원망하여 지은 노래이다. 《서경(書經)》 〈하서(夏書) 오자지가(五子之歌)〉에, "태강이 지위만 차지하여 편안함과 즐거움으로 덕(德)을 인멸하자 백성들이 모두 배반하였는데, 마침내 유락에 빠져 절도가 없이 낙수(洛水)의 밖으로 사냥을 나가 십순(十旬)이 되어도 돌아오지 않았다. … 그의 아우 다섯 사람이 어머니를 모시고 따라가서 낙수(洛水)의 물가에서 기다렸는데, 다섯 사람이 모두 원망하고 대우(大禹)의 경계(警戒)를 기술하여 노래를 지었다.[太康尸位, 以逸豫, 滅厥德, 黎民, 咸貳, 乃盤遊無度, 畋于有洛之表, 十旬, 弗反. … 厥弟五人, 御其母以從, 徯于洛之汭, 五子咸怨, 述大禹之戒, 以作歌.]"라고 하였다.

680

계명가(雞鳴歌)

동녘 하늘 밝아 올 때 별빛이 반짝반짝	東方欲明星爛爛
여남의 새벽닭이 홰를 치며 부르는데	汝南晨雞登壇喚
노래 끝나고 물시계 다하여 의식도구 진열할 제	曲終漏盡嚴具陳
달은 지고 별은 듬성 온천하의 아침 되니	月沒星稀天下旦
천문만호에 어약[125]을 교체하고	千門萬戶遞魚鑰
궁중 성 위에선 까막까치 훨훨 나네	宮中城上飛烏鵲

고시원(古詩源) 권14 끝

125 어약(魚鑰): 물고기 모양의 자물쇠를 이르는 말이다.

편저자 소개

심덕잠 沈德潛

자는 確士이고 호는 歸愚이며, 江蘇省 蘇州 사람이다. 淸代의 詩人으로, 일찍이 詩名이 높았으나 67세가 되어서야 進士에 합격하였다. 그후 乾隆帝의 총애를 받아 관직이 禮部侍郎까지 올랐다. 그는 도덕적인 문학관에 기반을 두고 바른 골격 위에 음률의 조화를 찾는 詩說인 '格調說'을 주창하였다.

그의 詩論은 漢·魏, 盛唐의 詩를 모범으로 하여 格式과 音律의 조화를 중시하고, 宋代 이후의 詩風과는 반대되는 것으로서 같은 시대의 詩人인 袁枚의 '性靈說'과는 대립된다. 이것은 기본적으로 明代 前後七子의 주장인 '揚唐抑宋'의 정신을 계승한 것이다.

그의 작품은 대개 功德을 칭송한 詩나 과거시험을 위한 문장이 많다고 하여 그다지 높은 평가를 받지 못했던 경향이 있다. 그러나 그의 시론집인 《說詩晬語》와 唐詩, 明詩, 淸詩를 수록한 《別裁集》은 지금도 많은 이들에게 널리 읽히고 있다. 주요 편저서에는 이 《古詩源》과 《歸愚詩文鈔》와 《竹嘯軒詩鈔》 등이 있다.

역주자 소개

조동영 趙東永

성균관대학교 일반대학원 한문학 석·박사를 졸업하였고, 고전번역원 교육원 전문과정을 졸업하였으며, 慶南陜川 泰東書院 權秋淵 先生 門下에서 다년간 수학하였다.

고전번역원 번역실 전문위원, 교육원 강사, 동국대학교 교육대학원 강사 등을 역임하였고, 단국대학교 동양학연구원에서 재직하였으며, 현재는 성균관한림원 한문학 교수로 있다.

편저·역서에는 《朝鮮王朝實錄》, 《日省錄》, 《承政院日記》 등 史書類의 공역서와 《國朝寶鑑》, 《鵝溪遺稿》, 《林下筆記》, 《六先生遺稿》, 《桐溪集》 등 文集類의 번역서가 있으며, 단국대학교 《漢韓大辭典》 편찬사업에 공동으로 참여하였다. 이 외에 박사학위 논문인 "正祖 詩文學의 一考察"과 다수의 논문이 있고, 편저·역서가 있다.